소문

오기와라 히로시 장편소설

권일영 옮김

차례

❖❖❖

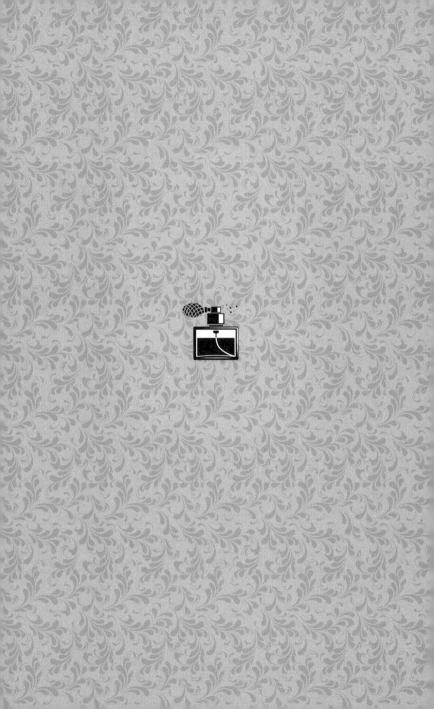

1

"너, 그 얘기 들었어? 히몬야晦文谷 공원에서 끔찍한 일이 벌어진다는 소문."

"아니. 뭔 일?"

"한밤중에 남자애랑 단둘이 그 공원에 가면…… 나온대."

"나와? 뭐가?"

"레인맨."

"레인맨?"

"그래, 맑은 날에도 후드 달린 새까만 레인코트를 입고 마스크를 쓴 남자가……."

"그게 왜? 위험한 거야?"

"응, 완전 위험하지."

"그 남자가 코트 앞자락을 열면, 알몸에 그게 막 덜렁거리는 그런 거?"

"아니, 그 정도가 아니야. 진짜 위험한 거라니까. 만약 레인맨이랑 마주치면 그냥 끝이야. 남자는 때려눕히고 여자만 잡아 간대. 더 끔찍한 건 여자애 발을 자른다는 거야. 양쪽 발목을 다 싹둑!"

"거짓말. 말도 안 돼!"

"정말이라니까. 메구로目黒고등학교에 다니는 애도 한 명 당했대. 그런데 레인맨이 뮈리엘을 뿌린 애들은 절대 안 건드린다는 거야. 대박이지?"

"뮈리엘?"

"이번에 나온 향수 몰라? 샤넬이나 캘빈 클라인은 소용없고 뮈리엘에서 나오는 로즈만 효과가 있대."

"진짜?"

"진짜라니까."

2

COMSITE

컴사이트의 심플한 영문 로고가 박힌 문을 열고 들어가 대리석 테이블 위에 놓인 내선 전화를 들어 도착을 알렸다.

벽과 바닥을 세련된 투톤으로 배색한 로비에 젊은 여성의 답변이 울려 퍼졌다.

오피스 빌딩 12층. 니시자키 유즈루西崎讓는 이 회사에 올 때마다 건물의 한 층만 쓰는 규모의 회사치고는 방문 절차가 까다롭다고 생각했다.

"오우, 멋져. 우리 회사보다 훨씬 회사 분위기가 난단 말이야."

조금 늦게 로비로 들어온 가토加藤가 휘파람을 불며 말했다. 멋없는 콘크리트 상자 같은, 니시자키와 가토가 근무하는 광고기획사 건물과 비교하면 모든 부분에 돈을 들인 티가 났다. 세련됐다고 해야 하나. 경영자의 취향인 듯했다. 지금 문을 열고 안내하는 여직원까지도.

"도쿄에이전시에서 오신 분들이군요. 사장님은 회의가 끝나는 대로 오실 예정입니다. 잠시 회의실에서 기다려주시겠습니까?"

여직원은 두 사람에게 사무적인 미소를 지어 보이고 앞장서서 걷기 시작했다. 유카와湯川라는 성을 쓰는, 사장 비서다. 가토는 무릎까지 오는 스커트 아래로 쭉 뻗은 비서의 다리와 가느다란 발목에 노골적으로 시선을 던지며 다시 휘파람 부는 시늉을 했다.

로비와 마찬가지로 투톤으로 꾸민 사무실은 마치 사무기

기 쇼룸 같았다. 높은 파티션에 가려 사무실 안쪽은 보이지 않았지만 열 명 남짓한 사원 가운데 남자는 한 명뿐이라고 알고 있다.

"자료는 잘 챙겨 왔겠지?"

가토가 니시자키의 귓가에 대고 속삭였다. 사회인 미식축구 팀에서 레프트 태클을 맡았을 만큼 큰 덩치와는 달리 꽤 신경질적인 성격이다. 몇 번째 방문하는 곳인데도 처음 온 사람처럼 사무실 안을 여기저기 두리번거렸다.

"예, 걱정하지 마세요."

니시자키는 손에 든 서류 가방을 두드려 보였다. 대기업에서 광고회사로 직장을 옮긴 지 이제 1년, 서른한 살인 가토는 겨우 두 살 위이면서 아직도 그를 심부름꾼쯤으로나 여긴다.

유카와는 회의실로 안내한 뒤 커피 잔을 내려놓고 돌아갔다. 하지만 쓰에무라^{杖村} 사장은 좀처럼 나타나지 않았다. 가토가 다리를 달달 떨기 시작했다.

"늦는군."

가토는 초조한 손놀림으로 커피 잔을 들어 입에 대더니 오른손으로 머리를 긁적이다가 이제는 테이블 위에 떨어진 머리카락을 치우고 있다. 아마 앞으로 15분은 더 기다려야 할 텐데. 서류 가방에서 문서를 꺼내 펜을 들고 두세 군데

수정하면서 니시자키도 오른손으로 커피 잔을 들었다. 커피 맛도 기가 막히다. 니시자키가 달래듯 말했다.

"늘 늦잖아요."

이 회의실에 앉아 기다리는 일은 언제나 바쁜 컴사이트 사장 쓰에무라를 만나기 위해 치러야 하는 의식이나 마찬가지였다. 니시자키는 여기서 대기할 때마다 늘 교주의 존안을 배알하여 신탁을 얻기 위해 하염없이 기다리는 신도가 된 기분이 든다.

쓰에무라는 진짜 교주일지도 모른다. 불과 몇 해 전에 컴사이트라는 회사를 세운 쓰에무라는, 이름 없는 신생 브랜드에서 새로 발매한 디지털 팬시상품 마케팅에 상품 기획 단계에서부터 참여했다. 그리고 그 제품은 젊은 여성들 사이에서 엄청나게 히트를 쳤다. 그 이후로도 컴사이트가 손을 댄 상품은 모두 큰 성공을 거뒀다.

컴사이트는 이른바 기획사지만 다른 기획사들처럼 두툼한 기획서를 만들어서 광고회사의 수고를 덜어준다거나, 클라이언트에게 공손히 바쳐야 할 이런저런 데이터를 꼼꼼하게 정리해서 제공하는 서비스 따위는 않는다.

그럼에도 도쿄에이전시를 비롯해 주류 광고회사들이 이곳을 찾아오는 까닭은 쓰에무라의 조언을 듣기 위해서다.

경기가 좋을 때도 광고의 힘만으로 성공적인 마케팅을 해내기는 어렵다. 하물며 이런 불황에는 말할 것도 없다. 그런데 쓰에무라는 갈피를 잡지 못하는 광고회사 사람들에게 신이 계시를 내리듯 확신에 찬 아이디어를 던져주고, 자기만 볼 수 있는 예언서를 읽기라도 하듯 참신한 전략을 제시해준다. 그리고 그 어드바이스는 지금까지 늘 성공적이었다.

역시 이곳은 신이 깃든 곳인가? 컴사이트 회의실은 1950, 60년대 서구에서 유행한 디자인의 블랙 컬러 테이블과 의자 몇 개가 놓인 심플한 인테리어였다. 가구는 모두 아르네 야콥센(1902~1971 덴마크의 대표적인 모던 스타일 건축가 겸 디자이너)의 작품 같아 보인다. 벽에는 그 흔한 시계나 장식품 하나 없이 커다란 수조만 놓여 있을 뿐이다. 수조 안에는 열대어들이 비늘을 반짝이며 떼를 지어 노닐고 있다.

한쪽 벽에는 우윳빛 유리를 끼운 큰 통창이 있는데, 쓰에무라는 늘 그 창을 등지고 앉았다. 오늘도 마찬가지지만 쓰에무라는 이 방에서 만날 때면 늘 미팅 시간을 오후로 잡았다. 그 시간대에는 창으로 들어오는 빛이 후광처럼 쓰에무라의 실루엣을 그려냈다. 니시자키는 쓰에무라가 일부러 그런 효과를 노리고 미팅 시간을 오후로 잡는 건 아닐까 생각할 정도였다.

가토가 점점 더 다리를 심하게 떨었다. 다시 입에 댄 커피잔이 이미 비었다는 걸 깨닫고는 입맛을 다셨다. 니시자키도 마지막 한 모금을 마셨다. 그때 마치 그 순간을 기다렸다는 듯이 문이 열렸다.

살랑.

회의실로 들어온 사람이 이쪽을 바라보자 두 남자의 무거운 침묵만 흐르던 방의 공기가 산들바람에 흔들린 듯했다. 옅은 색깔 투피스 스커트가 무릎께에서 흔들렸다. 스커트와 마찬가지로 새카만 머리카락이 부드러운 곡선을 그리며 찰랑거렸다. 쓰에무라 사야杖村沙耶였다.

어두운색 정장을 입은 호리호리한 남자가 그림자처럼 뒤를 따랐다. 컴사이트 넘버2, 아소麻生 이사였다. 이 남자가 컴사이트에 단 한 명뿐인 남자 사원이었다.

"오래 기다리시게 해서 죄송합니다."

의자에 깃털을 얹듯, 쓰에무라가 자기 자리에 앉자 다시 스커트가 살랑 흔들렸다. 아소는 시중드는 사람처럼 약간 떨어진 의자에 조용히 앉았다.

"메일은 읽었습니다. 두 분과 다시 일하게 되어 정말 기대가 커요."

쓰에무라가 가토를 바라보다가 시선을 니시자키 쪽으로 옮겨 아리따운 입술을 움직이며 간질이듯 말했다. 교태를 부리는 것도 아니고, 그렇다고 사무적이라고도 할 수 없는 묘한 말투와 태도였다.

쓰에무라 사야는 아름답다. 마치 컴사이트 사무실처럼 결점이라고는 찾아볼 수 없는 단정한 용모다. 쓰에무라는 니시자키를 똑바로 바라보며 눈을 떼지 않았다. 결국 니시자키가 먼저 시선을 피해 고개를 숙이며 서류를 건넸다.

"개요는 이미 보내드렸습니다만 간략하게 다시 설명드리겠습니다. 이번 의뢰는 패스트푸드 체인 런칭에 관한 건입니다. 브랜드 명은 '헤븐스 카페', 뉴욕 카페를 벤치마킹했으며 메인 상품은 아메리칸 로스트 커피, 도넛, 그리고 미트파이입니다."

가토가 설명하기 시작했다. 가토의 딱딱한 설명과 대조적으로 쓰에무라가 화사한 목소리로 말했다.

"어머, 저 도넛 무척 좋아해요. 미트파이도. 다이어트에는 좋지 않지만요."

가토가 군침을 삼키고 헛기침을 한 뒤에 말을 이었다.

"이달 하순, 도쿄 전역에 열두 개 점포가 문을 엽니다. 그 다음에 수도권 전체 지역과 간사이関西 지방으로 범위를 넓히는 것이 당면 목표입니다. 타깃은 20대 남녀. 광고는 잡지에만 진행하고 TV 쪽은 예정이 없습니다."

니시자키가 준비해 온 작은 상자를 열어 도넛과 미트파이를 내보이자 쓰에무라는 가토의 설명은 제대로 듣지도 않고 다시 간드러지는 목소리로 말했다.

"어머, 이 딸기색 도넛 맛있어 보이네요. 하나 먹어봐도 괜찮을까요?"

샘플로 받아 온 거라 유통기한이 지났는데, 쓰에무라는 말릴 틈도 없이 딸기색 도넛을 입으로 가져가 뺨이 불룩해지도록 베어 물고 오물오물 씹었다.

"어때, 아소 이사도 한 입?"

아소는 한 손을 들어 사양했다. 서류를 읽는 가토보다 상자 안 내용물에만 관심을 보이던 쓰에무라가 불쑥 고개를 들었다.

"잡지 광고 방향은 정해졌나요?"

가토는 대답하지 못했다. 본인이 담당 주임이면서도 클라이언트의 오리엔테이션 때 설명을 제대로 듣지 않았기 때문이다. 니시자키가 대신 대답했다.

"아뇨, 아직 정해진 건 없습니다. 기사 스타일로 광고를 낸다면 이런저런 방식이 좋겠다는 의견은 나왔습니다만."

기사 스타일 광고, 잡지 편집 스타일을 흉내 내어 광고를 기사처럼 보이게 만드는 수법이다. 페이지 귀퉁이에 적힌 PR이라는 글자만 아니라면 기사와 구분하기 힘들다.

"그보다 아예 페이드 펍으로 가면 어떨까요?"

페이드 펍. 니시자키는 요 1년 사이에 배운 광고업계 용어를 머릿속에서 애써 떠올렸다. 페이드 퍼블리시티paid publicity의 줄임말이다. 매체에 광고료에 해당하는 돈을 내고, 기사 스타일 광고가 아니라 아예 상품에 관한 기사를 쓰게 하는 방법이다.

"요즘 잡지 출판 쪽 경기가 안 좋으니까 금액만 맞으면 해줄 곳이 많을 거예요."

쓰에무라는 도넛을 입에 문 채로 자기 의견이 어떠냐는 듯이 고개를 갸웃거렸다. 의견을 묻는다기보다는 자기가 결정했으니 어서 찬성하라는 투였다. 그 표정은 마치 어린애가 자기 생각을 이야기하고 천진난만하게 자랑스러워하는 모습 같았다.

가토가 모호하게 얼버무리며 입을 다물어버리는 바람에 니시자키가 끼어들 여지는 없었다. 쓰에무라는 고분고분한 하인에게 상이라도 내리듯 미소를 지으며 아소 쪽을 바라보았다.

"잡지 리스트 업데이트 부탁할게."

아소는 말없이 고개만 끄덕였다. 쓰에무라와 만날 때면 대개 이 남자도 함께 참석하지만 늘 과묵했다. 이 회사에서는 넘버 2인지 몰라도 나이는 아직 20대 후반으로 보인다. 단정한 용모지만 돌아서면 바로 기억에서 사라질 듯한, 특징도 없고 인상적이지도 않은 이목구비였다. 흰 얼굴, 무테 안경 뒤에 숨은 날카로운 눈꼬리 때문에 파충류 같다는 느낌도 들었다.

"아 참. 드라마와 제휴하는 건 어떨까?"

방금 생각이 났다는 듯이 쓰에무라가 말했다.

"드라마? 텔레비전 드라마 말인가요?"

서류를 들여다보던 가토가 고개를 들었다.

"예, 나랑 친한 프로듀서가 있어요. 이 카페를 그 프로듀서가 지금 제작하는 드라마 무대로 설정하는 거 어때요? 물론 부탁하려면 돈이 들지도 모르지만."

그러더니 인기 드라마를 연출한 감독으로 종종 매스컴에 오르내리는 프로듀서의 이름을 읊었다. 쓰에무라와 이야기하다 보면 그런 이름들이 아무렇지도 않게 튀어나온다.

쓰에무라의 과거는 미스테리한 부분이 많다. 일본에서 컴 사이트를 시작하기 전에는 미국에서 마케팅 컨설턴트 회사에 근무했다던데 어떻게 벌써 이런 인맥을 쌓았는지 수수께끼라고 할 수밖에.

"그 PD 요즘 주가가 많이 떨어진 것 같던데. 후지TV 드라마 쪽이 낫지 않겠습니까?"

가토가 끼어들었다. 계속 쓰에무라에게 압도당하는 상황이 불만스럽기도 하고, 니시자키 앞에서 자신의 존재감을 드러내고 싶었던 모양이다.

"괜찮죠, 후지TV도. 그럼 각본을 쓰는 기타야마北山 씨에게 부탁해볼까?"

쓰에무라는 날름 혀를 내밀어 설탕 가루가 묻은 손가락을 핥으며 말했다. 가토는 눈이 휘둥그레지더니 입을 다물고 말았다.

"그다음에는, 맞아, 젊은 사람들을 대상으로 한 브랜드니까 지난번에 썼던 방법도 괜찮을 텐데요. 어떨까?"

지난번에 썼던 방법─니시자키는 쓰에무라 사야를 처음 만났을 때를 떠올렸다. 오늘이 두 번째 만남이니 지난번 미팅을 말하는 것이다. 외국계 기업의 신제품 캠페인에 대한 컨설팅을 의뢰하러 왔을 때였다.

"그 캠페인이 성공적이었다면 말이죠."

쓰에무라는 그렇게 말하더니 아소와 눈을 마주쳤다. 그 표정은 실패했을 리 없다는 확신으로 가득 차 있었다. 실제로 결과도 그랬다.

"아, 뮈리엘 건은 덕분에 성공했습니다. 어쨌든 시장 진입기 매출 목표를 150퍼센트나 달성했으니까요."

가토의 말에 쓰에무라는 살짝 미소를 지었다. 신도에게 찬미를 들은 교주처럼 고개를 끄덕이며 정교한 공예품 같은 귀걸이를 만지작거렸다.

지난번 의뢰는 뮈리엘이라는 신제품 향수 캠페인이었다. 일본에는 전혀 알려지지 않은, 젊은 여성 취향의 새 브랜드였다.

일본에서는 낯선 브랜드지만, 클라이언트는 미국의 대형 화장품 회사로, 올해 2000년을 일본 진출 첫해로 잡고 장기 전략을 세우고 있었다.

초반에는 타깃을 실제 구매층보다 약간 낮은 연령대, 고등학생 중심의 10대 후반 소녀로 좁혀 2002년, 일본 시장 본격 진출 전까지 미래의 소비자에게 제품을 각인시킨다는, 더디지만 치밀한 전략.

새로운 밭에 먼저 씨를 뿌리면 거기서 거두는 수확은 모두 내 것이라는, 농업에 자가용 비행기까지 동원하는 나라의 사람들이 생각해낼 법한 방법이다.

뮈리엘 일본지사를 맡은 여성 대표는 도쿄에이전시의 담당 스태프로 여성을 요구했다. 하지만 도쿄에이전시 내부에 적임자가 없어 외부 인력인 쓰에무라를 서둘러 기용한 것이다. 광고를 개시한 지 몇 달 되지 않았지만 새 브랜드 뮈리엘은 이미 성공적으로 자리를 잡아가고 있었다.

"그게 잘 먹혔나보네요?"

쓰에무라가 비밀스러운 미소를 지으며 옅은 색 눈동자를 반짝였다. 대체 나이가 몇 살일까? 니시자키와 또래인 서른 살쯤으로 보이지만 정확하게는 알 수 없다. 대부분의 여자들과 달리 쓰에무라는 자기 나이보다 더 들어 보이게 하려는 것 같았다. 니시자키는 쓰에무라의 얼굴을 똑바로 바라보지 못하고 고개를 숙인 채 입을 열었다.

"예, 그렇습니다. 그게 잘 먹힌 듯합니다."

뮈리엘의 세일즈 프로모션에 대한 쓰에무라의 기획은 놀라울 만큼 참신했다. 쓰에무라의 첫마디는 도쿄에이전시 입장에서는 그야말로 충격이었다.

"광고는 하지 말죠."

함께 참석했던 미우라三浦 부장은 화를 내야 할지 놀라야 할지 몰라 얼굴이 붉어졌다. 광고를 하지 말라니, 광고회사 사람에게 일하지 말라는 소리다. 쓰에무라는 말을 이었다.

"요즘 10대 아이들은 광고 따위는 믿지 않아요. 광고가 요란할수록 그 상품은 자기들 것이 아니라고 여깁니다. 상품이나 광고나 만든 사람들은 어른이라서 아무리 그 아이들에게 가까이 가려고 발버둥 쳐봤자 어른 냄새가 날 수밖에 없죠."

그 대신에 쓰에무라는 그것을 제안했다.

"우선 모니터들을 모집하세요. 시부야渋谷구 주변에 살거나 통학하는 여자애들, 그중에서도 패션 리더라고 할 수 있는 애들을 모아야 해요. 왜 시부야에서 모집해야 하는지는 아시죠? 그쪽 애들 사이에 유행하면 전국으로 퍼집니다. 일반적인 상품 모니터링처럼 샘플을 나눠주는 게 아니에요.

본품을 선물해야 합니다. 그뿐만 아니라 아르바이트 보수를 아주 후하게 주세요. 대신 한 가지 임무를 맡기는 겁니다."

쓰에무라의 기획에 따라 컴사이트는 모니터가 될 여고생들을 모았다. 쓰에무라는 단상에 올라가 학생들에게 몇 가지 이야기를 들려주었다. 예를 들면 이런 이야기.

"지금 외국의 10대들은 구찌나 샤넬보다 뮈리엘을 선호해요. 그 이유는 뮈리엘에서 만드는 로즈가 향수 이상의 의미를 갖기 때문이에요. 뮈리엘의 로즈를 쓰면 세 달 안에 사랑이 이루어진다는 말이 있어요. 최근에 나온 할리우드 로맨스 영화에서 못 봤나요? 잘 보면 여자 주인공 드레스 룸에 뮈리엘이 놓여 있는 걸 알 수 있어요."

그리고 이런 이야기도 덧붙였다.

"일본에서도 트렌드에 민감한 사람들은 벌써 로즈를 쓰고 있죠. 아, 여러분들보다 고베나 오키나와 쪽 트렌드가 더 빠르던가? 물론 연예계 사람들, 빠르죠. 뮤지션인 H와 A, 나랑 친한 여배우 M도 뮈리엘을 즐겨 쓰고 있어요."

모두 컴사이트와 도쿄에이전시가 만든 거짓말이었다. 그렇지만 그 자리에 모여 있던 여고생들이 완전히 기가 죽을 만큼 압도적인 미모와 존재감을 지닌 쓰에무라가 하는 말에는 사실이라고 믿을 수밖에 없을 만한 위력이 있었다. 무엇보다 그 여학생들은 쓰에무라가 한 말이 사실인지 아닌지 확인할 방법이 없었다. 쓰에무라는 여학생들을 더 부추 겼다.

"오늘 여러분을 이 자리에 모이게 한 건 뮈리엘 홍보 때 문이 아니에요. 도시형 커뮤니케이션에 대한 조사를 위해 서입니다. 오늘 여기서 들은 이야기들을 앞으로 한 달 동안 최대한 많은 친구에게 이야기해주세요. 그리고 한 달 뒤에 간단한 보고서와 여러분이 이야기를 전달한 사람들 명단만 제출하면 됩니다. 다만 딱 한 가지만 약속해주세요. 조사 데 이터의 정확성을 위해 오늘 여기 모여서 이야기를 들었다 는 사실은 비밀로 해야 합니다. 알겠죠?"

쓰에무라가 노린 것은 단순히 모니터 테스트가 아니라 여고생들의 입소문을 이용한 교묘한 정보 조작이었다. 말 하자면 스스로 '소문'을 만들어내는 일이었다.

직장을 옮긴 지 얼마 안 되어 이쪽 분야 업무를 제대로 모르던 니시자키로서는 그저 놀랍기만 했다. 봐서는 안 될 비밀스러운 광경을 봐버린 느낌이 들었다. 그렇지만 놀란 사람은 니시자키뿐만이 아니었다. 가토는 물론이고 20년 이상 광고회사에 근무한 미우라 부장도 이런 수법은 처음 이라고 했다.

이런 방법으로는 클라이언트를 설득할 수 없다며 미우 라 부장이 못마땅하게 여겼지만, 쓰에무라가 귓가에 대고 속삭이는 말투로 몇 가지 사례를 들자 그만 설득당하고 말았다.

"일본에서는 왜 WOM의 힘을 활용하지 않는지 이상하네. 미국에서는 벌써 몇십 년 전에 전문회사까지 생겼는데."

WOM Word Of Mouth, 말하자면 입소문을 가리키는 말이다. 미국에는 1950년대에 이미 WOM 전문회사가 생겼다고 쓰에무라가 말했다.

'WE 다우니'라는 회사다. 그들이 이용한 방법은 매우 간단했다. 여러 사람을 고용해 지하철 안이나 호텔 로비에서 큰 목소리로 상품에 대한 이야기를 하게 한다. 효과는 엄청났다. 전에는 아무도 거들떠보지 않던 상품들이 팔려나가기 시작했다.

쓰에무라는 이런 사례도 들었다. 사람들이 얼마나 입소문에 쉽게 휘둘리는지 증명하는 심리 테스트였다.

먼저 신제품 한정 발매 행사라고 속이고 실험 대상자를 모으고, 사람들을 두 그룹으로 나눈다. 각 그룹에 같은 상품을 보여주고 세일즈 포인트가 적힌 광고를 읽게 한다. 그리고 한쪽 그룹에만 바람잡이를 한 명 심어둔다. 바람잡이는 이렇게 말한다. "내가 이 상품을 써봤는데 아주 좋았다"라고.

광고만 읽은 그룹에서는 상품을 사겠다는 사람이 한 명

도 없었다. 하지만 바람잡이가 있는 그룹에서는 절반이 넘는 사람들이 상품 구매를 예약했다고 한다.

"WOM의 위력은 대단하죠. 예전에 '저 은행 위험하대'라는 아무 근거도 없는 누군가의 한마디에 예금 인출 소동이 벌어져 결국 파산한 은행도 있어요. 과거에 벌어졌던 화장지나 쌀 사재기 소동도 근거 없는 소문 때문이었죠. 얼마 전에도 인터넷에 올라온 단 한 건의 클레임이 대기업 가전제품 브랜드의 신용을 무너뜨린 사건이 있었어요. WOM만으로도 회사를 망하게 할 수 있다는 이야기죠. 사람을 죽일 수도 있습니다. 간토関東 대지진 때 한반도에서 온 사람들이 많이 희생당했던 이유도 누군가 퍼뜨린 유언비어 때문이었습니다."

쓰에무라는 플러스 이미지보다 마이너스 이미지의 정보가 열 배는 빨리 퍼진다고 했다.

"예를 들면 다른 사람에 대한 뒷담화입니다. 사람들은 다들 칭찬보다 욕이나 자극적인 이야기를 하고 싶어 하고, 또 듣고 싶어 하죠."

그리고 마이너스 이미지의 정보보다 더 효과적인 것이 공포심을 자극하는 방법이다.

"가장 유명한 WOM을 아세요? 아마 프랑스에서 시작된 모양인데 이제는 온 세상에 퍼졌죠. 여자 혼자 외국 부티크

탈의실에 들어가면 위험하다, 거울이 빙그르르 돌면서 사람이 사라진다, 거울 뒤에 인신매매 조직원이 숨어 있다가 매춘 소굴로 끌고 간다는 이야기. 이 이야기는 여러 가지 패턴이 있어요. 예를 들면 납치된 여자가 도망치지 못하게 팔다리와 혀를 잘라낸다거나, 몇 해 뒤에 애인과 다시 만났을 때는 마약에 찌들어 노파 모습이 되어 있었다거나. 정말 무서운 이야기죠. WOM이 널리 퍼지는 가장 큰 심리적인 요인은 인간의 잠재적인 공포와 불안이에요. 여자애들에게는 무서운 이야기, 기분 나쁜 이야기가 제일 효과적이죠."

뮈리엘 모니터 모임에서는 긍정적인 정보뿐만 아니라 부정적인 정보도 전달되었다. 쓰에무라는 여학생들 앞에서 뮈리엘의 최대 맞수가 될 한 브랜드의 제품 이름을 입에 올렸다.

"그 회사 향수는 동물성 재료를 쓰는데, 알고 있었나요? 프랑스 연구소에 근무하는 지인한테 들은 이야기인데 돼지 피가 섞여 있대요. 정확하게 이야기하자면 혈액에서 추출한 염기성 단백질, 즉 염색체죠. 여러 재료를 시험한 결과 그게 가장 싸면서도 품질을 유지할 수 있기 때문이랍니다. 그 사람 말로는 그 제품을 너무 많이 쓰면 피부의 털이 돼지 털처럼 뻣뻣해질지도 모른다고 하더군요."

아무리 요즘 아이들이 되바라졌다고 해도 역시 10대 소녀들은 순진하다. 황당무계한 내용이지만 쓰에무라가 너무나 진지한 표정으로 이런 말을 늘어놓자 '돼지 털' 대목에서는 모두 얼굴을 찡그리며 자기 팔을 문지르거나 몸을 감싸 안았다.

모니터 모임이 열리는 장소에서 그 이야기를 듣던 니시자키는 쓰에무라의 교묘한 화술에 혀를 내둘렀다. 물론 그것도 미리 준비한 거짓말 가운데 하나로 경쟁사의 이미지를 떨어뜨리기 위한 유언비어였다. 쓰에무라는 모임이 끝날 무렵 이런 이야기도 했다.

"이것도 들은 이야기인데, 얼마 전 뉴욕 공원에 강간범이 출몰한 사건이 있었대요. 맑은 날에도 시커먼 레인코트를 입고서 10대 여자아이들만 노린다더군요. 수법도 아주 잔인해서 도망치지 못하게 여자애 발목을 잘라버린답니다. 하지만 무슨 까닭인지 뮈리엘 향수를 뿌린 아이들한테는 손을 대지 않는대요. 그래서 뉴욕에 사는 10대 여자애들은 모두 뮈리엘 로즈를 쓴다고⋯⋯."

막 해가 저물 무렵. 모임 장소로 빌린 건물 창밖에 어둠이 소리 없이 드리우기 시작할 즈음이었다. 여학생들은 쓰에무라의 교묘한 말솜씨에 빨려 들어갔다.

"소문에 따르면 그 범인은 일본인이고, 지금은 일본으로 돌아왔다는군요. 물론 누군가 지어낸 이야기겠지만, 얼마 전에 시부야구에 있는 공원에서 실제로 같은 수법의 범행이 일어난 모양이에요……. 어머, 더 늦기 전에 집으로 돌아가는 게 좋겠네요."

몇몇 학생이 비명을 질렀다. 그리고 모니터 모임은 끝이 났다.

여학생들은 생각보다 착실했다. 3주 뒤에 전원이 보고서를 제출했다. 명단에는 예상보다 훨씬 많은 수의 이름이 적혀 있었다. 모니터링 보수가 학생 수준에는 파격적일 만큼 큰 액수였고, 보고서를 제출해야만 보수가 지급되었기 때문이겠지만. 쓰에무라가 이야기를 전한 사람 수에 따라 액수가 달라진다는 투로 설명했기 때문이기도 하다. 엄청난 명단을 앞에 두고 쓰에무라가 만족스러운 미소를 지으며 했던 말이 기억난다.

"요즘 애들은 다루기 아주 쉬워요. 개성과 자기주장이 강하다고들 하지만 결국은 그 개성이나 주장도 모두 모방이에요. 중요한 점은 착각하게 만드는 거죠. 자기는 독자적인 정보나 생각을 가지고 있다는 착각을 심어주는 겁니다."

광고회사에서는 F0층(13세-19세 사이의 여성)으로 불리는 여학생들을 어지간해서는 동향을 파악하기 힘든 블랙홀 같은 대상으로 여기는데, 쓰에무라는 별것 아니라는 듯이 말했다.

입소문 조작과 함께 인터넷을 이용한 정보 조작도 이루어졌다. 컴사이트 사원들이 일제히 인터넷에 접속해 10대 소녀들이 주로 이용하는 커뮤니티와 대화방에 들어갔다. 쓰에무라의 기획에 따라 사원들은 학생들이 뮈리엘 PR이라는 사실을 눈치채지 못하게, 교묘한 방법으로 정보를 계속 퍼뜨렸다.

예를 들면 이런 식이다. 상품명을 전혀 드러내지 않고 웹페이지를 개설한다. '10대를 위한 코스메틱 아카데미', '교칙을 위반하지 않는 고교생 패션 매뉴얼' 따위의 제목을 붙인 사이트를 만들어 뮈리엘이 뛰어나다는 내용을 잔뜩 올리는 것이다. 향수 선호도를 투표에 붙이고 결과를 조작해 뮈리엘을 상위에 노출시킨다. 일반적인 광고 시장에서는 허용되지 않는 방법이지만 인터넷이라면 별문제 없다.

처음에는 미우라 부장뿐만 아니라 니시자키나 가토도 반신반의했다. 그렇지만 일단 '저비용 고효율'이라는 말로 간신히 클라이언트를 설득한 뒤 한동안 동향을 지켜보았다.

처음 몇 주 동안은 상품이 전혀 팔리지 않아 진땀이 났다. 하지만 모니터들이 보고서를 제출하기 시작할 무렵, 매장에서 수요를 따라가기 힘들 정도로 뮈리엘 로즈가 팔려나갔다. 모든 상황이 쓰에무라의 계산대로 흘러갔다. 여학생들은 쓰에무라가 조정하는 대로 움직였고, 마치 세포가 분

열하듯 소문은 증식하기 시작했다.

"이번에는 네거티브 어프로치를 전면적으로 해볼까요?"

니시자키는 퍼뜩 정신이 들었다. 대화는 어느새 패스트푸드 체인 이야기로 돌아와 있었고, 자신의 눈은 무릎을 가지런히 모아 비스듬하게 기울인 쓰에무라의 다리를 넋을 놓고 바라보고 있었다.

"네거티브 어프로치."

아소가 쓰에무라의 말을 강조하듯 반복했다.

네거티브 어프로치. 이 용어는 광고회사에 들어와 바로 익힌 말이다. 소비자에게 상품의 결점을 스스로 드러내 눈길을 끈다거나, 그 상품을 쓰지 않았을 경우의 공포심을 조장하는 광고 수단. 이른바 비장의 카드라고 할 수 있지만 그리 흔히 쓰는 수법은 아니다. 니시자키는 넋을 잃고 쓰에무라를 바라보던 자신을 변명하듯 힘주어 찬성 의사를 밝혔다.

"단점을 거꾸로 이용하자는 말씀이군요. 그러면 이번 클라이언트의 경우, 매장이 많지 않다는 점을 역으로 이용해 희소가치로 느끼게 할 수도 있겠습니다. 지명도가 낮다는 점을 이용해 아는 사람만 가는 숨은 맛집이라는 이미지를 만들어내는 방법도 있겠군요."

제 딴에는 그럴듯한 아이디어를 냈다고 생각했는데 쓰에

무라는 바로 고개를 저었다.

"아니죠. 네거티브한 정보를 이용할 대상은 라이벌 브랜드 쪽이에요. 패스트푸드 시장은 이미 포화상태예요. 특히 도넛 같은 경우에는……."

니시자키는 이번 클라이언트와 마찬가지로 도넛을 메인 상품으로 하는 대기업 체인을 떠올렸다.

"크기가 이미 정해진 파이를 나눌 때 내가 차지할 부분을 키우는 방법은 하나뿐이에요."

쓰에무라는 두 손을 들어 원을 그려 보이더니 한 손을 다른 손으로 누르는 시늉을 했다.

"상대방이 차지할 부분을 줄여야죠."

"어떻게 해야 그렇게 되죠?"

니시자키는 진짜 몰라서 물었다.

"예전에 유명했던 햄버거 체인이 사용한 WOM 아시죠? 햄버거 패티에 고양이 고기를 넣었다는 소문."

"아하."

니시자키와 가토는 나란히 고개를 끄덕였다. 물론 잘 알고 있다. 니시자키가 어렸을 때 유행했던 입 찢어진 여자 이야기나 사람 얼굴을 한 개 이야기 같은 도시 전설 종류다. 누가 맨 처음 퍼뜨렸는지 아무도 모르지만 입에서 입으로 퍼지면서 점점 가속도가 붙어 어느새 누구나 다 알게 된 소문. 이런 이야기를 들으면 한동안 햄버거를 먹지 못한다. 냉철하게 생각해보면 어처구니없는 거짓말이라는 사실을 바로 알 수 있지만 여러 사람이 그 소문을 입에 올리니 어쩐지 그럴싸하게 느껴지고, 막연한 불안감과 혐오감이 마음속에 쌓일 수밖에 없다.

"조카에게 들은 이야기인데, 요즘에는 지렁이라고 하네요, 지렁이 버거."

발언할 빌미를 잡은 가토가 몸을 앞으로 내밀며 말했다.

"그 체인에서는 패티에 양식 지렁이를 넣는데, 햄버거 안에서 죽지 않은 지렁이가 꿈틀거리며 나왔다는 이야기를 들었죠. 웩, 생각만 해도 입맛이 뚝 떨어지네요."

가토는 자기가 말해놓고 얼굴을 찡그렸다.

"맞아요. 그냥 터무니없는 소문이라며 웃어넘길 수 없죠. 그 이야기는 원래 미국에서 시작한 소문이에요. 미국 본사는 그 소문이 사실이 아니라는 기자회견까지 열고, 품질 보증 캠페인을 벌였을 정도예요. 그때 그 소문 하나 때문에 매출이 몇 퍼센트나 떨어질 만큼 소비자들의 기피 현상이 벌어졌죠. 몇 퍼센트라도 수치가 움직이면 새로 진입하는 쪽에서는 그만큼 효과가 있는 거 아닐까요?"

"그러니까 경쟁 회사를 헐뜯는 소문을 내자는 건가요?"

니시자키가 되물었다. 다른 사람이 듣고 있지 않다는 걸 알면서도 목소리를 낮춰 말했다. 어쨌든 상도덕에 관계된 문제였기 때문이다.

"그게 그렇게 되나요? 도넛이 주력 상품이라고 했으니 시장 점유율을 조사하면 어디를 표적으로 삼아야 할지도 금방 나오겠군요."

쓰에무라가 새침한 표정을 지으며 말했다. 상도덕 따위는 이제 낡은 인습이라는 듯이. 니시자키는 내키지 않았다. 들어가서는 안 될 문의 손잡이에 손을 댄 느낌이었다. 뮈리엘 때도 느낀 바지만, 이번에도 확실히 질이 좋지 않다.

가토는 아랑곳하지 않고 경박한 목소리로 아이디어를 늘어놓기 시작했다.

"이런 방법은 어떨까요? 경쟁사에는 간단한 중국식 메뉴도 있거든요. 신상품 칠리새우 버거에 들어간 재료가 사실은 새우가 아니라 투구벌레 유충이라는 식으로……."

니시자키는 잠시 망설이다가 가토의 말을 가로막듯 과감하게 입을 열었다.

"그런 식으로 해도 괜찮을까요?"

쓰에무라와 아소, 그리고 가토까지 니시자키를 바라보았다. 힘겹게 다음 말을 꺼냈다.

"그건 페어하지 않잖아요."

"페어?"

쓰에무라가 그게 무슨 소리냐는 표정으로 고개를 꼬았다.

"페어라니, 무슨 말씀이죠?"

"아뇨, 그게, 좀 그런 느낌이 들어서요. 기분 문제입니다. 마음이 불편하다고나 할까……."

쓰에무라가 화가 난 것 같지는 않았다. 여전히 부드러운 미소를 지으며 니시자키의 눈을 똑바로 바라보고 왼쪽으로 기울였던 두 다리를 오른쪽으로 방향을 바꾸었다. 그 다리를 보지 않는 척하느라 애를 써야 했다.

"아, 니시자키 씨. 무슨 말씀인지는 잘 알겠습니다. 저도 나치스 선전 요원은 아니니까요. 남의 불행을 내 기쁨으로 여기는 사람도 아닙니다. 하지만 비즈니스는 경쟁이죠. 사업 이야기를 하는 자리에서 그런 일반적인 도덕론을 들이미는 게 오히려 페어하지 않는 행동 아닌가요?"

가토가 팔꿈치로 쿡 찔렀다. 쓸데없는 소리 하지 말라는 이야기다. 니시자키는 마른 입술을 혀로 적셨다.

"마음이 불편하다니…… 니시자키 씨, 마음이라는 게 어디 있죠?"

조건반사처럼, 혹은 명령을 충실하게 실행하듯 니시자키는 자기 왼쪽 가슴에 손을 댔다. 쓰에무라가 킥 웃었다.

"그건 심장이에요. 그냥 혈액을 순환시키는 신체 기관일 뿐이죠. 니시자키 씨, 사람에게 마음 같은 것은 없어요. 인간을 움직이는 곳은 바로 여기."

쓰에무라는 테이블 위로 손을 뻗어 희고 가느다란 손가락을 니시자키의 관자놀이에 살짝 댔다. 니시자키는 감전된 것처럼 움찔 몸을 움츠렸다.

"두뇌죠. 사람의 행동은 모두 뇌에서 분비되는 쾌락 물질로 설명할 수 있어요. 연애감정이나 모성도 예외가 아니에요. 쾌락과 생리적 욕구를 채우려는 행동이라거나, 종족보존과 자기방어를 위한 본능이라고 표현하면 될까요? 말하자면 인간 행동의 기본은 욕망이라는 거죠. 마음이란 뇌 속에 있는 신경세포 네트워크를 흐르는 화학물질의 양과 질이에요. 그게 우리 몸속 각 기관에 전달되어 사람이 그때그때 상황에 맞게 행동하게 만들죠. 아주 심플해요. 그야말로 입소문이 전달되는 방식과 비슷하죠. 이 시스템만 잘 알면할 수 있는 게 많아요. 어때요, 그렇게 생각하지 않아요? 인간이란 윤리나 이치 따위로 움직이는 존재가 아니에요."

머릿속이 멍해졌다. 대꾸는 고사하고 고개도 끄덕이지 못했다. 아무 생각도 나지 않아 쓰에무라가 말을 잇기만 기다렸다. 쓰에무라가 매혹적인 미소를 지으며 말했다.

"더 심플하게 생각해보세요. 욕망은 본능이죠. 그 욕망을 부정하면 인간은 살아갈 수 없어요. 물질적 욕망, 정신적 욕망. 사람마다 모두 제각각이지만 살아 있는 한 뭔가를 갈망

하는 충동을 떨칠 수 없어요. 우리가 할 일은 그 욕망을 환기시켜주는 겁니다. 도와주는 거죠. 자기만족에 지나지 않는 상도덕을 지키는 건 우리 일이 아니에요."

쓰에무라가 일어서더니 수조 앞으로 걸어갔다. 도넛 부스러기를 수조 속에 넣었다. 정교하게 만든 물고기 모양 미끼처럼 크기와 모양새가 일정한 열대어들이 비늘을 반짝이며 몰려들기 시작했다.

"우리는 그들의 욕망을 충족시킬 정보를 내보낼 뿐이죠. 그 정보를 어떻게 이해하는가는 받아들이는 사람의 문제입니다. 물론 우리는 불법적인 행동을 전혀 하지 않아요."

나이 차이도 거의 없을 니시자키에게 쓰에무라는 훈계하는 투로 말을 이었다. 열대어들은 사랑스러운 생김새에 어울리지 않을 만큼 탐욕스럽게 도넛 부스러기를 차지하려고 서로 다투고 있었다.

"지금 우리가 여기 모인 까닭은 사업을 성공시키고자 하는 욕망을 위해서죠. 라이벌 회사를 이기고 싶죠? 우리가 기껏해야 커피숍이나 하는 사람들은 아니잖아요? 심플하게 생각합시다."

쓰에무라는 순진해 보이기도 하고 요염해 보이기도 하는, 늘 잃지 않는 그 묘한 웃음을 짓고 있었다. 창문을 통해 쏟아지는 오후 햇살이, 등지고 있는 쓰에무라의 전신에 흐린 윤곽을 그렸다. 마치 쓰에무라의 몸에서 빛이 나오는 듯했다. 쓰에무라의 입술이 천천히 움직였다.

"우리는 자기 자신의 욕망에 충실해야 해요."

쓰에무라의 주장을 부정할 말을 찾을 수가 없었다. 그런 걸까, 정말로? 정말 그래도 괜찮을까? 니시자키는 꼼짝도 하지 않고 립스틱을 살짝 바른 쓰에무라의 입술에서 나온 말들을 계속 되새겼다.

3

고구레 유이치小暮悠一는 매일 아침 그랬던 것처럼, 오래된 작은 공기에 밥을 조금 떠서 한쪽에 놓았다. 그리고 자기가 쓰는 큼직한 공기에는 밥을 가득 펐다. 낫토를 담은 작은 그릇에 날달걀을 넣고 겨자를 듬뿍 얹어 섞자 식탁 맞은편에 앉은 나쓰미菜摘가 얼굴을 찌푸렸다.

"웩, 메슥거려."

나쓰미는 오렌지 잼을 바른 토스트를 입에 문 채로 고개를 젓다가 고구레와 눈이 마주치자 새침한 표정을 지으며 외면했다. 고구레가 낫토를 먹는 걸 볼 때마다 늘 저런 표정을 짓는다.

"뭐가 메슥거린다는 거야? 낫토 맛도 모르는 불쌍한 녀석."

"냄새가 싫단 말이야. 게다가 왜 날달걀까지 넣는 거야?"

나쓰미는 나이 든 고양이처럼 눈을 가늘게 뜨더니 그릇 속 날달걀 거품에 싸늘한 눈길을 던졌다. 고구레의 양말을 세탁기에 넣을 때와 같은 표정이었다.

"너, 그 눈빛 뭐야? 너도 어렸을 때는 맛있다면서 잘 먹었어!"

"그때야 어렸으니까 그렇지. 젊은 혈기에."

"이제 겨우 열다섯 살이 건방진 소리 한다. 그리고 젊은 혈기라는 말은 그럴 때 쓰는 게 아니야. 그런 것도 모르는 주제에 낮은 코까지 높이 치켜세우고 말이야. 그리고 너, 그렇게 잼만 먹다가는 또 살찐다."

"이건 잼이 아니라 마멀레이드야. 저칼로리 타입이라 괜찮거든! 그리고 코가 낮은 건 아빠 닮아서 그렇지. 에이, 엄마 닮았으면 좋았을 텐데."

아니야, 넌 엄마 닮았어. 고구레는 그렇게 생각한다. 나쓰미의 코는 군이 따지자면 마사에雅惠를 닮았다. 높지도 낮지도 않고, 실컷 얻어터진 권투선수 같은 고구레의 평퍼짐한 코보다 훨씬 예쁘다. 얼마 전까지만 해도 치마 입혀놓은 사내아이 같더니, 요 몇 년 제법 머리 모양과 옷에 신경을 쓰면서 불쑥 제 엄마 모습이 나오기 시작했다. 코뿐만 아니라 눈 주위, 입언저리도 세상을 떠난 마사에와 똑 닮았다.

"아빠, 간장을 그렇게 많이 넣으면 어떻게 해! 또 혈압 올라가."

잔소리하는 말투까지 그대로 빼닮았다.

"짠소리 하지 마."

"헉, 썰렁해."

"왜? 감기 걸렸어?"

"아니, 아빠 개그가 너무 썰렁하다고! 어휴, 아저씨들이나 하는 노잼 개그. 요즘 유행하는 말을 모르니까 썰렁한 소리나 하고 말이야."

"그래? 제법 먹힐 거라고 생각했는데. 그럼 이건 어때?"

고구레는 오기가 나서 휘젓고 있던 낫토를 나쓰미의 얼굴에 들이대고 노래하듯 말했다.

"네버, 네버 기브 업."

코를 움켜쥔 나쓰미가 오리가 꽥 지르는 듯한 소리를 지르더니 말을 이었다.

"기나오싹."

"뭐……?"

"기나오싹. 기분 나쁘고 오싹하다는 말이야."

"그것도 유행하는 말이야?"

"아니, 내가 방금 생각해낸 말이야."

"자꾸 그렇게 낫토를 무시하면 네 도시락에 넣는다. 점심 시간에 네가 도시락 뚜껑을 열면 낫토에서 나온 끈적끈적한 실이 쭈우욱……."

"으악, 그건 절대 안 돼."

토스트를 입에 문 채로 나쓰미가 고개를 젓자 아침에 감고 빗어 올린 머리카락이 살랑살랑 흔들렸다. 전에는 분명 고구레를 닮은 직모 흑발이었는데 어느새 살짝 웨이브가 있는 갈색 머리로 바뀌었다. 눈썹도 볼 때마다 가늘어지는 것 같다. 뭘 어떻게 한 걸까? 함께 살면서도 정말 수수께끼라는 생각이 들었다.

"설마 오늘 도시락에 넣은 건 아니겠지?"

"안심해. 어묵튀김이야."

"또? 지난번에 맛있다고 칭찬했던 게 실수였군."

"이번에는 맛이 좀 다를걸. 생선 살에 카망베르 치즈를 넣어보았지."

"…… 불안한데."

올해 고등학교에 들어간 나쓰미 도시락은 고구레 담당이다. 퇴근 시간이 불규칙한 고구레 대신 저녁은 중학교 1학년 때부터 나쓰미가 차렸다. 마사에가 세상을 떠난 뒤, 한동안 같은 동네에 살던 처제가 챙겨주기도 했지만 결혼해 규슈九州로 떠난 뒤로는 나쓰미가 떠맡았다. 열다섯 살짜리 딸에게 결코 쉬운 일이 아니라고 생각한다. 그래서 미안한 마음을 덜기 위해 도시락은 고구레가 맡았다.

도시락을 싸기 시작한 지 반년, 요리 솜씨는 많이 늘었다. 처음에는 까맣게 탄 달걀프라이와 자반고등어만 계속 싸서 나쓰미를 질리게 했지만, 이제는 소시지로 문어 모양도 만들고 토끼 모양으로 깎은 사과를 곁들이기도 한다.

미심쩍은 표정으로 도시락 냄새를 맡아보는 나쓰미에게 말했다.

"이렇게 여유 부려도 괜찮아? 서두르지 않으면 지각이야."

"앗, 지각은 안 돼."

나쓰미는 즉석 수프와 함께 토스트를 서둘러 먹더니 식탁에 앉기 전에도 한참 들어가 있던 욕실로 다시 뛰어 들어갔다.

고구레는 낫토를 2, 3분쯤 휘젓고 마사에의 밥을 담은 밥공기를 불단에 올렸다. 5년 전 마사에가 교통사고로 떠난 뒤로 매일 아침 거르지 않고 아내에게 상식上食을 올린다. 이제는 그만해야지 하는 생각이 들지만 아직 그만두지 못하고 있다.

2인분 그릇을 설거지하고 양치질하려고 욕실로 갔다. 나쓰미는 아직도 거울과 눈싸움을 하고 있었다. 삼면거울을 들여다보며 뺨을 잔뜩 부풀리고 하나뿐인 여드름 상태를 확인하는 나쓰미에게 달콤한 향기가 살짝 났다. 무슨 냄새일까? 고구레는 코를 벌름거렸다. 꽃향기다. 장미인가?

"이 냄새는 뭐야?"

"응? 향수 말이야?"

"고등학생한테 향수는 아직 일러."

고구레가 약간 언성을 높였다. 집안일을 딸에게 많이 맡기고 있어서 사생활에 대한 잔소리는 최대한 자제하는 편이지만, 그래도 고등학생에게 향수는 너무 이르다.

"뭐?"

나쓰미가 고생대 화석이라도 보는 듯한 눈길로 고구레를 쳐다보며 말을 이었다.

"이쯤은 기본이야. 다들 향수 한두 개는 가지고 있어."

"믿을 수가 없군."

고개를 가로저었다. 고구레가 고등학교 다닐 때는 기껏해야 코롱(농도가 약한 가벼운 향수의 일종)이었다. 여학생한테서 나는 비누 냄새에도 가슴이 설레었는데.

"너도 이제 여자라는 거야?"

"부적 같은 거란 말이야. 만약에 이걸 뿌리지 않으면……."

나쓰미가 괴담이라도 이야기하듯 목소리를 낮췄다.

"뿌리지 않으면?"

"아니다. 아빠는 들어봤자 이해 못해⋯⋯."

"뭐? 그게 부모한테 할 소리야? 그리고 다른 애들이 다 뿌려도 너는⋯⋯."

나쓰미는 홱 돌아서더니 욕실을 나갔다. 딸랑, 딸랑, 딸랑. 세 평짜리 일본식 방에서 나쓰미가 불단의 방울을 울리는 소리가 들리더니 바로 현관 쪽에서 소리가 났다.

"다녀오겠습니다. 아빠, 저녁은 햄버그스테이크야. 오늘 몇 시에 들어와?"

세면대에서 얼굴을 들고 칫솔을 입에 문 채로 대답했다.

"음, 별일 없으면 일찍 들어올 거야."

"아하, 별일 없으시면?"

나쓰미가 빈정거리듯 웃었다. 고구레 직업상 약속 같은 것은 할 수가 없다. 별일이 일어나는 경우가 항상 많다. 나쓰미가 항의라도 하듯 문을 세게 닫는 소리가 나더니 집 안에는 갑자기 정적이 감돌았다.

면도를 마친 뒤, 요즘 탈모 조짐을 보이기 시작한 머리카락에 손가락을 넣어 다듬었다. 그리고 위층으로 올라갔다. 작은 집이지만 그래도 2층에 방이 두 칸이다. 전에는 아내와 함께 쓰던 침실이었던 고구레의 방과 나쓰미가 쓰는 방.

옷장에서 정장을 꺼냈다. 골라야 할 만큼 옷이 많지도 않았다. 달력은 이미 9월인데 창문으로 쏟아져 들어오는 아침 햇살은 아직 칼날처럼 날카롭다. 오늘도 더울 듯하다. 넥타이를 할까 말까 고민하다가 오늘 할 일과 만날 사람을 떠올리며 결국은 늘 매던 넥타이를 꺼냈다. 방을 나와 아래층으로 내려오다가 문득 나쓰미 방 앞에 멈춰 섰다.

아무도 없는 줄 알면서도 노크를 했다. 허락도 받지 않고 들어가는 것이 어쩐지 미안하게 느껴져서다. 멋대로 방에 들어간 사실을 알면 나쓰미는 매번 도끼눈을 뜨며 화를 낸다. 바닥에 벗어놓은 잠옷과 널려 있는 잡지를 치우고 싶은 충동을 억누르며 슬금슬금 방 안으로 들어갔다.

다 큰 여자아이와 어린 여자애가 함께 사는 듯한 방이다. 침대 머리맡에 봉제 인형이 놓여 있고 만화책이 쌓여 있는 책상 위에는 거울과 화장 도구가 있다. 벽에는 나쓰미보다 약간 나이가 많은 여자 아이돌의 포스터가 붙어 있다. 방에서도 아까 그 향수 냄새가 희미하게 났다.

벽 쪽 진열장 위에 제단에 바친 공물처럼 놓여 있는 농구 공을 볼 때마다 고구레는 마음이 가시에 찔리는 듯 아팠다. 중학교 2학년 때까지 농구부였던 나쓰미는 처제가 결혼하고 메구로를 떠나자 바로 농구를 그만두었다. 아무 말도 하지 않았지만 집안일에 익숙하지도 않고, 늘 일에 쫓기는 고구레 대신 가사일을 맡기 위해서였다는 사실을 고구레는 잘 알고 있다.

방을 빙 둘러보다가 책상 위에서 찾던 물건을 발견했다. 이거다, 이거. CD 플레이어. 잠깐만 빌릴게. 속으로 그렇게 중얼거리며 보는 사람도 없는데 또 살금살금 방을 나왔다.

여보, 다녀올게. 불단에 놓인 아내 사진을 보며 그렇게 말하고 고구레도 집을 나섰다. 직장까지는 그리 멀지 않다. 전철로 몇 정거장밖에 되지 않지만 나쓰미와 단둘이 살게 된 뒤로는 스쿠터로 출퇴근을 했다. 시부야역에서 갈아타야 하는 전철보다 빠르고, 늦게까지 일하다 보면 막차를 놓칠 때도 있기 때문이다. 아내가 살아 있을 때처럼 회사에서 밤새우는 짓은 하고 싶지 않았다. 헬멧을 쓰기 전에 이어폰을 끼고 플레이어 스위치를 켰다. 술에 잔뜩 취한 여자가 중얼거리는 듯 반복해서 읊조리는 부분이 흘러나왔다. 아사카와 마키浅川マキ(1942~2010)의 '날이 밝으면'(1969년에 발표한 앨범에 실린 곡). 추억의 명곡이다.

20세기는 이미 지나갔지만 고구레의 음악 시계는 여전히 1970년대에 머물러 있다. CD가 없는 곡은 지금도 LP 음반으로 듣는다. 아저씨 스타일이다. 나쓰미는 날달걀, 낫토 못지않게 투덜대지만 이런 노래가 좋으니 어쩔 도리가 없다.

아사카와 마키의 나른한 목소리는 스쿠터 속도와 비슷했다. 주택가에 난 좁은 길을 지그재그로 달려 야마테 길山手通

リ로 나왔다. 이제부터는 남쪽으로 직진.

나카메구로中目黒 고가철도를 지나 조금 더 가면 길 양쪽에 늘어선 아파트 너머로 갈색 벽돌 건물이 보이기 시작한다. 고구레의 직장이다. 가까운 쪽 출입구로 들어가 빈자리에 스쿠터를 세웠다.

주차장 쪽을 돌아보았다. 경찰차와 특수차량 몇 대가 서있었다. 순찰차 이외에는 아직 나가지 않았다. 평화로운 아침이었다. 고구레는 제복을 입은 직원에게 한 손을 들어 인사하고 계단을 뛰어올라 사무실로 들어갔다. 경시청 메구로경찰서 형사과였다.

4

바스락.

가로등 저편 어둠 속에서 어두운 그림자만 보이는 가로수가 으스스한 소리를 내며 흔들렸다.

바스락, 바스락.

역시 지름길로 오는 게 아니었다. 소녀는 뒤늦게 후회했다. 평소에 다니지 않던 길이다. 길 한쪽은 주택가 뒤편에 있는 높은 담, 다른 쪽은 공원이다. 길가에는 가로수가 늘어서 있다. 소녀보다 키가 조금 더 큰 가로수들이 마치 사람 그림자처럼 보였다. 낮에는 아무렇지도 않은 곳이지만 오가는 사람이 없는 밤의 공원은 왠지 으스스하다.

동네 공원치고는 안에 인공연못까지 있는 큰 공원이다. 가로등이 만들어낸 빛과 그림자 사이에서 뭔가 움직이는 듯했다. 흘끔 곁눈질로 보니 연못가에 누가 서 있는 기분이 들어 소녀는 몸서리를 쳤다.

걸음이 점점 빨라져 당장이라도 뛸 것만 같았다. 하지만 겁을 먹고 달려가는 것처럼 보이고 싶지는 않았다. 물론 볼 사람도 없겠지만.

어슴푸레한 빛과 정체를 알 수 없는 어둠이 엇갈리는 공원 쪽은 될 수 있으면 보지 않으려 애쓰며 소녀는 집에 가서 볼 텔레비전 프로그램 생각에 집중하려고 했다.

그래, 서두르지 않으면 J-POP TV가 시작할 거야. 러시안 블루가 출연하는데 놓치면 안 돼. 물론 비디오 녹화는 예약해두었지만 무조건 본방을 봐야지, 레노에게 미안하잖아.

두려움을 떨치려고 콧노래를 불러보았다. 제일 좋아하는 러시안 블루가 발표한 신곡이다.

Love is illusion
Love is illusion

회색빛 거리에서

그대는 Window Window I DO!

귀가 시간이 이렇게 늦어진 이유는, 라디오 생방송을 마치고 나오는 러시안 블루를 보려고 아카사카赤坂 방송국 앞에서 너무 오래 기다렸기 때문이다. 소녀는 돌아오는 전철 안에서 몇 번이나 그랬던 것처럼 입안에서 달콤한 사탕을 굴리듯, 사람들 틈새로 밴드 멤버들의 얼굴을 얼핏 보았던 순간을 떠올렸다.

레노는 여전히 멋졌다. 헤어스타일이 조금 바뀌었는데, 전에도 좋았지만 이번 스타일도 나름대로 사랑스럽다. 내 머리에 붙인 라메를 봤을까? 날은 어두웠지만 그래서 더 반짝거렸을지도 모른다. 머리카락 색깔도 레노와 똑같이 오렌지색으로 했다. 분명 내 쪽을 얼핏 쳐다보기는 했는데.

Love is illusion

Love is illusion

신기루 같은 거리에서

그대는 Shadow Shadow I DO!

좁고 캄캄한 길 저편 어느 집에서 작은 불빛이 깜빡거렸다. 저기까지 가면 넓은 길이 나온다. 소녀는 똑바로 앞만 바라보며 이상한 소리에는 귀를 막고 러시안 블루 생각에만 몰두하려고 했다.

러시안 블루의 팬들 중 반 이상이 보컬인 진을 좋아하지만 나는 오로지 레노다. 아아, 나도 그런 남자친구가 있다면 얼마나 좋을까. 학교는 따분해. 말을 거는 남자애들 중에 변변한 녀석은 없고. 그런데 오늘 방송국 앞에서 본 그 애들, 처음 온 것 같은데 팬으로서 기본이 안 되어 있어. 바로 다음 스케줄이 있는데 선물 같은 걸 건네고, 처음 보는 주제에 친한 사이처럼 말을 걸면 어쩌자는 거야. 진짜 짜증 나. 그것도 촌스럽게 교복 차림으로. 어디서 온 애들일까? 분명히 지바나 사이타마에서 왔을 거야. 바쁜 이동 시간에는 말을 걸지 않는 게 기본이잖아. 가수를 쫓아다닐 때도 다 나름대로 지켜야 할 규칙이 있는 법인데 말이야.

불꽃놀이가 꺼지듯 여름은 불쑥 끝났다. 요 며칠 사이 갑자기 서늘해져서 밤에는 심지어 추울 정도다. 반소매를 입은 팔에 차가운 밤공기가 달라붙었다. 아아, 오늘은 긴팔 티셔츠를 입고 싶었는데. 사립학교는 싫다. 교복이 없는 학교에 다니고 싶어. 길 한쪽에는 아직 높은 담이 저 앞쪽까지 이어지고 있다.

또박또박또박.

자기 발소리가 크게 울렸다. 푸르르. 몸이 떨렸다. 소녀는 두 팔로 몸을 끌어안고 집에 도착해서 할 일만 생각하기로 했다. 텔레비전을 보고, 그다음에 녹화된 영상을 한 번 더 보고, 그다음에는 오랜만에 기타 연습을 해야지. 소녀는 내내 방에 세워두기만 한 기타를 생각했다. 하지만 클래식 기타라서.

고등학교에 진학해 첫 동아리로 기타부에 들어갔던 까닭은 레노처럼 멋지게 기타를 연주하고 싶었기 때문이다. 운동부만큼 연습이 힘들지도 않고, 일찍 끝나기 때문에 그때만 해도 언더그라운드 밴드였던 러시안 블루를 보러 다닐 수 있겠다고 생각했다. 하지만 몇 달 활동해본 기타부는 진짜 답답했다. 요즘 세상에 《금지된 장난》(1952년작 프랑스 영화) 주제가를 연습하다니. 말도 안 돼!

록 기타를 치고 싶다. 기타는 이제 곧 내 손에 들어온다. 아르바이트해서 모은 돈으로 비싼 레스 폴 기타를 살 작정이다. 기타를 가르쳐줄 사람이 어디 없을까? 누구 없나? 레노처럼 키 크고 손가락도 길고 헤어스타일이나 패션 센스도 좋은⋯⋯.

바스락.

바로 옆 가로수에서 소리가 났다.

소녀는 저도 모르게 몸을 움츠렸다. 눈앞에 어른거리던

레노의 얼굴이 순식간에 사라지고 인적 없는 공원의 외딴 길이 눈에 들어왔다.

어서 집으로 가자. 다시 콧노래를 흥얼거리기 시작했다. 몸이 떨릴 만큼 춥지는 않은데도 콧노래 소리가 떨리고 있었다. 그래, 저녁 메뉴 생각을 하자. 오늘은 뭘까? 아빠가 월급을 받은 지 며칠 되지 않았으니까 고기일지도 모른다. 비프 스튜면 좋겠는데. 소녀는 따스한 김이 모락모락 오르는 스튜 접시를 머릿속에 떠올리려 했지만 뜻대로 되지 않았다.

바스락.

다시 뒤에서 가로수 흔들리는 소리가 났다. 소녀는 그제야 이상하다는 생각이 들었다. 오늘 밤은 바람 한 점 불지 않는데.

바스락, 바스락.

바람도 없는 공원에서 나뭇가지가 흔들리고 있다. 더는 참을 수가 없었다. 잰걸음이 어느새 뜀박질로 바뀌었다.

또박또박또박또박.

여태 자기 발소리가 높은 담 때문에 메아리치고 있는 줄 알았다. 하지만 그게 아니었다. 다른 발소리가 난다. 자기 것과는 다른 발소리가 뒤에서 들려오고 있다. 길 저편에 보이는 가로등을 향해 소녀는 죽어라 달렸다. 속도를 높이자 뒤따라오는 발소리도 속도를 올리는 듯했다.

또박또박또박또박또박또박또박또박.

뒤돌아보기 무서워 앞만 보고 어둠 속을 달려 삼거리 쪽으로 뛰었다. 창문에서 흘러나온 불빛인 줄 알았던 것은 자판기 조명이었다. 그래도 밝은 곳으로 나왔다는 안도감에 속도를 늦췄다.

휴우, 크게 한숨을 내쉬었다. 이제 괜찮아. 여긴 가로등 덕분에 훨씬 더 밝다. 50미터쯤 앞에는 편의점 불빛도 보였다. 좀 전에 들린 그 발소리는 대체 뭐였을까? 잘못 들은 걸까? 소녀는 그제야 뒤를 돌아보았다.

소녀의 눈앞에 누군가가 서 있었다.

갑자기 머리에 뭔가가 씌워졌다. 비명을 질렀다. 하지만 그 소리는 자기 귀에도 들리지 않았다. 누가 입을 틀어막았기 때문이다. 고무장갑 냄새가 코를 찔렀다. 그리고 눈앞이 캄캄해졌다. 아까보다 더 캄캄한 칠흑 같은 어둠.

소녀가 마지막으로 본 것은 가로등 불빛을 받아 매끄럽게 빛나는 새카만 레인코트 소맷자락이었다.

5

린시노모리林試の森 공원은 메구로구와 시나가와品川구에 걸쳐 펼쳐진 녹지대로 도심에서는 보기 드문 자연림을 간직하고 있다. 고구레는 차량 통행을 막는 철책 앞에 스쿠터를 세우고 숲 안으로 달려 들어갔다. 아직 이른 아침, 썩은 낙엽 냄새가 풍기는 산책로에는 희미한 햇살이 나뭇가지 사이로 스며들어와 얼룩덜룩한 무늬를 그리고 있었다.

공원 한복판에 있는 연못을 빙 돌아 작은 언덕으로 이어지는 비탈길을 올랐다. 이미 폴리스 라인이 둘러쳐져 있고, 조깅을 하거나 개를 데리고 산책하러 나왔던 구경꾼들 앞에 제복 경관 두 명이 부동자세로 서 있었다. 규칙에 따라 제복 경관의 경례에 눈짓으로만 인사를 건넸다.

나무 사이에 푸른색 비닐 시트가 펼쳐지고 감식 담당자가 채증 작업을 시작했다. 산책길에서 10미터쯤 숲으로 들어온 곳이다. 고구레는 어두운 남색 작업복을 입은 이들에게 물었다.

"들어가도 되나?"

현장 초동수사는 감식 작업이 최우선이다. 그들이 허락하지 않으면 경찰서장이라도 마음대로 행동할 수가 없다. 감식 담당자 한 명이 노골적으로 짜증스러운 표정을 지으며 비닐 시트를 깔아 만든 임시 통로 쪽을 손가락으로 가리켰다. 쓸데없는 발자국이 남지 않게 그쪽으로 들어가라는 뜻이다. 감식 담당자들은 모두 구두를 벗고 비닐 양말을 신고 있었다.

푸른 비닐 시트 너머로, 네모난 옷장에 어두운 남색 양복을 입혀놓은 듯한 덩치 큰 사내가 넓은 등을 웅크린 채로 서 있었다. 고구레와 같은 형사과 강력계에 근무하는 쓰스에津末였다.

"오우, 제법 빠른데?"

고구레가 쓰스에 어깨를 두드렸다. 잠이 덜 깬 듯한 당직 형사를 제외하면 형사과에서는 쓰스에가 제일 먼저 도착한 모양이다. 아마 녀석은 늘 그랬듯 메구로경찰서 위층에 있는 독신자 숙소에서 혼자 죽도나 휘두르고 있었을 것이다.

"여기 우리 관할이 확실해?"

고구레가 묻자 쓰스에가 길쭉한 턱을 이쪽으로 돌렸다. 원래 건강한 우량아가 그대로 어른이 된 듯한 혈색 좋은 얼굴인데, 오늘은 핏기 없이 창백하다. 계급은 고구레와 같은 순사부장이지만 나이는 열 살 이상 연하인 쓰스에는 형사가 된 지 얼마 되지 않았다. 작년까지는 하치오지八王子경찰서 지역과에서 파출소 근무를 했다. 시체를 다루는 현장에 나온 것은 오늘이 처음이나 마찬가지였다.

"예. 저기 있는 나무에서부터 우리 관할이랍니다."

손수건으로 이마의 땀을 닦으며 쓰스에가 왼손을 부채처럼 흔들었다.

"조금 전까지만 해도 에바라荏原경찰서에서 나와 있었는데. 어? 벌써 가버렸네요."

시나가와 구와 경계를 이루는 지점은 바로 앞이었다. 운이 좋은 건지 나쁜 건지는 몰라도, 만약 몇십 미터만 벗어났다면 에바라경찰서 관할 구역이라 이쪽에서는 관여할 여지가 없다.

린시노모리 공원에서 변사체 발견. 고구레가 당직 형사에게 연락을 받은 시각은 오전 6시가 조금 지났을 무렵.

막 나쓰미의 도시락을 준비하던 참이었다. 달걀프라이를 하려고 그릇에 달걀을 깨 넣은 순간 휴대폰이 울렸다. 빈 도시락에 '미안해'라고 적은 메모와 5백 엔짜리 동전을 넣고 스쿠터에 올라탄 것이 50분 전. 메구로경찰서를 지날 때 평소 같으면 앞에 주차되어 있을 차량이 한 대도 보이지 않는다는 사실을 확인했을 때부터 행려병자의 변사체는 아닐 거라고 직감했다. 오늘은 월요일. 주초부터 마주하고 싶은 사건은 아니었다.

양복 안주머니에서 장갑을 꺼냈다. '2학년 4반 고구레 나쓰미'. 장갑 손목 부분 안쪽에 유성 펜으로 쓴 글씨가 보였다. 나쓰미가 중학교 2학년 때 운동회 치어리더를 했을 때 썼던 흰색 장갑인데 고구레가 쓰고 있다. 행운의 부적 같은 장갑이다. 이 장갑을 쓰기 시작한 뒤로 몇 차례 변사체를 다루기는 했지만, 여태 살인사건은 한 번도 없었다.

가로수 사이에 커튼처럼 쳐놓은 시트에 손을 대며 쓰스에를 향해 함께 들어가자는 말 대신 턱짓을 했다.

"저어, 장갑을 깜빡 두고 나와서요……."

"그럼 손을 주머니에 넣고 빼지 마."

나름대로 시체에는 익숙한 편이라고 생각했다. 하지만 시트를 들친 순간, 고구레는 저도 모르게 고개를 돌리고 말았다.

끔찍하군.

나쓰미 장갑이 가지고 있던 행운의 힘이 깨졌다는 사실을 바로 깨달았다. 범죄에 희생당한 것이 분명한 사체, 사고나 자살이 아니라는 걸 한눈에 알 수 있는 처참한 주검이었다.

시트를 둘러친 지름 3, 4미터쯤 되는 공간 한가운데에 낙엽 더미가 있었다. 부엽토를 만들기 위해 수북하게 쌓아 올린 모양이다. 나무 울타리가 엉성하게 쳐져 있었다. 시체는 그 낙엽에 몸이 반쯤 덮인 채로 하늘을 보고 누워 있었다.

아직 어려 보이는 여자, 알몸이었다. 마치 옷을 벗겨놓은 인형 같다. 손과 발이 어색한 자세로 뒤틀려 있었다. 난해한 현대무용을 추는 듯한 자세. 온몸에서 이미 건어물 썩는 듯한 시체 냄새가 나기 시작했다.

우욱. 뒤에서 쓰스에가 헛구역질을 했다.

"야, 토하려면 폴리스 라인 밖으로 나가."

감식반원의 화난 목소리가 들린 뒤, 몇 초 뒤에 토하는 소리가 들려왔다.

허옇게 빛을 잃은, 반쯤 뜬 눈이 고구레를 바라보았다. 멍하니 벌린 입이 '왜?'냐고 누군가에게 묻고 있는 듯했다. 그 입안에서 아직 살아 있는 사람처럼 혀가 움직이고 있었다. 아니, 혀가 움직이는 것은 아니다. 입속을 가득 채운 구더기들이 일제히 꿈틀거리는 바람에 그렇게 보일 뿐이다.

얼굴은 부풀어 오르고 짙은 보랏빛으로 바뀌었지만, 시반이 사라진 팔다리의 살갗을 보면 햇볕에 잘 그을린 피부였던 모양이다. 탈색한 머리카락이 뺨에 달라붙어 있었다. 눈썹이 가지런하게 손질되어 있고, 화장한 흔적도 있지만 젖가슴이나 음모를 보면 아직 청소년으로 보인다. 아마도 나쓰미와 비슷한 또래이리라.

어린 사람의 사체는 싫다. 특히 어린 여자아이들은. 고구레는 될 수 있으면 냉정하게 관찰하려 했다. 그러나 그 얼굴에 자꾸만 나쓰미의 얼굴이 겹쳐졌다.

이마에 뭔가가 붙어 있다. 처음에는 마른 핏자국이라고

생각했는데 아니었다. 색이 너무 선명했다. 붉은 물감으로
쓴 글자였다.

12

끔찍하군. 다시 속으로 투덜거렸다. 끔찍한 짓이다. 주위
에 혈흔 같은 것은 보이지 않았다. 살해된 뒤에 이리 옮겨
진 것이다. 처음부터 신경 쓰이던 사실을 한 감식반원에게
물었다.

"그런데, 발은? 발목 아래는 어디 있지?"

낯익은 감식 담당자는 입을 다물고 고개를 저으며 관광
가이드 같은 손놀림으로 현장을 가리켰다. '보시다시피'라
는 뜻이리라. 소녀의 발목 아래가 없다. 발목의 절단면이 마
치 빛깔이 좋지 않은 로스햄처럼 보였다.

폴리스 라인 밖에서 처량하게 웅크리고 있는 쓰스에의
등에 대고 호통을 쳤다.

"한심하게 굴지 말고 이리 와서 제대로 봐!"

손수건을 입에 대고 잰걸음으로 돌아오는 쓰스에의 모습
에서 경찰청 검도 대회 지역대표 선수의 모습은 찾아볼 수
없었다. 곱게 자란 귀한 집안 아가씨도 아니면서.

"기껏 제일 먼저 도착했는데, 제대로 봐두란 말이야. 나중

에 보고서를 아무리 뒤져봐야 현장 냄새까지 적혀 있지는 않아."

고구레는 자기에게 말하듯 쉴 새 없이 퍼부었다.

"저 시체가 네 동생이라고 생각해봐. 네 애인이라고 생각해보라고. 그래도 구역질이 나겠나? 일을 제대로 할 생각을 해. 조금 전까지는 살아 있던 사람이야. 살아 있다면 미인일지도 모르지. 토할 이유가 없어."

쓰스에는 뺨을 푸르르 떨며 겁에 질려 눈이 휘둥그레졌다.

멀리서 사이렌이 들려왔다. 숲 갓길에 탈착식 경광등을 얹은 회색 세단이 미끄러져 들어오는 모습이 내려다보였다. 세단은 사이렌을 끄고 순찰용 밴 뒤에 멈췄다. 경찰 차량이라는 표시가 없는 기동수사대의 복면 순찰차다.

고구레는 재빨리 주위를 둘러보았다. 이제 곧 경시청 녀석들이 몰려올 것이다. 그러면 이 사건은 녀석들이 중심이되고 모든 수사를 놈들이 주무르게 된다. 관할 경찰서 형사들을 운전기사나 길 안내인으로밖에 여기지 않는 녀석들이 이래라저래라 지시하기 시작할 것이 틀림없다. 그 전에 현장을 샅샅이 살펴봐야 한다.

"거기 좀 비켜."

뒤에서 구경꾼들을 밀어내는 소리가 들렸다. 고구레는 다시 사체를 살펴보며 가슴 앞쪽으로 두 손을 살짝 모았다.

걱정하지 마, 아저씨가 꼭 원수를 갚아줄 테니까.

이른 아침부터 끔찍한 시체를 봤으니 애초에 기분 좋은 하루가 되긴 글렀지만 그게 아니어도 정말 운 나쁜 하루였다.

그 뒤 얼마 지나지 않아 메구로경찰서에서, 또 경시청 수사1과에서 형사들이 속속 도착했다. 수사1과에서 나온 부서는 제9계. 메구로경찰서 형사과장인 오카야스岡安도 얼굴을 내밀었지만, 현장 지휘는 물론 경시청 계장이 했다. 경찰이라기보다 은행 지점장처럼 생긴 그 남자는 시체를 처음 발견한 사람을 기동수사대의 복면 순찰차에 집어넣더니 수사관들을 집합시켜 현장 부근에 대한 탐문수사를 지시했다. 지도에 경계선을 그려 담당 지역을 정하고, 둘러싼 수사관들을 볼펜으로 가리키며 능숙하게 2인 1조를 만들었다.

"단서. 오전 5시 30분경. 최초 발견자는 조깅 중이던 21세 학생. 그 전에 목격한 사람, 거동 수상자, 수상한 차량, 기타 정보!"

제9계 계장은 단어 이외에는 입에 올릴 시간이 없다는 듯이 소리쳤다. 그의 말이 끝나자마자 다들 담당 구역으로 흩어졌다.

고구레한테 배정된 구역은 린시노모리 북서쪽. 최악이다. 현장에서 제일 멀다. 목격자는커녕 대부분의 사람들이

이 숲에서 사건이 일어났다는 것도 모를 텐데. 게다가 메구로경찰서에 5년 동안 근무해서 이 지역을 잘 안다. 작은 아파트나 연립주택이 밀집한 그곳 주민들은, 자기 일이 아니면 아무 관심도 없는 젊은 맞벌이 부부와 학생들이 대부분이다.

예상은 어긋나지 않았다. 몇 집 벨을 눌러보았는데 사람이 없거나 아니면 잠이 덜 깬 젊은이가 짜증 난 표정으로 얼굴을 내밀 뿐이었다.

파트너도 형편없었다. 쓸데없이 의욕만 넘치는, 본청1과에서 나온 젊은 형사였다. 헤어왁스를 잔뜩 발라 머리를 올백으로 넘기고 감귤 향이 나는 코롱을 얼마나 뿌렸는지 머리가 지끈거릴 지경이었다. 게다가 형사가 대단한 존재라는 착각에 빠져 있는지, 겨우 문을 열어준 주민에게 위압적인 태도로 지껄이는 바람에 안 그래도 무거운 상대방의 입을 더 무겁게 만들고 말았다. 탐문수사를 시작할 무렵에는 방송국 카메라까지 들이닥쳐 법석을 떨었다.

"방금 저 젊은 친구는 체크할 필요가 있겠군요."

몇십 번째 집인가에서 문이 닫히자마자 경시청 형사 녀석이 코롱 냄새를 풍기며 그렇게 말했다.

"왜?"

"눈동자가 흔들리고 왠지 반항적이었으니까요."

"자고 있는데 갑자기 경찰이 들이닥치면 누구나 마찬가지겠지."

"아뇨, 수상한 냄새가 납니다. 딱 감이 옵니다. 1과에 오래 있다 보니."

잔뜩 뿌린 코롱처럼 경시청 엘리트 냄새를 풍기고 싶은 모양이지만 이제 서른 살쯤 되어 보인다. 고구레 눈에는 아직 애송이다. 고구레가 웃으며 물었다.

"오래 있었다고, 몇 년?"

"아, 아닙니다."

마사에가 살아 있던 5년 전, 고구레는 경시청 수사1과에 있었다. 그때 이런 녀석은 분명 없었다.

젊은 여성 피해자에 토막살인. 분명히 신문과 텔레비전에서 대대적으로 보도할 것이다. 경시청에 들어온 지 20년, 형사가 된 지 15년이나 된 고구레도 자주 접하지 못한 종류의 사건이다. 코롱을 잔뜩 뿌린 이 녀석처럼 공을 세우고 싶어 좀이 쑤시는 부류라면 눈빛이 달라지겠지만 고구레는 그저 마음이 무거워질 뿐이었다.

가능하면 다른 수사를 담당하고 싶었다. 얼마 전까지 맡았던 불량배들 사이에 일어난 상해 사건이 훨씬 낫다. 가능하면 살인사건 수사 같은 것은 하고 싶지 않다. 한동안 늦은 밤까지 야근할 생각을 하니 한숨이 절로 나왔다.

어제, 일요일. 수사하던 사건을 겨우 기소 처리하고 엄청난 서류 작업을 끝냈다. 집에 돌아간 시각은 8시 반. 여느 때와 비교하면 이른 시간이다. 맥주 두 병을 마시고 술에 취해 나쓰미에게 이렇게 말한 참이었다.

"이제야 바쁜 일이 끝났어. 내일은 일찍 들어올 테니까 같이 밥 먹자. 오랜만에 외식할까? 뭐 먹고 싶은 것 있어?"

나쓰미는 장난스럽게 눈동자를 이리저리 움직이며 대답했다.

"프랑스 요리! 풀코스!"

"바보야, 내 월급을 생각해야지. 패밀리레스토랑으로 하자."

"패밀리레스토랑? 됐어, 그냥 오랜만에 스키야키 해 먹자. 한동안 안 먹었잖아."

"오오, 스키야키. 좋지. 그러자. 그럼 6시에 퇴근해서 내가 만들게."

어젯밤 자신 있게 했던 그 말은 하룻밤 사이에 거짓말이 되고 말았다. 마사에가 살아 있을 때도 집에 거의 신경을 쓰지 못했다. 역시 경찰이란 직업은 딸을 둔 홀아비에게 어울리지 않는지도 모른다.

코롱 냄새에 넌더리를 치면서도 고구레는 초인종을 누르고, 문을 열고, 문을 닫고, 고개를 저었다. 끝없이 이어지는 그런 작업을 반복하면서 고구레는 생각했다. 다시 다른 부서로 보내달라고 해볼까? 이미 2년 전부터 형사 생활을 그만두고 제복 경찰관으로 돌아갈 생각을 하고 있었다. 제복 경찰관이 되면 야근은 있어도 근무시간이 사복형사 생활보다 훨씬 규칙적이다. 그게 지금의 나쓰미와 자신에게는 분명히 나을 것이다. 이 사건이 마무리되면 그렇게 하자. 그래, 이번 사건 범인만 잡고 나서. 아까 그 소녀에게 원수를 갚아주겠다고 이미 약속을 했으니까.

정오가 조금 지난 시각. 메구로경찰서 강당에 현장 주변 탐문을 마친 수사관들이 속속 모여들었다. 오후 1시부터 첫 수사 회의가 시작되기 때문이다.

고구레는 겨우 코롱 냄새에서 벗어나 강당으로 들어섰다. 메구로경찰서 강력계 수사관들이 대부분 모여 있었다.

"어땠습니까, 주임님?"

한 명이 말을 걸었다. 고구레는 대답도 하지 않고 말없이 어깨만 으쓱해 보였다.

"다들 뭐라도 건졌나?"

대답을 들을 필요도 없었다. 얼굴에 모두 허탕이라고 쓰여 있었다.

"끔찍해. 발이 없어. 발은 어떻게 된 거지?"

경찰서로 이송된 시체를 막 보고 왔다는 베테랑 미야모

토혼本가 누구에게 이야기하는 것도 아니고 그 말을 반복해서 중얼거리며 창백한 얼굴로 고개를 설레설레 저었다. 고구레에 이어 강당에 들어온 야스다安田가 다가왔다. 쓰스에와 동기인데 두 사람은 키다리와 땅딸이 콤비처럼 야스다가 더 작고 말랐다.

"지금 입구가 난리예요. 텔레비전 취재라니, 최근에 이런 일이 언제 있었더라? 아, 그때 그 사건인가······?"

말꼬리가 흐려졌다. 그때 그 사건이란 흉악범죄가 아니었다. 야스다가 전에 일하던 지역 경찰서에서 경찰관이 치한으로 체포되었던 사건을 말한다.

다들 허둥대고 있었다. 제일 나이가 많은 미야모토마저 연신 두리번거리다가 자꾸 손목시계를 들여다보았다. 당연하다. 형사과 강력계는 원래 끔찍한 사건을 주로 다루는 부서이지만 메구로경찰서 강력계에서 실제로 맡는 일들은 대부분 강도나 상해 사건이었다. 살인사건은 단순 살인을 포함해도 1년에 한두 건이다. 고구레도 오랜만에 대하는 큰 사건인 셈이다. 아마 전에 경시청 수사1과에 있었을 때 이후로는 처음인······.

오후 1시 정각에 첫 번째 수사 회의가 시작되었다. 긴 테이블에 수사관들이 모여들었다. 메구로경찰서에서는 수사과를 비롯해 지역과, 교통과 인력도 참석했다. 총원 50명

가량. 흘깃 상석을 보니 메구로경찰서 서장, 형사과장, 경시청 수사1과 관리관과 계장이 나란히 앉아 있다.

회의는 서장의 훈시로 시작되었다. 메구로경찰서 서장은 얼굴에 아직 학생티가 남아 있는 '커리어'(일본 국가공무원 상급 갑종 또는 1종 시험에 합격한 간부 후보 출신 국가공무원을 가리킨다)인데 나이 많은 부하들이 어색한 듯 빤한 훈시를 했다. 이어서 실질적인 현장 지휘관인 본청, 즉 경시청 계장 모리나가守永가 발언하며 본론으로 들어갔다. 모리나가는 지금까지의 경위와 상황을 설명했다. 피해자의 신원은 이미 밝혀졌다.

"다카하라 미유키高原美幸, 17세. 현주소와 본적 모두 도쿄도 세타가야世田谷구."

시부야구에 있는 사립 고등학교에 재학 중인 2학년 학생. 금요일 밤부터 집에 들어오지 않아, 가족이 일요일에 경찰에 수색을 요청했다. 역시 나쓰미와 한 학년밖에 차이가 나지 않는 고등학생이었다.

"피해자는 금요일 오전 8시 20분에 등교. 이것은 확인된 사항. 같은 날 오후 3시 조금 지나 하교했으나 그 뒤로 행방이 묘연."

세타가야에 있는 집과 시부야에 있는 학교, 그리고 린시노모리 공원. 묘한 거리다. 시체가 발견된 현장은 집이나 학교에서 모두 직선거리로 3킬로미터쯤. 가깝다면 가까운 거리지만 부근이라고 하기는 어렵다.

다카하라 미유키의 어머니 말에 따르면 금요일 아침에 등교한 뒤로 연락이 없었고, 일요일 밤에 걱정되어 수색을 요청했다고 한다. 집에 들어오지 않은 그날 바로 경찰에 신고하지 않은 까닭은 피해자가 가끔 집에 알리지 않고 외박할 때가 있었기 때문이라고 한다. 이런 내용은 모두 실종인 신고를 접수한 세타가야 구의 기타자와北沢경찰서 담당자로부터 얻은 정보로, 피해자의 어머니로부터는 아직 자세한 이야기를 들을 수 없는 상태라고 한다. 당연한 일이다. 딸의 시체를, 그렇게 끔찍한 모습의 시체를 확인했으니. 다카하라 미유키는 하나뿐인 자식이었다.

피해자의 사진이 수사관들에게 배포되었다. 오전에 구한 데이터로 급히 3×5사이즈로 인화한 것이었다. 배경은 학교 건물. 교복 차림으로 카메라를 향해 손가락으로 V를 하고 있었다. 피부는 일부러 선탠을 한 것 같았는데, 실제로 목격한 시체와 비교하면 사진 속 머리카락은 더 길고 색도 약간 밤색이다. 그리고 양쪽 귀 아래로 머리를 묶은 모습이었다.

사진을 찍은 시기는 3개월 전, 6월이다. 생각보다 통통한 얼굴이다. 미인은 아니지만 그렇다고 예쁘지 않다고도 할 수 없는, 같은 또래에 비해 약간 조숙한 느낌이 드는 평범해 보이는 여고생이었다. 눈을 한껏 크게 뜨고, 사진 찍히는 일이 익숙한 듯한 미소를 짓고 있었다. 설마 자기가 경찰서로 들어와 수사관들이 신체의 은밀한 부분까지 들여다보게 될 거라는 생각은 꿈에도 하지 못했으리라.

"사인은 경부 압박에 따른 질식사. 앞쪽에 졸린 흔적으로 보이는 압박흔. 안면에 울혈, 종창, 안구결막에 일혈점溢血點이 보입니다. 오전 7시 기준으로 사후 54시간에서 58시간 경과. 서혜부와 질구에 외상은 없음."

결국은 목이 졸려 죽었다는 이야기다. 금요일 밤에 이미 살해된 것으로 보이고 적어도 눈에 띄는 성폭행 흔적은 없었다.

"양쪽 발목 절단. 복사뼈 아래로 완전히 절단되었습니다. 잘려나간 부분은 아직 발견되지 않았습니다."

역시 잘린 발만 행방불명이다. 고구레는 저도 모르게 얼굴을 찌푸리고 한쪽 다리 위에 얹은 발목을 쓰다듬었다. 아직 해부를 의뢰할 의사도 정하지 못한 모양이니 정식 사법 해부는 이제부터인 셈이다.

감식반의 정식 보고도 아직 나오지 않은 모양이다. 경시청에서 나온 감식 담당자가 상황 설명을 위해 나섰다.

목을 조른 흉기는 폭 5밀리미터쯤 되는 끈, 발목 절단에 사용한 도구는 톱으로 추정. 시체의 이마에 적혀 있던 글씨를 쓴 물감이 무엇인지 분석 예정. 최근 기술로는 피부에 묻은 지문을 찾을 수도 있지만, 그 작업도 나중 일이다. 다만 지문이 나올 가능성은 희박하고, 정식 보고를 하려면 시간이 제법 걸릴 것이라고 했다.

시체에는 본인 이외의 체액, 혈액, 분비물 등은 없고, 부근에서 흉기 및 절단에 사용한 도검류는 발견되지 않았으며, 현장 주변에는 원래 있던 것인지 아니면 피해자와 관계가 있는 것인지 몰라도 불특정 다수의 머리카락, 비닐봉지, 헝겊, 종이 등이 지나치게 많았다. 발자국만 해도 최초 발견자, 맨 먼저 출동한 아부라멘油面파출소 경찰이나 수사관들이 남긴 것을 제외하더라도 불분명한 발자국 흔적이 여럿 있었다. 시체가 발견된 부엽토 더미는 숲에 온 사람들이 쓰레기장 대신 이용하고 있거나 혹은 전에 그렇게 사용했던 것인지도 모른다.

최초 발견자는 근처에 사는 대학생. 매일 아침 조깅을 하는데 오늘도 아침 5시 조금 지나 현장 주변을 달리고 있었다고 한다. 린시노모리 공원은 문이 따로 없어서 누구나 24시간 드나들 수 있다.

미야지마 슈이치宮島修一. 21세. 닛폰체육대학 3학년. 최초 발견자의 프로필 발표가 시작되었다. 본인은 알 도리가 없겠지만, 여러 시간 발견 상황 진술과 현장 감식에 협력한 이 남자가 제일 먼저 용의자 리스트에 올랐다.

수사관들이 오전에 실시한 탐문수사 보고가 이어졌다. 2인 1조의 대표가 차례로 일어나 발표했다. 다들 보고 내용이 짧다. 모두 이렇다 할 성과는 없었던 모양이다. 고구레와 상의도 없이 파트너가 일어나더니 발표했다. 하지만 '냄새가 난다'던 학생의 이름은 발표하지 않았다. 아니, 어쩌면 진짜로 의심하기 때문에 공로를 독차지하기 위해 정보를 공개하지 않았는지도 모른다. 수사 과정에서 얻은 정보를 다른 수사관들에게 비밀로 하는 일은 드물지 않다. 특히 경시청1과에서는 흔한 일이었다.

수상한 사람에 관한 몇몇 정보가 발표되었지만 믿을 만한 정보인지는 의문이었다. 보고하는 수사관도 아무 소득이 없었다고 보고하기 난처해 이야기했을 뿐이리라. 이 많은 인원이 탐문수사를 하다 보면 수다스럽고 호기심 많은 주민에게 이런저런 이야기를 주워듣기도 한다.

대부분 애매하고 근거 없는 이야기들이다. 혼자 사는 남자, 실업자, 학교에 가지 않는 학생, 밤에 일하는 사람, 이웃과 사이가 좋지 않은 집의 식구들……. 이웃들과 어울리지 않거나 평소 평판이 좋지 않았던 주민은 바로 범인으로 취급된다. 행여 경찰이 그런 주민을 방문하면 소문이 부풀어

곧 체포될 거라는 유언비어가 퍼지기도 한다. 조심하지 않으면 수사관이 소문에 휘둘리는 일도 적지 않다.

확실해 보이는 정보는 얼마 없었다. 그중 한 가지는 공원 관리사무소 직원이 마지막으로 현장 부근을 순찰한 시각이 오후 6시인데 그때는 시체가 없었다는 증언. 또 하나는 개를 데리고 산책을 나온 여성이 오후 7시경 현장 바로 옆을 지나갔는데 이상한 점은 없었다는 증언. 다만 그 여성은 시체유기 현장 쪽을 신경 써서 보지는 않았다고 한다.

수사관들의 빈약한 보고에 메구로경찰서 오카야스 형사 과장의 너구리처럼 시커먼 얼굴이 더 어두워졌다. 오카야스는 본청에서 나온 사람들의 눈치를 살피면서, 중대한 작전을 떠맡은 사람처럼 심각한 말투로 현장 부근 여러 곳에 제보를 요청하는 현수막을 설치하라고 명령했다. 끝으로 경시청 수사1과 제9계의 모리나가 계장이 다시 일어섰다.

"이번 사건은 언론의 표적이 될 것이다. 홍보팀을 통하지 않은 수사 정보 유출은 절대 없도록 주의하기 바란다."

수사 회의가 끝나자 조 편성이 시작되었다. 이때 담당 업무와 파트너가 결정된다. 수사는 늘 2인 1조가 기본이다.

먼저 현장 주변을 몇 개 구역으로 나누어 각 구역을 맡을 탐문 담당 수사관 12명의 이름이 발표되고 6개조가 구성되었다.

본청과 합동 수사 때는 관할 경찰서와 본청 인원이 한 조를 이루는 경우가 많다. 원칙적으로 그 지역을 잘 아는 사람과 수사 일선에서 뛰는 사람을 묶어 시너지 효과를 기대한 것일 테지만, 대부분 주도권은 본청 수사1과에서 나온 이들이 쥔다. 관할 경찰서 인력은 길 안내와 보조 역할 정도. 본청 수사관의 계급이 높을 경우는 더 말할 것도 없지만 설사 계급이 같아도 이 구도는 잘 바뀌지 않는다. 조직 내부의 등급을 따진다면 본청인 경시청 수사관들이 관할 경찰서보다 한 단계 높기 때문이다.

기왕이면 같은 계급에 나이도 비슷한 또래의 파트너가 배정되기를 바라지만, 본청 수사1과에 배치되는 수사관들은 각 지역 경찰서에서 선발된 정예요원들이라 30대가 많다. 마흔두 살인 고구레 입장에서는 염치없는 바람이기는 하다. 하지만 궁합이 맞지 않는 파트너를 만나면 결국 수사 성과에도 영향을 미친다. 우스운 이야기지만 음식 취향 같은 것으로 옥신각신하느라 수사가 정체될 가능성도 있다.

모리나가와 메구로경찰서 강력계 계장인 다카나시^{高梨}가 번갈아 이름을 불렀다. 탐문수사반, 유류품 수사반, 전과자 조사반, 비디오 분석반……. 반 편성에 개인 의사 반영은 없다. 명령을 받으면 따를 뿐이다.

"고구레."

돋보기안경을 쓰고 리스트를 보던 다카나시가 안경을 살짝 내리며 이름을 불렀다.

"피해자 주변을 맡아."

쓸데없는 일을 한다고 생각하는 탐문수사 담당자들은 부러워하겠지만 그것은 원한이 동기인, 면식범의 소행일 가능성이 큰 사건일 때나 해당하는 이야기다. 묻지마 범죄로 보이는 이번 사건의 경우에는 피해자 주변을 훑어봤자 쓸 만한 단서를 찾기 힘들 것이다. 무엇보다 열일곱 살 여학생에게 무슨 복잡한 인간관계가 있겠는가. 헛수고만 하는 나날이 이어질 것 같은 예감에 고구레는 미간을 찌푸렸다. 오늘은 정말 운이 없다.

고구레의 불만 가득한 얼굴에는 눈길도 주지 않고 다카나시는 손에 든 서류를 들여다보며 말을 이었다.

"파트너는…… 으음, 나지마名島. 나지마 경부보."

굳이 파트너의 이름 뒤에 계급을 붙인 까닭은 같은 조가 된 두 사람이 서로 눈치를 살피는 번거로운 절차를 줄여주려는 배려일지도 모른다. 경부보라고? 나보다 높군.

"아직 어린 모양이니 자네가 잘 이끌어줘."

다카나시가 고구레의 어깨를 툭 두드렸다. 어려? 어깨에 얹힌 다카나시의 손이 갑자기 무겁게 느껴졌다.

"나시마!"

모리나가가 수사1과 인원 쪽을 향해 소리를 쳤다. 커다란 남자들 속에 파묻혀 보이지 않던 제일 작은 머리가 뒤를 돌아보았다.

아니, 이런. 제발 나 좀 봐줘.

모리나가가 손짓해 부르자 나지마가 이쪽으로 다가왔다. 고구레와 파트너가 되었다는 사실을 바로 눈치챈 모양이었다.

"잘 부탁드리겠습니다."

나지마는 생김새와 어울리지 않게 허스키한 목소리로 말하며 용수철이 달린 인형처럼 꾸뻑 고개를 숙였다. 그러자 쇼트커트 머리카락이 찰랑거렸다. 나지마는 고구레와 눈이 마주치자 입술을 꼭 다물었다.

역시 오늘은 일진이 사납다. 나지마는 고구레보다 나이는 훨씬 적은데 한 계급 위인 경부보이며, 게다가 여자다.

6

야마테 길 시부야 방향. 메구로경찰서 맞은편 도로에서 택시를 향해 손을 들었다. 열린 택시 문 앞에서 고구레와 나지마는 어색하게 서 있었다. 나지마가 한 걸음 뒤로 물러

섰다. 까마득한 선배에게 먼저 타라고 양보하는 모양이다. 고구레는 고구레대로 계급에 경의를 표하고, 또 레이디퍼스트라는 평소 자신과 어울리지 않는 단어를 떠올리며 눈짓과 손짓으로 먼저 타라고 권했다. 택시 뒤에 선 차가 경적을 울리며 재촉하자 나지마는 결국 고개를 살짝 숙이고 먼저 올라탔다.

목적지는 다카하라 미유키가 다니던 사립 고등학교였다. 정오가 조금 지난 야마테 길은 여느 때처럼 붐비기는 해도 지하철을 갈아타는 것보다는 택시가 훨씬 빠를 것이다.

나지마와는 수사본부가 차려진 강당에서 할 일에 관해 사무적인 이야기를 나눈 것 말고는 거의 대화가 없었다. 고구레는 처음 보는 사람에게 사근사근하게 말을 붙이는 스타일이 아니다. 상대가 띠동갑쯤 되는 연하의 여성이라면 더욱 그렇다. 남자 형제만 있는 집안에서 자란 탓인지 여성과 대화하는 일은 늘 서툴렀다. 게다가 자기보다 계급이 높은 경부보다.

본청 수사1과에 배속된다면 적어도 스물일곱이나 스물여덟 살. 승진시험에 두 차례 바로 합격해 경부보로 올라갔더라도 '커리어'가 아닌 한 아무리 빨라야 그 정도 나이는 되었으리라. 하지만 베이지색 바지 정장 차림을 한 나지마는 아무리 봐도 20대 초반으로 보였다. 얼핏 보면 갓 입사한 신입사원 같다.

　말주변이 없어 대화를 이어가지 못하기는 상대방도 마찬가지였다. 나지마는 꼭 쥔 두 손을 무릎 위에 얹고 등을 곧게 편 채 앞을 바라보고 있었다. 작고 마른 데다가 머리까지 짧아서 마치 선생님의 지시를 기다리는 긴장한 초등학생처럼 보였다.

　나이 많은 내가 먼저 말을 건네야 한다. 그런데 무슨 이야기를 해야 좋을까? 고구레가 헛기침을 하자 나지마의 작은 어깨가 움찔했다.

　"봤어요?"

　될 수 있으면 자연스럽게 말을 붙이려 했지만 잘 되지 않았다. 마치 겁을 주려는 목소리 같았다.

　"예?"

　나지마가 고구레를 바라보았다. 깜짝 놀랐는지 눈을 크게 치켜떴다. 눈동자가 유난히 큰 눈이다. 짧고 곧은 머리카락 사이로 튀어나온 귀도 커서 작은 초식동물을 떠올리게 하는 얼굴이었다. 설명이 부족했다는 걸 깨달은 고구레는 얼른 덧붙였다.

　"아, 피해자 시체. 피해자의 상태를 봤는지 물었습니다."

　"아, 예……. 그런 경우는 처음이라서."

　어려 보이는 인상과는 달리 목소리가 낮고 말투도 느렸다.

"그렇죠. 발목이 없는 시체는 나도 처음 봅니다."

"아뇨, 저어…… 살인사건을 담당하는 게 처음이라서."

"예?"

이번에는 고구레가 물었다. 나지마의 말을 되풀이했다.

"살인사건을 담당하는 게 처음?"

나지마는 긴 속눈썹을 깜빡거리며 고개를 끄덕였다. 그 모습은 도무지 수사1과 경부보로 보이지 않았다.

경시청은 승진에 현장 경험이나 수사 실적을 거의 고려하지 않는다. 승진시험 점수만 좋으면 계급이 올라가는 시스템이다. 아마 이 여성도 열심히 공부해서 승진했으리라. 교실 제일 앞에 앉아 열심히 필기하는 모범생처럼.

거참. 고구레는 가슴에 담아두었던 한숨을 몰래 토해냈다.

아무래도 난 이 신참의 현장 연수에 따라나선 것 같군. 귀찮은 짐을 떠맡은 게 아니면 좋겠는데.

"그럼 전에는 어떤 일을?"

고구레가 물었다. 경리부서에 있었습니다, 라는 대답이 나오지 않기를 바라면서.

"올봄까지 강도범1계에 있었습니다."

강도범계는 부서 명칭 그대로 강도, 상해, 혹은 강간 범죄 등을 담당하는 부서다.

"가택 수색 전문이었죠. 용의자가 여성일 때는 여자가 하

는 게 낫다고……. 강간 범죄의 경우 피해자 가택 현장 관찰
도 맡고요……. 강력계로 온 건 4월이라, 얼마 안 됩니다."

나지마는 변명이라기보다 진심으로 설명하기 망설여진
다는 투로 대답했다.

"특기입니까?"

"예?"

"아니, 그…… 가택 수색 말입니다."

"예."

선생님에게 대답하는 초등학생처럼 대답했다. 그제야 나
지마가 미소를 지었다. 웃으니 더 어린애처럼 보였다. 고구
레는 한동안 함께 움직이게 될 파트너의 얼굴을 바라보았다.

괜찮을까?

다카하라 미유키가 다니던 학교는 도심에 있는 흔한 학
교 건물과 매우 달랐다. 흡사 사무실 빌딩 같은 모습이었다.
교정은 좁고 온통 콘크리트를 발라놓았다. 안내 창구에서
경찰 수첩을 보여주자 바로 학교장실로 안내되었다.

광택이 나는 검정 가죽 소파에 앉은 고구레와 나지마 앞
에 찻잔 받침까지 갖춘 센차煎茶(녹차의 한 종류) 잔이 나왔
다. 맞은편에 앉은 남자가 학교장을 비롯한 여러 가지 그럴
싸한 직함이 잔뜩 적힌 명함을 건네고 초조한 듯이 두 손을
비비고 있었다.

"깜짝 놀랐습니다. 오전에는 제가 자리를 비워 조금 전에야 소식을 들었습니다. 살인사건이라니. 아직 학생들에게 알리지 않았는데 내일 바로 전교생을 모아서……."

학교장은 머리가 매끈하게 벗겨진 50대 중반쯤 되는 약간 뚱뚱한 체형의 남자로 학생들이 우스꽝스러운 별명을 붙이기 좋을 외모였다. 학생의 죽음보다 학교에 무슨 피해가 발생하지 않을지에 더 마음을 쓰는 듯했다.

"다카하라 학생은 금요일에 등교했다고 합니다. 특별히 문제가 있는 학생은 아니었다고 보고를 받기는 했는데. 그…… 그 학생이 무슨 사건에 휘말린 건가요?"

이 남자에게 볼일은 없다. 다카하라 미유키의 얼굴도 제대로 기억하지 못하는 이 남자보다 그 여학생을 마지막으로 본, 좀 더 가까운 사람의 증언을 듣고 싶다. 학교의 우두머리로서 지녀야 할 책임감, 혹은 책임 회피에 대해 두 사람에게 인정받고 싶은지, 쓸데없는 장광설을 늘어놓는 학교장 때문에 조바심이 났지만 고구레는 꾹 참고 대답했다.

"조금 전에 말씀드렸듯이 아직 아무것도 밝혀진 것이 없습니다. 그래서 이렇게 여쭤보고 있습니다만."

"아아, 그렇죠."

학교장은 고구레 쪽만 보며 말했다. 학교장 눈에는 고구레가 상사이고 나지마가 보조로 보일 것이다.

"그럼 슬슬."

그렇게 말하며 고구레는 옆에 앉은 나지마의 얼굴을 보았다. 일단 상대방 계급이 높다. 누가 이 수사를 주도적으로 이끌 것인지 눈짓으로 물었다.

나지마는 학교장과 인사만 나누었을 뿐, 한 마디도 하지 않았다. 여전히 예의 바른 초등학생처럼 바른 자세로 앉아, 조심성 많은 작은 동물처럼 눈동자만 이리저리 움직여 방 안을 둘러보고 있었다. 그러다 뒤늦게 고구레의 시선을 깨달은 모양이다. '어떻게 할까요?'라고 묻는 표정을 짓는 고구레의 얼굴을 이상하다는 듯이 바라보며 눈만 깜빡거릴 뿐이었다. 아무래도 자신이 경부보라는 자각이 전혀 없는 모양이다. 고구레는 어쩔 수 없이 자신이 나서기로 했다.

"지난주 금요일에 다카하라 학생이 어땠는지 이야기를 듣고 싶은데요."

"예, 그러시죠. 아, 2학년 D반이니까 담임은 시바타柴田 선생님입니다. 지금 오라고 하겠습니다."

"아뇨, 담임선생님보다 먼저 학생들 이야기를 듣고 싶군요. 될 수 있으면 여러 학생에게요. 담임선생님이 어떤 학생들이 좋을지 추천해주시면 좋겠습니다."

"아, 학생을 만나시겠다고요? 알겠습니다. 그럼 조금 있으면 종례 시간이니 이리 부르겠습니다."

"저어……."

여태 꿰다놓은 보릿자루처럼 앉아 있던 나지마가 처음으로 입을 열었다. 시선은 여전히 학교장실 이곳저곳을 둘러보고 있었다. 고구레도 무심코 따라서 방을 둘러보았다.

호화로운 방이었다. 진열장에는 값비싼 골동품이 놓여 있고, 벽에는 역대 교장들의 사진 액자가 걸려 있었다. 사진 속 학교장들이 고구레와 나지마를 노려보는 것 같았다.

"왜 그러십니까?"

틈틈이 나지마의 옷 속을 들여다보듯 눈알을 굴리던 주제에 학교장이 그제야 나지마를 보았다는 표정을 지으며 물었다.

"장소를 바꾸고 싶습니다만."

"장소를? 이 방에 무슨 문제라도 있다는 건가?"

교장의 말투가 고구레를 대할 때보다 노골적으로 거만해졌지만 나지마는 전혀 신경 쓰지 않는 눈치였다.

"예, 가능하면 학생들이 평소에 이용하는 장소로, 너무 넓지 않은 방이 좋겠군요."

"아, 그럼 상담실이 좋겠군요. 학생과 개인 면담을 할 때 사용하는 방이니."

약간 마음이 놓였다. 뭐야, 제대로 볼 줄 아는군. 분명히 이 방은 학생들에게 이야기를 듣기에 적합하지 않다. 평소에는 들어오지도 못했을 이런 위압적인 방에 들어오면 학생들은 완전히 위축될 것이고, 그렇지 않아도 무거운 입을 아예 다물어버릴 것이다.

상담실은 일반 교실의 반 정도 되는 넓이에 책상 하나와 철제 의자가 여러 개 놓여 있는 방이었다. 가까이에 있는 의자에 앉자 곧 담임교사를 따라 여학생 한 명이 방으로 들어왔다. 미리 이야기를 들었는지 두 손이 하얗게 될 정도로 손수건을 꼭 쥐고 있었고 눈에는 눈물이 그렁그렁했다. 젖은 눈을 들어 불안한 표정으로 어른들의 얼굴을 바라보았다.

"어서 와요. 이리 앉아요."

고구레는 학생에게 의자를 권했다. 담임도 당연하다는 표정으로 구석에 자리를 잡았다. 고구레가 담임에게 나가달라고 말하려는 순간.

"죄송합니다만 학생과 저희만 이야기를 나눌 수 있게 자리를 피해주셨으면 합니다."

나지마가 먼저 말했다. 여전히 느렸지만 단호한 말투에 담임은 당황하여 엉거주춤 일어섰다. 고구레는 저도 모르게 나지마의 얼굴을 보았다. 학교장은 당연한 요구라는 듯 담임을 향해 고개를 끄덕였다.

"시바타 선생, 그렇게 하세요."

담임교사가 방을 나가는 모습을 끝까지 지켜본 뒤, 나지마는 학교장을 바라보았다.

"저어, 학생만……."

교장은 마치 듣지 못했다는 표정을 하고 있었다. 나지마를 얕보고 배짱을 부리는 걸까. 아니면 학생이 무슨 이야기를 할지 불안해서일까. 나갈 마음이 전혀 없어 보였다. 나지마가 어리니 얕잡아보는 것이다. 나지마는 그런 반응이 익숙한지, 어떻게 설명할까 생각하는 표정으로 학교장을 바라볼 뿐 별로 화가 나 보이지는 않았다.

오히려 고구레가 화가 났다. 형사를 얕잡아보다니. 요즘 경찰들이 계속 문제를 일으키고 있지만, 윗사람들은 몰라도 어쨌든 현장에서 뛰는 우리는 열심히 제 할 일을 하고 있다. 고구레는 나지마를 보며 필요 이상으로 정중하게 말했다.

"기록은 제가 맡으면 되겠습니까, 경부보님?"

교장의 눈이 휘둥그레지더니 고구레와 나지마의 얼굴을 번갈아 보았다. 고구레는 교장의 얼굴을 보고 빙긋 웃으며 문 쪽을 바라보았다. 그제서야 교장이 얼른 자리에서 일어섰다.

"필요한 것이 있으면 불러주십시오. 저는 제 방에 가 있겠습니다."

쭈뼛쭈뼛 나지마의 눈치를 살피면서 말했다. 나지마가 상냉한 표정으로 고개를 끄덕였다. 아마 그는 끝까지 학교장실에서 기다리게 될 것이다.

세 사람만 남자 학생은 약간 마음을 놓는 듯했다. 짙은 남색 세일러복. 긴 머리를 양갈래로 단정하게 묶었다. 치마는 무릎 아래까지 내려왔고, 요즘 유행하는 루즈삭스가 아니라 아주 평범한 양말을 신었다. 마치 옛날 여고생을 보는 느낌이었다. 고구레는 여학생의 창백한 얼굴을 보며 말을 건넸다.

"다카하라와 친했니?"

고구레의 말을 듣더니 여학생의 눈에 다시 눈물이 고였다. 고개를 숙이고 몸을 떨기 시작했다. 너무 서둘렀나? 나지마가 눈짓을 보냈다. 고구레를 나무라듯 커다란 눈 위에 있는 눈썹을 살짝 치켜올렸다.

나지마가 의자에서 일어나 여학생 앞에 웅크리고 앉았다. 여학생의 손을 쥐고 어린애를 달래듯 리드미컬하게 손을 토닥이기 시작했다. 잠시 후 학생이 흐느낌을 멈추자 나지마가 조용히 말했다.

"자, 이제 우리에게 이야기해주면 좋겠어. 다카하라를 위해서야. 이야기해줄 수 있지?"

학생은 고개를 세 번 끄덕였다.

"이름이 뭐지?"

"······요시다 리에^{吉田理絵}입니다."

"2학년이지?"

"예."

"반은? 몇 반이니?"

"2학년 D반이에요."

가냘픈 목소리였지만 드디어 입을 열기 시작했다. 요시다 리에. 담임교사에게 면담 순서까지 적힌 자세한 명단을 받았기 때문에 이름이나 반은 다 알고 있다. 나지마는 여학생의 입을 열려고 일부러 대답하기 쉬운 질문을 먼저 하는 모양이었다.

"지난주 금요일에 있었던 일을 묻고 싶어. 8일이네. 아침부터 비가 올 것 같은 날씨였지만 오후에는 더워졌지. 잘 생각해봐."

여학생의 머릿속에 살며시 손을 집어넣어 천천히 기억의 실을 끄집어내듯이 나지마가 말을 건넸다.

"다카하라도 학교에 왔어, 늘 그러듯. 다카하라에 관한 기억을 떠올려봐."

마치 최면이라도 걸고 있는 듯했다. 나지마가 다시 여학생의 손을 꼭 쥐었다. 어려 보이는 나지마가 그러고 있으니 마치 자매처럼 보인다. 느릿한 알토 음성이 효과가 있었다. 나라면 이렇게 하지 못하리라. 당분간 나지마가 하는 대로 모두 맡겨두기로 했다. 수사1과가 신변수사 담당으로 나지마를 선택한 까닭이 이해가 됐다. 멍하니 두 사람을 바라보며 고구레는 생각했다. 멍청하게 굴다가는 오히려 내가 짐이 될지도 모르겠구나.

"그날, 다카하라와 이야기를 나누었니?"

"했어요."

"어떤 이야기?"

"전날 본 텔레비전 프로그램, 새 옷 이야기. 그리고 다음 주에 치를 시험 이야기도……."

요시다 리에는 더듬더듬 이야기하기 시작했다. 대화는 특별할 것 없는 내용뿐인 것 같았지만 나지마는 참을성 있게 계속 맞장구를 쳐주었다.

"다카하라와 마지막으로 이야기를 나눈 건 언제야?"

"……수업 끝나고 동아리 활동 시작하기 전이었던 것 같아요. 전 테니스부인데 3시 반부터 연습이라서……. 잘 가라고 인사했죠. 내일 보자고."

아직도 눈물이 고여 있는 여학생을 위로하듯 나지마가 목소리에 약간 힘을 주었다.

"다카하라는 동아리 활동을 하지 않았구나?"

"예."

"혼자 집에 간 거니, 다카하라는?"

"……아마도. ……늘 그랬거든요."

"어디 간다고는 하지 않았어? 누굴 만날 거라거나."

요시다 리에는 말없이 고개를 저었다.

"그럼 이상한 점은 없었던 거네."

잠깐 뜸을 들이더니 대답했다.

"없었던 것 같아요."

"다카하라는 스케줄을 적는 다이어리나 주소록 같은 것을 가지고 있지 않았니?"

"잘 모르겠어요."

"휴대폰은?"

"있었어요. 원래 학교에는 가지고 오면 안 되지만 가방 검사가 있는 날이 아니면 늘 가지고 왔어요……."

다카하라 미유키의 시체 주변에는 옷은 물론이고 가방이나 지갑 같은 피해자의 물건으로 보이는 유류품은 전혀 없었다.

"다카하라가 학교에서 따돌림을 당한 일은 없어?"

저도 모르게 나지마의 얼굴을 바라보았다. 예상하지 못했던 질문이었다.

"아뇨."

아주 잠깐이지만 대답이 늦은 느낌이 들었다.

"친구는 많았니?"

이번에는 10초 넘게 대답이 늦었다.

"……아이들과 그럭저럭 잘 지내는 편이었지만 특별히 가까운 친구는 없었을지도 모르겠어요. ……저도 이야기는 자주 했지만 아주 친했던 건 아니고……."

"학교 밖 친구는?"

"아마 있었을 거예요. 이야기할 때 모르는 사람 이름이 이따금 나왔던 것 같아요……."

고구레는 몸을 내밀며 처음으로 끼어들었다.

"남자는? 그 가운데 남자친구는 없었나?"

딴에는 부드러운 목소리로 말했는데도 여학생은 긴장하며 입을 다물고 말았다. 고구레 쪽은 보려 들지도 않았다. 공연히 끼어들었다. 경찰을 우습게 여기는 상습범을 자백하게 할 때는 큰 효력을 발휘하는 고구레의 굵은 목소리는 불안한 심경의 소녀에게 말을 건네기에는 적합하지 않은 듯했다. 아마 다른 사람에게 위압감을 주는 너무 넓은 어깨도 한몫 거들었을 것이다. 정신적인 충격을 받은 어린 아가씨를 어떻게 대해야 하는지 가르쳐주듯 나지마가 같은 말을 훨씬 부드럽게 건넸다.

"남자친구는 있었니?"

"……잘 모르겠어요. 그런 이야기는 별로 하지 않았는데……. 하지만 아마 특별한 사람은 없었을 거예요."

고구레는 더 묻고 싶은 것이 있었지만 나지마는 질문을 마쳤다. 학생이 다시 손수건으로 얼굴을 가렸기 때문이다.

그 뒤로도 여학생 몇 명이 상담실로 들어왔지만, 처음 면담한 요시다 리에와 마찬가지로 행방불명된 당일 다카하라 미유키와 특별히 의미 있는 이야기를 나눈 학생은 없었다. 다카하라 미유키가 학교 밖으로 나간 뒤의 행적을 짐작할 수 있는 이야기는 듣지 못했다.

다섯 번째 여학생과 이야기를 나눈 뒤, 고구레는 고개를 돌려 나지마를 바라보며 물었다.

"어떤 아이였던 걸까요?"

지금까지 만난 다섯 명은 모두 학교 친구의 갑작스러운 죽음에, 그것도 살인이라는 사실에 충격을 받아 흐느끼거나, 울지는 않아도 냉정하게 이야기를 할 수 있는 상태는 아니었다. 하지만 이야기가 진행되면 그때까지 슬퍼하던 모습은 어디로 갔나 싶을 만큼 다들 똑같은 소리만 했다. '잘 모른다', '자세하게 모른다', '그리 친하지는 않아서.'

"친구가 없었던 걸까?"

수첩에 열심히 메모하던 나지마가 고개를 들더니 천장을 쳐다보았다.

"예, 적어도 이 학교에는 없었을지 모르죠."

"이 학교에는?"

고구레가 되묻는 순간 문이 열렸다. 2학년 D반 담임이 머뭇머뭇 고개를 디밀었다.

"저어, 이제 슬슬 학생들을 집에 보내야 하는데요."

그 말을 듣고서야 비로소 깨달았다. 고개를 돌리니 창문으로 들어오던 오후 햇살은 이미 사라져 어느새 어둠이 살짝 스며들고 있었다.

"네, 알겠습니다. 다음 학생까지만 하고 오늘은 마치기로 하죠."

명단을 보니 아직 몇 명 더 남아 있다. 내일 다시 오겠지만 아무리 생각해도 진전이 있을 것 같지는 않았다. 정말로 이런 수사가 필요할까? 나지마와 고구레 조의 수사는 일단 피해자의 교우 관계에 한정된다. 피해자 가족의 이웃들을 훑는 또 다른 신변수사 담당 쪽이 더 가능성이 있을 듯했다.

마지막 여학생은 바로 들어오지 않았다. 바로 전 나지마와 나누던 대화를 떠올리며 고구레가 물었다.

"이 학교에는 없었을지도 모른다는 게 무슨 뜻이죠?"

"못 느끼셨어요? 지금 만난 아이들과 다카하라는 분위기가 많이 다르더군요."

나지마가 큼직한 눈으로 고구레를 똑바로 바라보았다. 고구레는 고개를 저었다. 나지마는 다카하라를 잘 아는 사이처럼 친숙하게 불렀지만, 어차피 시체와 사진 한 장 이외에는 전혀 알지 못하는 사이다.

"사립학교라 교칙이 엄하기 때문이겠지만 오늘 면담한 아이들은 다들 머리 모양이나 복장이 단정했어요. 물론 그 와중에 조금씩은 멋을 부리는 것 같았지만."

맞는 말이다. 다들 청초하고 진지하며 올바른 여고생의 표본 같았다. 고구레는 늘 나쓰미의 무서우리만치 짧은 스커트와 땅바닥에 질질 끌릴 것만 같은 루즈삭스에 인상을 쓰지만, 저녁 무렵 나카메구로역 앞에서 마주치는 여고생들에 비하면 나쓰미는 그래도 귀여운 구석이 있었다. 요즘 여고생들 차림을 생각하면 이 학교 학생들이 이질적인지도 모른다.

"다카하라는 탈색에 염색도 하고 선탠 숍에도 다닌 모양이던데. 얼굴에 화장기도 있었고요. 아 참, 피어싱도 화려했던 것 같아요."

"피어싱?"

"예, 귀에 구멍이 여러 개 뚫려 있었어요."

놀랐다. 고구레는 전혀 눈치채지 못했다. 시체를 처음 보았다는 나지마가 그런 것까지 찾아내다니. 다카하라 미유키의 얼굴은 교살 시체 특유의 종창이 진행되고 있어 부패한 사과처럼 색이 변하고 부어오른 상태였다. 냄새도 꽤 심했다. 익숙한 사람이 아니라면, 아니 익숙한 사람이라도 제대로 관찰하기 힘든 상태였다.

"다카하라의 친구들은 학교 밖에 있었던 것 아닐까요?"

나지마가 나직하게 중얼거렸다. 그럴지도 모른다. 하지만 그런 교우 관계를 밝혀내서 무엇을 알 수 있을까? 여기서 이러고 있는 동안에 다른 수사관들이 물증이나 좀 더 쓸 만한 증언을 모을 거라는 생각이 들자 고구레는 초조해졌다. 이런 곳에서 여고생들을 다독이며 이야기를 들어봐야 무슨 소득이 있을까.

다음에 들어온 여학생 또한 모범적인 차림새였다. 얼굴 생김새도 단정하고 눈빛도 차분했다. 긴장한 탓인지 표정은 굳어 있었지만 눈물이나 흐트러진 모습은 보이지 않았다.

"이케미야 사키코池宮咲子 학생이죠?"

"예."

말투도 정중했다. 질문을 하다 보니 약간 진전이 있었다. 이케미야 사키코가 다카하라 미유키를 시부야역 앞에서 보았다고 했다.

"4시쯤이었어요. 하치공 동상(주인이 죽은 뒤에도 시부야역 앞에서 계속 기다렸다는 충견으로 유명한 아키다견 하치의 동상)이 있는 쪽 출구였어요. 저는 4시에 친구와 만나기로 했고, 제가 약간 늦었으니까 4시 5분이나 10분쯤 됐을 거예요."

"이야기를 나누었니?"

고구레는 넓은 어깨를 웅크리며 스스로 생각하기에도 기분 나쁠 정도로, 고양이를 달래는 듯한 목소리로 물었다.

"아뇨, 제가 바빠서 그냥 인사만."

"누가 함께 있었니?"

"혼자였어요. 그 애는 늘 혼자 다녔어요."

"다카하라가 어디로 간다고 했는지 들었니?"

"아뇨."

"옷차림은?"

"교복이었지만 손을 댄 상태였죠."

"손을 대?"

자기도 모르게 언성이 높아지자 소녀는 자세를 바르게 하며 긴장했다. 그만 원래 목소리가 나오고 말았다.

"옷차림을 좀 바꿨다는 거니?"

나지마의 알토 톤의 음성이 학생의 긴장을 풀어주었다.

"예, 스커트를 짧게 올리고 양말은 루즈삭스, 화장도 살짝 했어요. 머리에는 라메를 하고."

라메? 그 반짝거리는 것을 말하는 건가? 물어보고 싶었지만 잠자코 있기로 했다. 나지마가 한동안 질문을 계속했지만 결국 라메라는 것이 머리에 바르기만 해도 염색이 되거나 반짝거리는 헤어젤 같은 것이라는 점 말고는 새로 알아낸 사실이 전혀 없었다.

"고마워. 혹시 또 보게 될지도 모르겠네. 그때도 잘 부탁할게."

"예."

일어서서 나가려던 이케미야 사키코가 머리카락을 출렁거리며 고개를 돌렸다.

"……저어."

왜, 하고 묻듯이 나지마가 고개를 갸웃거렸다.

"저어…… 다카하라는 역시……."

"역시 뭐?"

"……발이?"

발? 고구레는 명단을 들여다보던 시선을 들었다. 절단된 두 발의 행방을 모른다는 사실은 아직 매스컴에 나오지 않았다.

"발이 어떻다는 거니?"

"아니에요. 아무것도 아니에요."

나지마가 불러 세우려 했지만 바로 그때 노크 소리가 들렸다. 담임교사가 난처한 표정으로 문을 열고 들여다보았다. 그 틈에 여학생은 열린 문으로 빠져나가버렸다. 고구레는 나지마의 얼굴을 바라보았다. 나지마도 고구레의 얼굴을 마주 보았다. 두 사람은 서로 눈을 바라보며 동시에 고개를 갸웃거렸다.

세타가야에 있는 다카하라 미유키의 집은 지은 지 얼마 안 된 아담한 단독주택이었다. 저녁 무렵부터 내리기 시작한 비에도 아랑곳없이, 비닐 비옷을 걸친 사람들이 시체에 꼬이는 은빛 파리들처럼 현관을 둘러싸고 있었다. 줄지어 늘어선 발판 위에는 방송용 디지털카메라를 든 남자들이 셔터 누를 기회를 노리며 대기하고 있었다. 고구레와 나지마가 현관문을 열자 등 뒤에서 몇 명이 플래시를 연속해서 터뜨렸다.

거실에는 야스다와 본청에서 나온 수사관이 기다리고 있었다. 두 사람은 가족과 이웃 수사 담당이다. 야스다 옆에 앉은 창백한 얼굴의 야윈 중년 남자가 다카하라 미유키의 아버지인 듯했다.

"수고가 많으십니다."

다카하라 미유키의 아버지가 의외로 의연한 목소리로 말문을 열었다.

"집사람은 몸져누웠습니다."

수사 회의에서 나누어준 자료에 따르면 그는 도쿄도에 있는 식품회사에 근무하는 직장인이다. 막 퇴근했는지 흰 와이셔츠에 넥타이를 한 차림이었다. 딸을 잃은 상황인데도 굳이 고구레와 나지마에게 차를 내오겠다며 부엌으로 향했다.

"나지마, 잠깐만."

본청 수사1과 동료가 부르자 나지마는 거실을 나갔다. 야스다가 문서 한 장을 테이블 위에 올려놓았다.

"다카하라 미유키의 친구, 알고 지내는 사람들 명단입니다. 피해자 어머니로부터 알아낸 내용은 이것뿐입니다."

문서에 적힌 이름은 그리 많지 않았다. 이미 면담한 같은 반 친구들 이름은 없었다.

"이것뿐인가?"

"예. 학교 학생명부뿐이고 개인 주소록 같은 것은 없는 모양입니다."

"생일 카드 같은 것도 없어?"

"없는 모양이에요. 편지 같은 건 전혀 없어요. 요즘 애들은 편지 안 쓰잖아요. 주소보다 휴대폰 번호죠."

"그럼 휴대폰 번호를 적어놓은 수첩 같은 건?"

"그런 것도 없어요. 모두 휴대폰에만 저장한 것 아닐까요?"

휴대폰이라. 휴대폰이 없어지면 인간관계에 대한 정보도 완전히 사라진다는 이야기다.

"아버지 이야기는 들었나?"

부엌을 곁눈질하며 물었다. 야스다가 목소리를 낮췄다.

"아버지는 아무것도 모르더군요. 어이없을 만큼 딸에 대해 아는 것이 하나도 없습니다."

"고구레 선배."

거실 문밖에서 나지마가 손짓했다.

"미유키 양 방을 보려고 하는데 함께 가시겠어요?"

"그러죠."

부엌에 있는 미유키의 아버지에게 딸의 방을 잠깐 보겠다고 했지만 듣지 못한 모양이었다. 수세미로 닦을 것까지는 없을 찻잔을 열심히 문지르고 있었다. 바로 앞에 있는 찻잔 이외에는 생각하는 것 자체가 두려운지도 모른다.

다카하라 미유키의 방은 계단을 올라가 바로 오른쪽에 있었다. 세 평쯤 되는 아주 평범한 방이지만 그 넓이에는 어울리지 않을 만큼 많은 것이 들어차 있었다.

옷장과 패브릭 옷장이 하나씩 있고, 그것만으로는 부족하다는 듯이 바퀴가 달린 행거에도 옷이 여러 벌 걸려 있었다. 모두 다 눈이 아플 정도로 화려한 색들이었다. 14인치 텔레비전과 비디오, 컴포넌트 스테레오 오디오. 작은 고양이 포스터가 붙어 있는 벽에는 클래식 기타가 세워져 있고, 책상 위에는 사탕 포장지처럼 화려한 색의 컴퓨터가 놓여 있었다. 부모는 하나뿐인 딸에게 뭐든 다 사준 모양이었다.

나지마는 방 한복판에 서서 줌렌즈 같은 눈으로 구석구석을 관찰했다. 옷장을 열어 옷을 살피고, 책상 서랍을 뒤지더니 컴퓨터 전원을 켜고 마우스를 움직이기 시작했다.

방에서는 지나치리만치 달콤한 향기가 났다. 나쓰미 방에서 나는 냄새와 비슷했다. 이 또래 여학생들은 모두 같은 향수를 뿌리는 걸까? 컴퓨터 화면을 들여다보던 나지마가 말을 꺼냈다.

"받은 메일과 보낸 메일이 몇 주 사이에 백 건이 넘어요. 휴지통에도 아직 데이터가 많이 남아 있네요."

"아, 그래요?"

고구레는 사실 무슨 소리인지 잘 이해가 안 돼서 건성으로 대꾸했다. 메구로경찰서에도 서류 작성을 위해 컴퓨터를 도입했지만, 워드프로세서도 쓸 줄 모르는 고구레는 요즘 입지가 좁아지고 있었다.

"이 데이터를 백업해서 전부 확인해봐야겠네요."

어깨를 움츠리며 고구레가 말했다.

"부탁드리겠습니다."

'메구로구 여고생 살인 시체유기사건 수사본부'

메구로경찰서 강당 앞에 시커먼 글자가 적힌 길쭉한 종이가 붙어 있었다. 아마 경시청 소식지에 몇 차례 작품이 실린 적이 있는, 붓글씨를 잘 쓰는 부서장이 쓴 글씨이리라.

수사본부에 붙여놓는 이런 공지문은 주변에서 쉽게 구할 수 있는 아무 종이에나 쓴다. 거기에는 어디까지나 임시로 쓸 뿐, 오래 붙여두지 않겠다는 바람이 담겨 있다. 실제로 수사가 장기화되면 종이가 찢어지거나 색이 변해서 새로 써서 붙이기도 한다. 고구레는 어떻게든 저 한 장으로 끝내고 싶다고 생각했다.

수사본부가 된 강당 복도 중간에는 신문 기자들을 막기 위한 폴리스 라인이 쳐지고 출입금지 팻말이 붙었다. 담당 지역에서 수사를 마치고 돌아온 수사관들이 계속해서 폴리스 라인을 지나갔다. 두 번째 수사 회의가 밤 9시에 시작되기 때문이다.

증거를 손에 넣은 형사는 얼굴만 봐도 티가 난다. 이야기하고 싶어 견딜 수 없는 마음이 고스란히 얼굴에 드러난다. 입에 물고 온 먹이를 빨리 뱉어내고 자랑스럽게 짖고 싶은 사냥개 같은 표정을 짓기 때문이다.

하지만 수사본부 철제책상을 앞에 두고 앉은 사람들의 얼굴은 모두 생기가 없이 초조하고 피로한 기색뿐이다. 하기야 나도 마찬가지겠지만. 고구레는 담배에 불을 붙이고 땀이 난 얼굴을 쓱 훔쳤다. 새로운 정보라고 할 수 있는 내용은 다카하라 미유키가 오후 4시 넘어서 시부야역 근처에 있었다는 사실뿐. 보잘것없는 소득이다.

구역별 담당부터 수사 결과를 보고하기 시작했다. 제일 먼저 발표한 조는 '어젯밤 11시경, 공원 옆에 사는 주민이

밀차가 지나가는 듯한 소리를 들었다'는 내용을 보고했지만, 두 번째 조, 세 번째 조는 성과가 없었다.

쓸 만한 먹이를 물어 온 사냥개는 네 번째 순서의 미야모토였다. 자기보다 스물네 살은 어려 보이는 본청 순사와 콤비를 이룬 미야모토는 보고하는 동안 흥분한 목소리를 감추지 못했다.

"수상한 차량에 대한 목격자 증언이 있습니다. 오늘 오전 1시 반부터 2시 사이에 린시노모리 공원 남쪽 출입구 부근에 차가 서 있는 것을 지나가던 이웃 주민이 목격했습니다."

미야모토는 의자에서 일어나 사건 현장 지도가 붙어 있는 화이트보드 앞으로 의기양양하게 걸어갔다. 손가락으로 위치를 가리키더니 료쿄쿠浪曲 (샤미센 반주에 맞춰 부르는 일본 고유의 창) 스타일의 쉰 목소리로 보고를 이어나갔다.

"수상한 차량은 빨간 스포츠카 타입. 차종은 확실하지 않지만 사진을 보여주며 비슷한 것을 찍으라고 하니 가장 유사한 차종으로 도요타 MR2를 지목했습니다. 차 번호는 시나가와 번호판으로 차종을 나타내는 번호의 앞머리가 3으로 시작한다는 사실만 기억했습니다. 목격자는 인근에 거주하는 23세의 여성 회사원. 심야 1시 20분경에 편의점에 가다가 해당 차량을 목격했습니다. 목격자의 기억에 따르면 약 20분 뒤인 1시 40분에도 같은 곳에 세워져 있었다고 합니다. 오갈 때 모두 차 안에 사람은 없었고, 엔진도 꺼져 있었다고 합니다."

형사과장 오카야스가 성급하게 묻기 시작했다.

"빨간 차라니, 정확히 어떤 빨간 색이지? 그 주변은 밤이 깊으면 상당히 어두울 텐데. 차량 색깔에 대한 증언이 확실한 건가?"

"그냥 빨갛다고만 증언했습니다. 사진상으로 보면 레드 마이카 메탈릭이 아닐까 생각됩니다. 흔히 이야기하는 진홍빛에 가까운 색입니다."

레드 마이카 메탈릭. 전에 자동차 도난 사건을 오래 다뤄 본 미야모토는 50대치고는 거침없이 외래어를 입에 올리며 수사본부 안을 둘러보았다. 오랜 형사 생활이 희로애락을 지워버렸는지 무표정한 얼굴이지만 의기양양한 심정을 대변하듯 벌름거리는 콧구멍은 감출 도리가 없는 모양이었다.

이어서 발표에 나선 현장의 북서쪽을 담당한 탐문수사반이 미야모토의 발언을 뒷받침하는 정보를 보고했다.

"어제 오전, 현장 남쪽 도로를 달리는 수상한 차량을, 아들과 함께 린시노모리 공원을 산책하던 아버지가 목격했습니다. 평소 차가 다니지 않는 길을 몇 차례 왕복했기 때문에 기억에 남았다고 합니다. 색은 빨강, 스포츠카 타입. 차종, 넘버는 기억하지 못합니다."

바로 앞에 있는 먹이를 빼앗겼다는 듯한 얼굴이었다. 본청에서 나온 계장인 모리나가가 자세한 내용을 캐묻자 좀 더 자세하게 조사하지 않은 것을 후회하는 표정을 지었다.

"같은 증언이 하나 더 있습니다. 30대 여성. 날짜는 정확하지 않습니다만, 지난주 수요일이나 목요일 오후 6시 10분경, 늘 저녁 식사 준비를 하기 위해 장을 보러 가는 시각이라 제법 정확한 시각인 모양입니다. 그 수상한 차량과 비슷한 붉은색 스포츠카가 일방통행인 길을 역주행하는 모습을 목격했다고 합니다. 이 빨간색 스포츠카는 몇 달 전부터 동네에서 종종 목격되었는데, 이렇다 할 목적 없이 돌아다니는 것으로 보였다고 합니다."

고구레는 보고 내용들을 메모했다. 뭔가 나올 가능성은 희박하지만 맡은 일이 신변수사이니 내일 다시 학교에 갔을 때 교사들의 차종을 점검해야 한다.

구역별로 수사 보고가 끝나고 신변수사를 맡은 조의 차례가 되었다.

"신변수사 2반!"

보고는 당연히 계급이 높은 나지마 경부보가 할 것이다. 고구레는 그렇게 생각하고 나지마가 발언하기를 기다렸다. 그런데 조용하다. 고개를 드니 대각선 앞에 앉은 나지마가 고구레를 바라보고 있었다. 굳은 표정이다. 아마 수사 회의에서 보고한 경험이 없는 듯했다.

고구레는 손짓으로 어서 발표하라는 손짓을 했다. 나지마는 고개를 저으며 고구레의 손짓을 흉내 내었다.

"2반!"

오카야스가 언성을 높였다. 고구레는 벌떡 일어섰다.

밤이 깊은 야마테 길에는 택시의 표시등이 야광충 무리처럼 줄지어 서 있다. 고구레는 집을 향해 스쿠터를 몰았다. 비는 어느새 개었다. 여름 같은 한낮의 더위를 비가 씻어주었는지, 시속 30킬로미터로 달리며 맞는 밤바람이 차가웠다.

수사 회의는 밤 11시가 넘어서야 끝났다. 다카하라 미유키의 집에서 가져 온 리스트를 정리하고, 나지마가 컴퓨터로 메일을 쓰는 모습을 멍하니 바라보며 오늘 하루의 활동 보고서 작성을 마친 것은 날짜가 이미 바뀐 시각이었다. 경찰서 안에서 잘 준비를 하는 다른 수사관들 눈치를 보며 조금 전에 서둘러 스쿠터에 올라탔다.

나쓰미를 혼자 자게 할 수는 없다. 아무리 일이 늦게 끝나도 집에는 반드시 들어간다. 마사에가 세상을 떠나고 지난 5년 동안 그것만은 반드시 지켰다.

빨간 신호가 켜지자 스쿠터를 멈췄다. 등을 펴자 뼈마디에서 소리가 났다. 오늘 하루의 피로가 물에 젖은 코트처럼 무겁게 느껴졌다. 이제 겨우 수사 첫날인데 앞날이 걱정스럽다.

벌써 이런 나이가 된 건가? 예전에는 이삼 일은 밤새 일하고도 술을 마시러 나가는 체력이 있었는데. 올가을이면 마흔셋이 되는 자기 나이를 생각했다. 앞으로 한동안 이런 나날이 이어지리라. 초동수사에서 만족스러운 성과는 없었다. 단서 비슷한 것이라고 해봤자 미야모토가 건져 온 수상한 차량에 관한 정보뿐이다. 수사가 장기화될 각오를 해야 한다.

집 안 불이 모두 꺼져 있었지만 부엌 식탁 위의 조명은 평소처럼 켜져 있었다. 고구레가 늦는 날이면 나쓰미는 늘 그 불을 켜두었다. 고구레를 위한 것일 수도 있고, 어쩌면 혼자 어둠 속에 있는 것이 쓸쓸해서인지도 모른다.

식탁 위에는 스키야키 냄비와 가스버너가 놓여 있었다. 랩으로 씌운 고기와 채소 접시도 있다. 냄비 안에 육수도 준비되어 있으니 그냥 끓이기만 하면 된다. 고구레는 그제야 오늘 나쓰미에게 전화를 한 통도 하지 않았다는 사실을 깨달았다. 그리고 어젯밤에 스키야키를 함께 먹기로 약속했다는 사실도.

나쓰미의 방을 노크하려고 하다가 그만두었다. 시계가 이미 새벽 2시 반을 가리키고 있었다.

세수하고 수건으로 얼굴을 문질렀다. 몸은 피곤해도 머리는 맑았다. 오늘 만난 사람들 얼굴이 계속 떠올랐다. 사립여자고등학교 학생들, 학교장, 교사, 미유키의 아버지, 나지마와 본청 수사1과 수사관들, 그리고 흙빛이 된 다카하라 미유키의 얼굴……. 그다음에 나쓰미의 얼굴이 떠올랐다. 식탁 위 날달걀 옆에는 웬일로 낫토 팩까지 놓여 있었다.

저녁 식사는 수사 회의가 끝난 뒤 편의점 도시락으로 때웠다. 식욕은 전혀 없지만 가스버너를 켰다. 딸이 애써 차린 식탁이다. 분명히 투덜대면서 고구레가 퇴근하기를 기다렸으리라. 먹어야 한다.

마치 나쓰미의 불만을 대변하듯 냄비가 부글부글 끓기 시작했다. 그 냄비를 멍하니 바라보며 고구레는 조용히 중얼거렸다.

"미안."

7

니시자키는 사회면을 반 가까이 차지한 기사에서 눈을 떼지 못했다.

'여고생, 처참하게 살해'

'쓰레기장에서 교살 시체 발견'

충격적인 제목이 눈에 들어왔다. 업무 성격상 도쿄에이전시 영업국에는 매일 아침과 저녁에 전국에 발행되는 각 신문과 타블로이드지, 주요 스포츠신문과 업계 전문지가 들어온다. 니시자키는 그 석간을 모두 책상 위에 쌓아놓았다. 하나를 읽고 또 다른 신문을 집어 들었다.

메구로구 여고생 살인사건. 모든 신문이 크게 다루었다. 시체가 발견된 시각이 이른 아침이기 때문인지 꽤 자세하게 취재한 기사들이었다. 새로 펼친 신문에는 자세한 사건 기사 이외에도 피해자 부모가 슬픔에 잠긴 모습이나 피해자의 프로필, 피해자와 알고 지내던 사람들의 인터뷰도 실려 있었다.

'피해자인 다카하라 미유키 양은 시부야구에 있는 사립 여고 2학년 학생. 중학교 때는 수영부에서 활동. 기타 동아리에도 가입한, 음악을 사랑하는 소녀였다. 동물을 좋아해서 장래 희망은 반려동물 미용사.'

'심지가 굳고 행동력이 있다. 반 친구들과도 두루 친했다.'

'휴일이면 자주 반려견을 데리고 산책했다. 인사성 밝은 아이였다.'

벌써 8시가 넘었다. 조금 전에야 가토가 지시한 기획서 작성을 마쳤다. 니시자키는 한숨을 내쉬고 마비된 듯이 아픈 오른손을 흔들며 차게 식은 커피를 입으로 가져갔다.

책상이 여러 줄 놓여 있는 넓은 영업국 사무실에 지금까지 남아 있는 사람은 몇 안 된다. 몇 해 전까지만 해도 밤 10시, 11시가 되어도 활기가 넘쳤다는데 불황이 길어진 탓인지 니시자키가 입사한 뒤로는 대개 이렇다. 니시자키가 경력자로 입사할 수 있었던 까닭도 대학을 갓 졸업한 사원을 백지상태부터 가르치기보다 바로 업무를 처리할 수 있는 경력자가 경영 효율상 좋기 때문이리라. 제1지망이었던 크리에이티브 부문이 아니라 익숙지 않은 영업 부서에 배치되었기 때문에 사실 초보자나 마찬가지지만.

제3 영업국 미우라三浦부에는 니시자키와 맞은편 책상에 있는 가토만 남았다. 가토는 니시자키에게 일을 시키고 업무 때문인지 뭔지는 몰라도 느긋한 자세로 앉아 휴대폰을 들여다보고 있다.

니시자키보다 몇 해 먼저 입사하기는 했지만 가토 역시 경력 채용이다. 원래는 사회인 럭비 팀이 있는 회사에 다녔는데 부상으로 잘린 모양이다. 니시자키가 보기에는 일을 제대로 할 수 있는 사람 같지 않지만 격무를 견뎌낼 수 있고 명령에 잘 따르는 이 스포츠맨에 대한 미우라 부장의 평가는 높았다.

"일은 끝났나?"

컴퓨터 모니터 위로 가토의 얼굴이 불쑥 튀어나왔다. 그 바람에 입에 머금고 있던 커피가 꿀꺽 목으로 넘어가고 말았다.

"난 슬슬 퇴근할 생각인데…… 그런데 너 지금 뭐 하는 거야?"

"그러는 가토 선배는 뭐 하셨어요?"

"아니, 나야 뭐 잠깐."

니시자키는 손에 들고 있던 신문을 가토에게 디밀었다.

"이거 읽었습니까?"

가토가 큰 몸집을 젖히며 얼굴을 찌푸렸다.

"…… 아, 그거? 읽지는 않았는데 점심때 뉴스는 봤어. 뭐 치정 사건이겠지. 요즘 여고생들은 꽤 문란하다니까. 휴대폰 즉석만남 사이트 같은 데 들어가면 여고생이 우글거려."

가토가 무슨 생각을 하는지 짐작이 갔다.

"너, 그거 알아? 요즘에는 휴대폰으로 성매매도 가능해. 돈만 주면 뭐든 해주겠다는 애들이 넘쳐."

"그 이야기는 전에도 하셨어요."

"아, 그랬나?"

생생하게 기억하고 있다. 가토가 자랑하듯이 즉석만남 사이트 검색 방법이나 연락하는 요령까지 자세하게 이야기해주었던 것을.

"저녁 뉴스는 봤어요?"

"아니."

"신문에는 나오지 않았는데 TV에는 나왔어요. 시체에 발이 없답니다. 발견되지 않았대요."

"흐음, 들개가 먹어버린 거 아니야?"

"양쪽 다 없대요."

"개가 두 마리였겠지."

"저어, 가토 선배."

니시자키는 가토의 표정을 살피며 말했다.

"…… 비슷하지 않습니까?"

"뭐가 비슷해?"

"있잖아요, 뮈리엘 때."

"뮈리엘?"

가토의 낯빛은 전혀 변하지 않았다.

"그래요. 뮈리엘 모니터 모임에서 흘렸던 이야기 있었잖아요."

가토는 잠시 손가락으로 이마를 문지르다가 손가락을 딱 튕겼다.

"아, 그거."

"그래요. 비슷하지 않아요?"

"우연이겠지, 우연이야."

정말 둔한 걸까, 아니면 둔한 척하는 걸까. 가토는 딱 잘라 말했다.

"그럴 리가 없잖아."

"정말 그렇게 생각하세요?"

니시자키의 질문을 피하듯 가토는 고개를 움츠렸다.

"그보다 너 이번 일요일에 어떡할 거야?"

"무슨 말이죠?"

"우리 영업국 골프시합이 있잖아."

니시자키는 골프를 칠 줄 모른다. 그걸 까먹은 걸까?

"골프채는 있지? 이번엔 나와. 골프 못하면 승진 못 해, 영업국에서는."

"…… 아니, 하지만."

"어차피 할 일도 없잖아. 게다가 넌 차도 있고."

중고이긴 하지만 니시자키는 외제 차를 몬다. 몇 해 전, 전 직장에서 프랑스로 연수를 받으러 갔을 때 보고 한눈에 반해, 일본에 돌아온 뒤 저금한 돈을 몽땅 털어 산 차다. 색깔도 똑같은 올리브그린. 차가 없는 가토가 질투가 나서 비꼬는 걸까, 하는 생각이 들었는데 그건 아니었다.

"같이 가자. 가르쳐줄게. 대신 날 태워줘."

아, 운전기사로 써먹을 작정이었나? 니시자키는 혀를 찰

뻔했다.

"차는 지금 수리하러 공장에 들어갔어요. 말씀드린 것 같은데. 전에 사고가 났다고. 그 뒤로 상태가 좋지 않아요. 또 고장입니다. 아무래도 중고차라."

차는 벌써 찾아왔지만 그렇게 둘러댔다. 사고라는 말을 듣자 가토는 얼굴을 찡그리며 고개를 저었다.

"아, 그랬지. 그럼 됐어."

가토가 럭비를 하지 못하게 된 것은 교통사고 때문이라고 들었다. 절대로 자동차 핸들을 잡으려 하지 않는 까닭이 그 때문이라는 이야기도.

"나는 좀 볼일이 있어서 오늘은 이만 퇴근할게. 그럼 뒷정리 부탁해."

가토는 그렇게 말하더니 왼손을 흔들며 나갔다. 그가 사무실에서 나가기를 기다렸다가 니시자키는 신문에서 기사를 오려냈다. 그리고 다른 신문을 집어 들었다.

중국 음식점이나 약국, 미용실, 패스트푸드 매장 같은 잡다한 가게들이 늘어선 역 앞 거리를 지나 샛길로 들어가면 조용한 주택가가 나타난다. 니시자키가 사는 곳은 역에서 5분쯤 떨어진 벽돌색 아파트 6층이다. 지은 지 꽤 된 건물이라 시설이 좋지는 않아도 주차장이 딸려 있고 집세에 비해 방이 넓어 마음에 들었다.

엘리베이터에서 내려 문을 열었다. 부엌 불을 켠 뒤 냉장고를 뒤져 마실 것을 꺼내 식탁에 올려놓았다. 싱크대 앞에 선 채로 다이어트 콜라를 단숨에 들이켰을 때 사키의 목소리가 들렸다.

"왔어?"

"아, 다녀왔어."

니시자키는 캔을 흔들며 대답했다.

"왜 이렇게 늦었어? 8시에 온다고 하지 않았어?"

"미안, 이런저런 일이 있었어. 그래서 삐졌어?"

식탁 맞은편에 앉은 사키의 부드러운 뺨을 풍선 찌르듯 손가락으로 살짝 찔렀다. 내가 왜 사과를 하는 거지, 하는 생각도 들었다. 사키와 함께 살기 시작한 지 세 달쯤 되었다. 원래 이 집은 니시자키 혼자 살던 공간이다. 작은 고양이 같은 사키가 들어와 살기 전까지는. 그런데 이제는 사키가 집주인 같다.

사키를 위해 컵에 콜라를 따라서 식탁 위에 내려놓고 옷을 갈아입으러 침실로 갔다. 디자인용 도구나 화집들이 먼지를 잔뜩 뒤집어쓰고 있는 방이다. 뒤에서 사키의 원망 어린 목소리가 들렸다.

"쳇, 술도 못 마시는 시시한 남자라는 걸 처음에 눈치챘어야 하는데."

"술은 아직 안 돼. 너 미성년이잖아."

"뭐야, 완전 꼰대 같아. 요즘 대체 왜 그래?"

니시자키는 그만 참고 있던 말을 내뱉었다.

"스트레스 쌓여서 죽겠어. 이럴 줄 알았으면 차라리 전에
다니던 회사에서 버티는 건데, 이제 곧 서른 살이라 안 그
래도 초조한데 말이야. 저번에 이야기했던 가토라는 놈, 정
말 짜증 나는 인간이야. 오늘도 그놈이 나한테 지가 할 일
까지 떠맡기는 바람에 야근까지 했어. 맨날 나를 부려먹을
생각만 하는 놈."

부엌의 희미한 조명 너머에서 사키가 얼굴을 찌푸렸다.

"그 이야기는 전에도 했잖아. 듣기 싫어. 그런 아저씨 같
은 푸념."

니시자키는 사키보다 훨씬 나이가 많지만, 사키에게 존댓
말을 쓰게 한다는 무모한 생각은 해본 적도 없다. 요즘 아
이들은 어쩔 수 없다. 사키는 허리까지 오는 긴 생머리에,
또래 아이들처럼 염색을 하지도 않았고 화장도 거의 하지
않는다. 처음 만났을 때는 제법 청초하다고 생각했다.

"그렇군."

니시자키가 고개를 끄덕였다. 하고 싶은 말이 더 있었지
만 그만두었다.

다시 식탁으로 돌아왔다.

"목욕 먼저 할 거야? 아니면 식사부터? 니쿠쟈가(소고기나 돼지고기를 감자, 양파 따위를 넣고 간장, 설탕 등으로 양념하여 조린 음식)를 해놨어."

사키가 큰 소리로 호호호 웃었다. 어린 아내 흉내를 내는 모양인데 전혀 어울리지 않았다. 이제 겨우 열일곱 살이면서. 니시자키는 웃음을 지으며 사키를 의심스러운 눈길로 바라보았다.

"네가 진짜 니쿠쟈가를 만들었다고?"

"당연히 뻥이지."

"그럴 줄 알았어."

"뭐야, 눈치챘어?"

"당연하지. 네가 그런 걸 할 리가 없잖아."

정말이지 어처구니없는 거짓말쟁이다. 니시자키는 천천히 고개를 저었다. 사키는 정말 아무것도 하지 않는다. 밥상을 차리지도 않고, 빨래나 청소도 온전히 니시자키 몫이다. 혼자 살 때와 전혀 변함이 없었다. 사키를 만난 곳은 휴대폰 즉석만남 사이트였다. 사키는 지방 출신으로, 고등학교를 자퇴하고 올라와 낮에는 전문학교에 다닌다. 하지만 그건 사키의 주장일 뿐 어디까지가 사실인지는 알 수 없다. 석 달을 함께 지냈지만 아는 게 전혀 없다. 니시자키도 일

일이 캐묻지는 않았다. 포기한 지 오래다.

"자, 초밥이야. 아무것도 안 먹었을 것 같아서 사왔어. 좋아하지? 고등어 오시즈시(식초에 절인 생선살이나 달걀부침 따위에 밥을 얹어 네모난 나무틀에 넣어 눌러 만든 초밥)."

"우아!"

사키가 기뻐하며 소리를 질렀다.

처음 만났을 때 식사하러 간 초밥집에서 고등어 종류를 주문했던 것이 떠올라서 퇴근길에 사왔다.

초밥 꾸러미를 풀어 포장지를 쓰레기통에 넣으려는데 달력이 눈에 들어왔다.

"내일 쓰레기 버리는 날이네."

"그래?"

늘 까먹는다. 이 아파트는 입주자가 많아 쓰레기 내놓는 날 전날부터 쓰레기봉지가 꽤 많이 쌓인다. 얼른 내놓지 않으면 쓰레기더미가 무너져 그 아래 깔릴지도 모른다. 사키가 쓰레기쯤은 버리면 좋겠다는 생각을 하지만, 말해봐야 소용없다는 걸 이제 안다. 니시자키는 한숨을 내쉬었다.

"가끔은 누가 쓰레기를 내놓을지 가위바위보로 정하자."

니시자키가 쓰레기봉지를 내놓고 돌아와 스시를 먹는데 휴대폰이 울렸다. 니시자키의 전화가 아니었다. 헬로키티 줄이 달린 사키의 검은색 휴대폰 액정에 불이 들어왔다.

"너, 설마…… 아직도?"

"이젠 안 한다니까. 할 이유가 없잖아?"

"그럼 그건 뭐야?"

니시자키가 사키의 휴대폰을 들여다보았다. '죽어죽어죽어죽어'라는 글자가 보인 순간 사키가 바로 화면을 바꿔버렸다. 늘 오는 그 메일이다.

"이젠 익숙해졌어. 신경 안 써."

사키는 아무렇지도 않은 척하지만, 니시자키는 신경이 쓰였다.

사키의 휴대폰으로 날마다 악의로 가득 찬 메일이 온다. 끔찍한 내용이었다. 마치 화면이 쓰레기통 같았다. 니시자키는 사키가 어쩌다 휴대폰 즉석만남 사이트에 들어가 거기서 성매매 같은 것을 하게 됐는지, 제대로 물어본 적은 없지만 그런 끔찍한 메일이 오는 원인 가운데 하나일 거라는 생각이 들었다. 저런 메일을 받다 보면 자기 존재를 알아주고, 잠깐만이라도 즐겁고 행복하게 해줄 메시지가 필요했을 것이다.

"아, 여고생이 살해당한 사건 봤어?"

"ㄱ게 뭐야?"

모르는 게 당연한가? 하기야 신문 같은 걸 보는 아이가 아니다.

"됐어, 아무것도 아니야."

이 아이와는 상관없다. 이제 관계없을 것이다. 니시자키는 하려던 말을 그냥 삼켰다.

식탁 위 초밥이 좀처럼 줄어들지 않았다. 니시자키가 콜라만 마시고 있기 때문이다. 왠지 속이 더부룩했다.

"우리 이번 주말에 놀러 가자. 디즈니랜드 도널드 페어에 가고 싶어."

어느새 사키 혼자 재잘거리고 있었다. 니시자키는 사키의 말에 대충 맞장구를 치기는 했지만 내용은 거의 귀에 들어오지 않았다. 사키가 잠시 말을 멈춘 틈에 콜라를 오른손으로 바꿔 들고 TV 리모컨을 집어 들었다.

"아저씨, 내 말 듣고 있어?"

"뭐? 내가 아저씨는 아니지."

"이제 곧 서른인데 완전 아저씨지. 젊은 여자들은 만나주지도 않을걸."

"미안하게 됐군."

"그럼 아저씨 말고 유즈삐(니시자키의 이름인 '유즈루'의 애칭)라고 불러드릴까요?"

"그것도 어쩐지 싫어."

"내 이야기 제대로 듣고 있었네."

"물론이지."

제대로는 듣지 않았다. 텔레비전을 켜자 막 뉴스가 시작되는 참이었다. 늘 뉴스 헤드라인을 장식하는 정치가의 뇌물수수 혐의에 대한 소식이 끝나자 바로 여고생 살인사건 관련 보도로 넘어갔다.

화면에 나오는 사건 현장은 어둠에 싸여 있어 도심이라는 생각이 들지 않을 만큼 적막한 풍경이었다. 취재기자는 시체가 발견된 장소에 서서 어두운 목소리로 사건 개요를 설명하고 아직 사건 해결의 실마리를 전혀 잡지 못하고 있다고 전했다. 이어서 피해자의 집이 비치더니 소녀의 죽음을 슬퍼하는 분위기의 내레이션이 흘러나왔다.

— 다카하라 미유키 양은 도쿄도에 있는 사립 여자고등학교에 재학 중인 17세 여고생으로 음악을 좋아하는 밝은 소녀였습니다. 장래 희망은 동물과 관계된 일을 하고 싶어 했고…….

신문기사와 거의 같은 내용이었다. 다른 내용이라면 발목이 잘려 있었다는 경찰 발표를 더 선정적으로 보도한다는 점이었다. 니시자키는 사키의 수다를 외면하고 텔레비전에서 나오는 소리를 한마디도 놓치지 않으려고 귀를 기울였다.

"그런데 말이야, 예쁜 옷이 있었거든……. 왜 그렇게 심각한 표정을 하고 있어?"

"아, 아무것도 아니야."

니시자키는 고개를 저었다. 아무것도 아니지 않다. 화면 가득 죽은 소녀의 얼굴이 비쳤다.

그래, 분명히 이 아이다. 남은 콜라를 단숨에 들이켜 말라붙은 목을 축였다.

"재미없어. 이제 자러 가자. 응? 가자, 유즈삐."

사키가 또 칭얼거렸다. 니시자키는 고개를 돌려 저도 모르게 사키의 예쁜 발을 바라보았다. 그리고 단호하게 고개를 저었다.

8

"안녕하세요?"

나지마가 새로 부임한 신입처럼 고개를 숙이며 힘차게 인사하는 바람에 고구레도 얼떨결에 자세를 가다듬고 인사를 했다.

"아, 예. 안녕하세요?"

마침 하품하려던 참이라 목소리가 떨렸다. 새벽 4시가 되어서야 잠자리에 들었지만 쉽게 잠이 오지 않아 실제로는 대략 한 시간밖에 눈을 붙이지 못했다. 아침 수사 회의 참석과 나쓰미의 도시락 때문에 오전 6시에 일어나야 했기 때문이다.

어젯밤에는 다들 경찰서에서 잤을 것이다. 남자들은 모두 도장에서 함께 잤을 테고 나지마에게는 몇 개 없는 수면실이 제공되었을 것이다.

나지마는 어제 처음 봤을 때와 마찬가지로 혈색이 좋고 표정이 밝았지만, 피로와 수면 부족까지 감출 수 없었다. 어제 입었던 바지 정장은 구김이 갔고, 화장도 살짝 했지만 짧은 머리카락 몇 가닥이 뒤로 뻗쳤다.

"오늘은 어떻게 하죠?"

고구레가 물었다. 아침 수사 회의는 조금 전에 끝났다. 조례와 다를 바 없는 내용이었고 새로 들어온 정보나 특별한 지시도 없었다. 이제 수사관들은 대부분 각자 맡은 탐문 지역과 담당 구역으로 흩어졌다.

"우선 이 아이를 만나야겠어요."

나지마는 머리를 찰랑거리며 워드프로세서로 작성한 리스트를 꺼냈다. 어제 다카하라 미유키의 컴퓨터에서 찾아낸 이메일 주소록 속 이름과 주소가 다 조사되어 있었다. 나지마가 제일 위에 적힌 이름을 가리켰다. 후지무라 마리코藤村麻理子. 다카하라 미유키의 중학교 때 친구 가운데 한 명이었다.

"지금쯤 학교에 가지 않았을까요?"

"이미 연락했습니다. 고등학교를 그만두고 지금은 프리터로 지내고 있답니다. 오늘 집에 있을 거예요."

어느새 연락을? 경부보 나리를 부려먹다니. 나는 그사이에 태평하게 아침밥을 먹고 있었단 말인가?

후지무라 마리코가 사는 집은 다카하라 미유키의 집에서 그리 멀지 않은 아파트였다. 고구레와 비슷한 또래로 보이는 후지무라 마리코의 어머니가 미안해하는 얼굴로 현관에서 두 사람을 맞이했다.

"죄송합니다. 경찰서에서 오실 거라고 미리 이야기를 했는데도 아직 자고 있네요. 어제부터 방에 틀어박혀서……. 미유키가 그런 일을 당해서 큰 충격을 받은 모양이에요. 죄송합니다. 바로 깨우겠습니다."

현관 앞에 우두커니 서 있는데 안에서 어머니가 야단치는 소리가 들렸다. 뒤를 이어 고양이처럼 날카로운 비명이 들렸다. 마리코는 자고 있었던 게 아닌 모양이다. 잠시 소란스러운 소리가 나더니 어머니가 다시 현관으로 나왔다. 난감해하는 표정이었다.

"죄송합니다. 조금만 기다려주세요. 곧 데리고 나오겠습니다."

나지마와 눈을 맞춘 뒤 고구레가 입을 열었다.

"저, 괜찮다면 따님 방에서 이야기를 듣고 싶습니다."

"아, 상관은 없습니다만."

대답과는 달리 표정이 굳어졌다. 별로 내키지 않는 모양이다. 우리 애가 뭘 어쨌다고? 어머니의 얼굴에 그런 질문이 떠오르는 것을 눈치채고 고구레는 노련한 영업사원처럼 미소를 지어 보였다. 어린 여학생들을 상대하는 일은 어렵지만 중년이나 노인들을 대하는 건 비교적 편했다.

"걱정하실 일은 없을 겁니다. 따님에게는 다카하라 미유키 학생에 관한 이야기를 잠깐 물어보고 싶을 뿐이니까요. 물론 전화로도 할 수 있는 일이지만 이렇게 직접 만나 이야기를 들어야 하는 게 규정이라서 저희도 괴롭습니다. 어제도 다카하라 학생이 다닌 학교에 찾아가서 학생들 이야기를 듣고 왔죠."

경찰에 진술해야 하는 사람이 자기 자식만이 아니라는 사실을 알게 되어서인지, 그제야 표정이 누그러졌다.

"어머, 그러셨군요. 아, 들어오세요."

현관에서 이어진 좁은 복도의 막다른 곳에 마리코의 방이 있었다. 방 앞에 서서 후지무라 마리코의 어머니가 소리쳤다.

"마리코, 어지간히 해. 경찰분들이 찾아오셨잖아."

고구레와 나지마는 자기들이 야단맞는 것처럼 어깨를 움

츠렸다.

"마리코, 마리코!"

그렇게 이름을 부르면서도 어머니는 문을 열려고 하지 않았다. 고구레는 문에 손을 대고 마리코 어머니의 얼굴을 바라보았다. 열어도 괜찮겠냐고 눈짓을 했다. 어머니는 잠시 머뭇거리더니 중대한 결심이라도 한 듯 고개를 크게 끄덕였다.

평소 가택 수색 때 늘 그러듯 일단 10센티미터쯤 천천히 문을 열고 발끝을 밀어 넣었다. 그다음에 문을 완전히 열었다.

2평 남짓 될까. 간소하고 평범한 분위기의 이 집에서 이 공간만은 완전히 달랐다.

벽에는 알록달록한 옷들이 커튼처럼 걸려 있었다. 바닥에는 벗어 던진 옷이나 읽던 잡지와 과자봉지 따위가 잔뜩 흩어져 있어 카펫이 어떤 무늬인지 알 수 없을 지경이었다. 마리코의 어머니가 망설인 까닭을 바로 알 수 있었다. 혼자 사는 남자의 방도 이렇게 지저분하지는 않을 것이다.

작은 탁자 위에는 탄산음료 캔이 가득했다. 그리고 손거울과 다카하라 미유키의 방에서 보았던 것과 비슷한 화장품 패키지가 놓여 있었다. 방 안은 푹푹 찌는 듯 덥고, 체취와 화장품 향이 섞인 냄새가 가득했다. 어쩐지 다카하라 미유키의 방에서 나던 냄새와 비슷했다.

커튼이 쳐진 창 쪽에 싱글베드가 있고, 그 위에 있는 퀼트 이불이 사람이 누운 자리만 봉긋 솟아 있었다. 방 안으로 들어서자 이불이 꿈지럭꿈지럭 움직이더니 이쪽을 보는지 몇 센티미터쯤 들춰졌다.

"후지무라 마리코 학생? 물어보고 싶은 게 있어서 왔어."

나지마가 쭈그리고 앉아 벌어진 이불 틈새에 대고 말했다. 여자 목소리라 놀랐는지 틈이 살짝 넓어졌다. 나지마는 거기에 경찰 수첩을 들이댔다.

안에서 손이 나와 그 수첩을 잡으려고 했다. 나지마가 순순히 건네주자 수첩을 쥔 손은 먹이를 문 곰치처럼 재빨리 이불 속으로 들어갔다. 꿈지럭. 다시 이불이 움직였다.

"으아!"

고함이라고도 하품이라고도 할 수 없는 소리가 나더니 이불이 젖혀졌다. 그와 동시에 내던져진 수첩은 나지마가 얼른 주웠다. 새카맣게 선탠을 한 소녀의 얼굴이 나타났다. 머리카락은 흰색에 가까운 은빛이었다.

"진짜 경찰?"

소녀는 침대에서 책상다리를 하고 앉더니 고양이처럼 손등으로 눈을 비볐다. 평소 진한 화장을 하는지 눈썹을 거의 다 밀어버린 푸석푸석한 얼굴은 도저히 10대 소녀로는 보이지 않았다.

근시라 그런지 잠이 덜 깨서 그런지 나지마를 보는 눈은 초점이 맞지 않았다. 구석 쪽에 버티고 서 있던 고구레를 보고 아주 잠깐 놀란 표정을 지었지만 바로 흥미 없다는 듯이 외면했다. 입고 있는 옷이 티셔츠 한 장뿐이라 허벅지 위까지 맨살이 드러났지만 가리려고 하지도 않았다.

"미안해, 방까지 들어와서. 옷을 갈아입을 동안 나는 밖에서 기다릴게."

대꾸가 없다. 배꼽을 다 드러낸 채로 옆구리를 긁으며 하품만 할 뿐이었다. 보다 못한 어머니가 말했다.

"마리코! 너 그런 꼴로 정말! 부끄러운 줄도 모르고, 내가 창피해서 못살겠다."

소녀는 다시 이불을 뒤집어쓰고 말았다.

"여긴 저희에게 맡겨주세요. 자, 그럼 난 5분 뒤에 다시 들어올게."

고구레는 마리코의 어머니를 밀며 밖으로 데리고 나왔다.

차를 내오겠다는 걸 사양하고 정확하게 5분 뒤에 방으로 돌아왔지만 5분도 필요 없었던 모양이다. 소녀는 티셔츠 아래 아디다스 추리닝 바지를 입었을 뿐 여전히 침대 위에 책상다리를 하고 앉아 있었다. 용케 카펫의 빈 공간을 찾았는지 나지마는 바닥에 앉아 있었고, 소녀는 천장을 올려다보면서 이야기를 하고 있었다.

"…… 금요일에 나랑 같이 아카사카에 갔다가 시부야 클럽에 가기로 약속했는데 내가 감기에 걸려서 수요일 밤에 미유키에게 전화했어. 미안하지만 못 갈 것 같다고."

"아카사카?"

"응, TBS에. 레노를 보고 싶다고 해서……. 미유키는 레노를 좋아하거든……."

소녀는 코를 훌쩍거리더니 그대로 입을 다물었다. 나지마는 참을성 있게 다음 말을 기다리고 있었다. 고구레가 먼저 끼어들었다.

"레노가 누구야?"

저도 모르게, 기분 나쁠 만큼 상냥한 목소리가 나왔다. 소녀는 고구레 쪽을 바라보았다. 하지만 그 시선은 고구레 뒤에 있는 벽을 보는 듯했다.

"러시안 블루 리더."

"러시안 블루 리더?"

"레노 말이야."

도무지 무슨 소리인지 알아들을 수가 없었다. 인내심을 가지고 이야기를 한참 더 듣고 나서야 러시안 블루가 록 밴드 이름이고, 거기서 리드기타를 맡은 무레노^{群野}라는 남자가 흔히 '레노'라고 불린다는 사실을 알 수 있었다. 다카하

라 미유키는 레노의 열성팬이고 그 밴드를 열심히 쫓아다
닌 모양이었다.

"미유키가 혼자 아카사카에 갔을까?"

"당연히 갔겠지. 대지진이 나도 갔을걸. 미유키는 레노와
관계된 일이라면 눈에 보이는 게 없어."

아카사카 TBS 앞. 고구레는 메모했다. 한 걸음 진전이 있
었다. 오후 4시, 시부야에 간 뒤에 알 수 없었던 다카하라
미유키의 행적이 조금은 드러난 듯했다.

"그다음은 어떻게 했을까?"

"몰라. 클럽에 갔을 수도 있지."

클럽. 소녀는 악센트 없는 말투로 그렇게 대답했다. 마흔
두 살 먹은 아저씨지만 클럽이 예전 디스코장과 비슷한 곳
이라는 정도는 알고 있다.

"혼자서?"

나지마가 고개를 갸웃거렸다.

"응, 거기 가면 아는 사람들이 있으니까."

"어느 클럽?"

"어디더라? 시부야에만 가. 요즘은 제이클럽이나 피카부
에 가는 모양이던데."

제이는 알파벳 J. 클럽은 숫자 9와 영어 LOVE. 위치는 도
겐자카道玄坂. 가르쳐주는 대로 메모를 했다.

"요즘 미유키한테 이상한 점은 없었니? 아주 사소한 거라도 괜찮으니 이야기해줘."

나지마가 묻자 마리코는 끝이 갈라진 머리카락을 이빨로 끊으며 고개를 저었다.

"누가 따라다녀서 난처해했다거나, 아니면 친구나 남친과 문제가 있었다거나."

다시 고개를 저었다. 미유키에게는 이렇다 할 남자친구는 없었던 모양이다. 적어도 최근 1년은. 하룻밤 만난 남자가 몇 번 있었을 뿐이라고 했다.

"하룻밤만?"

고구레가 눈썹을 치켜올렸다.

"그러니까 돈을 받고?"

마리코는 너도 그런 돈을 준 적이 있는 거 아니냐는 듯한 눈으로 고구레를 노려보더니 내뱉듯 말했다.

"뭐라는 거야! 우린 원조교제 같은 건 안 해. 그리고 애당초 그런 아저씨들은 우리 같은 애들은 찾지도 않아. 그런 걸 하는 애들은 평범한 학생 차림으로 다니지."

"그럼 하룻밤 만난 남자들 이름이나 주소는 아니?"

나지마가 묻자 마리코는 한숨을 내쉬었다.

"그걸 어떻게 기억해? 나중에 귀찮은 일이 생길까봐 우리 휴대폰 번호는 절대 안 가르쳐줘. 남자들은 자기 번호를 저장해달라고 하지만 나하고 미유키는 헤어지면 늘 바로 지 웠어."

고구레는 어제 미유키의 아버지를 조사한 야스다가 한 말을 떠올렸다. 다카하라 미유키의 아버지는 딸의 남자관 계에 대해 이렇게 말했다고 한다.

"아직 어리니까요. 여고라서 그런지…… 남자친구가 있다 는 이야기는 들어본 적이 없습니다."

모르는 건 부모뿐이다. 부모는 바보다. 특히 아버지는 바 보다. 그런 생각을 하다가 고구레는 저도 모르게 자기 가슴 에 손을 얹었다.

"학교 친구들하고는 잘 지냈을까?"

이 질문에는 바로 대답이 돌아왔다.

"전혀. 잘 못 지냈어. 그 학교에서 미유키는 튀는 애니까. 아, 그러고 보니 이상한 일 있었어! 전에 미유키가 진짜 화 를 낸 적이 있어. 휴대폰이 완전 쓰레기통이 됐다고."

"쓰레기통?"

고구레가 물었다.

"그래."

"무슨 뜻이야?"

이렇게 무식한 아저씨는 처음 본다는 듯이 한숨을 내쉬 며 마리코가 설명했다.

"마음에 들지 않는 사람 휴대폰으로 장난 메일이나 불행의 체인메일 같은 걸 계속 보내는 거야. 뒷담화를 돌리기도 하고. 미유키가 당하는 쪽이 된 건 처음이야. 범인은 아마 같은 반의 새침한 고양이 가면을 쓴 년들일 거라고 했어."

"체인메일?"

마리코가 다시 '진짜 바보 아니야?'라는 표정을 지었다. 나중에 나지마에게 물어보기로 했다.

다카하라 미유키와 같이 알고 지내던 사람들이 누구인지 알려달라는 나지마의 말에, 마리코는 침대에서 일어나 탁자 위에 있던 휴대폰을 집어 들었다. 휴대폰을 능숙하게 조작하더니 액정에 번호를 줄줄이 띄웠다. 고구레와 나지마는 그 화면을 들여다보며 열심히 옮겨 적었다.

어제는 거의 밝혀지지 않았던 미유키의 교우 관계가 수첩의 페이지를 가득 메웠다. 하지만 대부분 성은 생략된 이름이나 별명으로 저장이 되어 있어서 본명을 모르는 경우가 많았다. 놀랍게도 얼굴을 모르는 사람도 있었다. 메일만 주고받는 사이라는 이야기였다.

"아, 이거야. 체인메일. 아직 있었네."

휴대폰 화면에 이런 글자가 보였다.

신神+12사도=13. 즉 열두 번째 사도는 악마.

이 내용을 6일 안에 일곱 사람에게 보내세요.

보내면 당신에게 행운이 찾아올 겁니다. 보내지 않으면 7일째 되는 날 — 이런 체인메일이 왔어. 이상한 사람인 모양이야. 나 보내지 않았는데. from 리카

체인메일이란 한마디로 예전에 유행하던 행운의 편지나 불행의 편지의 휴대폰 버전인 모양이다.

"그나마 이건 메일을 주고받던 사람이 보낸 거라 전혀 신경 쓰지 않았지. 하지만 어떤 때는 보내는 사람 이름도 없이 끔찍한 내용이 올 때도 있어. 메일 주소를 몇번이나 바꿔도 쓰레기통이 되는 걸 우울해하다가 자살하려던 아이도 있어. 이지메나 스토킹 같은 거야. 하지만 미유키는 신경 쓰지 않았어. 그런 거에 기죽을 애도 아니고."

방금 친구가 죽었다는 소식을 들었는데도 후지무라 마리코는 이상하게 쾌활했다. 휴대폰 번호만이 아니라 스티커 사진을 잔뜩 붙인 수첩을 가져오더니 두 사람에게 사진을 보여주었다.

"이거 봐, 이 사람이야. 희귀템을 파는 가게 점원. 너무 귀엽게 생겨서 우리가 먼저 말을 걸어서 친구가 됐어. 옆에 있는 애들은 이 사람 친구인데 모델이야. 아, 이것도 한번 볼래?"

어느새 마리코는 나지마나 고구레를 친구 대하듯 했다. 일러스트가 들어간 스티커사진용 수첩을 열심히 넘기고 있는 옆얼굴을 보며 동글동글한 뺨이 아직 10대 소녀라는 생각이 새삼스럽게 들었다.

"이 사람이야. 얼마 전 미유키랑 바다에 갔을 때 만난 남자애거든. 난 꽤 마음에 들었는데 미유키는 느낌이 별로라고 했어. 이상한 아이라면서. 취미가 이상하다고."

후지무라 마리코는 정신없이 수다를 늘어놓았다. 어제 만난 소녀들은 모두 다카하라 미유키에 대해 이야기할 때 이미 죽은 사람으로 여기며 말했는데 이 아이는 전혀 그러지 않았다. 애써 쾌활하게 보이려 애쓰는 모습에 마음이 아팠다.

질문을 모두 마치고 고맙다는 말을 하자 수다를 떠느라 지쳤는지 마리코는 다시 이불 속으로 파고 들어갔다. 방을 나서려는데 목소리가 들려왔다.

"참."

마리코가 벌떡 일어섰다. 이불을 망토처럼 두르고 얼굴만 내밀고 있었다.

"빨리 잡아줘, 범인. 꼭 잡아야 해."

참았던 말을 토해내는 듯했다. 눈썹 없는 밋밋한 얼굴의 부은 눈이 반짝반짝 빛났다. 고구레를 바라보는 그 눈에 눈물은 고이지 않았지만 격한 분노와 깊은 슬픔이 숨어 있다는 사실은 바로 알 수 있었다. 고구레는 그제서야 어제 만났던 미유키와 같은 반 아이들은 아무도 이런 눈빛을 보이지 않았다는 사실을 깨달았다.

"그래, 약속할게."

마리코가 고구레의 얼굴을 바라보며 말했다.

"레인맨을 꼭 잡아줘야 해."

"지금 뭐라고 했어?"

"레인맨 잡아달라고."

"…… 레인맨?"

고구레는 마리코의 얼굴을 바라보았다. 소녀도 고구레의 얼굴을 멍하니 바라보았다. '그걸 왜 몰라?' 마리코의 얼굴이 그렇게 말하고 있었다.

"범인은 레인맨이잖아."

나지마가 핸드백에 넣었던 수첩을 다시 꺼냈다.

"레인맨 이야기 좀 더 해줄래?"

고구레는 후지무라 마리코의 집에서 나와 바로 수사본부로 전화를 걸었다. 본부에는 일반 시민들의 제보를 받는 신고용과 내부 연락용이 따로 설치되어 있다. 전화를 받은 사람은 메구로경찰서 생활안전과에서 차출된 나이토内藤였다.

— 러시안 블루? 그게 뭐예요?

"밴드야. 록 밴드. 지금 인기순위 몇십 위래. 러브 이즈 일루전이란 곡을 부르지."

— 아니, 그런 걸 고구레 선배가 어떻게 아세요? 러브 이즈 일루전? 선배, 그런 어울리지도 않는 외국어 하다가 입 돌아가요.

"쓸데없는 소리 말고 소속 사무실 조사해봐. 아니, 레코드 회사만이라도 알 수 있으면 돼."

— 하지만 이렇게 갑작스럽게.

속이 터졌다. 나쓰미에게 물어보면 바로 알 수 있을 텐데. 나쓰미가 늘 읽는 음악잡지에는 틀림없이 실려 있을 것이다. 어쩌면 CD도 가지고 있을지 모른다.

오전에 어제 갔던 학교에 다시 가서 몇몇 학생 이야기를 더 들었지만 수확은 전혀 없었다. 두 사람이 제일 가까운 국숫집에 들어간 것은 저녁이 다 된 시각이었다. 튀김을 얹은 메밀국수 곱빼기에 날달걀을 넣은 다음 젓가락으로 휘적휘적 저으며 고구레가 물었다.

"이제 학교에서는 더 나올 게 없겠죠?"

나지마는 테이블에 있던 고춧가루 통으로 뻗던 손을 멈추고 허공을 바라보았다. 뭔가 다른 생각을 하고 있었던 모양이다.

"고구레 선배는 어떻게 생각하세요? 후지무라가 한 그 이야기?"

"레인맨 말입니까?"

"예."

마리코의 이야기는 두서가 없었다. 무엇보다 경찰이 레인맨을 모른다는 사실에 놀라는 모습이었다.

"어떻게 레인맨을 몰라?"

마리코가 말했다. 그리고 이런 이야기를 해주었다.

"엄청 유명한 이야기란 말이야. 시부야나 메구로 쪽 공원에 혼자 가면 위험하다, 레인맨이 나타난다. 물론 혼자 다니는 게 제일 위험하지만 둘도 위험하다는 말도 있어. 여자두 명이면 더 예쁘게 생긴 애만 납치한대. 잡히면 레인맨한테 발목을 잘리는 거지."

"발목?"

"그렇다니까. 미유키도 그렇게 됐잖아. 발을 잘라 가는 게무슨 의식 같은 거래. 그렇게 들은 것 같아. 무슨 주술 같은데 쓴다는 이야기도 들었는데."

"지금 어제 사건 이야기하는 거 맞니?"

나지마가 의아한 표정으로 물었다. 고구레와 같은 생각을한 모양이다. 어제 사건을 두고 벌써 이런 이야기가 돈다고? 유언비어가 퍼지기에는 너무 이르다.

"아니! 전부터 유명한 이야기라니까. 경찰은 더 많이 알고 있을 줄 알았더니 어떻게 레인맨을 모르지?"

"전이라면, 얼마나 되었지?"

"음…… 여름쯤인가……? 아니, 그 전일지도 몰라."

"그 이야기를 누구한테 들었어?"

"누구였더라……? 그게…… 친구들인가, 미유키였나? 아니면 다른 애였을지도 몰라……. 까먹었어."

마리코가 하는 말의 내용이 너무 모호해서 제대로 파악을 하기가 어려웠다. 고구레는 미유키의 죽음에 충격을 받은 마리코의 머릿속에서 어디선가 보고 들은 픽션과 이번 사건이 뒤섞여 제멋대로 갖다 붙이고 있는 게 아닐까, 하는 생각이 들었다.

"텔레비전이나 잡지에서 본 거 아니고?"

"절대 아니야. 애들한테 들었어. 텔레비전이나 잡지는 느려 터졌다구. 그런 핫한 소식은 다 애들한테 듣는 거야. 다들 아는 이야기야."

"다들?"

"응, 모두. 내 주변에 있는 애들 전부. 거짓말인 줄 알았는데 진짜였어……. 설마 미유키가 당할 줄은 몰랐어."

그리고 마리코가 다시 이불을 뒤집어쓰면서 대화는 끝났다. 말하자면 소녀들 사이에 유행하는 괴담과 같은 소문인 모양이다.

새우튀김 꼬리 부분을 입에 넣은 채로 고구레가 말했다.

"레인맨……. 그런 이야기의 공포영화가 있나요? 아니면 소설이나 만화? 그런 걸 도통 보지 않아서."

"제가 공포영화를 좋아하는데, 그런 이야기는 들어본 적이 없어요."

나지마가 어울리지도 않게 공포영화를 좋아한다고 중얼거리며 주문한 메밀국수 위에 고춧가루를 뿌렸다. 만약 이번 사건이 뭔가를 모방한 범죄라면 더 조사를 할 필요가 있다. 물증은 아니라도 용의자가 드러나면 정황증거 가운데하나가 되기 때문이다.

"일단 조사를 해볼까요?"

고구레가 시큰둥하게 말했다. 이런 처참한 사건이 일어나면 고어 영화나 성인 비디오, 과격한 묘사가 나오는 책, 만화 등이 자주 비난을 받지만 그걸로 범인의 심리를 이해할수 있었던 사례는 없다. 지금까지 여러 살인사건을 보아온고구레는 잘 안다. 가장 무서운 것은 인간이 마음속으로 보고 있는 풍경이다.

나지마는 여전히 생각에 잠긴 얼굴로 고춧가루통을 열심히 흔들고 있었다. 고구레는 깜짝 놀라 말했다.

"저어……."

"예, 말씀하세요."

"…… 그거."

"예?"

나지마의 국수 그릇이 온통 새빨갛다.

"아, 괜찮아요. 매운 걸 좋아합니다."

코끝에 땀을 흘리면서 시뻘건 국물을 마시는 나지마에게 물었다.

"이제 어떻게 할까요? 학교 바깥에서 사귄 친구들을 하나하나 만나볼까요?"

"그보다 클럽에 가보는 건 어때요?"

가본 적은 없지만 자기와는 끔찍하리만치 어울리지 않는 곳일 거라는 정도는 안다.

"나도 같이요?"

저도 모르게 무뚝뚝하게 대꾸했다.

"물론이죠."

시부야구 우다가와초宇多川町. 정교한 퍼즐처럼 빼곡하게 들어선 빌딩 중 하나로 들어가 만원 엘리베이터를 타고 아래로 내려갔다.

'PEEK A BOO'라는 가게 이름이 적힌 문 앞에 서자, 코미디 영화에 나오는 폭탄 맞은 주인공처럼 머리카락을 위로 세운 남자가 고구레와 나지마 앞을 가로막았고, 경찰 수첩을 꺼내 바로 물리쳤다. 화려한 조명 장식이 달린 문을 열고 들어선 순간 귀를 찢을 듯한 음향이 뺨을 때렸다. 플로어보다 약간 높은 입구에서는 어두컴컴한 클럽 안에서 꿈틀거리는 수많은 머리통들이 잘 보였다. 위에서 쏟아지는 조명이 실내를 이리저리 휘저으며 광기를 부추기고 있었다.

음악에 맞춰 팔다리를 허우적거리는 사람들을 헤치고 안으로 들어가자, 눈과 귀가 조명과 소음에 조금씩 적응을 했다. 실내를 가득 채운 사람들은 남녀 반반쯤이었지만 차림새가 화려해서인지 여자들이 훨씬 더 많아 보였다. 모두 어려 보였다. 젊은 나지마도 이곳에서는 나이가 많은 축이었다. 고구레와 나지마는 마치 열대어 수조에 들어간 실러캔스 같았다.

실내 한복판이 댄스 플로어였다. 제일 안쪽에 무대, 벽 쪽으로는 박스석이 몇 개 마련되어 있었다. 박스석에는 대개 어린 아가씨들이 앉아 있고 남자들이 주위를 둘러싸고 있었다. 구조는 처음 들렀던 클럽과 크게 다를 바가 없었다.

맨 처음에 들어간 'J-9LOVE'에서는 완전히 허탕을 쳤다. 다카하라 미유키와 비슷한 또래로 보이는 청소년들은 두 사람을 단속원이나 경찰서 소년과나 청소년 선도요원이라고 생각했는지 보자마자 바로 도망쳐버렸다.

박스석에 있는 여자아이들 가운데 유난히 어려 보이는 그룹을 노렸다. 도망가지 못하게 나지마와 함께 박스석 양쪽에서 동시에 다가갔다.

어두컴컴한 실내에서도 세 명의 머리카락 색은 선명하게 보였다. 한 명은 핑크, 다른 두 명은 은빛과 금빛. 핑크는 휴대폰으로 문자를 입력하느라 정신이 없었다. 눈 주위와 입술이 반짝반짝 빛이 났다. 어둠 속에서 우연히 마주치면 깜짝 놀랄 얼굴이었다. 그건 상대방도 마찬가지인 모양이었다. 불쑥 앞에 나타난 넥타이를 맨 중년 남자와 회사원 스타일의 바지 정장을 입은 여자를 보고 인조 속눈썹 때문에 안 그래도 커 보이는 눈을 더 동그랗게 떴다.

담배 연기를 뿜고 있던 핑크 머리가 입을 움직였다. '뭐야?'라고 하는 듯했다.

"잠시……."

고구레의 낮은 목소리는 음악에 지워져버렸다.

"뭐?"

핑크 머리의 귓가에 대고 크게 소리쳤다.

"물어보고 싶은 게 있어."

"누구야?"

고구레는 경찰 수첩을 꺼냈다. 핑크 머리가 얼른 담배를 비벼 껐다.

"아 씨, 대체 뭘 물어본다는 거야? 나 땡땡이친 거 아니야. 오늘 개교기념일이야."

"아, 그거 때문에 온 건 아니고. 우린 소년과가 아니야. 여기 자주 오던 아이에 대해 묻고 싶은 게 있어. 담배 피운 것은 눈감아줄게."

세 소녀는 서로 얼굴을 마주 보았다. 잠시 자기들끼리 속삭인 다음, 핑크 머리가 다시 고구레 쪽을 바라보았다.

"물어볼 게 뭔데?"

"다카하라라는 여학생 알아? 여기 자주 왔다던데. 이름은 다카하라 미유키. 너희 또래야."

"다카하라?"

핑크가 되물었다.

"누구?"

은발.

"몰라."

이건 금발.

"이렇게 생긴 아이인데."

사진을 꺼냈다. 핑크 머리가 사진을 불빛에 비쳐 보더니 고개를 갸웃거렸다. 나머지 두 명도 머리를 맞대고 사진을 들여다보았다.

"누구야? 엄청 촌스럽네."

핑크가 사진을 돌려주려는데 금발이 소리쳤다.

"아, 이거 뮤뮤 아니야? 봐, 화장을 거의 안 해서 좀 다르지만. 걔 있잖아. 마르고 작은 애."

고구레는 고개를 끄덕였다. 다카하라 미유키는 키 155센티미터에 마른 체형이었다.

은발이 핸드백에서 뭔가를 꺼냈다. 작은 수첩을 펼치자 작은 사진들이 빽빽하게 붙어 있었다.

다카하라 미유키의 방에도 같은 것이 있었다. 휴대폰과 함께 사라져버린 미유키의 교우 관계를 파악할 수 있는 실마리는 학교 학생명부나 몇 장의 엽서, 이메일 주소록, 그리고 엄청나게 많은 사람이 찍혀 있던 스티커사진 앨범뿐이었다.

"그게 뭐니? 스티커사진 앨범?"

마리코가 가르쳐준 표현을 어색하게 써보았지만 바보 취급을 당하고 말았다.

"이건 그런 싸구려 즉석 사진이 아니야. 날 뭘로 보는 거야! 이건 직접 찍은 거란 말이야. 진짜 필름으로 찍은 사진."

고구레가 보기에는 그게 그거였지만 은발 소녀가 묘하게 생긴 휴대용 카메라를 한 손에 들고 자랑스럽게 흔들어 보였다. 펜 라이트로 비추며 자기 수첩의 사진과 고구레가 건

넨 사진을 하나하나 대조해보더니 마치 연구자가 무슨 중대 발표라도 하듯 콧등을 문지르면서 말했다.

"맞네. 뮤뮤야. 이름이 미유키야?"

"아, 뮤뮤! 그럼 진작 그렇게 말했어야지!"

핑크 머리가 버럭 소리를 질렀다.

"알아, 알아. 친구야, 친구. 우리랑 자주 놀았어. 늘 마릴린이라는 애랑 같이 왔는데."

후지무라 마리코를 말하는 모양이다. 서로 진짜 이름을 모르는 친구 사이인 셈이다.

"지난 주말에 여기 왔었니?"

"지난 주말?"

"지난주 금요일."

"어정쩡하게 굴지 말고 빨리 좀 말해! 금요일이라고? 완전 옛날 일이네."

"앗, 그날 아냐? 올나이트 한 날."

"아, 그렇구나. 뮤뮤는 그날 안 왔잖아."

"맞아, 안 왔어."

"난 봤는데."

은발이 말했다.

"어디서?"

고구레와 나지마가 동시에 물었다.

"…… 앞에서 만났어."

"뭐? 어디?"

목소리가 잘 들리지 않았다. 은발이 고구레에게 손짓을
했다. 귀를 가까이 댔다.

"멜팅포트."

버럭 소리를 질렀다.

"멜팅포트?"

귀를 기울인 채로 물었다.

"가게."

"무슨?"

"반짝이 파는 가게."

"뭐? 반짝이가 뭐야?"

"반짝이가 반짝이지, 뭐긴 뭐야."

"몇 시쯤이었지?"

"글쎄, 4시였나 5시였나? 아직 환할 때였으니까. 마크도
올 거니까 들르라고 했는데 자긴 레노를 보러 간다고 했어."

"러시안 블루의 레노 말이지? 다카하라가 레노의 팬클럽
활동을 했니?"

"팬클럽? 뮤뮤는 그런 촌스러운 짓은 하지 않아, 애인이
라고 했어."

곡이 바뀌었다.

"나가자."

핑크가 소리쳤다. 고구레가 한 걸음 다가서며 세 소녀가 일어서려는 것을 가로막았다.

"조금만 더 물어볼게."

불만스러운 표정을 짓는 세 소녀에게 나지마가 말했다.

"그다음에 어디 간다는 이야기는 못 들었니? 그냥 집에 갈 거라고 했다거나."

은발이 나지마를 머리 꼭대기부터 발끝까지 찬찬히 훑어보더니 고개를 저었다.

"우린 그런 쓸데없는 건 묻지 않아. 집이나 학교 이야기 같은 건. 재미없어지잖아."

핑크가 음악에 맞춰 몸을 흔들며 말했다.

"그런데 뮤뮤가 무슨 사고라도 쳤어?"

"사고를 친 게 아니라 사건에 휘말렸지."

"사건?"

고구레는 이야기를 할지 말지 고민하며 머뭇거렸다.

"설마 어제 그 일은 아니겠지?"

핑크의 말에 대답하기도 전에 금발이 끼어들었다.

"어제 일? 뭔데?"

핑크가 물었다.

"…… 혹시 레인맨?"

또 나왔다. 레인맨이라는 이름이.

잠깐 눈을 뗀 사이에 세 소녀는 슬쩍 고구레 옆을 지나 플로어로 나갔다. 플로어에서는 수많은 사람이 한 덩어리가 되어 머리 위로 손을 뻗어 펜 라이트를 흔들고 있었다. 세 소녀는 순식간에 그 사람들 속으로 사라져버려 어디로 갔는지 이미 찾을 수가 없었다.

쿵쿵쿵쿵쿵쿵.

심장 뛰는 듯한 리듬이 울리고 있었다. 일제히 춤을 추기 시작한 소녀들의 검은 실루엣이 정체 모를 거대한 생물처럼 보였다.

수사 회의는 아침저녁으로 두 차례. 간단한 아침 회의에 비해 저녁 회의는 길게 이어진다. 담당별로 그날의 활동 보고를 하고, 그 내용을 하나하나 검토하기 때문이다.

첫날인 어젯밤에는 별 성과가 없었기 때문에 수사본부를 지휘하고 있는 모리나가는 무척 초조한 모습으로 마일드세븐을 계속 피워댔다. 오늘은 회의가 시작되기 전부터 이미 재떨이 안에 꽁초가 수북하게 쌓여 있었고, 안 그래도 속이 좋지 않아 보이는 얼굴이 더 나빠 보였다. 아마 부정적인 보고만 들었기 때문이리라. 탐문을 마친 수사관들이 돌아와 자리가 거의 채워지자 오카야스가 회의 시작을 알렸다.

먼저 오늘 오전에 실시된 사법해부 결과를 읽기 시작했다. 사인과 사망 추정 시각은 어제 발표한 내용과 다른 점이 없었다. 경부 압박에 따른 질식사. 흉기는 끈 모양. 살해된 시각은 금요일 밤부터 날이 밝기 전까지. 예상대로 피부에서는 지문이 나오지 않았다. 시반의 상태와 사후에 생긴 듯한 전신 찰과상을 보면 범인은 시체를 반듯하게 눕힌 상태로 오래 방치한 것으로 추정됐다. 그리고 사후경직이 풀리기 전에 매끄러운 소재의 피복물로 싸서 정확하지는 않지만 좁은 곳 — 아마도 자동차 트렁크 같은 곳 — 에 싣고 이동한 뒤 일요일 밤부터 월요일 새벽 사이에 시체를 유기했을 가능성이 크다.

지역별로 나누어 탐문수사를 한 형사들의 보고를 통해 어제 미야모토가 알아낸 빨간 스포츠카 목격 정보가 2건 추가되었다.

'시체가 발견되기 이틀 전인 토요일. 밤 10시경부터 자정이 조금 지나서까지 공원 앞 도로에 주차된 빨간 스포츠카를 보았다.'

이것은 현장 남쪽, 시나가와구에 사는 한 주민의 증언이었다. 또 하나는 현장 서쪽, 메구로혼초目黒本町에 사는 주민에게서 나온 정보였다.

'몇 달 전부터 빨간 스포츠카가 자주 나타났다. 마지막으

로 본 것은 1주일쯤 전.'

하지만 어떤 목격자도 차 번호를 기억하지 못했고 차종
역시 정확하지 않았다. 결국 미야모토와 그 파트너는 수상
한 차량에 대한 탐문을 전담하여, 메구로 지역과 그 부근의
해당 차량을 샅샅이 훑는 업무를 맡았다.

이어서 신변수사 담당들의 보고 차례였다. 먼저 발표한
조는 특별한 내용이 없었다. 2조는 어제와 마찬가지로 고구
레가 보고를 맡았다. '신변수사 2조!'라고 호명된 순간, 두
줄 앞에 앉아 있던 나지마가 고구레를 돌아보며 부탁한다
는 듯이 가슴 앞쪽으로 두 손을 모았기 때문이다. 아무래도
나지마 경부보는 많은 사람 앞에서 이야기하는 게 불편한
모양이다.

"피해자는 금요일 오후 4시 반쯤 시부야구 도겐자카 2초
메에 있는 액세서리 가게 '멜팅포트'에 들른 것으로 보입니
다. 점원에게 인상착의를 확인했습니다."

'멜팅포트'라는 액세서리 가게는 '피카부'에서 나온 뒤에
들렀다. 늦은 시각이었는데도 다행히 가게 문을 닫지 않아,
금요일 그 시간쯤에 근무했던 점원의 이야기를 들을 수가
있었다.

처음에는 미유키 사진을 보고도 가게에 드나드는 아이들
이 모두 비슷하다며 고개를 젓다가 시부야역에서 미유키와

마주쳤던 여학생한테서 들은 생김새를 이야기해주었더니 바로 기억해냈다.

"아아, 머리에 오렌지색 라메를 한 아이! 기억합니다. 교복을 입기는 했는데 어울리지 않게 화려하게 꾸미고 있어서요. 네크 초커를 하나 사 갔습니다."

지금 가지고 다니는 다카하라 미유키의 사진은 다른 것으로 바꾸는 편이 나을 듯했다.

"그 뒤에 아카사카 라디오방송국 앞으로 갔다는 정보가 있습니다만 아직 확인은 하지 못했습니다."

고구레가 보고를 마무리할 즈음, 본청 감식 담당자가 뛰어 들어와 단상 가장자리에 앉은 모리나가에게 뭐라고 속삭였다. 모리나가가 고개를 끄덕이더니 큰 소리로 말했다.

"감식 담당의 보고가 있겠다. 어제까지는 밝혀지지 않았던 새로운 정보가 나왔다."

감식 담당자가 실내를 둘러보고 메모를 읽기 시작했다.

"어제 채취한 족적 관련 자세한 내용이 나왔습니다. 수사 관계자와 최초 발견자를 제외하고 세 종류의 발자국이 나왔습니다. 어느 브랜드인지는 아직 모르지만 소량 생산된 제품으로 보입니다."

감식 담당자는 그렇게 말하더니 발자국의 특징을 열거했다.

"1번 족적 사이즈 245, 가죽구두. 2번 족적 사이즈 230, 스니커즈. 3번 족적 사이즈 230, 가죽구두."

고구레는 자기 귀를 의심했다. 신발 사이즈가 성인 남자라고 생각하기에는 너무 작다. 남자라면 초등학교 고학년이나 기껏해야 중학교 1, 2학년 아이들이 신는 크기다. 혹시 여자 구두? 이게 대체 어떻게 된 걸까? 시체가 발견된 날, 현장 부근 출입자에 대한 시간표를 만들어 상당히 꼼꼼하게 체크했지만 그 근처에서 여러 명을 보았다는 정보는 없었다.

"시체 이마에 묻은 물감은 에나멜. 매니큐어 같은 데 사용하는 것으로 보이며 현재 어느 회사 제품인지 확인 작업 중입니다."

매니큐어? 목덜미가 뜨끔거리고 털이 곤두섰다.

"그리고 시체 유기 현장 부근에서 여러 개의 모발이 발견되었습니다. 과학수사 연구소에서 정밀 감정을 진행하고 있으며, 현재 밝혀진 바로는 모발이 4종. 그 가운데 남성 것으로 보이는 것이 하나, 여성 머리카락으로 보이는 것이 3종. 모두 10대에서 30대 사이로 추정됩니다. 그 가운데 하나는 피해자의 모발입니다."

수사관들 사이에서 곤혹스러운 목소리가 흘러나왔다. 다들 같은 생각을 하고 있을 것이다. 지금까지의 수사 방향은 거의 남자, 성격 이상자, 단독범행이라는 가정하에 진행되었고 전과자 명단 작성 및 조사가 이루어지고 있다. 하지만 지금 보고에 따르면 범인이 여러 명일 가능성, 여자일 가능성이 있다는 이야기다. 여기저기서 질문이 뛰어나왔다.

"머리카락은 시체를 유기한 뒤에 떨어뜨린 겁니까? 아니면 그 전인가요?"

"피해자 몸에 붙어 있던 것은 피해자의 머리카락뿐입니다. 시체를 유기한 뒤에 떨어진 머리카락인지, 그 전에 떨어뜨렸는지는 현재 알 수 없습니다."

모리나가는 다시 새 담배를 꺼내 불을 붙였다. 회의가 시작된 지 두 시간이 흘렀다. 모리나가 앞에 있는 재떨이에는 꽁초가 수북하게 쌓여 있었다. 간부들의 시선이 갑자기 고구레를 향했다.

"피해자 교우 관계에 특별한 문제는 없었나?"

서장 옆에 앉은 관리관이 고구레에게 질문을 던졌다. 가타기리片桐라고 하는 성을 쓰는 경시다. 경시청에 근무할 때 직속 상관은 아니었지만 얼굴은 알고 지내던 사이였다. 하지만 단상에 앉은 가타기리는 고구레를 처음 보는 사람처럼 내려다보았다.

"교내 교우 관계는 그리 좋았다고 보기 힘듭니다. 하지만 현재로서는 구체적으로 어떤 문제가 있었다는 증언은 나오

지 않았습니다. 학교 밖 교우 관계는 아직 확실치 않은 점
이 많아 조사를 계속하고 있습니다."

고구레는 있는 그대로 대답했다. 더는 대답할 수도 없었
다.

"지금까지 만나본 동급생, 여자 친구들 가운데 문제가 있
을 만한 인물은?"

어제까지만 해도 피해자 신변수사에는 아무 기대도 없었
으면서 성난 표정으로 대답을 다그쳤다. 속이 뻔히 들여다
보였다. 불쑥 또래 소녀들 사이에 일어난 폭행 살인 가능성
을 의심하기 시작한 것이다.

"현재로선 없습니다. 같은 반 학생들의 범죄 전과는 전혀
없습니다."

모리나가는 고구레의 보고가 마음에 들지 않는 모양이었
다. 회의가 끝나기 직전에 그가 말했다.

"신변수사에 인력 보강이 필요할지 모르니 조 편성은 다
시 검토하겠다. 신변수사를 맡은 각 조는 앞으로 선입관을
버리고 모든 관계자를 조사하도록."

고구레는 나지마 쪽으로 시선을 돌렸다. 나지마도 고개를
돌려 고구레를 바라보았다. 나지마는 미간을 찌푸리고 눈
을 깜빡거리고 있었다.

있을 수 없는 일이다. 그 애들이 무슨 짓을 저질렀을 가

능성은 없다. 고구레는 요 이틀간 만난 소녀들의 얼굴을 하나하나 떠올렸다. 다 평범한 소녀들이다. 버르장머리 없기는 하지만 아직 고구레 나이의 절반도 살지 않은 애들이다. 후지무라 마리코나 클럽에서 만난 제각각 다른 색으로 머리카락을 물들인 세 소녀나, 노는 곳이 근처 공원이 아니라 번화가일 뿐이다. 마음보다 몸이 먼저 어른이 되어버려 어찌 할 바를 모르는 아이들로만 보였다. 다카하라 미유키가 다닌 학교 여학생들이 보낸다는 장난 메일도 애들 장난에 지나지 않는다. 사람을 죽일 리가 없다.

하지만 머릿속에서는 조금씩 다른 생각이 고개를 들었다. 잘 모르겠다. 스스로도 잘 알고 있다. 그게 아무런 근거도 없는 생각이라는 사실을.

9

야스쿠니靖国 길가에 있는 낡은 건물을 보았을 때는 주소를 잘못 적어 왔나 싶었다. 렌탈 스튜디오라고 하면 좀 더 그럴듯한 곳일 거라고 생각했기 때문이다.

며칠 전부터 러시안 블루가 소속된 기획사에 전화를 했지만 스케줄이 꽉 찼다는 이유로 계속 면담을 거절당했다.

그러다가 겨우 공연 투어를 위해 연습한다는 이곳에서 오전 11시에 약속이 잡혔다. 아침에 늦게 일어나는 그들에게는 이 시간이 '이른 아침 연습을 위해 모이는 시간'이기 때문에 '계속 약속을 미루기만 했으니, 15분쯤이라면 시간을 낼 수 있겠다'고 했다. 다행이었다.

"여기가 맞는 것 같군요."

엘리베이터 바로 앞에 있는 입주자 안내판을 확인하면서 뒤를 돌아보았는데 나지마가 보이지 않았다. 나지마는 현관 옆에 있는 전신거울 앞에서 짙은 회색 정장 옷소매와 옷깃을 매만지고 있었다.

"아, 서두릅시다."

"아, 예."

수사가 시작된 지 나흘째. 나지마의 옷이 처음으로 바뀌었다. 블라우스는 어디서 사는지 매일 새것으로 바뀌었지만 겉옷은 어제까지 사흘 내내 같은 옷이었다. 대단하다. 숙직은 남자한테도 힘든 일인데.

수사본부가 처음 설치되었을 때는 수사관 대부분이 경찰서 안에 있는 도장에서 잠을 잤다. 갈아입을 옷을 챙겨 들어오기는 하지만 금세 바닥이 난다. 며칠씩 같은 옷을 입으면 쓰레기봉투를 걸치고 있는 기분이 들기 마련이다. 수사본부의 담배 냄새, 번화가의 먼지와 음식물, 토사물 냄새,

방문한 집에서 묻혀 온 냄새, 그리고 시체 냄새. 이런 냄새들이 온몸에 달라붙어 있다.

"어제는 댁에 들어가셨습니까?"

아래로 내려오는 엘리베이터 층수 표시를 보면서 물었다. 나지마의 머리에서 희미하게 샴푸 향이 났다. 밥 먹을 틈도 없이 바쁠 텐데 대체 언제 머리를 감았을까. 여자는 정말 모르겠다.

"아, 아뇨."

옷이 바뀐 것을 두고 하는 말이라는 걸 눈치채고 나지마는 자기가 입고 있는 새 바지 정장을 내려다보았다.

"집에서 보내줬습니다."

나지마는 여전히 메구로경찰서에서 묵고 있는 모양이다. 집이 메구로에서 멀다고 듣기는 했는데 어딘지는 모른다.

요 며칠 함께 움직였지만 피차 사생활 이야기는 거의 하지 않았다. 그럴 틈도 없었다. 전철이나 택시를 타고 이동할 때도 그때까지 관계자들한테 들은 이야기를 검토하고, 앞으로 어떻게 해야 할지 의논한 다음에는 둘 다 바로 곯아떨어졌다. 요 며칠 고구레는 매일 두세 시간밖에 잠을 자지 못했다. 나지마는 잠이 더 부족할 것이다.

정식 감식 보고서가 나온 뒤, 모리나가의 단호한 지시에 따라 신변수사를 담당하는 수사관이 증원되었다. 이제 세

개 조. 동급생과 학교 관계자 담당, 가족과 친척 주변 및 이웃 담당, 그리고 고구레와 나지마가 맡은 학교 밖 생활에 관한 조사 담당. 어제부터 고구레는 다카하라 미유키가 남긴 엄청난 양의 스티커사진 속 사람들을 찾아다니고 있다.

먼저 조그만 스티커사진 속에 몇 명이나 찍혀 있는지를 조사했다. 사진 속에서 손가락으로 V자를 그리거나 포즈를 취한 소녀들은 다 비슷한 헤어스타일과 화장을 하고 있었다. 게다가 동일 인물이 완전히 딴사람으로 보일 정도로 다른 모습으로 찍혀 있기도 해서 파악하기가 쉽지 않았다. 이제 슬슬 노안이 시작된 고구레에게는 괴로운 작업이었다.

사진에 찍힌 사람은 대략 3백 명. 남자가 40명쯤 되었다. 우선 남자에 중점을 두었지만 여자가 범인이거나 공범일 가능성도 무시할 수 없어서 전부 만나보기로 했다. 생각만 해도 정신이 아득한 일이다.

동시에 실종 당일에 시부야에 간 일이 있다는 정보를 바탕으로 미유키의 행적도 추적했다. 현재 알고 있는 사실은 저녁 무렵에 액세서리 가게에 들렀다는 것, 그리고 곧 만날 러시안 블루가 출연하는 라디오방송국 앞에 갔을지도 모른다는 것. 그뿐이다. 처음에는 열일곱 살 소녀의 신변수사가 이토록 힘들 줄은 몰랐다. 조사할수록 부모나 교사가 모르는 다카하라 미유키란 소녀의 여러 가지 모습이 드러났다.

엘리베이터 문이 열리고 안으로 들어온 나지마가 3층 버튼을 눌렀다. 고구레는 나지마의 왼손 약지에 반지가 있는 것을 보며 말했다.

"결혼하셨군요."

"예."

좀 더 자세하게 물어볼까 어쩔까 망설이는 사이에 3층에 도착했다.

'스튜디오V'라고 적힌 유리문 너머로 안내 데스크가 보였지만 전화기가 하나 놓여 있을 뿐 아무도 없었다. 그냥 안으로 들어가 두꺼운 방음용 문을 열었다.

덕트가 그대로 드러난 살풍경한 방 안에 담배 연기가 가득했다. 안쪽에 드럼과 키보드, 벽에는 기타가 세워져 있었다. 고구레와 나지마를 보더니 어두운 녹갈색 더블 정장을 입은, 오동통하고 콧수염을 길게 기른 남자가 바로 달려와 몇 차례나 고개를 숙였다.

"아, 이거 오시느라 고생이 많았습니다. 지금 막 모두 모였습니다."

거만해 보이는 겉모습과는 달리 께름칙할 만큼 저자세였다. 손수건으로 연방 이마의 땀을 훔쳤다. 하지만 옷차림과 비교하면 그리 젊지는 않은 모양이었다. 건네준 명함에는 수석 매니저라고 적혀 있었다. 그 남자가 방 안쪽을 향해 소리쳤다.

"다들 잠깐 나와봐."

페트병과 재떨이가 어지럽게 놓인 철제책상 주위에 젊은 남자들이 몇 명 모여 있었다. 바빠서 만날 시간이 없다더니 무척 한가해 보였다.

"어제 말했지? 경찰서에서 나온 분들이야."

매니저의 말을 듣더니 젊은 남자들 쪽에서 웃음기 섞인 환호성이 들려왔다.

"오마이갓! 무서워요오."

"너야, 너."

"순경 아저씨, 범인은 이 자식입니다요."

고구레가 흘끗 노려보자 다들 얼굴에 웃음을 살짝 남긴 채로 입을 다물었다. 스태프인지 고용된 뮤지션인지 몰라도 몇 명이 자리를 비켜주었다. 그들이 비운 의자에 나지마와 고구레가 앉았다. 남은 네 명이 러시안 블루의 멤버인 듯했다. 다들 20대 초반쯤. 의자 등받이에 몸을 기대고 축 늘어지듯 다리를 뻗고 있었다. 경찰 앞에서 허세 부리기 경쟁이라도 하는 듯했다.

고구레는 길게 뻗은 그들의 발을 재빨리 살폈다. 모두 키가 호리호리하고 발도 컸다. 현장에 남겨진 족적 가운데 가장 큰 245 사이즈에는 발가락도 채 들어가지 않을 것 같았다.

"지난주 금요일, 아카사카에 있는 라디오방송국에 출연하러 갔을 때 이런 여자애를 보지 못했나?"

철제책상 위는 나뒹구는 페트병과 찌그러진 종이컵, 재떨이에서 넘쳐 떨어진 담배꽁초로 쓰레기통 같았다. 책상 위 한복판에는 쏟아진 콜라가 웅덩이를 이루고 있었다. 그나마 온전하게 남아 있는 빈 곳에 사진을 내려놓았다.

소속사 사무실을 통해 미리 입수한 팬클럽 명단에서는 다카하라 미유키의 이름을 찾을 수 없었다. 하지만 그 명단을 보고 무작위로 전화를 걸어 금요일 밤 방송국 앞에 모였던 소녀들 가운데 몇 명을 찾아냈다. 그 가운데 한 명에게 다카하라 미유키랑 비슷한 여학생을 보았다는 증언도 얻었다. 팬클럽 소녀들은 뜻밖에 얌전한 스타일의 아이들이 많아서, 미유키는 눈에 띄는 타입이었던 모양이다.

멤버 가운데 한 명이 사진을 들고 멍하니 들여다보았다. 어린 여학생들에게 인기가 있을, 잘생긴 코에 선글라스를 걸친 미남이었다.

"예뻐?"

옆에 앉은 남자의 질문에 선글라스 미남은 얼굴을 찌푸리며 고개를 저었다.

"기억이 나지 않나?"

고구레가 몸을 앞으로 내밀자 대답 대신 사진을 책상 위에 내던졌다. 흘린 콜라 위에 떨어진 사진을 나지마가 얼른 집어 들었다. 전혀 말을 하지 않는 멤버들 대신 매니저가 끼어들었다.

"네네, 아마 모를 겁니다. 방송국 뒷문에서 기다리던 여자애들 말씀하시는 거죠? 애들이 워낙 많이 모여 있었던 데다 지나가면서 아주 잠깐 마주쳤을 뿐이라서요."

"하지만 몇몇 여자애들과 다정하게 이야기를 나누었다는 증언도 있던데. 으음, 멤버 가운데 누가 진이지?"

'진이 자주 보는 아이와 이야기를 나누었던 것 같아요. 진은 착해서 늘 팬들에게 말을 걸어주거든요.' 팬클럽 간부라는 여학생이 그렇게 말했다.

미남이 선글라스를 밀어 올리며 슬쩍 웃음을 지었다. 아무래도 그가 진인 모양이다. 다시 매니저가 입을 열었다.

"아이고, 그건 서비스죠. 어디까지나 팬 서비스입니다. 이 친구들은 이제 메이저예요. 인디 밴드였을 때와는 다르죠. 이제 그런 아이들을 상대할 여유가 없어요. 아마 얼굴도 기억하지 못할 겁니다. 어때, 그렇지?"

"귀여운 애라면 기억하지."

멤버 가운데 한 명이 말했다.

"오, 그 가슴 큰 애!"

매니저가 손수건을 든 손을 흔들며 멤버의 말을 가로막

았다.

"아, 저희는 정말 그런 부분은 확실합니다. 팬들 나이가 대부분 열대여섯 살이죠. 법에 저촉될 위험한 짓은 절대 하지 않습니다. 이 친구들은 그야말로 바보처럼 음악밖에 모르는 순수한 친구들이죠. 정말 아무런 관계가 없습니다."

바보처럼 음악밖에 모르는 것이 아니라 진짜 바보 같다는 말이 목구멍까지 올라왔다. 그래도 꾹 참고 물었다.

"누가 레노인가?"

"이힛!"

머리에 수건을 두른 남자가 껌을 씹으며 손을 들었다. 수건 틈새로 오렌지빛 머리카락이 삐져나와 있었다.

"사진 속 이 여자애가 자네와 친했다는 증언도 있는데."

고구레가 그렇게 말하자 껌을 토해낼 듯 놀란 표정을 지으며 대꾸했다.

"이게 무슨 황당한 소리야."

외국인처럼 어깨를 추어올리며 두 손바닥을 펼쳐 보였다.

"아니, 대체 누가 그런 소리를 합니까?"

콧수염을 길게 기른 매니저가 과보호하는 엄마처럼 끼어들었다.

"이 여자애 친구들이 그러더군요."

"아하, 가끔 그런 애들이 있습니다. 망상과 현실을 구분하지 못하는 위험한 아이들이죠. 그런 애들은 스토커 같은 짓도 아무렇지 않게 합니다. 아직 어린애들입니다. 뭐, 그런 어린애들에게 음반을 팔아야 하기 때문에 함부로 대할 수도 없어서요."

"내가 이런 촌스러운 꼬맹이를 상대할 리가 없잖아."

레노가 다카하라 미유키의 사진을 싸늘한 눈으로 바라보더니 입가를 찡그리며 웃었다.

"방송국에서 나온 뒤 스케줄을 말해주시겠어요?"

나지마가 물었다.

"당신도 경찰? 미모가 아까운데?"

레노의 말은 아랑곳하지 않고 나지마가 수첩을 펼쳤다.

"어디로 갔습니까?"

"어디?"

"살인 현장?"

멤버 가운데 한 명이 그렇게 말하자 다들 코웃음을 치며 웃었다.

"그러고 보니 그때 너만 없었어!"

자기들과는 상관없는 일이라고 생각해서인지 네 명은 또 떠들기 시작했다. 매니저는 짐짓 손목시계를 들여다보더니 들으라는 듯이 한숨을 내쉬었다.

"우린 정말 아무 관계 없습니다. 그만 마무리하시죠. 이제 시간이……."

나지마가 눈을 크게 뜨고 멤버와 매니저를 바라보았다. 딴에는 위협적으로 노려본 듯한데 효과는 별로 없었다. 대신 고구레가 다섯 명의 얼굴을 차례차례 노려보았다.

"정 그렇다면 경찰서에서 차분하게 이야기를 할 수도 있는데, 그렇게 할까요?"

매니저가 의자에서 벌떡 일어나더니 구석 쪽으로 달려갔다. 목덜미에 난 땀을 닦으며 시스템 다이어리를 겨드랑이에 끼고 돌아왔다.

"에, 그러니까, 그날 7시 반까지 TBS에 있었습니다. 그다음에는 도큐호텔에서 잡지 인터뷰가 있어서……. 으음, 인터뷰가 10시쯤에 끝났군요. 그다음에는 아자부麻布로 옮겨 스튜디오에서 프로모션용 비디오 실내촬영. 계속 거기 있었습니다. 새벽까지 촬영했으니까요. 물론 멤버 모두 함께 있었습니다."

그러니까 이 녀석들에게는 살해시각 전후에 알리바이가 있다는 이야기다. 정말 유감이다. 열심히 메모하는 나지마를 무척 신기하다는 듯이 바라보던 레노가 놀리듯 말했다.

"몇 시에 끝나? 오늘 밤에 나랑 만날래?"

나지마가 고개를 들더니 깜짝 놀란 초식동물 같은 표정을 지었다. 그러더니 어려 보이는 얼굴에 묘하게 어른스러운 웃음을 지었다.

"미안하지만 난 결혼했어. 나중에 더 크면 와라."

레노가 씹던 껌을 삼킬 듯 놀란 표정을 지었다.

"식사하고 갈까요?"

역으로 가는 길에 나지마에게 물었다. 다음에 갈 곳은 다카하라 미유키의 집에서 가까운 장례식장이다. 미유키의 영결식이 시작될 오후 2시까지는 아직 시간이 좀 남았다. 죽은 사람을 애도하기 위해 참석하는 것만은 아니다. 장례식에는 피해자와 알고 지내던 사람들이 얼굴을 내민다. 신변수사를 하기에 아주 좋은 기회다. 고구레의 말을 듣더니 나지마가 눈을 반짝거렸다.

"이 근처에 괜찮은 식당이 있어요. 매운 음식 좋아하세요?"

사실 잘 먹지는 못한다. 그래도 나지마의 얼굴에 기대감이 너무 가득해서 그냥 '그렇다'라고 대답했다.

나지마가 이야기한 식당은 신주쿠역 동쪽 출구, 주상복합 건물 2층에 있는 태국 음식점이었다. 어린애처럼 메뉴를 한참 들여다본 뒤 나지마가 선택한 것은 똠얌꿍과 타이식 볶음밥 세트였다. 고구레도 나지마가 추천하는 대로 같은 음식을 시켰다.

"결혼하셨으면, 이 일 힘드시겠어요."

고구레의 시선을 느낀 나지마는 왼손 약지에 낀 반지를 살짝 만졌다.

"예? 아, 그게……."

반지를 뺨에 대고 팔꿈치를 테이블에 얹었다.

"정확하게 말하자면 결혼을 했었죠. 남편은 세상을 떠났어요, 2년 전에."

결혼한 지 얼마 안 된 새댁이 주책맞게 남편 자랑을 늘어놓지 않을까 생각했는데, 뜻밖의 답변에 어떻게 말을 이어야 할지 알 수가 없었다. 나지마는 이렇다 할 감정 변화 없이 고구레의 얼굴을 바라보았다.

"고구레 선배는요? 가족이 어떻게 되시나요?"

"피차일반이군요."

저도 모르게 얼빠진 말을 하고 말았다.

나지마가 무슨 뜻이냐는 표정을 하고 고구레를 보며 고개를 갸웃거렸다.

"아, 저도 마찬가지라고요. 아내가 세상을 떴습니다. 벌써 5년 전이네요."

"아……."

이번에는 나지마가 할 말을 잃었다. 서로 같은 처지라는 사실을 알게 되었을 때 찾아오는 어색함과 친밀감이 섞인 침묵이 찾아왔다. 취조실에서 똘마니들을 상대할 때처럼 아무 농담이나 하고 얼버무리고 싶었다. 하지만 고구레는 할 말을 찾아내지 못하고 창 너머로 오가는 사람들만 내다보았다. 아무래도 나는 더 입조심을 해야 한다.

어색한 침묵을 깨뜨리듯 음식이 식탁에 놓였다. 나지마가 먼저 입을 열었다.

"고구레 선배, 전에 본청에 계셨다면서요? 계장님에게 들었습니다. 매우 뛰어난 형사였다고……."

한눈에도 무척 매워 보이는 새빨간 국물을 떠먹으며 나지마가 큰 눈으로 바라보았다. 빛을 빨아들일 듯이 검고, 깊고, 무엇이든 다 들여다볼 듯한 눈동자였다. 고구레는 국물을 한 스푼 마셨다가 사레가 들렸다.

"자진해서 전속 신청서를 내셨다던데, 돌아올 생각은 없으세요?"

"콜록, 바쁜 건 제 성격에 맞지 않아서."

나지마는 '정말이요?'라고 묻듯이 미소를 지었다.

"아이는 없으신가요?"

"아, 딸내미가 하나…… 뭐 딸 때문은 아닙니다만."

사실은 그게 이유였다. 형사는 배우자가 있어도 가정에 소홀하게 되는 직업이다. 사건이 터지면 해결될 때까지, 혹은 해결될 전망이 없다는 사실을 알게 될 때까지 휴일은 없는 것이나 마찬가지다. 수사본부는 관할 경찰서에 설치되기 때문에 본청에 근무하면 도쿄도 수사본부가 어디에 설치되건 그 경찰서에서 지내야 한다. 게다가 무슨 일을 하는지 이야기할 수도 없으니 가족에게 이해를 구할 수도 없다.

같은 사복경찰이라도 지역 경찰서는 예전보다 근무 여건이 좋아졌다는 이야기를 듣고 자진해서 전속을 요청했다. 운이 좋아 집에서 가까운 메구로경찰서에 배치되었지만 소문과는 차이가 있었다. 결국은 이런 신세다.

"고생이죠. 이런 직업은."

나지마가 미간을 찌푸리며 고개를 젓더니 남의 일처럼 한숨을 내쉬며 말했다.

"저도 아이가 있습니다."

"예?"

저도 모르게 나지마의 얼굴을 바라보았다. 몇 번을 보더라도 결혼했을 거라고는 생각할 수가 없는 앳된 얼굴이다. 그런데 애까지 있다니, 도무지 믿을 수가 없다. 나지마는 곁들여 나온 고추를 낯빛 하나 변하지 않고 씹고 있었다.

"지금 다섯 살이에요. 월요일부터 내내 어머니에게 맡겨 둔 처지지만요."

매운 국물 때문에 눈물이 고였다. 고구레가 코를 훌쩍이며 물었다.

"아들인가요? 아니면 딸?"

"사내아이입니다."

"이름이?"

"신노스케."

나지마가 조용히 눈웃음을 지었다. 마치 추억이라도 떠올리는 듯한 웃음이었다.

"남편이 사극을 좋아해서……."

나지마가 눈빛을 반짝이며 몸을 앞으로 내밀었다. '선배는요?'라고 묻는 표정이었다.

"아아, 우리 애는 나쓰미. 나물 채菜자에 딸 적摘자를 쓰죠. 올해 고등학교에 들어갔습니다."

"예쁜 이름이네요."

"뭘요. 신노스케가 좋은 이름이죠."

"힘드시겠어요. 그 또래 딸을 키우려면."

"아닙니다. 경부보님이 훨씬 힘들겠어요."

나지마가 볶음밥을 뜬 스푼을 든 채로 허공을 바라보았다. 한숨을 쉬는 나지마는 처음 보았다.

"다음 쉬는 날에는 놀이공원에 가자고 약속했는데 그게 언제가 될지……."

"거짓말쟁이 경찰관이 되는 거죠."

"맞는 말씀이에요."

나지마를 따라 고추를 먹어보았다. 의외로 먹을 만하다고 생각한 순간 입안에 불이 붙었다.

손수건으로 슬쩍 콧물을 닦으며 고인 눈물을 들키지 않으려고 창밖을 바라보았다. 2층에서 거리를 내려다보니 교차로의 신호가 바뀌자 사방에서 밀려드는 사람들의 검은 머리가 마치 화학반응을 일으켜 불규칙한 운동을 반복하는 무수한 원자 같았다. 우르르 역으로 밀려가는 사람들과 세상 끝까지 이어질 듯한 칙칙한 빌딩이 늘어선 거리를 보고 있자니, 있지도 않은 금맥을 찾아 숟가락 하나 들고 파고 있는 기분이 들었다. 15년 형사 생활을 하면서 헤아릴 수 없이 맛보았던 무력감이다. 저 수많은 사람 안에서 딱 한 명을 찾아내는 일이 과연 가능하기나 할까?

"어쨌든 이 음식부터 해결해야겠군요."

창밖을 바라보며 고구레가 말했다.

"예."

나지마는 새빨간 국물을 거뜬히 마셔버렸다.

장례식장 안에 있는 정원에 문상객들이 줄지어 늘어서 있었다. 고구레는 장내 정리를 맡은 사람들에 섞여 정면 현관에 서서, 들어가는 사람들의 얼굴을 하나하나 머릿속에 새겨두려 하고 있었다. 나지마는 접수처 옆에서 방명록에 이름을 적는 사람들을 체크하고 있었다.

5분쯤 전부터 문상객 줄이 갑자기 늘어났다. 미유키가 다니던 학교 학생들이 한꺼번에 몰려들었기 때문이다. 면담했던 반 친구들 몇 명과 학교장, 담임교사의 모습도 보였다. 이제 학교 담당이 아니라서 잘은 모르지만 보고를 듣고 수사 기록을 살펴봐도 새로운 내용은 전혀 나오지 않은 듯하다.

처음 본 미유키의 어머니는 마치 넋이 나간 사람 같았다. 느닷없이 외동딸을 잃은 충격으로, 몸은 움직이면서도 마음은 멎어버린 듯했다. 아버지는 직장인답게 성실하게 조문객을 맞고 있지만 그렇지 않아도 마른 사람이 사흘 전보다 더 야위어 보였다. 여기저기서 여학생들이 훌쩍이는 소리가 들렸다.

장례식은 싫다. 요 몇 해 고구레는 유난히 그런 생각이 심하게 들었다. 아내의 장례식이 자꾸 떠오르기 때문이다.

마사에는 너무 갑작스럽게 세상을 떠났다. 집 바로 앞에 있는 길에서 차에 치였다.

일요일이었지만 고구레는 늘 그렇듯 집에 없었다. 연락을 받고 병원으로 갔을 때는 이미 흰 천으로 덮여 있는 마사에의 침대 곁에서 나쓰미가 울고 있었다. 그날은 고구레의 생일이었다. 집에 들어올 수 있을지 어떨지 모르는 남편을 위해 바삐 저녁을 준비하고 있었단다. 그러다 빠뜨린 게 생각나서 다시 밖으로 나갔다가 사고를 당했다. 생일 케이크를 사러 나갔던 거라고 나쓰미가 말했다.

직업상 누구보다 많은 죽음을 보아온 고구레는 사람의 죽음에 나름 면역력이 있다고 생각했었다. 하지만 아내가 세상을 떠났을 때 전혀 그렇지 않다는 사실을 깨달았다.

죽음에 익숙해질 수는 없다. 죽음은 늘 어처구니없고 흉포하고 갑작스럽게 찾아온다.

처음 참여한 살인사건은 자택에서 흉기에 맞아 죽은 노부부 사건이었다. 피비린내가 얼마나 폭력적으로 무서운지 처음 알았다. 일주일 뒤에 체포된 범인이 털어놓은 범행 동기는 파친코에 갈 돈을 마련하기 위한 것이었고, 빼앗은 돈은 겨우 8천 엔이었다.

처음 직접 범인을 잡아 경시청 총감 표창을 받은 사건은 불에 탄 시체로 발견된 회사 사장 사건이었다. 사장의 아내가 애인과 공모해서 남편에게 휘발유를 붓고 불을 붙인 사건이었다. 피해자보다 열다섯 살이나 어린 아내는 이렇게 말했다.

"너무 싫었어요, 그 사람의 모든 것이. 얼굴도, 목소리도, 양말 냄새도. 음식을 먹을 때마다 쩝쩝거리는 소리를 내는 것도 싫었고요."

반쯤 숯이 되어 검은 인형처럼 변해버린 시체의 팔에서 고급시계만 반짝거렸던 기억이 난다.

본청에서 마지막으로 맡았던 건은 길에서 스패너에 맞아 죽은 택시 기사 사건이었다. 범인은 '직장 상사에게 깨지고 화가 난 상태였는데 기사가 클랙슨을 울려대서 화가 치밀었다'고 자백했다.

아무리 훌륭하게 살아도, 혹은 엉망으로 살아도 죽음은 어느 날 갑자기 누군가를 지명한다. 별 이유도 없이 사람이 살해당한다. 이번 범인은 무슨 생각으로, 어떤 이유로 소녀를 죽인 걸까. 이유가 있기나 했을까.

"그거 들었어? 걔 죽인 범인이 레인맨이 아니래."

"레인맨? 그건 지어낸 이야기 아니야?"

그런 속삭임이 흐느낌 속에 섞여 들려왔다. 고구레 뒤쪽 건물 모퉁이 너머, 보이지 않는 곳 어디선가 들려오는 목소리였다.

"사실은 야쿠자한테 당한 거래. 매춘 조직에서 도망치려다 걸려서 본보기로 당한 거라던데?"

"진짜? 그렇게 튀고 싶어서 유난을 떨더니, 자업자득이지 뭐."

뒤를 돌아보았다. 머리를 가지런히 딴, 그림처럼 청초한 소녀들이 늘어서 있었다. 누가 이야기한 걸까. 알 수 없다.

거기에는 한 무리의 까마귀처럼 짙고 어두운 남색 교복을
입은 소녀들이 줄지어 서 있을 뿐이었다.

10

우타가와초宇田川町 파출소를 지나 번화한 상점가로 접어
들었다. 고구레는 시부야역을 향해 혼자 걷고 있었다. 조금
전, 나지마는 호출을 받고 경시청으로 돌아갔다.

9월의 세 번째 수요일. 사건이 발생한 지 벌써 열흘이 지
났다. 오후 1시의 시부야, 지금도 인파가 끊이지 않지만, 그
래도 저녁 러시아워 때에 비하면 조용한 편이다. 다카하라
미유키는 방과 후에 이 동네를 홈그라운드로 삼았다고 한
다. 그 아이가 여기 어떤 흔적을 남겼는지 계속 추적하고
있지만 액세서리 가게에서 아카사카로 갔다는 사실 이외에
는 아직 아무것도 알아내지 못했다.

부근을 둘러보려고 막 이면도로로 들어섰을 때였다. 어
디선가 시선이 느껴져서 주위를 살펴보니, 바로 앞에 있는
도로변에 10대로 보이는 여학생들이 쭈그리고 앉아 있었
다. 휴대폰을 든 학생 하나가 고구레의 얼굴을 보며 '누구더
라?' 하는 표정으로 고개를 갸웃거렸다.

고구레와 눈이 마주치자 소녀가 진주색으로 칠한 입술을 '아' 하고 벌리며 놀란 표정을 지었다. 고구레도 깜짝 놀랐다. 전에 클럽에서 만났던 핑크 머리 소녀였다. 고구레가 다가가자 소녀는 잔뜩 경계하는 동물처럼 웅크리고 앉은 채로 뒷걸음질을 쳤다.

"뭐야, 왜?"

10대 소녀치고는 험악한 목소리로 말하며 앞으로 흘러내린 머리카락 사이로 고구레를 째려보았다.

"너, 학교 안 갔어?"

"오늘 개교기념일이야."

"지난주에도 개교기념일이었다며."

"그랬나?"

소녀가 핑크색 머리를 긁적거렸다.

"뭔 상관이야. 남의 일에 신경 꺼."

"마침 잘 만났다. 잼잼이라는 클럽이 어디 있는지 알아?"

"아직도 클럽 돌아다니는 거야?"

"그래. 이제 시부야에 있는 어지간한 클럽들은 거의 다 가봤지."

고구레가 몇몇 클럽 이름을 줄줄 대자 핑크 머리 소녀는 무거워 보이는 인조 속눈썹을 깜빡거렸다.

"아저씨도 참 힘들게 산다."

핑크 소녀가 진심으로 동정하는 투로 말했다.

"됐어. 그보다 잼잼이 어디 있는지 몰라?"

"당연히 알지. 마루큐 지나서 조금만 더 가면 있어."

"마루큐?"

핑크 머리 소녀는 마치 골동품이라도 보는 듯한 눈으로 고구레를 바라보더니 설명을 해주었다. 마루큐는 도겐자카 어귀에 있는 도큐109빌딩을 가리키는 말이었다. 소녀는 파우치에서 형광펜을 꺼내, 벽에서 떼어낸 광고 전단지에 꽤 자세하게 지도를 그려주었다.

"고마워."

한 손을 슬쩍 들어 인사를 하고 돌아선 고구레에게 핑크 머리 소녀가 다시 말을 걸었다.

"저기, 권총 있어?"

"뭐?"

"길 가르쳐줬잖아. 총 한번 보여줘."

"지금 없어. 평소에는 안 가지고 다녀."

소녀는 재미없다는 듯이 고개를 저었다. 고구레가 다시 손을 들어 인사를 하자 또 말을 건넸다.

"도와줄까?"

"뭘?"

"뮤뮤 사건 수사, 내가 도와줄게."

"네가? 왜?"

"심심하니까."

"사양하마."

"이 동네에 관해서는 우리가 경찰보다 더 빠삭할걸."

떼려던 걸음을 멈췄다. 맞는 말이다. 이야기 좀 들어본다고 손해 볼 일은 없을 것이다.

"사진 갖고 있지? 줘봐."

핑크 머리 소녀가 시키는 대로 다카하라 미유키의 사진을 꺼냈다. 원래 가지고 다니던 게 아니라 얼마 전에 마리코에게 받은, 가장 최근에 찍은 스냅사진이다. 그렇지만 사진을 본 사람들은 거의 똑같은 말을 했다. '이런 애들은 다 똑같아 보여서' 혹은 '화장만 좀 바꿔도 완전히 딴사람이 되던데.'

"이리 와봐."

핑크 머리 소녀가 아까부터 고구레에게 경계하는 시선을 보내고 있는 다른 소녀들을 손짓해 불렀다. 다들 머리카락 색이 선명하고 핑크 머리 소녀와 비슷한 옷차림이었다. 소녀들은 쭈그리고 앉은 자세로 천천히 다가왔다.

"얘 본 적 있어?"

핑크 머리 소녀가 묻자, 나이 든 할머니처럼 눈을 가늘게 뜨고 사진을 들여다보던 한 소녀가 무심히 말했다.

"어, 전에 남자하고 같이 가는 거 봤어."

고구레의 목소리가 저도 모르게 높아졌다.

"어떤 남자?"

"키가 엄청 크고 드레드 헤어에, 은으로 만든 액세서리를 잔뜩 걸고 다녀. 완전 힙합 스타일. 맨날 킥보드 타고."

무슨 말을 하는지 전혀 알아들을 수가 없었다. 하지만 그 말을 듣고 있던 다른 소녀가 바로 반응했다.

"아, 그거 신짱이야. 알팔파의 신짱. 가게에 오는 애들한 테 맨날 집적대잖아."

"알팔파?"

"게임센터."

고구레는 열심히 메모했다. 다른 소녀가 말했다.

"얘가 광고 티슈 알바 하는 거 본 적 있어. 대출 광고 티슈."

"티슈 나눠주는 아르바이트?"

"응, 저기 있는 직장인금융 광고였어. 완전 수상해 보이는 회사야."

미유키가 이따금 아르바이트를 했다는 이야기는 후지무 라 마리코에게 들었다. 방에 쌓여 있던 그 많은 물건들을 사들이려면 용돈만으로는 모자랐던 모양이다. 하지만 어디 서 어떤 일을 하는지는 부모에게 전혀 이야기하지 않았고, 마리코가 어렴풋이 기억하고 있던 두세 군데에 찾아가봤지만 별다른 소득은 없었다.

탐문수사용으로 늘 가지고 다니는 종이 묶음을 꺼냈다. 다카하라 미유키의 스티커사진 앨범 복사본이다.

"혹시 여기에 아는 사람 있어?"

"아, 얘하고 얘. 아, 얘도 알아……."

뒤에서 들여다보던 다른 소녀도 끼어들었다.

"그건 겐타 아니야? 미호하고 킨, 야마모토 씨."

"자, 잠깐만. 한 번만 더 불러줘. 주소도 알아?"

"휴대폰 번호밖에 몰라."

"그거면 충분해."

조금 전부터 휴대폰을 꼭 쥐고 쉴 새 없이 버튼을 누르고 있던 핑크 머리 소녀가 고구레에게 휴대폰을 내밀었다.

"얘가 뮤뮤 봤대."

휴대폰 화면에 글자가 나타났다.

'만났어. 금요→일 밤. PM8:00 마쓰모토 기요시. 초→ 긴장 상태더라.'

"이 화살표는 뭐야?"

핑크 머리 소녀가 어처구니없다는 표정으로 고구레를 바라보았다.

"금요일이잖아. 월화수목금의 금요일. 화살표는 장음 표시야."

금요일? 밤? 이게 다카하라 미유키가 사라진 날이라면 아카사카에서 다시 시부야로 돌아왔다는 이야기가 된다.

'금요일? 어느 금요일?'

핑크 머리 소녀가 다시 메일을 보냈다. 조금 있다가 답장이 왔다.

'지지난 금요→그 사건 이야기 아니야?'

깜짝 놀랐다. 고구레와 나지마가 일주일 동안 시부야를 들쑤시고 다녔어도 거의 성과가 없었는데 단 몇십 분 만에 계속해서 새로운 사실들이 밝혀졌다.

"이 아이와 이야기할 수 있을까?"

핑크 머리 소녀가 고개를 끄덕이며 빠른 손놀림으로 휴대폰을 누르더니 고구레에게 건넸다. 여보세요, 하고 말을 하자 저쪽에서 '웩'하는 신음이 들려왔다.

"더 자세하게 이야기해줄 수 있을까?"

그 순간 전화가 끊어졌다. 고구레는 시무룩한 표정을 지으며 휴대폰을 되돌려주었다.

"얘한테 더 물어볼 거 있어?"

"어, 만날 수 있을까?"

"지금 저기 맥도날드에 있어."

핑크 머리 소녀가 보라색 매니큐어를 칠한 긴 손톱 끝으로 기껏해야 몇십 미터 떨어진 곳을 가리켰다. 이렇게 가까운 곳에 있으면 직접 만나서 이야기를 하지 왜 휴대폰으로 연락을 한 거지? 고구레는 소녀들에게 물었다.

"너희들 점심 먹었어?"

다들 고개를 저었다.

"가자, 아저씨가 햄버거 쏜다."

"으쌰."

핑크 머리 소녀가 아줌마 같은 소리를 내며 일어섰다. 다른 두 아이도 몸을 일으켰다. '어쩔 수 없네, 잠시 어울려줄까?' 그런 표정이었다.

"분명히 봤어. 얘기도 했는걸."

맥도날드 밀크셰이크에 꽂은 빨대에서 입을 떼며 금발 소녀는 입을 삐죽 내밀었다. 워낙 요란한 색깔의 옷을 입고 있어서 다른 세 소녀가 수수해 보일 지경이었다. 마치 가게 안에 설치된 네온사인 광고판처럼 사람들 눈길을 끌었다. 금발 머리 위에 갓난아기 모자 같은 니트 캡을 쓰고 파란 콘택트렌즈를 꼈는지 눈동자가 파랗다.

"그다음에 뮤뮤가 어디로 갔냐고? 그런 건 몰라. 그냥 잠깐 만난 거라."

"다카하라하고는 어떻게 아는 사이야?"

"클럽에서 만났어. 가끔 메일도 주고받고."

점심시간이 조금 지난 맥도날드는 빈자리 없이 꽉 차 있었다. 고구레와 소녀들은 흡연석에 자리를 잡았고, 손님들은 전혀 어울리지 않는 이 조합을 의심스러운 시선으로 훔쳐보고 있었다. 핑크 머리 소녀 무리 세 명은 제각각 다른 색깔의 머리를 맞대고 각자의 휴대폰에서 전화번호를 검색해서 테이블 위 스티커사진에 옮겨 적고 있었다. 알아낼 수 없었던 이름과 연락처가 순식간에 채워졌다. 좀 더 일찍 친해졌으면 좋았을 것을. 이 동네 아이들에게 말을 걸 때 경찰 수첩을 슬쩍 보여줬는데 그게 문제였던 모양이다. 반은 도망치고 나머지 반도 제대로 대답을 하지 않았다.

"함께 어디를 간 적은 없었고?"

"없어. 어차피 여기 오면 만나니까…… 아니다! 있다! 그 애가 가자고 해서 같이 알바하러 간 적 있어."

"어떤…… 아르바이트?"

"뭐야, 휴대폰으로 하는 그런 알바 아니거든! 멋대로 생각하지 마."

"내가 뭐라고 했나?"

"눈이 그렇게 말하고 있잖아. 아저씨들은 다 똑같아. 입으로는 고상한 척 설교를 늘어놓는 주제에 팬티 속에 있는 건 발딱 서 있지. 우리는 그런 아저씨들한테 돈 받고 자주는 짓은 안 해."

180

그러고 보니 생활안전과에 있는 나이토內藤가 요즘 여고
생들 사이에서 휴대폰을 통한 성매매가 만연한다며 한탄을
했었다.

"요즘은 다 휴대폰으로 해요. 즉석만남 사이트에서 호구
를 잡기도 하고 그룹끼리 정보 교환도 하면서요. 그 애들한
테는 클럽활동 같은 거라고 해야 할까요?"

고구레는 나이토가 고개를 설레설레 저으며 '세상이 어찌
되려는 건지'라고 중얼거리는 말에 맞장구를 치며 고개를
끄덕였지만 사실은 즉석만남 사이트가 정확히 어떤 것인지
도 잘 모른다. 물론 업무 때문에 휴대폰을 사용하기는 하지
만 그저 선이 없는 전화기 이상으로는 생각하지 않는 고구
레로서는 제대로 알 수가 없었다.

"휴대폰으로 그런 알바하는 여자애들, 질이 안 좋은 경우
도 많아. 텔레비전에 나오는 구닥다리 노인네들은 여자의
정조가 이러니저러니 설교를 늘어놓지만, 그냥 해주는 정
도면 그나마 양심적인 거야. 호텔에 같이 들어가서 남자가
샤워하는 사이 지갑에서 돈만 꺼내 튀는 애들도 있어. 근데
진짜 무서운 건 굿나이트 걸이지. 지옥의 잠을 재우는 여자.
그건 들어봤지?"

고구레는 고개를 저었다. 그렇지만 프렌치프라이를 먹던
소녀들은 일제히 고개를 끄덕였다. 핑크 머리 소녀가 말을

이었다.

"그런 게 있어. 공포의 굿나이트 걸이라고, 시부야나 에비스惠比寿, 메구로에 주로 나타난다는 여자야."

마치 귀신 이야기라도 하듯 목소리를 낮췄다.

"그 여자는 남자한테 직접 만든 칵테일을 먹이는데, 그게 지옥의 칵테일이야. 안에 차사량의 할시온(향정신성 약품으로 효과가 빠른 수면제 트리아졸람의 상품명)이 들어 있거든."

"차사량?"

고구레가 물었다.

"바보냐? 치사량이겠지."

파란 콘택트렌즈 소녀가 정정했다.

"아, 어쨌든 그걸 마시고 영원히 깨어나지 못하는 남자도 많대. 나이? 그건 잘 모르겠고, 그냥 겉으로 보기엔 완전 평범하대. 남자한테 배신을 당한 상처가 있어서 복수하는 거 아닐까?"

할시온은 무엇인지 안다. 불면증 치료제로 쓰이는 수면 유도제. 약효가 나타나기 전에 환각이나 망상을 일으키기 때문에 불법적인 경로로 구해서 마약처럼 사용하는 경우가 많다. 하지만 적어도 메구로경찰서 담당 구역 안에서 그런 변사체가 발견되었다는 보고는 한 건도 없었다. 아마 부풀려 퍼진 소문일 것이다.

"굿나이트 걸이 레인맨보다 사람을 더 많이 죽였다던데?"

불쑥 한 아이가 끼어들었다. 또 레인맨이다. 고구레는 저도 모르게 고개를 들었다.

"저어, 레인맨이 대체 뭐니?"

사정하는 듯한 목소리로 물었다. 젊은 경찰관들에게 묻거나 나지마와 함께 요 몇 해 동안 나온 영화나 만화에서부터 소설, 텔레비전 드라마까지 닥치는 대로 뒤져보았지만 그런 제목은 찾을 수 없었다.

"좀 가르쳐줘."

그러자 소녀들이 제각각 떠들어대기 시작했다. 하지만 아무리 귀 기울여 들어도 도무지 무슨 말인지 알 수가 없었다.

"엄청 유명한 이야기잖아."

"다 아는 이야기야."

"여자애를 납치해서 발목을 잘라 가잖아."

"뉴욕에서 왔대."

"레인코트를 입고 다녀서 레인맨이야."

"밤 12시에 나타난대."

"아니야, 우시미쓰(새벽 2시에서 2시 반 사이를 가리키는 시각)라니까."

"누구야? 그 우시미쓰라는 놈은?"

"제발 한 명씩 차례로 말해주면 안 될까?"

영화나 만화를 아무리 뒤져도 알 수 없었을 것이다. 별것 아닌 이야기, 말하자면 고구레가 어릴 때 유행했던 입 찢어진 여자 괴담처럼 출처 불명의 소문인 모양이다. 어디서 들었는지 물어도 다들 '기억이 안 나'라거나 '친구한테 들었지', '걔도 누구한테 들었을걸?' 하는 식의 이야기뿐이었다.

레인맨이나 굿나이트 걸처럼 마치 만화에나 나올 법한 이름을 소녀들은 무척 진지한 표정을 지으며 이야기했다. 몸은 제법 자랐어도 머릿속은 아직 어린애다.

소녀들의 수다가 잦아들기를 기다렸다가 고구레는 다시 파란 콘택트렌즈 소녀에게 물었다.

"그러면 같이 했다는 아르바이트는 뭐였지?"

"공사현장 교통정리."

눈앞에 앉아 있는 파란 콘택트렌즈를 낀 금발 소녀가 머리에 헬멧을 쓰고, 손톱을 길게 기른 손으로 유도등을 쥐고 있는 모습을 머릿속에 그려보았다. 상상하기 쉽지 않았지만, 그렇다고 평범한 가게나 사무 업무 쪽에서는 더 써주지 않을 것이다. 생각보다 나름대로 애를 쓰고 있는지도 모른다.

"그때 말고 또 같이 아르바이트한 적은 없어?"

"한 번뿐이야. 근데 그 애는 알바를 여러 개 하고 있었던 것 같아. 그것도 본격적인 것들은 아니고, 전단 나눠주는 일이나 이사 도우미 같은 거. 꼭 사고 싶은 게 있다고 했어. 재미있는 애였어. 자기 색깔 강한 스타일 있잖아. 혼자서 어디든 가고 뭐든 해버리는."

"같은 반 친구들에게 따돌림을 당했다는 말이 있던데, 그런 이야기는 들은 적 없어?"

고구레는 분명히 들었다. 장례식장에서 들려오던 목소리들. 나지마가 말한 대로 귀한 집 딸들이 다니는 엄격한 교칙의 학교에서 미유키는 꽤 튀는 존재였던 모양이다. 하지만 파란 콘택트렌즈 소녀는 코웃음을 쳤다.

"하, 역시 맞지 않는 학교에 다녔구나. 그런 얘기는 못 들었어. 하지만 뮤뮤가 그런 데 신경 썼을 리 없지. 학교 애들 따윈 아웃오브안중이었으니까."

고개를 갸웃거리는 고구레에게 핑크 머리 소녀가 보충 설명을 했다.

"아웃오브안중이라는 건 전혀 신경을 안 쓴다는 말이야. 자기 관심 범위 안에 들여놓지도 않았다는 이야기지."

"휴대폰으로 나쁜 장난 메일이 돌기도 했다던데. 그게 뭐였더라? 아, 맞다. 쓰레기통이라고 하던데."

"그것도 마찬가지야. 신경 안 썼어. 요즘은 같은 휴대폰을 쓰면서 번호만 바꿀 수 있단 말이야. 메일 주소를 바꾼 다음에 싹 청산하고 친한 친구한테만 새 번호를 가르쳐주면 돼. 근데 뮤뮤는 번호를 거의 안 바꿨을걸. 별 신경 쓰지 않았다는 이야기지. 배짱 있는 여자야, 걘."

파란 콘택트렌즈 소녀는 마치 다카하라 미유코가 이 자리에 함께 있는 듯한 말투로 이야기하기 시작했다.

"아, 맞다. 지금 내가 쓰는 향수도 뮤뮤가 준 거야⋯⋯. 그게 언제였더라? 비가 오는 날이었으니까 6월이나 7월 초였을 거야. 이노아타마(이노카시라井の頭를 잘못 읽은 발음) 선 개찰구 앞에서 우연히 만났는데 갑자기 향수 이야기를 하면서 향수병을 줬어. 쇼핑백에 향수병이 가득 들어 있었지."

줄곧 혼자 떠들어대던 소녀가 모자를 벗어 머리카락을 쓸어 올린 순간, 어디선가 맡은 적이 있는 달콤한 냄새가 났다.

고구레는 사건이 일어난 뒤 처음으로 자정이 되기 전에 집에 들어갔다. 거실 문을 여니 나쓰미가 아직 자지 않고 소파에 무릎을 껴안고 앉아서 텔레비전을 보고 있었다. 잠옷 차림에 1.5리터짜리 생수 페트병을 들고 통째로 마시고 있었다.

"이제 온 거야?"

"병에 입 대고 마시지 말랬지!"

"어휴, 오랜만에 보는 딸한테 잔소리부터 해야겠어?"

분명히 오랜만이다. 사건 발생 이후로 깨어 있는 나쓰미를 보기는 처음이다. 딸은 페트병을 품에 안은 채로 웅크리고 앉아 텔레비전 화면으로 눈길을 돌렸다. 고구레는 진이 빠져 녹초가 된 몸을 쭉 펴며 애써 힘찬 목소리로 말했다.

"다녀왔다. 잘 지냈어?"

"피곤해 보이네."

"아, 역시 그런가?"

"응, 눈이 팅팅 부었어. 지금 아빠 얼굴 이렇거든."

나쓰미는 눈을 게슴츠레하게 뜨고 입은 헤 벌린 채 고구레를 바라보았다. 평소보다 일찍 들어왔다고는 해도 시계는 벌써 11시를 넘어서고 있었다. 오래간만에 잠을 좀 자려고 들어온 것이다. 냉장고에서 캔 맥주를 꺼냈다. 나쓰미가 깨어 있지 않았다면 바로 침대로 갈 생각이었다. 맥주를 따서 단숨에 반쯤 마시니 절로 이런 소리가 나왔다.

"캬아, 좋다."

"어디, 나도 한 입만."

"뭔 말도 안 되는 소리를."

나쓰미는 고구레가 맥주 마시는 모습을 흉내 내며 페트병에 남은 물을 마시고 나서 후아, 하고 숨을 토했다. 혹시 냉장고의 맥주를 몰래 꺼내 마시는 건 아니겠지? 고구레는 문득 불안해져서 머릿속으로 남은 맥주 캔이 몇 개인지 세

봤다.

"별일 없어? 잘 지내지?"

"응"

"오늘은 어땠어?"

"맨날 똑같지. 3시 반에 수업이 끝나서 에리하고 구미랑 CD 사러 갔다가 크레이프 사 먹었어."

고구레는 들어본 적도 없는 친구 이름, 아니, 분명히 여러 차례 들었겠지만 대충 들어서 기억하지 못하는 거겠지. 쉽게 오지 않는 대화 기회였다. 나쓰미의 이야기를 제대로 들어야 한다. 나쓰미를 더 챙겨야 한다. 불단에서 아내가 노려보는 기분이 들었다. 고구레는 술기운 때문에 더 무거워진 눈꺼풀을 애써 부릅떴다.

"그다음에는?"

"뭐야, 지금 나 취조당하는 거야?"

"미안, 나도 모르게."

"집에 와서 빨래하고 저녁 준비하고 텔레비전 보고 공부했지. 아, 참. 나쓰요夏代 이모가 전화했어."

나쓰요는 규슈로 시집간 처제다. 나쓰미가 염려되어 종종 전화를 건다.

"나중에 전화해야겠네. 그래, 뭐래?"

"그냥 여러 가지. 얼마 전에 이 근처에서 고등학교 다니는 여자애가 살해당했잖아. 그래서 전화한 모양이야. 문 꼭 잠그고, 밤에는 혼자 다니지 말라고. 아직도 범인을 못 잡다니, 경찰은 대체 뭐 하고 있는지 모르겠대."

수사 내용은 가족에게도 비밀로 하는 것이 형사들의 불문율이다. 나쓰미에게는 이번 사건에 관해 전혀 이야기하지 않았지만, 그렇다고 고구레가 매일 늦는 이유를 모를 리가 없다.

"미안해."

맥주를 꿀꺽 들이켰다.

"근데 정말 조심해. 이상한 녀석이 찾아오면 절대 문 열어주지 마. 요즘 같아서는 사람들이 대체 무슨 생각을 하는지 하나도 모르겠다."

경찰이 할 소리는 아니지만, 진지한 표정으로 나쓰미의 얼굴을 바라보았다. 정말 나쓰미가 무슨 생각을 하고 있는지도 알 수가 없었다.

"하지만 아빠가 오면 문을 열어줘야 하잖아."

"그래, 미안하구나."

"아, 암호를 정하자. 내가 '산'이라고 말하면 아빠는 '초모랑마(에베레스트산의 티베트어)'라고 대답하는 거야."

"싫어."

"그래, 일은 좀 한가해졌어?"

"아니, 뭐 그냥."

고구레는 말을 흐렸다.

"뭐, 상관없어. 나도 바빠. 이제 곧 중간고사거든. 아빠, 목욕하고 자."

할 이야기는 다 했다는 듯이 나쓰미가 소파에서 일어섰다. 고구레는 형사의 불문율을 깨고 수사 내용을 살짝 이야기하기로 했다.

"러시안 블루라는 밴드 알아?"

졸려서 반쯤 감겼던 나쓰미의 눈이 휘둥그레졌다.

"헐? 아빠가 그 밴드를 어떻게 알아?"

"얼마 전에 만났어."

"뭐! 대박! 진짜 대박!!"

"인기 있어?"

"응, 꽤. 요즘에는 텔레비전에도 많이 나오잖아. 구미는 CD를 샀다던데, 난 그냥 그래. 곡도 좀 고만고만하고, 어쩐지 멤버들이 머리가 좀 비어 보이는 것 같아."

"맞아."

"응?"

"아니야, 그냥 혼자 한 소리야."

나쓰미의 얼굴을 보다 보니 문득 생각이 났다.

"너, 레인맨이라고 들어봤어?"

고구레의 말이 끝나기도 전에 나쓰미는 눈을 다시 크게 떴다.

"역시."

"역시라니?"

"그 사건이구나? 그래서 매일 늦는 거지? 그랬구나. 그게 역시, 레인맨이구나."

고구레도 속으로 '역시나' 했다.

레인맨, 어른들은 전혀 모르는 이 이름을 어떻게 된 까닭인지 10대 소녀들은 다 알고 있다. 나쓰미의 대답도 오늘 만난 소녀들이 한 말과 크게 다를 바가 없었다.

"유명한 얘기야. 여러 애들한테 들었어. 당연히 누가 꾸며 낸 이야기라고 생각했는데, 요즘은 다들 레인맨이 진짜 있다고 믿어."

딸의 얼굴이 왠지 낯선 소녀처럼 느껴졌다. 생각해보면 오늘 만난 소녀들도 나이가 다들 열여섯이나 열일곱이라고 했다. 나쓰미도 요란하게 치장을 하고 번화가에서 무리를 짓는 그 아이들 속에 섞인다 한들 이상할 것 없는 나이다.

"그 소문이 언제부터 돌았어?"

"그게 언제더라?"

"누구한테 들었어?"

"그게 누구더라?"

"잘 좀 생각해봐."

"졸려."

"기억을 짜내봐."

"여러 군데서 들어서 헷갈리는데…… 아마 친구들과 여행 갔을 때? 맞아, 처음 들은 건 그때야."

"너희 반 친구 고향에 1박 2일로 갔을 때 말이야? 그럼 6월인데."

고구레에게 줄 선물로 '금개구리'라는 콩알만 한 개구리 인형을 사 왔기 때문에 기억한다. 메구로에 있는 노점상에서도 팔 듯한 물건이었지만 고구레는 그걸 보물처럼 지갑 안에 넣고 다닌다.

"엥? 아니야. 그땐 아직 몰랐을 거야. ……8월에 바다에 갔을 때 아닌가? 아, 그래. 맞아. 분명히 그때야. 밤에 이불 속에서 무서운 이야기를 했거든. 구미가 그 이야기를 했어. 그때는 뉴욕에서 온 살인마라고 했는데, 그다음에 다른 애는 홍콩에서 왔다고 했고. 이야기하는 사람에 따라 조금씩 달라. 레인코트를 입고 있어서 레인맨이라고 부르는데 그코트가 검은색이라고 하기도 하고, 노란색이라고도 하고, 미키마우스 그림이 그려진 거라는 이야기도 있어. 완전 기나오싹이지? 죽은 사람이 다섯 명이라고 하기도 하고, 아홉 명이라고 하기도 하고, 스무 명도 넘는다는 이야기도 있어."

"너는 그 이야기를 믿어?"

"그런 건 아닌데…… 진짜로 사건이 일어났잖아!"

나쓰미는 입을 병아리처럼 삐죽 내밀었다. 몸집에 비해 무거운 책가방을 등에 메고 다니던 어린 시절 얼굴과 조금도 변함이 없다.

"만약 그런 놈이 있다면 아빠가 모를 리가 없잖아. 아무리 요즘 평판이 떨어졌어도 일본 경찰을 얕보면 안 돼."

"수사상 비밀이라서 숨기고 있는 거 아니야?"

나쓰미는 여전히 의심스럽다는 표정으로 고개를 갸웃거렸다.

"거짓말 아니야. 경시총감 앞에서 맹세라도 하지."

대단한 맹세도 아닌데 고구레가 심각한 표정으로 그렇게 말하자 나쓰미도 갸우뚱 기울였던 고개를 되돌렸다.

"뭐야, 역시 그런 거였어? 연속살인은 아니구나. 내일 다른 애들한테 이야기해줘야지. 아냐, 당장 이야기해야겠다. 구미한테 전화해야겠어."

나쓰미는 테이블 위에 놓인 휴대폰을 집어 들더니 방으로 달려 올라갔다. 그렇군. 이렇게 해서 여학생들 사이에 소문이 퍼지는구나. 나쓰미나 오늘 만난 소녀들이나 누군가에게서 들었다는 이야기밖에 하지 않았지만, 아마 자신도 이 아리송한 이야기를 다른 아이들에게 전달했을 것이다.

내일 나지마에게 말하자. 이렇게 이야기하는 거다.

"그 레인맨 이야기, 드디어 알아냈습니다. 여고생들 사이에 떠도는 어이없는 뜬소문입니다. 제 딸도 알고 있더군요."

나지마는 뭐라고 대답할까? 상상 속 나지마와 이야기를 나누는 자신은 현실의 모습보다 훨씬 말을 잘하고 쾌활하다.

"그러니 전혀 신경 쓸 필요 없는 소문이에요. 우연히 이야기가 비슷했을 뿐……."

그때 고구레는 잠깐 생각에 잠겼다. 우연? 정말 그럴까? 조금 전 나쓰미가 한 말이 떠올랐다. '연속살인은 아니구나.'

아무렴. 이런 사건이 또 일어나게 놔둘 수야 없지. 냉장고에서 두 번째 캔 맥주를 꺼내 마셨다. 목이 싸했다. 왠지 평소보다 맥주 맛이 썼다.

11

영수증을 챙기기는커녕 요금을 내는 시간도 아까워 돈을 던지듯 내고 택시에서 내린 고구레는 먼저 뛰어나간 나지마의 뒤를 쫓았다.

월요일. 수사를 시작한 지 2주째 되는 아침이었다. 여느 때처럼 경찰서를 출발해 시부야 쪽으로 가는 도중에 휴대폰이 울렸다. 수사본부였다.

"고마바노駒場野 공원에서 변사체 발견. 타살로 추정. 피해자는 젊은 여성."

연락 담당자는 사실관계만 바삐 전달하더니 이렇게 덧붙였다.

"똑같습니다. 또 터졌어요. 피해자 발목이 없답니다!"

또 메구로경찰서 관할 구역이다. 이번에는 메구로구 북쪽 변두리, 고마바토다이마에駒場東大前역 바로 옆에 있는 공원이다. 린시노모리 공원과 마찬가지로 한적한 주택가에 있다. 역시나 24시간 개방되어 있는 이 넓은 공원은 울창한 숲으로 둘러싸여 있어, 안으로 들어가면 사람들 눈에 잘 띄지 않는다.

주택과 유치원 사이에 있는 좁은 뒷문을 지나 공원 안으로 들어갔다. 산속 산책로처럼 침목을 깐 오솔길을 달려가니 왼쪽에 현장 보존을 위한 폴리스 라인이 쳐져 있고, 그 앞에는 벌써 구경꾼이 잔뜩 몰려와 있었다. 제복경찰관과 사복경찰관, 작업복을 입은 경찰관들이 뒤섞여 폴리스 라인 안을 이리저리 오갔다.

시체는 오솔길에서 약간 들어간 숲속, 폐자재 더미 위에 있었다. 높이 쌓아 올린 목재 위에는 파란색 비닐 시트가 덮여 있었다. 마치 무슨 종교 의식을 치를 때 쓰는 제단처럼 보였다.

비닐 시트 자락을 들친 고구레의 눈에 제일 먼저 들어온
것은 흰 다리였다. 발목 아래가 없다. 검붉은 절단면이 불길
하게 드러나 있지만 주위에 피가 튄 흔적은 보이지 않았다.
지난번 사건을 고스란히 재현한 영화를 보는 듯한 광경이
었다.

시체는 알몸이었다. 비닐 시트를 더 들쳐 시체의 얼굴을
보는 순간 나쓰미의 얼굴이 떠올랐다. 어제는 늦게 들어갔
고, 오늘 아침에는 일찍 나왔기 때문에 얼굴을 보지 못했다.

아니야, 그럴 리 없다. 분명히 싱크대에는 설거지한 빈 도
시락 통이 놓여 있었다.

검고 긴 머리카락이 보였다. 뺨에 치아노제(호흡 장애나 순
환 장애로 피부나 점막이 불그스름하게 변한 부분)가 보이고 부어
있었지만 다카하라 미유키와 비교하자면 피해자의 원래 인
상을 느낄 수 있는 부분이 남아 있었다. 아직 어린 티를 벗
지 못한 10대였다. 이마에는 역시 빨간색 'R' 글자.

얼굴이 낯익다는 느낌이 들었지만 아무리 생각해도 어디
서 만났는지, 혹은 우연히 지나쳤는지 기억이 나지 않았다.
적어도 이 피해자는 나쓰미가 아니고, 요 2주 사이에 만났
던 소녀들 가운데 한 명도 아니었다. 나지마는 뭔가 꾹 참
는 표정을 하고 피해자를 계속 들여다보았다. 같은 범인의

짓이 틀림없다. 고구레는 주위를 둘러보다가 동료인 미야모토를 발견했다.

"피해자 신원은?"

"아직 몰라. 지난번 사건하고 똑같아. 피해자 유류품은 전혀 없어."

미야모토는 지난번과 같은 말을 되뇌었다.

"끔찍해. 또 발이 없어. 발목 아래가 없어."

경시청 주임격인 경부보가 수사관들에게 말했다.

"집합!"

모두 지난번 사건과 똑같다. 기시감이다. 악몽이 반복되는 기분이 들었다.

수사본부가 설치된 메구로경찰서 강당에 여러 개의 철제 책상과 의자가 들어왔다. 굳은 표정의 수사관들로 가득한 실내는 더 좁아졌다. 본청인 경시청 1과에서 수사관들이 더 들어왔다. 강력범 수사 7계. 몇몇은 고구레가 잘 아는 옛 동료들이었다.

오늘은 단상에 경시청 수사1과장도 끼어 있었다. 약간 뚱뚱한 오카야스가 그 옆에 잔뜩 긴장하고 앉아 있었다. 오른쪽에는 7계 계장도 있었다. 모두 괴로운 표정이었다. 내일 신문 헤드라인을 상상하고 있는지도 모른다. 수사에는 전혀 진전이 없는데 연속살인 사건으로 발전하고 말았다. 매스컴은 당연히 거세게 추궁을 할 것이다.

검시 담당자의 보고나 감식 담당의 첫 보고도 처음 사건과 매우 비슷했다. 사인은 교살. 흉기는 가느다란 끈 종류, 사망 추정 시각은 토요일 밤에서 일요일 날이 밝기 전. 성폭행 흔적은 없었다.

시체에는 머리카락을 비롯해 여러 가지 것들이 묻어 있었다. 발자국은 지금 감정 중이지만 장소가 공원 산책길 옆이기 때문에 또렷하지 않은 족적이 많아 범인의 것을 골라내기 힘든 모양이었다. 지난번과 같은 230~245 사이즈의 발자국도 여럿 남아 있었는데 구두는 다른 종류였다.

지난번에 발견된 족적이 어느 회사에서 만든 신발인지도 아직 밝혀지지 않았다. 일반 소매점에서는 팔지 않는 특별한 디자인이라고 한다.

차이가 있다면 다카하라 미유키의 경우보다 살해하고 시체를 버리기까지의 간격이 짧아졌다는 점. 그리고 피해자의 신원이 아직 밝혀지지 않은 점 정도다.

오전에 이루어진 탐문수사 보고가 있었지만 시체가 언제 유기되었는지를 짐작할 만한 증언은 지난번보다 적었다. 이번에는 유기 현장이 숲속이라 그 근처를 지나가는 사람이 있었다고 해도 알아차리기 힘들었을 것이다.

새로 투입된 수사관들을 위해 다카하라 사건의 경위와 현재 상황에 대한 설명이 있었다.

"범인이 단독범인지 아닌지는 현재 알 수 없습니다. 양쪽 다 가능성이 있다고 보고 수사를 진행하는 중입니다. 현장 부근에서 수상한 차량이 목격되어 현재 사건과의 연관성을······."

사무적인 말투로 설명하는 모리나가는 안색이 평소보다 더 나쁘고 목소리도 딱딱했다. 가끔 1과 과장과 7계 계장이 여태 무엇을 하고 있었던 거냐는 듯 비난하는 표정을 지었다. 오카야스는 고개를 숙이고 있었고, 젊은 서장은 팔짱을 낀 채로 허공을 노려보았다. 공로는 아랫사람들이 세워도 그 과실을 위에서 차지하고, 책임은 위에서 아래로 떠내려오는 경찰 조직 안에서는 부하들이 무슨 실수를 해도 윗사람의 지위는 끄떡없었다. 하지만 요즘은 세상 분위기가 바뀌고 있다. 다들 이번 사건 때문에 경찰 엘리트인 자기 경력에 흠집이 날지도 모른다는 생각을 하고 있으리라.

고구레에게는 흠집이 날 경력도 미래도 없고, 매스컴에 어떤 변명을 할지 궁리할 필요도 없었지만 그래도 기분은 엉망이었다. 지난 2주간 대체 무엇을 했나. 그런 자문자답을 했다. 자기 딸 또래인 소녀들을 만나 이야기하고, 그 이해할 수 없는 세계의 일부분을 보고 들었을 뿐이다. 하지만 그 어딘가에 연속살인을 알리는 위험신호가 숨어 있었던 것인지도 모른다. 그렇다면 고구레는 그 신호를 완전히 놓친 셈이다.

세 시간에 걸친 회의가 끝나고 수사 조직이 재편되었다. 두 번째 살인을 담당할 제7계를 위해, 인원은 많지만 별 성과가 없었던 메구로 '린시노모리 공원 사건'의 신변수사 담당 몇 명을 새 지역으로 돌렸다.

고구레는 지금까지 해온 대로 다카하라 미유키의 신변수사. 파트너는 여전히 나지마였다. 이제는 첫 번째 사건 담당자가 된 '다카하라 組' 수사관들에게 쏟아진 질타를 받고 경찰서를 나왔다. 보고에 더 충실하게 귀를 기울이라는 지시는 있었지만 특별한 내용이 있을 리가 없었다.

"오래간만입니다, 고구레 선배."

뒤를 돌아보니 네모난 얼굴이 눈에 들어왔다. 7계에 근무하는 마쓰자키松崎였다.

"오호, 살아 있었네?"

"선배야말로."

마쓰자키는 고구레보다 다섯 살쯤 아래인, 본청 근무 시절 후배다.

"이거 터무니없이 엄청난 사건이 되어버렸군요."

"맞아."

마쓰자키는 본청 수사1과와 비교하면 너무 좁은 메구로 경찰서 강당을 둘러보더니 네모난 얼굴에 웃음을 지으며 고구레를 바라보았다.

"아깝군요. 선배가 이런 곳에서 썩고 있다니."

"입에 발린 말은 집어치워. 여기 일하기 좋아. 작년에는 살인이 한 건도 없었지. 그런데 느닷없이 이런 사건이 터지다니……."

"선배가 없으니 취조실에서 자백 받아내는 성공률이 완전히 떨어졌어요. 다시 보고 싶네요. 취조실에서 펼쳐졌던 고구레 마술을."

마술 따위는 없다. 예전에는 거친 행동도 아무렇지 않게 했다. 인제 와서 생각하면 식은땀이 난다.

"다 옛날이야기야. 이제 점잖아졌다고. 지역 주민들에게 사랑받는 올바른 경찰관이지."

고구레의 말이 끝나기도 전에 마쓰자키는 자기를 부르는 동료의 목소리에 뒤를 돌아보았다. 분명 '마쓰자키 주임'이라고 불렀다. 본청에서 주임이면 계급은 경부보다. 5년 전에는 고구레와 같은 계급인 순사부장이었는데 녀석은 이미 경부보로 승진한 것이다.

"다음에 천천히 이야기하죠."

마쓰자키가 손을 흔들고 수사본부의 중추인 본청 형사들

쪽으로 돌아갔다. 스스로 원했던 지역 경찰서 근무였지만 아직 꺼지지 않은 불이 고구레의 가슴속에서 이글거렸다.

"아, 고구레 선배, 고구레 선배……."

비스듬히 저 아래쪽에서 들려오는 느린 알토 음성에 고구레는 정신이 들었다. 나지마가 고구레의 얼굴을 올려다보고 있었다.

"어떻게 할까요, 이제?"

경부보라고는 생각할 수 없을 만큼 순진한 말투에 그만 쓴웃음을 짓고 말았다.

"일단 늘 하던 대로."

역시 시부야 쪽을 뒤질 수밖에 없었다. 지난주부터 미유키가 아르바이트하던 곳에 대한 탐문수사를 시작했다.

전철로 가자는 나지마의 제안으로 나카메구로역에서 시부야행 도요코東橫선을 탔다. 경비 절약을 위해 지난주부터 될 수 있으면 전철을 타기로 했다. 전철이 흔들릴 때마다 손잡이를 잡은 나지마의 작은 몸도 함께 흔들렸다. 여느 때보다 더 무거워진 입을 먼저 연 쪽은 고구레였다.

"왜라고 생각해요?"

"……네?"

"왜 또 우리 관할 구역일까요?"

회의 때부터 내내 생각하던 문제였다.

"범인은 어째서 일부러 금방 발견될 곳에 시체를 버렸을까요? 경찰과 매스컴의 반응을 즐기는 녀석일까요?"

두 손으로 전철 손잡이를 움켜쥔 나지마가 천천히 몸을 흔들면서 대꾸했다.

"그렇군요. 범행을 숨기려고 하지 않아요. 아니, 보여주고 싶어 하죠. 하지만……."

나지마가 갑자기 입을 다물었다. 바로 앞 좌석에 앉은 나이 든 여자가 대화를 듣고 있었기 때문이다. 고구레는 목소리를 낮추고 나지마가 하려던 말을 대신했다.

"그렇죠. 어째서 현장이 이렇게 가까운 걸까요? 게다가 왜 이런 도심을 선택한 걸까요? 만약 사체가 쉽게 발견되길 바란다고 해도 자기 모습은 절대 드러내고 싶지 않았을 테니, 교외 쪽이 더 나을 텐데요."

지난번 린시노모리 공원이나 이번 고마바노 공원도 주택가 한복판이다. 물론 공원 안으로 들어가면 사람들 눈에 잘 띄지는 않을 테지만 차를 세우고 트렁크를 열어 시체를 꺼내거나 하기에는 주위에 집들이 너무 많다.

"저어, 고구레 선배."

전철이 급정차하자 몸을 휘청거리며 나지마가 말했다.

"그 빨간 스포츠카 이야기가 얼마나 신빙성이 있다고 생각하세요?"

75킬로그램이나 되는 고구레의 몸도 갑작스러운 정차에 견디지 못했다. 나지마와 마찬가지로 몸이 기울어졌다. 고구레는 다음 이야기를 재촉했다.

"그게 무슨 뜻이죠?"

"저는 아무래도 의심스러워서요. 제가 아다치足立구 다케노쓰카竹の塚에 사는데 거기서도 전에 똑같은 이야기가 있었어요."

전철이 다시 출발했다. 나지마가 몸을 바로 세우며 말을 이었다.

"제가 애를 맡기는 어린이집의 엄마들 사이에서 유명한 이야기예요. 이상한 차가 늘 어린이집 근처에 서 있다, 여자애를 강제로 차에 태우려고 한다는 소문이었죠. 그래서 그게 어떤 차냐고 물었더니 빨간 스포츠카라고 하더군요. 하지만 제대로 본 사람은 아무도 없었죠."

다이칸야마代官山역을 지나자 창밖으로 시부야 거리가 보였다. 나지마가 마음이 급한 듯 드물게 빠른 말투로 이야기를 이어갔다.

"심지어 근처에 사는 여자애가 납치당할 뻔했다는 이야기도 있었어요. 하지만 그 여자애가 어디 사는 누구냐고 물어도 아무도 대답을 못 했어요. 무슨 동네에 사는 애라느니, 무슨 유치원에 다니는 애라느니, 분명하지 않은 대답들뿐이었죠. 그 차를 봤다는 사람은 많은데, 가만히 생각해보면 스포츠카는 생각보다 많잖아요. 쉽게 볼 수 있죠. 그래서 이런 생각이 들었어요. 아무도 본 적이 없는데 실제로 본 듯한 기분이 들거나 비슷한 차를 본 것만으로 의심하고 겁먹기도 하고."

"말하자면 아무 근거도 없는 헛소문이란 거군요. 레인맨처럼."

나쓰미나 소녀들에게 들은 이야기는 이미 나지마도 알고 있다.

"이리저리 퍼지면서 점점 진짜 같아지는 소문이죠."

"예, 도시전설이라고나 할까요? 우리 계장님에게도 그렇게 이야기를 했지만 결국 발표해버렸네요."

빨간 스포츠카는 이미 기자회견을 통해 매스컴에 발표했다. 원래 수사 과정에서 알게 된 사실을 매스컴에 모두 공개하는 것은 아니다. 범인으로부터 자백을 받을 때 비장의 카드로 범인 이외에는 모르는 사실을 쥐고 있을 필요가 있기 때문이다. 하지만 정보를 너무 감추면 매스컴은 수사 성과가 없다고 때려댄다. 그래서 간부들은 상황에 따라 미디어에 조금씩 정보를 흘려준다.

저녁 무렵의 시부야는 역시나 소란스러웠다.

휴대폰을 손에 들고 걷는 사람들의 목소리, 목소리, 목소리. 쉴 새 없이 울려대는 전화벨 소리, 홍보 차량에서 흘러나오는 큰 소리, 스피커로 신의 메시지를 외치는 전도사, 게임센터에서 들려오는 전자음, 가게 앞을 지날 때마다 바뀌는 BGM.

불확실한 정보, 모호한 소문, 거짓말, 망언. 고구레의 일에는 늘 그런 것들이 따라다닌다. 이미 지겨우리만치 익숙하다. 그 가운데서 몇 안 되는 사실을 찾아내는 일이 형사가 할 일인지도 모른다. 하지만 고구레는 이 직업이 날이 갈수록 어려워지는 느낌이 들어 견딜 수가 없었다.

저녁 7시 50분. 고구레는 야간 수사 회의가 시작되기 직전에 경찰서로 돌아왔다. 사무실 자기 책상으로 걸어가는데 야스다가 불러 세웠다.

"주임님, 들었어요? 방금 피해자 신원이 나왔답니다."

"그래?"

고구레 앞에서 야스다가 메모를 읽었다. 처음에는 멍하니 듣고 있다가 중간에 그만 소리를 지르고 말았다.

"뭐? 뭐라고! 다시 말해봐!"

"그러니까, 이름은 아오타 구미青田久美. 16세. 고등학교 1학년. 주소는 메구로구 야쿠모八雲. 다니는 학교는……."

고구레는 소녀의 사체를 처음 봤을 때 왜 낯익은 느낌이 들었는지 그제야 깨달았다.

"왜 그러십니까?"

야스다가 얼굴을 들이밀며 물었다. 책상 위에 있는 전화를 때리듯 번호를 눌렀다. 집 전화번호였다.

신호음이 계속 울렸다. 끊고 다시 걸었지만 결과는 마찬가지였다.

피해자가 다니는 학교는 나쓰미와 같은 도립고등학교. 같은 1학년 학생. 어디서 얼굴을 보았는지 기억이 났다. 입학한 지 반년밖에 안 되었지만 나쓰미에게는 새로 사귄 친구들이 몇 명 있었다. 친구들과 놀러 갔을 때 찍은 스냅사진을 가끔 고구레에게 보여주었다. 피해자는 그 사진 속에서 본 여학생 가운데 한 명이었다.

나쓰미의 휴대폰으로 전화를 걸었다. 이쪽도 통화 중이다. 몇 번을 다시 건 뒤에야 겨우 연결되어 나쓰미의 목소리가 들렸다.

— 여보세요.

목소리를 듣는 순간 여느 때와는 다르다는 사실을 깨달았다. 나쓰미의 목소리가 젖어 있었다.

"아빠아."

— 들었어. 이미 알고 있어.

첫마디만으로 전화한 까닭을 눈치챈 모양이다.

"혹시 그 애……."

— 친구야. 내 친구.

불쑥 울음 섞인 목소리로 대답했다. 나쓰미가 참고 있던
것을 토해내듯이 말했다.

— 너무해.

"너, 괜찮아?"

— 응…… 별로 괜찮지는 않은데……. 아빠, 오늘도 늦어?

"……어, 그래. 늦을 것 같아."

달리 할 말도 없다. 어째서 이럴 때 곁에 있어주지 못하는
걸까. 마사에가 죽던 날과 마찬가지 아닌가.

— 오늘은 에리네 집에 가서 자도 돼? 혼자 있기 싫어서
그래.

나쓰미가 말한 이름은 아마 언젠가 들은 적이 있는 친구
이름 가운데 하나였다. 분명히 아오타 구미라는 이름도 몇
차례나 들었을 테지만 고구레가 대충 흘려듣고 말았다.

"안 돼. 이럴 때 혼자 돌아다니면 위험해."

처음은 아니다. 혼자 저녁을 먹기 싫다고 해서 전에도 한
달에 몇 차례는 친구 집에서 자고 왔다. 하지만 오늘 밤은
불길한 느낌이 들었다.

— 괜찮아. 집 근처야. 다른 애들하고 만나서 같이 갈게.

걱정스럽지만 고구레에게는 별 방법이 없었다. 참극을 직

접 본 고구레는 누구보다 딸의 안전을 염려하는 아버지이
지만, 딸 곁에 제대로 있어줄 수 없는 처지의 아버지였다.

"……조심해. 인적이 드문 길은 절대로 피하고."

— 응, 알았어. 열심히 해. 이제 더 바빠지겠네.

"그래. 그렇겠지."

— 그래. 알았어. 일이니까 어쩔 수 없지.

아빠는 딸보다 일이 먼저니까. 고구레에게는 나쓰미의 말
이 이렇게 들렸다.

12

사법해부 결과 아오타 구미의 발목을 절단한 도구는 다
카하라 미유키와 같거나 유사한 것으로 나타났다.

톱이다. 다카하라 사건의 유류품 수사반은 절단면에 남
은 미세한 파편에서 이미 독일제 소형 톱이 절단 도구라는
사실을 밝혀냈다. 일반 잡화점에서도 파는 아주 흔한 제품
이다.

수사관들은 다들 처음부터 의심도 하지 않았고, 신문이나
텔레비전 보도 프로그램에서는 '연속살인 사건'이란 제목
이 튀어나오고 있었지만 사건 이튿날 드디어 간부들로부터

'동일범에 의한 연속살인일 가능성이 크다고 보고 수사에 임할 것'이라는 정식 지시가 내려왔다. 빤히 같은 범인이지 않은가. 어린 여자를 목 졸라 죽이고 발목을 잘라내는 놈이 둘씩이나 있을까?

사건 발생 이틀째 밤. 연속살인 사건이 된 뒤로 열리는 네 번째 수사 회의. 아오타 구미의 신변수사를 담당하는 7계 수사관의 보고가 있었다.

"피해자 부모와 이웃에 대한 탐문수사 진행 결과 올 2월경부터 아오타 구미의 자택 주변에 출몰하며 스토커 같은 행위를 해온 남자가 존재한다는 사실이 밝혀졌습니다."

두 배로 증원된 수사관들이 웅성거리기 시작했다. 서류를 들여다보고 있던 간부들이 일제히 고개를 들었다. 서장이 굳은 표정을 지으며 말했다.

"스토커 문제에 대해 경찰서에서는 제대로 대처했습니까?"

대응 미숙으로 손가락질을 받을까 두려운 모양이다.

"피해신고는 접수되지 않았지만 4월 18일에 주거침입 등으로 경찰의 직무질문이 이루어졌습니다."

본청 7계 수사관과 함께 움직이고 있는 메구로경찰서의 사쿠마佐久間가 짧게 답변했다. 7계 수사관이 보고를 이어나갔다.

"이름은 이노우에 료이치井上亮— 나이 28세. 경찰 기록이 남아 있습니다. 1994년에 마치다町田경찰서 관내에서 가택 침입 및 절도 혐의 현행범으로 체포. 이때는 결과적으로 기소유예되었습니다."

"절도? 무엇을 훔쳤지?"

단상에 앉은 간부 가운데 한 명이 질문을 던졌다.

"속옷입니다."

보고자가 내뱉듯 말했다. 경찰은 전과자에게는 엄격하다. 범죄자의 갱생을 애당초 믿지 않는 까닭이다. 범죄가 일어나면 부근에 사는 전과자나 범행 기록이 있는 사람들을 제일 먼저 의심한다.

"직업은 미용사. 올 5월까지는 아오타 구미가 다니던 시부야 관내 미용실에 근무했습니다. 지금은 가나가와神奈川현 가와사키川崎시에 있는 미용실에 근무하고 있습니다. 주소는 가와사키시 다카쓰高津구."

미용사? 그 말에 고구레의 촉각이 곤두섰다. 다른 수사관들도 마찬가지일 것이다. 강당을 메운 수사관들의 머리가 움직이며 술렁거리기 시작했다. 모든 수사관을 대변하듯 한 명이 소리를 질렀다.

"머리카락!"

그렇다. 미용사라면 발자국은 몰라도 사건 현장에 남겨진 여러 명의 머리카락은 설명이 된다. 즉, 시체를 어느 시점엔가 일터인 미용실로 옮겼기 때문에 그곳에서 머리카락이 묻었다고 생각하면…….

"이노우에를 임의동행 형식으로 데려올 수 있나?"

아오타 사건 때문에 합류한 본청 7계장이 말했다. 보고 전에 이 내용을 미리 보고받았는지 연극 대사 같은 말투였다. 보고하던 수사관이 잠시 생각에 잠긴 표정을 짓더니 대답했다.

"아직은 시기상조일지도 모르겠습니다. 동태 파악을 하면서 주변을 더 파보는 편이 나을 것 같습니다. 전력이 있으니 요령도 생겼을 겁니다. 임의동행을 거부할 수도 있고요."

경시청 7계에서 나온 어느 주임이 덧붙였다.

"24시간 감시 태세로 잠복하며 상대를 흔들어보죠. 일단 움직일 수 있도록 놔두고 증거 인멸을 위해 움직일 때 낚아채는 것으로……."

한 손으로 먹이를 삼키는 뱀 같은 동작을 해 보였다. 수사 회의는 완전히 7계 페이스였다. 어쨌든 지난번 사건 때는 전혀 떠오르지 않았던 피의자가 불쑥 떠오른 셈이니까. 아마 7계 수사관들끼리 사전 협의를 해서 다른 사람들이 입도 뻥긋하지 못할 시나리오를 짠 것인지도 모른다. 7계 계장이 잠복 수사관 인선을 거침없이 발표하고 있는 옆에서 다카하라 사건 수사 담당인 경시청 9계장 모리나가는 시무룩한 표정을 짓고 있었다.

솔직히 고구레도 좀 실망했다. 어쩌면 지난 2주간에 걸친 자신의 노력이 물거품이 될지도 모른다는 생각이 들었다. 물론 어서 범인이 잡히면 좋겠지만, 될 수 있으면 내 손으로 잡고 싶었다. 적어도 자신이 추적하고 있는 쪽에서 범인이 드러나기를 바랐다. 그렇다고 공로를 세우고 싶다는 욕심은 아니다. 축구선수라면 누구나 자신이 승부를 결정짓는 골을 넣고 싶어 하는 마음이나 마찬가지였다.

옆에 앉은 나지마가 천천히 고개를 꼬았다. '이렇게 하는 게 옳은 걸까?' 하는 표정이다. 분명 7계가 자기들 쪽에 유리하게 회의를 진행하는 느낌이 들어 불만스럽기는 하지만, 살인사건을 처음 수사하는 나지마와는 달리 오랜 경력이 있는 고구레는 냉정하게 받아들이고 있었다. 실제 수사에서 드라마틱한 전개가 펼쳐지거나 뜻밖의 범인이 떠오르는 경우는 드물다. 지금까지 관여했던 사건들 대부분 의외의 인물이 범인인 경우는 드물었다.

"다카하라 사건 담당자는 피해자와 이노우에의 접점을 찾아. 이노우에라는 인물이 범인일 가능성을 전제로 다시 철저하게 훑는다."

오카야스가 목소리를 높였다. 수사가 새로운 방향에서 다시 출발하는 것이다.

고구레는 그 주 토요일에도 시부야에 있었다. 이노우에가 5월까지 근무했던 헤어살롱 '멜로니'에 다카하라 미유키가 들른 적이 있는지 확인하기 위해서였다. 하지만 없었다. 이 헤어살롱은 컴퓨터로 고객관리를 하는데 미유키가 방문한 기록은 없었다.

이노우에가 현재 근무하는 가와사키시에 있는 미용실은 이미 파악했다. 아오타 구미를 쫓아다니다 경찰에 걸린 일 때문인지, 도망치듯 멜로니를 그만둔 이노우에가 다시 취직한 곳은 미용실 원장의 이름으로 보이는 '마리코'란 간판을 단 허름한 동네 미용실이었다. 세련된 인테리어를 자랑하던 멜로니에 비하면 확실히 수준이 낮아 보였다.

거리 분위기에서 애초부터 별 기대는 할 수 없었지만, 다카하라 미유키가 마리코에 들렀을 가능성은 거의 제로. 고객 명단도 없고, 손님이라고는 단골들뿐이었다. 나이 든 손님이 대부분이기 때문에 어린 소녀가 왔다면 또렷하게 기억할 거라며, 원장은 다카하라 미유키의 사진을 보고 고개를 저었다.

물론 이노우에를 의심하고 있다는 사실은 감추고 질문을

했다. 하지만 당사자는 자신에 대해 수사가 이루어지고 있다는 사실을 이미 눈치챈 듯했다. 세 개뿐인 의자 가운데 가장 안쪽에서 초로의 여성 고객에게 파마를 해주고 있던 이노우에는 고구레 일행을 보고 표정이 굳어졌다. 고구레가 원장을 밖으로 데리고 나갈 때도 자꾸 눈치를 살폈다. 부스스한 장발에 면도도 하지 않은 얼굴, 미용사라는 직업에 어울리지 않게 외모도 평범하고 표정이 어두운 사내였다.

파이어 길 쪽에 있는 멜로니에서 전력관 옆을 빠져나와 시부야역으로 돌아가는 길을 걷기 시작했다. 오늘은 쓰스에와 함께였다. 나지마는 오늘 아오타 구미의 가택 수색 때문에 그쪽에 나가 있었다. 콤비가 해체된 것은 아니지만 나지마와는 따로 움직이는 일이 많아졌다.

수사본부에서 유일한 본청 여자 수사관인 나지마는 7계에서도 무척 챙기는 눈치였다. 아오타 사건 수사에도 이따금 참여를 했고 모리나가도 그걸 용인했다. 서로 견제하는 7계와 9계는 수사 정보의 중요한 부분을 밝히지 않기 때문에 다카하라 사건 담당인 9계로서는 자기들 소속인 나지마가 중요한 정보원이 되는 셈이었다.

쓰스에는 수사 초기에 구역 담당 탐문수사를 맡았지만, 딱히 성과가 없자 애가 탄 모리나가가 인원 재편성을 하면서 지금은 특별히 담당한 업무가 없다. 일상 업무를 하며 대기하는 그룹으로 분류된 것이다. 메구로구 주변에 많은 경찰관이 동원되었기 때문인지 관할 구역 범죄자들이 조용해져서 지금은 별로 할 일이 없는 모양이었다. 책상 앞에 앉아 하품이나 하고 있기에 오카야스의 허락을 받아 데리고 나왔다.

그렇게 해서 후줄근한 양복 차림의 두 남자는, 마누라가 집이라도 나간 듯한 잔뜩 군은 표정으로 시부야 거리를 나란히 걷고 있었다. 젊은 커플이 많은 주말 오후의 시부야에는 끔찍하리만치 어울리지 않는 한 쌍이었다.

"아, 퀴퀴한 냄새! 옷 언제 갈아입었어?"

쓰스에는 메구로경찰서 위층에 있는 독신자 기숙사에 살면서도 며칠째 같은 옷을 걸치고 있었다. 숙박조와 어울려 한밤중까지 술을 퍼마시고 그대로 쓰러져 잠이 들기 때문이리라.

"빨래하기 귀찮아서요. 그래도 이게 그나마 덜 구겨진 셔츠인데. 그러는 주임님은 면도나 좀 하세요. 경찰관이 아니라 수배자 포스터에 있는 범인 같습니다."

고구레는 마사에가 세상을 뜬 뒤로 계속 지켜온 금기를 깨고 최근 일주일은 반 이상 다른 수사관들과 함께 경찰서에서 잤다. 집에 가봤자 나쓰미가 없기 때문이다.

아오타 구미가 살해당한 뒤로 나쓰미는 하루걸러 친구

집에서 잤다. 범인이 잡히지 않은 상황에서 혼자 집에 있기 싫다고 했다. 고구레도 잔소리하지 않았다. 나쓰미의 심정을 잘 알기 때문이었다. 어차피 퇴근이 늦어 말벗도 제대로 되어주지 못한다. 혼자 집에 있는 것보다 친구 집에 가 있는 것이 오히려 마음이 놓이기도 한다. 그런 생각밖에 하지 못하는 자신이 한심했다.

"내가 제복 경찰을 하면 어울릴까?"

고구레가 툭 내뱉자 쓰스에가 놀란 표정을 지었다.

"에? 진심이세요? 주임님이 전속을 신청할지도 모른다는 소문은 들었는데, 그게 정말이었어요?"

"아니, 아직 마음을 정한 건 아니야."

"에이, 안 어울려요. 액면이 완전 형사인데."

고구레가 말이 없자 쓰스에가 천천히 고개를 저었다.

"남의 떡이 더 커 보이는 법이에요, 주임님. 저는 이제 제복 경찰로 돌아가고 싶지 않아요."

높은 경쟁률을 뚫고 지역과 파출소 경찰관에서 형사가 된 지 얼마 되지 않는 쓰스에가 말했다.

"폴리스 라인이 쳐진 곳도 형사들은 막 드나들지만 제복 경찰은 밖에서 보초를 서야 하죠. 구경꾼들에게 사복형사와 비교당하는 기분이 들어요."

"그게 어때서? 살해당한 시체를 볼 일도 없고, 휴가도 꼬박꼬박 갈 수 있잖아."

"주임님은 벌써 잊었는지 몰라도 세상 사람들이 제복 경찰을 보는 시선이 얼마나 차가운데요. 제복 입고 편의점에 도시락이라도 사러 가보세요. 가게 분위기가 싸해지죠. 나쁜 짓을 하지 않은 사람들도 다들 우릴 피해요. 그러니 제복 경찰도 하기 힘들죠."

"그런가? 정말 남의 떡이라 커 보이나? 4교대지? 낮 근무는 5시 조금 지나면 퇴근할 수 있잖아. 난 그게 부러워."

"그것도 다 실속 없어요."

백화점 앞의 번잡한 길을 걷는데 갑자기 인파 너머에서 목소리가 들려왔다.

"경찰 아저씨, 오늘은 어디 가? 피카부?"

지난 2주간 시부야 거리를 돌아다니다 알게 된 아이들 가운데 한 명이다. 특별히 하는 일도 없이 늘 휴대폰을 들고 어슬렁거리는 그 아이들을 여기저기서 마주쳤다. 오늘만 해도 아는 척한 아이가 벌써 세 명이었다.

10미터도 가지 않아 이번에는 누가 어깨를 두드렸다. 인파를 타고 서핑을 하듯 다가온 킥보드가 바로 앞을 지나갔다. 뒤를 돌아보니 대걸레 같은 헤어스타일을 한 젊은 남자가 어설픈 자세로 경례를 했다.

"아."

파란 콘택트렌즈 소녀의 남자친구다. 이제 네 명째. 쓰스에의 눈이 휘둥그레졌다.

"와, 인기 폭발이네요, 주임님."

"놀리는 거냐?"

"천만에요."

쓰스에가 고개를 저었다.

"그런데 피카부는 뭡니까?"

고구레는 그 질문에는 대답도 하지 않고 화제를 바꾸었다.

"그런데 말이야, 도무지 이해가 안 되네."

"뭐가요?"

"이노우에가 범인이라고 치자 이거야. 그러면 무엇 때문에 피해자를 자기가 일하는 직장에서 죽인 거지?"

멜로니에서 나온 뒤로 내내 그 생각을 하고 있었다. 아오타 사건 수사팀의 논리는 이렇다.

가와사키에 있는 미용실 마리코는 주거 겸용이 아니다. 두 피해자의 사망 추정 시각인 심야에서 새벽까지는 건물 안에 사람이 없다. 그리고 이노우에는 여벌 열쇠를 가지고 있다. 이노우에가 사는 집은 1DK(방 1개, 거실 겸 다이닝 공간 1개로 이루어진 구조) 연립주택이라 사람들 눈에 띄기도 쉽고, 방음도 제대로 안 되기 때문에 미용실이 자기 집보다 안전하다고 생각했다.

하지만 옮긴 지 얼마 되지 않는 낯선 직장을 안전한 곳이
라고 할 수 있을까?

"죽인 뒤에 옮겼을지도 모르죠."

"무엇 때문에?"

쓰스에는 형사과보다 기동대가 어울리는 팔로 긴 턱을
쓰다듬었다.

"글쎄요……. 아무래도 미용사니까 머리카락 자르는 연습
을 했다거나."

이 녀석이 농담하는 건가 싶어서 옆에서 걷는 쓰스에를
바라보았다. 자기가 말해놓고는 아주 진지한 얼굴로 고개
까지 끄덕이고 있었다. 태평한 녀석이로군. 웃어넘기려다가
그만두었다. 가능성이 없지도 않다. 그 누가 그렇지 않다고
단언할 수 있을까.

살인의 동기가 원한이나 돈뿐이던 시대는 이미 지났다.
살인사건 발생 건수 자체가 세상이 시끄러울 만큼 심각하
지는 않다. 확실히 예전보다 많이 줄었다. 하지만 이유 없는
살인, 정확하게 이야기하면 어떤 살인이나 이유가 있을 테
지만 그 이유를 범인만 아는 살인사건이 많다. 머리카락 자
르는 연습을 하기 위해 사람을 죽였다, 범인이 이렇게 증언
한다고 해도 놀랄 일이 없는 세상이다.

"발목을 자른 건? 왜 발목을 자르지?"

"글쎄요, 왜 그랬을까요?"

여전히 그걸 모르겠다. 수사 회의에서도 답은 전혀 나오지 않고 있었다.

"무슨 의미가 있는 걸까? 증거 인멸에 필요했나? 아니면 무슨 의식 같은 건가?"

"혹시 그거 아닐까요? 그냥 발을 좋아해서."

"넌 좋겠다, 태평해서."

"뭘요."

오후 2시가 지난 시부야역 앞 광장은 화장기 짙은 호스티스의 얼굴을 낮에 보는 것처럼 나른하고 한가해 충견 하치공도 잠시 졸고 있는 듯했다.

"밥 먹으러 갈까?"

"아, 좋죠. 거기 갈까요? 헤븐스 카페라고 새로 생긴 곳인데, 패스트푸드지만 거기 미트파이는 매장에서 직접 만들어서 맛있대요."

"그보다 에스닉 요리는 어때? 잘하는 가게를 알아."

"에, 스, 닉? 무슨 어울리지 않는 말씀을. 주임님, 요새 좀 이상해졌어요."

"맛있어. 하지만 맵지."

"좋아요, 그리 가죠. 저는 맵건 달건 시건 뭐든 잘 먹으니까요."

"정말 부럽다, 너도 고민이라는 게 있냐?"

"아, 이래 봬도 다양한 고민이 있습니다."

"승진시험?"

눈이 휘둥그레진 쓰스에의 얼굴에 정답이라고 쓰여 있었다.

"……예리하시네."

"15년 형사 경력을 우습게 보지 마."

사실 예리하고 뭐고도 없다. 녀석이 두 발을 얹고 있던 책상에서 서류로 가린 승진시험 참고서를 보았을 뿐이다. 순사부장이 된 지 얼마 되지도 않았는데. 그래서 더 그런가? 쓰스에는 벌써 경부보 시험 준비를 시작한 모양이다.

"다음 시험은 어려워요. 관리감독론 같은 과목은 정말 모르겠어요. 늘 관리감독을 받기만 하니까. 선배도 경부보 시험 봤죠?"

"그래, 예전에. 아주 예전에."

마사에가 살아 있을 때, 어쩌다 짬이 나도 승진시험 공부를 한다는 핑계로 가정을 돌볼 여유가 없었다. 나쓰미도 아직 어렸고, 마사에가 그렇게 일찍 세상을 떠나리라고는 꿈에도 생각하지 않던 시절이다. 고구레에게도 남들과 마찬가지로 야심이 있었고, 그것이 가족을 위한 길이라고 믿었다. 마사에가 죽은 뒤로는 참고서와 자료를 한 번도 펼쳐보지 않았다. 책꽂이에서 먼지만 뒤집어쓰고 있다.

"저는 논문이 형편없어요. 객관식 문제나 구술시험은 비교적 괜찮은데 문장을 쓰는 게 힘들어서요. 사실 수사 보고서도 쓰기 힘들어요."

논문시험에서 성공하는 요령은 두 가지다. 참고서의 정답을 통째로 외우든지, 상사에게 잘 보여서 점수를 후하게 받는 방법.

"열심히 해봐. 만약에 내 상사가 되면 너무 부려먹지는 말아줘."

"무슨 그런 말씀을."

쓰스에는 물에서 나온 세인트버나드처럼 고개를 세차게 저었지만 싫지만은 않은 표정으로 허공을 바라보았다. 고구레를 실컷 부려먹는 상상을 하는지도 모른다.

출세 경쟁은 사실 아주 단순한 게임이다. 어리석은 순위다툼. 자기보다 어린 사람에게 고개 숙이는 일을 두려워하지 않고, 조직 안의 서열 따위는 조직을 떠나는 순간 아무런 가치도 없다는 사실을 생각하면 간단하게 때려치울 수 있는 레이스다. 마사에를 잃고 나서야 비로소 고구레는 그런 생각을 하게 되었다. 하지만 그걸 알면서도 평생에 한 번뿐인 레이스를 그만두기는 두려웠다. 고구레도 자기가 그 레이스를 그만둔 것인지 아닌지조차 아직 알 수 없었다.

시부야역 남쪽 출구에 있는 아시아 뷔페 음식점으로 들어갔다. 여기도 나지마가 가르쳐준 가게였다. 파키스탄 스타일의 콩 카레를 먹고 있는데 나지마가 전화를 했다.

— 지금 아오타 구미 집입니다. 이리 오실 수 있겠어요?

"그래도 괜찮겠습니까?"

수사관들끼리는 자기 관할에 있어 매우 배타적이다. 같은 수사본부 소속이라고는 해도 고구레가 아오타 사건에 함부로 개입했다가는 나중에 귀찮은 일이 생길지 모른다.

— 예, 괜찮아요. 지금은 저 혼자 있어요. 고구레 선배도 이 방을 보는 게 좋을 것 같아서요. 피해자들의 공통점을 알아낼 수 있을지도 모르고요.

"공통점?"

— 예.

나지마는 기다리겠다면서 전화를 끊었다. 큰 그릇에 수북하게 담긴 춘권과 탄두리 치킨을 강아지처럼 열심히 먹고 있는 쓰스에를 보며 말했다.

"좀 가봐야 할 곳이 생겼어. 먼저 돌아가서 오늘 보고서 작성해."

"쓸 내용이 아무것도 없잖아요."

"그래도 어떻게든 써내는 것이 제대로 된 형사야. 논문 연습도 될 테고."

피해자의 집을 방문하는 일은 아무리 경험을 쌓아도 내키지 않는 일이다. 이미 장례를 치렀기 때문인지 아오타 구미의 어머니는 비교적 차분했지만, 다카하라 씨와는 달리 이 집은 아버지가 넋이 나갔다. 거실 소파에서 미니 닥스훈트를 무릎에 앉힌 채로 고개를 살짝 숙여 인사하는 그의 얼굴에는 표정이 전혀 없었다.

　나지마는 이미 피해자 방에서 큰 눈을 더 크게 뜨고 방을 구석구석 살피고 있었다. 이따금 시선을 멈추고 카메라 초점을 맞추듯 눈을 가늘게 떴다. 나지마는 무얼 확인하라는 걸까? 아오타 사건 수사팀의 지역 탐문수사 담당자가 이미 이 방을 뒤져 다카하라 미유키와 아오타 구미는 관계가 전혀 없다는 사실을 확인했다.

　"뭐가 나왔습니까?"

　패브릭 옷장을 살피는 나지마에게 물었다. 나지마는 옷걸이에 걸려 있던 옷을 손에 들고 물끄러미 들여다보았다.

　"피해자는 무척 개성이 강했던 모양입니다. 다른 아이들보다 어른스럽고 내성적이고요. 여느 때는 평범하지만 휴일이면 한껏 꾸미고 나갔던 모양이에요. 그것도 남에게 보이기 위해서가 아니라 자신이 즐겁기 위한 패션이죠."

　"그런 것까지 알 수 있나요?"

"짐작이긴 하지만요."

아오타 구미는 삼 남매 가운데 막내지만 두 오빠는 결혼과 직장 때문에 독립을 했다. 원래는 두 칸이었던 방을 하나로 튼 모양이었다. 여섯 평쯤 되는 넓은 방이었다. 아오타 구미가 죽은 뒤에도 방에 손을 대지 않았는지 주인이 있을 때의 모습을 그대로 간직하고 있었다. 후지무라 마리코의 쓰레기장 같은 방과는 비교할 수 없을 만큼 깔끔하게 정돈되어 있었다.

"강도범계에서는 어떤 일을 하셨나요?"

"주거 침입 강간사건 현장, 강도범 애인의 집, 마약 밀매자의 방, 여성 방을 수색할 때는 대개 불려 나갔죠. 남자 수사관들이 눈치채지 못하는 것을 찾습니다. 생리용품 안에 감추어둔 각성제를 찾아내기도 하고, 서랍 안에 있는 속옷을 보고 남자관계를 캐내기도 하고요."

고구레와 이야기하는 동안에도 나지마의 눈은 방 안을 이리저리 살폈다. 시선을 한 곳에 고정시키고 마치 잘못된 퍼즐의 답을 찾아내려는 듯이 뚫어지게 살핀 다음에 다른 쪽으로 눈길을 돌렸다. 그런 동작을 계속 반복했다.

"방은 정직하죠. 이렇게 보고 있으면 만난 적이 없는 사람이라도 대개는 어떤 사람인지 짐작이 갑니다. 무엇을 방에 두고 무엇을 장식하고 무엇을 감춰두는지 보면 그 사람이 살아온 인생, 앞으로 무엇을 하려고 했는지도 알게 되죠."

나지마는 책상 위에 있는, 앞부분에 가름끈이 끼워진 책을 펼치더니 살짝 화가 난 목소리로 말했다.

"범인에게도 보여주고 싶어요. 이 방 안에 들어찬 구미 학생의 일상이라거나 꿈과 미래를. 자신이 무엇을 앗아갔는지도 제대로 모르고 있을 테니까요."

"어떻게 해야 하나?"

"예?"

"아, 어디를 봐야 뭘 알게 되는지 몰라서요."

나지마가 고구레를 돌아보았다. 눈을 두 차례 깜빡이더니 잠시 생각에 잠겼다가 입을 열었다.

"전부요. 그냥 보는 겁니다. 머릿속을 깨끗하게 비우고, 스크린에 비추듯이."

고구레가 멍하니 서서 나지마가 한 것처럼 방 안을 훑어보았다.

나쓰미와 같은 나이의 여학생 방인데도 인형이나 자질구레한 물건들이 없이 심플했다. 약간 장식을 하기는 했지만 색조가 통일되어 있었다. 그러고 보니 책상에 가지런히 꽂힌 책이나 잡지는 분명 또래 소녀보다 어른들이 볼 만한 것들이었다. 흔한 유행을 따르는 것을 싫어하는 모습을 엿볼 수 있었다.

"어떻습니까?"

나지마가 물었다.

"음, 비슷하군요."

스스로 생각하기에도 뜻밖의 말이 입에서 튀어나왔다. 하지만 그게 이 방을 훑어본 첫인상이었다. 다카하라 미유키, 아오타 구미, 그리고 미유키의 친구인 후지무라 마리코. 가택 수색 전문가인 나지마를 따라 세 소녀의 방을 본 셈인데 어느 방이나 비슷했다. 구조나 가구, 인테리어는 제각각이지만 왠지 모양만 바꾼, 같은 방을 보는 듯한 기시감이 들었다. 또래 소녀들의 방이 지닌 독특한 분위기 때문일까? 아니, 그뿐만이 아니다. 뭘까?

"예, 똑같죠."

나지마는 고구레가 이미 눈치를 챘다고 굳게 믿는 듯했다. 하지만 고구레는 무엇이 똑같은지는 아직 알지 못했다. 그냥 비슷하다는 느낌이 들 뿐이었다.

"똑같다고요?"

"냄새가."

콧구멍을 크게 하고 냄새를 맡았다. 과연. 비슷하다고 느낀 것은 눈으로 보이는 부분들만은 아니리라. 그러고 보니 방 안에서 희미하게 풍기는 화장품 냄새를 전에도 맡아본 느낌이 들었다.

군이 따지자면 남성적으로까지 보이는 분위기의 방 한구석에 어울리지 않을 만큼 커다란 거울이 있었다. 그 옆에는 재봉틀을 얹은 작은 테이블과 화장품을 넣어놓은 바퀴가 달린 랙이 있었다. 나지마가 화장품 병 하나를 손에 들었다.

"향수예요. 다카하라와 후지무라 방에도 분명히 똑같은 것이 있었죠."

옅은 핑크색에 작고 네모난 병이었다. 위의 테두리가 패드를 넣은 어깨처럼 각이 져 있었다. 뚜껑을 열어 두 사람이 번갈아 냄새를 맡았다. 나지마는 고개를 크게 끄덕였다. 고구레는 오히려 자신이 없어졌다. 향수 냄새의 차이 같은 것은 잘 모르겠다.

"요즘 유행하는 건가요?"

"아뇨. 유명한 브랜드라면 저도 특별히 신경을 쓰지 않았을 텐데 처음 보는 것이라 마음에 좀 걸려서요."

병 한가운데 멋진 글씨체의 로고 마크가 보였다.

'MURIEL'

어떻게 읽어야 하는 걸까? 뮤리엘?

"아, 파는 가게가 한정되어 있다면 두 사람의 활동 범위를 좁힐 수 있을지도 모르겠군요. 이런 건 미용실 같은 데서도 팔지 않나요?"

전에 나쓰미가 자주 가는 미용실에서 샴푸를 사 왔던 적이 있다. 전문가용인데 머리숱이 많아지는 효과가 있다는 이야기를 듣고 자기도 몰래 몇 차례 써 보았다. 하지만 효과는 전혀 없었다.

"그 미용사 때문에 그렇게 생각하신 건가요?"

나지마가 의미심장하게 웃었다.

"예, 오늘 이노우에가 전에 근무한 시부야 미용실에 들렀습니다. 고객 명단에는 다카하라 미유키가 없었지만 고객에게 감사 편지를 보낼 때나 쓰는 명단이라 그리 완벽하게 관리되는 것 같지는 않더군요."

고구레는 그렇게 말하고도 스스로 좋은 점에 주목했다는 생각이 들었다.

"헤어 제품은 팔겠지만 아마 향수는 없을 거예요."

나지마가 바로 대꾸했다.

"아, 그래요?"

향수. 두 명의 여고생. 미용사.

아오타 씨 집을 나와 역으로 걸으며 고구레는 그 세 가지를 연결하는 접점을 생각해보았다. 하지만 모르겠다. 세 가지 모두 자신이 모르는 세계다. 가능성이 가장 큰 것은 '단순한 우연'. 애당초 접점 같은 것은 없고, 다카하라 미유키를 우연히 마주쳐 범행을 저질렀을 것으로 보는 편이 타당할지도 모른다.

하지만 수사본부의 부속품 하나에 지나지 않는 관할 경찰서의 일개 순사부장인 나에게 추리란 쓸모가 없다. 만약 범인을 찾는 일이 사과 과수원에서 딱 하나뿐인 벌레 먹은 사과를 찾아내는 일이라면, 내가 해야 할 일은 나무에 매달린 사과 가운데 벌레 먹은 사과를 찾는 일이 아니라 땅바닥에 엎드려 사과를 골라내는 일이다. 사육한 가마우지처럼 아무 생각 없이 증거를 물어야 한다. 아무리 하찮은 사실이라도 잡히면 샅샅이 파악해야 한다. 다카하라 씨 집에 다시 들러 향수를 어디서 샀는지 파악할 필요가 있을 것 같았다.

옆에서 걷는 나지마도 내내 무언가 생각하는 모습이었다. 아오타 씨 집을 나온 뒤로 아직 한마디도 말을 나누지 않았다는 사실을 깨달았다. 나지마에게 말을 붙였다.

"코가 좋군요."

갑작스럽게 물어서 제대로 못 알아들은 걸까? 나지마가 무슨 말이냐는 표정을 지었다. 고구레가 검지로 오뚝 솟은 나지마의 코를 가리키자 그제야 무슨 뜻인지 이해한 모양이었다. 살짝 뻐기는 듯한 표정을 짓더니 고양이가 냄새를 맡을 때처럼 콧등에 잔주름을 잡았다.

"점심 때 지난번에 갔던 그 레스토랑에서 식사하셨군요. 옷에서 카레 냄새가 나네요."

"하, 정답입니다."

고구레는 밤 10시가 되기 조금 전에 메구로경찰서를 나왔다. 날짜가 바뀌기 전에 집에 들어가는 게 며칠 만인가. 오늘로 수사 1기가 끝났다.

특별수사본부가 설치된 경우 수사 일정은 20일을 한 단위로 잡는다. 사건이 발생한 뒤로 20일까지가 '1기'. 말하자면 이 기간 안에 사건을 조기 해결하자는 이야기다. 내일부터는 2기. 지구전이 시작된다.

1기가 끝나면 경찰서에서 머물던 수사관들도 대개 집으로 돌아간다. 세탁물을 넣은 가방을 품에 안고 술 한잔하자고 권하는 동료들의 권유를 뿌리치며 고구레는 스쿠터에 올라탔다. 오늘은 나쓰미가 집에 있을 것이다.

아오타 구미가 살해당한 뒤 나쓰미는 계속 우울해했다. 어쩌다 얼굴을 보면 이런저런 말을 걸어보았지만 마음이 늘 다른 곳에 가 있는 듯했다. 서툰 위로의 말은 오히려 역효과가 날 것 같아 가만히 내버려두었다. 하지만 이제는 괜찮지 않을까. 한번 제대로 이야기를 해야 한다.

나쓰미의 방문을 노크했다. 대꾸가 없다.

"들어갈게."

나쓰미는 침대에 드러누워 천장을 보고 있었다. 헤드폰을 끼고 있어서 노크 소리를 듣지 못한 모양이다. 손에 든 농구공을 던져 올렸다가 받고, 다시 던져 올리고 있었다. 넋이

나간 사람처럼 그 동작만 반복하고 있었다.

"밥은 먹었어?"

"응."

오랜만에 들어온 딸의 방은 분위기가 약간 바뀐 것 같았다. 방 안이 무척 허전하게 느껴졌다. 벽 때문이라는 사실을 바로 알아차렸다. 나쓰미는 벽 한쪽 면을 앨범 대신 사용했다. 그곳에 마음에 드는 스냅 사진들을 붙여놨었다. 그런데 그 사진이 여러 장 없어졌다. 아오타 구미가 찍혀 있는 사진을 떼어냈으리라. 이야기할까 말까 고민하다가 결국 꺼내기로 했다.

"오늘 아오타 학생 집에 다녀왔다."

나쓰미가 순간 놀란 표정으로 고구레를 바라보았다. 하지만 바로 시선을 천장으로 되돌렸다. 공이 천장에 닿아 튀더니 바닥에 떨어졌다. 방 안에서 먼지가 일었다. 여느 때 같으면 잔소리를 했겠지만 말없이 공을 주워 딸에게 건넸다.

그때 발견했다. 책상 앞 코르크 보드에 사진이 여러 장 붙어 있었다. 가까이 가서 확인하지 않더라도 누가 찍혀 있는지 알 수 있었다. 나쓰미는 친구의 죽음이 괴로워 잊으려 했던 것이 아니다. 잊으려고 하는 자신을 용서할 수가 없어서 이러는 것이 틀림없었다.

"향을 올리고 왔어."

"구미 아빠, 제정신이 아니시지?"

나쓰미가 뜻밖에 차분한 목소리로 말했다.

"그래."

아오타 구미의 아버지는 고구레와 나지마가 집 밖으로 나갈 때까지 한마디도 하지 않고, 처음 보았을 때와 똑같은 자세로 앉아 있었다.

"장례식 때도 그랬어. 오빠들이랑 나이 차이가 꽤 나는 막내딸이라 구미는 귀여움을 많이 받았대. 중학교 2학년 때까지 아빠가 직접 머리를 묶어줄 만큼 말이야. 좀 귀찮을 정도로 귀여워하셨대."

살인사건은 범행 대상만 죽이는 범죄가 아니다. 피해자의 가족과 주변 사람들도 조금씩 죽어버린다. 그리고 체포된 범인 자신의 주위 사람들까지도.

"넌 어때? 괜찮아?"

"응."

나쓰미가 비로소 살짝 웃는 표정을 지었다.

"난 괜찮아. 슬퍼서가 아니라 화가 나서 그래. 범인을 찾아 실컷 패주고 싶어."

"그건 경찰에 맡겨라."

나쓰미가 곁눈질로 고구레를 흘끗 쳐다보았다. 아직 범인도 잡지 못한 주제에, 라고 하는 듯한 표정이다.

"어째서······ 어째서 죽인 걸까? 구미가 무슨 잘못이 있다고. 구미는 하고 싶은 게 참 많았는데······."

나쓰미가 혼잣말처럼 중얼거렸다. 애써 차분하게 말하려는 투였다. 이럴 때는 뭐라고 대답해야 좋은 걸까.

"몰라. 경찰도 모르지. 이유를 전혀 모르겠어, 요즘······."

'살인은'이라고 말하려다가 고구레는 말을 삼켰다. 다른 표현을 찾으려 했는데 머릿속 깊은 곳까지 경찰 근성에 물이 든 머리로는 다른 표현을 떠올릴 수 없었다.

"이유가 있으면 괜찮은 거야?"

쏘아보는 나쓰미의 시선을 피하듯 시계를 바라보았다. 10시 반. 평소에 비하면 초저녁이나 마찬가지다.

"아래 내려가서 차라도 마실래?"

나쓰미는 말없이 고개를 저었다. 고구레가 방을 막 나가려 하자, 불러 세우듯이 입을 열었다.

"지난번에 경찰이 학교에 왔어. 아빠를 안다고 하더라. 이렇게 생긴 사람이."

나쓰미는 입가 양쪽에 잔뜩 힘을 주어 아래로 늘어뜨리고 턱을 당겨 얼굴 아래쪽이 불룩하게 튀어나오게 했다.

"아, 마쓰자키."

"아빠 칭찬을 많이 했어. 왜 지역 경찰서로 옮겼는지 아깝다면서."

고구레는 얼른 화제를 돌렸다.

"무슨 이야기 했어?"

"여러 가지, 구미에 대해. 이상한 친구들이나 남자관계 같은 걸 물었어."

나쓰미는 다시 마쓰자키의 얼굴을 흉내 내며 화난 목소리로 말했다.

"짜증 났어. 구미는 평범한 애야. 옷을 좀 화려하게 입기는 해도."

"화려했다고?"

그러고 보니 나지마도 그런 말을 했다. 하지만 피해자의 사진과 점심때 본 방으로는 화려한 모습이 머릿속에 그려지지 않았다. 아오타 구미는 갸름한 얼굴에 이목구비도 가지런했지만, 수사 자료용 사진이나 나쓰미가 가지고 있는 스냅사진을 봤을 땐 특별히 눈길을 끄는 타입으로는 보이지 않았다. 그리고 얼굴이 동그란 편인 다카하라 미유키와 비교하면 인상이 무척 달랐다.

"응. 평소엔 평범했어. 하지만 노는 날에는 꽤 화려하게 입었어. 그렇다고 함부로 노는 애는 아니야. 그런 애들과 어울리지도 않았고. 그런 옷은 모두 직접 만들었어. 나중에 패션 디자이너가 되고 싶다고 했거든. 자기 패션을 밖에서 실험해본 거야. 액세서리도 굉장히 세심하게 신경 썼어."

고구레는 구미의 방에 있던 향수를 떠올렸다. 그러고 보니 나쓰미도 향수를 쓴다고 했는데, 어떤 냄새였더라? 코를 킁킁거리며 냄새를 맡아보았지만, 방향제 냄새만 났다.

"그럼 화장품도 신경을 썼을까?"

"화장품?"

"응, 예를 들면 향수라거나."

나쓰미는 이상한 걸 묻는다는 표정을 지었지만 바로 고구레가 하는 일과 관계된 질문이라는 사실을 눈치챈 모양이었다. 천장을 뚫어지게 바라보고 조금씩 기억을 떠올리듯 이야기를 시작했다.

"향수…… 그러고 보니 전에는 안 그랬는데 어느 날부터 갑자기 뿌리기 시작했어. 두 달 됐나? 좋은 향수가 있으니 한번 써보라며 애들에게 선물했는데……. 그래서 나도 하나 받았어."

"받았어?"

"응, 난 향수를 돈까지 주고 사지는 않으니까."

"그런 건 비싸지 않아?"

"사실 이건 비밀인데, 새로 나올 향수의 모니터 일을 하고 있다고 했어. 그래서 싸게 구하지 않았을까? 공짜로 받기는 미안해서 패밀리 레스토랑에서 내가 밥을 한 번 샀어."

"모니터가 뭐야?"

나쓰미가 어이없다는 표정을 지었다.

"테스트하는 사람."

"좀 자세하게 설명해줘."

"신제품을 쓰고 느낌을 기록하거나, 그걸 다른 사람에게 권하는 일이야. 구미는 그 향수 회사인가 어딘가에서 모집한 모니터 아르바이트를 했어."

전에도 같은 대화를 나눈 느낌이 들었다. 바로 생각났다. 그 파란 콘택트렌즈 소녀의 이야기였다. '지금 뿌린 향수, 뮤뮤가 준 거야. 무슨 세일즈하는 언니처럼 이야기하면서 줬어.'

"그 향수, 지금도 가지고 있어?"

"응, 세면실에 있는 화장대 서랍 안에 있을걸. 난 어차피 이제 뿌리지 않으니까. 부적이라더니, 역시 다 거짓말이었는걸."

"부적?"

"왜 전에 이야기했던 그 레인맨, 그 향수를 뿌리면 괜찮다고 그랬거든. 순 거짓말…… 구미는 그 향수 뿌렸는데……."

나쓰미는 껴안고 있던 무릎 사이로 얼굴을 파묻었다. 요 몇 해 사이에 키가 꽤 컸을 텐데도 웅크린 등이 어렸을 때와 마찬가지로 작아 보였다. 고구레는 그 등을 바라보며 말했다.

"아래 내려가자. 차를 끓일 테니까. 녹차 좋아? 아니면 홍차를 끓일까?"

"……뒤따라 내려갈게."

나쓰미가 얼굴을 파묻은 채로 대답했다.

홍차는 나쓰미만 마시기 때문에 티백을 찾느라 애를 먹었다. 레몬을 썰고, 컵에 끓는 물을 따른 뒤 세면실로 갔다.

세면실 화장대 서랍을 열었다. 두 개가 나란히 붙은 수납장 가운데 아래쪽을 나쓰미가 쓴다. 화장수나 헤어무스 용기 뒤에 눈에 익은 병이 놓여 있었다.

반투명한 핑크색. 흰 글씨로 찍힌 MURIEL이란 로고.

컵에서 티백을 꺼내며 고구레는 휴대폰을 들었다. 두 사건이 연결되기 시작했다. 가느다랗고, 딱 하나뿐인 끈이지만 처음으로 접점이 보이기 시작한 셈이다. 나지마가 아직 경찰서에 있을 것이다.

13

교바시京橋에 있는 도쿄에이전시의 본사 빌딩 뒤편 큰길에서 한 블록 들어간 뒷골목 메밀국수집. 니시자키는 벽에 걸린 텔레비전을 벌써 30분째 바라보고 있었다. 식사는 이미 끝나 그릇도 치웠다. 점심시간이 지나서 가게에 다른 손님은 없었다. 무뚝뚝한 여자 종업원이 컵에 물을 따라 그만 나가라는 듯이 니시자키 앞에 거칠게 내려놓았다.

이럴 때 담배라도 피우면 조금은 덜 거북할 테지만 안타깝게도 니시자키는 담배를 피우지 않는다. 마시고 싶은 생각도 없는 물을 한 모금 마시고 다시 텔레비전 화면을 쳐다보았다. 주부 대상 와이드쇼. 선정적인 서브 타이틀과 함께 메구로 여고생 연속살인 사건을 보도하고 있다.

화면이 유난히 검다. 장례식장을 메운 상복 행렬을 보여주고 있기 때문이었다. 새 희생자인 아오타 구미의 영결식 생중계. 뉴스쇼가 살인사건을 보도할 때면 늘 그렇듯, 경적을 울린 뒤 출발하는 영구차가 크게 비치더니 화려하게 화장한 여성 리포터가 침통한 목소리로 말했다.

"구미 양은 테니스부에 소속된 스포츠우먼. 올봄 신인전을 목표로 열심히 연습하고 있었답니다. 중학교 졸업 문집에는 장차 패션 관련 직업을 갖고 싶다고 적었습니다. 하지만 그런 구미 양의 꿈은 소녀의 목숨과 함께 무참하게 깨지고 말았습니다……."

조금 전까지는 시체 유기 현장과 자택 영상을 보여주었다. 여러 장의 정지 화면을 써서 피해자가 행방불명되어 시체로 발견되기까지의 경위, 경찰 수사상황 등을 해설했다.

아오타 구미는 토요일 오후, 친구 집에 놀러 간다고 한 뒤로 소식이 끊어졌다. 그날 간호사로 일하는 아오타 구미의 어머니는 야근이라 일요일 아침 이른 시간에 잠자리에 들었기 때문에 딸이 귀가하지 않았다는 사실을 알게 된 것은 늦은 밤이었다고 한다. 아오타 구미의 아버지는 토요일 밤에는 귀가가 늦었고, 일요일에도 이른 아침부터 골프를 하러 나갔다. 그래서 딸이 집에 없다는 사실을 전혀 몰랐던 모양이다.

"피해자를 스토킹했던 28세 남성이 사건에 관여한 것이 아닌가 하는 정보도 있습니다만 현재 경찰은 용의자에 관한 공식 발표를 하지 않고 있습니다."

리포터가 경찰을 힐책하듯 말했다.

게스트로 나온 여성 평론가는 지난번 사건에서는 고등학생인 딸이 외박하는데도 부모가 전혀 신경을 쓰지 않았다는 점, 이번 경우에는 딸이 집에 없는데도 부모가 꼬박 하루 동안 눈치채지 못했다는 점을 지적하며 현대의 공허한 가족관계와 가정교육 방식에 대해 한탄했다. 게스트로 나온 어느 변호사는 앞으로도 새로운 피해자가 나올 가능성이 있는데 범인에 관한 정보나 범죄 수법에 관해 정보를 공개하려 들지 않는 경찰의 비밀주의가 시민을 위험과 불안으로 몰아넣고 있다며 분개했다.

화면이 다시 바뀌었다. 어두운 배경을 바탕으로 흰 글자가 비쳤다.

'이유 없는 살의. 쾌락살인의 공포'

제목이 사라지더니 무슨 연구실 같은 서가와 그 앞에 앉은 학자 스타일의 남자가 나타났다. 정신신경과 의사라는 자막이 나왔다.

"우리나라의 살인사건 발생 건수는 장기적으로 보면 줄어드는 추세지만, 원한이나 강도가 목적이 아닌 살인과 합리적인 이유가 없는, 이른바 쾌락살인이라고 불리는 사건은 증가하는 경향을 보인다고 할 수 있습니다. 지금까지는 미국에서 쾌락살인이 많이 일어났지만……."

텔레비전 소리가 잘 들리지 않았다. 종업원이 점심 영업을 마무리하려고 문을 열자 바깥 소음이 가게 안까지 들려왔기 때문이다.

"이번처럼 어떤 욕망이나 의도를 가지고 시체를 훼손하는 행위는 전형적인 쾌락살인의 유형 가운데 하나라고 할 수 있습니다. 쾌락살인은 크게 세 가지 유형으로 나눌 수 있습니다. 하나는 '무질서형 살인자'. 인격적으로는 사회나 인간관계에 적응하지 못하고 다른 사람으로부터 고립되어 소외감을 강하게 느끼는 인물입니다. 범행은 늘 충동적이며 행동 범위가 좁고, 자기 집 주변에서 범죄를 저지르는 경우가 많습니다. 범죄 은폐는 그다지 신경을 쓰지 않습니다. 과거 일본에서 이목을 집중시킨 쾌락살인자에서 종종 보이던 타입입니다."

시계는 2시 반을 가리키고 있었다. 약속 시각까지는 아직 약간 여유가 있다. 니시자키는 다시 컵을 들어 물을 한 모금 마셨다. 종업원이 선하품을 하며 니시자키에게 짜증스럽다는 시선을 보냈다.

"또 한 가지 유형은 '질서형 살인자'입니다. 미국과 유럽에서 드물지 않게 볼 수 있는 타입이죠. 지능이 높고 사회성을 갖추고 있으며 번듯한 직장을 지닌 경우가 많아 일상생활에서는 나름대로 사회적인 지위를 차지하며 가정생활을 꾸리는 경우도 적지 않습니다. 말하자면 어디서나 볼 수 있을 만큼 평범한 사람입니다. 바로 여러분 곁에 있는 지극히 평범한 사람이 질서형 살인자일 수도 있다는 이야기입니다."

무심코 주위를 둘러보았다. 아무도 없다는 사실을 깨닫고 쓴웃음을 지었다. 높은 지능과 사회성. 몇몇 아는 사람의 얼굴이 머릿속을 스쳐갔다. 후보는 얼마든지 있다. 누구여도 이상할 게 없다는 기분이 들었다.

"범행은 계획적이며 증거 은폐도 주도면밀하게 합니다. 반면 종종 시체를 일부러 쉽게 발견할 수 있는 곳에 버리는 행동을 합니다. 이는 질서형 살인자가 자의식 과잉과 강한 권력욕, 자기 과시를 즐기기 때문입니다. 그들은 프라이드가 매우 높죠."

도수가 아주 높은 안경을 낀, 곤충처럼 생긴 학자가 말을 이었다. 니시자키는 점점 초조해졌다. 이런 소리를 듣기 위해 물만 마시며 버티고 있는 것이 아니다.

"또한 질서형 살인자는 감정의 기복이 심하고, 자기가 저지른 범죄를 충분히 인식할 수 있는 지성을 지니고 있어서 시체를 유기할 때는 본인이 깨닫지 못하는 상태에서 누군가가 다음 범행을 막아주기를 바라거나 자기를 체포해주기를 원하는 심리가 작용하는 경우도 있습니다."

저 녀석은 틀렸다. 니시자키는 그렇게 생각했다. 그럴듯한 소리를 주절거리지만 실제로는 아무것도 모른다. 체포되기를 바라는 인간이라면 왜 지금까지 잡히지 않는 거지? 이번 사건은 그렇게 단순한 것이 아니다.

초조한 까닭은 사키 때문인지도 모른다. 요즘 사키와 사이가 별로 좋지 않다.

"유즈삐, 요즘 나한테 아무 관심도 없지?"

어제도 퇴근해서 바로 아무 말 없이 냉장고에서 콜라를 꺼내는 니시자키에게 사키가 따지는 듯한 눈빛을 보냈다. 실제로 요즘 사키와 별로 대화가 없었다. 솔직히 그럴 만한 상태가 아니었다.

"다른 여자 생겼어? 바람피우는 거지? 날 버릴 거야?"

니시자키도 하고 싶은 말은 있다. 하지만 입을 다물었다. 냉장고에서 악취가 났다. 사키가 또 음식물을 썩힌 것이다.

"다 알아. 그래, 어차피 휴대폰으로 같이 잘 여자를 찾으려고 했던 사람이니까."

자기도 그런 사이트에서 성매매 같은 짓을 하려고 했던 주제에. 니시자키는 냉장고 문을 거칠게 닫고 혼자 침실로 들어가버렸다.

사키에게는 수수께끼가 너무 많다. 니시자키와 만나기 전에는 무엇을 했을까. 왜 휴대폰에 이상한 메일이 잔뜩 오는 걸까. 니시자키는 전혀 모른다. 사키라는 이름은 본명인지, 진짜 나이가 열일곱 살인지 아무것도 모른다. 사키는 그런 이야기를 전혀 하지 않는다. 한번은 사키가 다닌다는 전문학교에 전화를 걸어본 적이 있다. 전화를 받은 사람은 그 학교의 채무 처리를 맡은 사람이고, 학교는 벌써 여러 달 전에 문을 닫았다고 했다. 학교에 다닌다는 건 얼토당토않은 거짓말이었다. 사이가 불편해진 까닭은 아마 상대에 대해 아는 것이 너무 없기 때문이리라.

"드물게 양쪽 유형을 함께 갖춘 형태도 보입니다. 혼합형이라고나 할까요."

화면이 갑자기 서스펜스 드라마의 한 장면으로 바뀌었다. 리모컨을 손에 든 종업원이 다른 곳을 바라보고 있다. 니시자키는 남은 물을 다 들이켰다. 하지만 종업원은 물을 더 주지 않았다.

투톤 컬러로 꾸민 로비로 들어가 오른쪽에서 전화기를 들고 안내 내선 번호인 01을 눌렀다. 컴사이트를 방문하는 것은 3주 만이다. 현재 함께 진행하는 패스트푸드 체인의 캠페인 기획은 클라이언트에게 호평을 받았다. 오늘은 그 보고와 함께 상세한 마무리 논의를 하기로 했다. 가토는 다른 클라이언트의 업무 때문에 출장 중이라 협의는 니시자키가 혼자 진행하게 되었다.

우윳빛 유리창을 마주 보는 자리에서 쓰에무라를 기다리며 니시자키는 가방에서 꺼낸 서류와 다이어리를 별 의미도 없이 만지작거리거나 느슨하지도 않은 넥타이를 몇 차례나 매만졌다. 손바닥에 땀이 나는 걸 깨닫고 손수건으로 닦았다.

혼자 쓰에무라를 만나는 건 처음이다. 하지만 여느 때보다 더 긴장한 까닭은 그 때문만은 아니었다. 어쨌든 그 뒤, 그 사건 뒤로 처음 쓰에무라를 만나는 자리다.

늘 그러듯 쓰에무라는 약속보다 10분쯤 늦게 회의실에

나타났다.

"기다리게 해서 미안합니다. 오랜만이네요, 니시자키 씨."

역시 아소도 함께 나왔지만, 그는 여전히 그림자처럼 존재감이 없었다. 마치 쓰에무라와 단둘이 있는 듯해 숨이 막혔다.

"가토 씨는? 아, 해외 출장이라고 하셨죠?"

"예, 어제 괌으로 출발했습니다."

"가토 씨도 바쁘군요."

해외 출장이지만 놀러 간 거나 마찬가지라고 대꾸하고 싶었다. 특별히 할 일도 없는데 CM 로케이션하는 곳에 데려가달라고 조르는 클라이언트를 수행하러 간 것이다. 니시자키는 쓰에무라의 시선을 뿌리치듯 서류를 들여다보며 애써 사무적인 말투로 입을 열었다.

"바로 용건으로 들어가죠. 헤븐스 카페의 프로그램 제휴에 관해 클라이언트 쪽의 대략적인 허가를 받았습니다. 예산도 문제없습니다."

이번 패스트푸드 체인의 신규 진입 캠페인도 쓰에무라의 뜻대로 진행되고 있었다. 연말부터 방송될 20대 시청자 층을 공략할 드라마 시리즈의 스폰서 가운데 하나가 되었고 CM은 전혀 내보내지 않는다. 돈은 모두 제작 협조비로 제공하고 그 대신 드라마의 중요한 무대가 될 주인공들의 단골 가게로 클라이언트의 도쿄 1호점을 등장시킬 예정이다. 매회 한 번은 반드시 가게 장면이 등장하고, 체인점 네온사인을 크게 보여주는 클로즈업 커트를 넣기로 약속이 되었다. 쓰에무라는 영상 사이사이 몇 분의 1초 길이로 상품 사진이 들어가는 서브리미널 영상 제작도 요구했는데 이것은 거부당했다.

네거티브한 소문으로 라이벌 회사를 공격한다는 제안도 클라이언트는 표면적으로 찬성하지 않았다. 그렇지만 자기들에게 비난의 화살이 쏟아지지 않는다는 보장만 있다면 해보고 싶어 견딜 수 없다는 반응을 보였다.

클라이언트 앞에서 프레젠테이션을 하던 가토가 아주 진지한 표정으로 '투구벌레의 애벌레가 든 버거' 이야기를 시작할 때 니시자키는 속으로 비웃었지만, 놀랍게도 웃기는커녕 감탄해서 고개를 끄덕이는 이까지 있었다. 어떤 회사의 경영진이든 같은 업종 타사에 대해 어느 정도 잠재적인 증오를 품고 있는 모양이다. 쓰에무라의 계략에 새삼 혀를 내둘렀다. 쓰에무라가 다른 회사를 공격적으로 공략하는 작업에 자신만만했던 까닭은 소비자보다 먼저 클라이언트의 마음을 사로잡을 줄 알기 때문이었다.

"경쟁사에 대한 네거티브 어프로치 제안에 찬반양론이 있었지만, 결국 클라이언트 최고 결정권자 판단에 따라 세

부적인 방법에 관해서는 우리에게 일임한다고…….”

“요컨대 모르는 척할 테니까 해달라는 거로군요.”

쓰에무라가 말했다. 오늘은 상복처럼 어두운 색 정장 차림. 여느 때와 마찬가지로 재기 넘치며 천진난만하고, 그리고 요염했다. 니시자키의 말에 적당히 맞장구치고, 자세히 들으려는 듯이 몸을 앞으로 내밀며 짓는 표정에도 특별히 달라진 모습은 없었다.

사무적인 경과보고를 하면서도 니시자키는 그 이야기를 꺼낼지 말지 내내 고민했다. 아무 말도 하지 않는 것은 자연스럽지 않다는 생각이 들었다. 쓰에무라와 둘이서, 아니 아소를 포함해 셋이서 열심히 회의하는 연극을 하는 듯한 기분마저 들었다.

가토가 없으니 중요한 이야기를 진행할 수는 없고, 상대방도 그럴 마음이 없는 듯했다. 필요한 사항을 전달하고 두세 가지 간단한 의견조정을 하니 볼일은 다 마쳤다. 느릿느릿 서류를 정리하면서도 니시자키는 계속 망설였다. 마침내 쓰에무라가 일어서서 나가려 했을 때에야 겨우 마음을 굳혔다. 혀로 입술을 적시고 힘겹게 입을 열었다.

“저어, 그런데, 그 사건 말입니다…….”

쓰에무라가 입가에 웃음을 지었다. 무슨 말씀인지 모르겠네요, 눈으로 이렇게 말했다.

"아시죠? 메구로구에서 일어난 사건. 여고생 연속살인 사건."

쓰에무라의 얼굴을 똑바로 바라보며 말했다. 스스로 생각하기에도 의외일 만큼 강한 말투였다.

"아, 예. 뉴스 봤어요."

쓰에무라는 앞머리를 쓸어 올리며 곤혹스러운 표정을 지었다.

"그게 왜요?"

힘겹게 이야기를 꺼낸 니시자키가 맥이 팍 빠질 만큼 태연스러운 말투였다. 만약 연기라면 배우 못지않다.

"눈치채지 못하셨나요? 그 사건이……."

저도 모르게 우물거리다가 말을 이었다.

"그 사건 수법이 지난번 모니터 모임에서 이야기한 내용과 무척 비슷하더군요."

쓰에무라와 아소가 순간적으로 서로 눈빛을 나누는 느낌이 들었다. 쓰에무라 대신 아소가 대답했다.

"뮈리엘 모니터 모임 말씀인가요?"

놀란 눈치는 아니었다. 니시자키가 무슨 이야기를 하려고 했는지 처음부터 알고 있던 것 같은 냉정한 말투였다. 이 남자는 원래 감정 기복이 없는지, 아니면 숨기고 있는지 몰라도 지금 무슨 생각을 하는지 표정에서 읽어내기는 어려웠다.

"예, 그렇습니다. 그 레인맨 이야기와 너무 비슷해서요. 아니, 완전히 똑같습니다."

약간 망설이다가 나머지 말을 한꺼번에 토해냈다.

"누군가 소문을 모방한 겁니다."

'누군가'라고 말할 때는 심장이 밖으로 튀어나올 것만 같았다. 마음의 동요가 표정에 드러나지 않을까 싶어, 슬쩍 두 사람의 얼굴을 살폈다.

"그렇게 비슷한가?"

이번에는 고개를 돌려 아소의 얼굴을 바라보며 쓰에무라가 천천히 물었다.

"모방인지 뭔지는 몰라도 만약 그렇다면 무서운걸? 정말 무서운 일이야."

쓰에무라가 미간을 찡그렸다.

"우리 캠페인 효과가 이런 형태로 나타나다니, 역시 입소문은 무서워. WOM의 영향력이 얼마나 큰지 새삼 실감했어."

니시자키는 초조해졌다. 연속살인인데, 두 명이나 살해당했는데 이런 반응뿐이라니. 이상하지 않은가. 나는 구할 수 있는 모든 신문과 잡지 기사를 읽고 모든 뉴스에 귀를 기울이며 죽은 두 소녀에 대한 정보는 아무리 사소한 내용이라도 빠뜨리지 않고 수집하고 있는데.

"그런데, 그게 왜요?"

쓰에무라가 니시자키의 얼굴을 들여다보았다.

"그게 무슨 문제가 되나요?"

"아뇨, 저희 책임일지도 모른다는 생각이……."

"엥? 뭐라고요?"

쓰에무라가 어린 여자애 같은 목소리로 물었다. 이런 이야기를 하는 니시자키가 이해가 안 된다는 듯이 미소를 지었다.

"우리가 그런 것까지 책임을 질 수는 없죠. WOM은 한번 흘러나가면 처음 퍼뜨린 우리도 통제할 수 없으니까요. 그게 입소문 전략의 장점이자 단점이에요. 그래서 예상하지 못했던 효과를 낳는 거죠. 아시잖아요?"

"압니다. 하지만 그때 퍼뜨린 소문이 두 사람을…… 그런 생각을 하면……."

쓰에무라가 니시자키의 얼굴을 뚫어지게 쳐다보았다. 그 시선을 견딜 수가 없어 고개를 돌렸다.

"니시자키 씨는 정의로운 남자로군요. 멋져요. 저도 그런 사람 싫어하지는 않아요."

진심이라고 여겨지는 말투로 그렇게 말하더니 어깨를 으쓱해 보였다.

"하지만 그 발상은 너무 순진하지 않아요? 마치 와이드쇼 해설자처럼 바보 같군요. 이렇게 생각해봐요. 우리가 칼을 파는 사람들이라고. 분명히 칼은 팔았어요. 하지만 누군가 그걸로 사람을 죽일 거라고는 생각하지 않잖아요? 안 그래요? 만약에 그 칼을 이용한 살인사건이 일어났다고 해도 칼을 판 사람을 누가 비난할 수 있죠? 그걸 흉기로 만든 사람이 문제죠. 칼을 사람 죽이는 도구라고 생각하는 사고방식이 문제죠."

뭐라고 말을 하려고 했지만 입 밖으로 나오지 않았다.

"영화나 소설, 드라마에도 사람 죽이는 장면은 아주 많이 나오죠. 분명히 그걸 보고 살인을 저지르는 사람도 있을 겁니다. 하지만 그런 영상물이나 책은 많은 사람이 원하기 때문에 상품으로 나온 거예요. 사람의 욕망이 앞서기 마련이에요. 책임져야 할 것은 각자의 머릿속에 있지 않나요."

옳은 논리인지 아닌지 알 수가 없다. 논리적인지 어떤지도 모르겠다. 하지만 쓰에무라의 가지런한 입술 사이에서 나오는 말은 왠지 다 맞는 소리 같다.

"…… 아, 살인사건이라서 제가 너무 예민하게 생각했는지도 모르겠습니다."

니시자키는 그렇게만 말했다. 하지만 쓰에무라의 말은 길어졌다.

"살인사건이라고 하니까 사람들이 과민 반응하는 거예요. 물론 그 사건은 잔인하죠. 하지만 사람이 죽는다는 건 다 잔인한 일이죠. 다들 죽고 싶지 않은데 살해당하는 거잖아요? 병균에 살해당하는 사람도 있고, 사고 때문에 살해당하는 사람도 있어요. 자기 자신을 스스로 살해하는 사람도 있고, 형편이 안 된다고 태어나지도 않은 아기를 살해하는 사람도 있어요."

여느 때처럼 당당한 말투였지만 전에 없이 집요했다.

"사람들은 지금 이 사회가 사람이 사람을 아주 쉽게 죽이는 시대, 생명에 대한 존엄을 잊은 시대라고 이야기하죠. 하지만 사람들은 생명의 존엄성을 이미 오래전에 잊었어요. 사람을 죽여본 사람이 너무 많아요. 전쟁터에 나갔던 노인에게 물어보면 알 수 있을 거예요. 산부인과 의사에게 물어봐도 되고. 왜 사람이 사람을 죽여야 하는지, 제대로 대답할 수 있는 사람은 아무도 없어요."

아주 잠깐이었지만 쓰에무라의 눈에 강렬한 빛이 스쳐갔다. 그러나 니시자키는 그 빛을 들여다보고 확인할 용기가 없었다. 그 이야기를 한다면 쓰에무라는 어떤 표정을 지을까. 니시자키는 자기가 알고 있는 이야기를 모두 털어놓고 싶은 충동이 일었다. 그 이야기를 들었을 때 쓰에무라가 어떤 표정을 짓는지 보고 싶었다. 쓰에무라가 무슨 말을 할지 듣고 싶었다. 하지만 전혀 다른 소리를 하고 말았다.

"그게…… 미우라 부장님도 걱정하고 계셔서."

가토가 없어서 다행이라고 생각하며 그렇게 말했다. 거짓말이었다. 미우라에게는 아직 보고하지 않았다. 보고해봤자 회사가 문제에 휘말리지 않도록 잘 처리하라는 이야기밖에 하지 않을 게 뻔했다.

"뭘 걱정하시는 거죠?"

"모니터들이 입을 열면, 우리가 의도적으로 소문을 퍼뜨렸다는 사실이 세상에 알려질 테니까요. 다른 문제라면 그냥 입을 다무는 것이 낫겠지만 사안이 사안이라서. 모니터들도 분명히 남에게 이야기하고 싶어질 겁니다. 직접적인 책임은 없다고 하더라도 사실이 들통나면 클라이언트의 이미지가 실추될 테니, 우리도 곤란하고 컴사이트 쪽에도 골치 아픈 문제가 될 겁니다."

어디까지나 회사를 걱정하는 사원 같은 표정을 지으며 니시자키가 말했다. 어떤 반응을 보일까? 두 사람의 말을 기다렸다. 아니나 다를까, 아소가 그 말에 바로 반응했다. 마치 기다리고 있었다는 듯 즉답이었다.

"알겠습니다. 사건이 우리와 관계가 있느냐 없느냐 하는 문제는 별도로 하고, 트러블은 피할 수 있도록 대처하겠습니다."

그 문제도 언급해야만 한다. 니시자키가 말을 이었다.

"그 아이들은 둘 다……."

니시자키의 말을 가로막듯이 아소가 말했다.

"만일을 위해 관련 서류는 모두 폐기하죠."

니시자키는 속으로 한숨을 푹 내쉬었다. 예상한 대로다. 쓰에무라와 아소도 사실은 걱정하고 있었다. 자기들이 사건에 관계되었다는 사실을 알리고 싶지 않은 것이다.

"자, 그럼 됐나요? 미안하지만 저는 다음 약속이 있어서……. 니시자키 씨, 수고하셨습니다."

대화는 끝났다는 듯이 쓰에무라가 자리에서 일어섰다. 문까지 걸어가더니 뭔가 생각났다는 듯이 돌아보며 미소를 지었다. 니시자키에게는 쓰에무라의 옅은 눈동자가 순간 반짝 빛난 것처럼 보였다.

"피곤하신 것 같네요. 좀 쉬시는 게 좋겠어요, 니시자키 씨."

무슨 의미일까 싶어 니시자키는 쓰에무라의 얼굴을 바라보았다. 쓰에무라의 얼굴은 밝았다. 그렇게 보였다.

방심은 금물이다. 머릿속으로는 그렇게 생각하면서도 눈을 뗄 수가 없었다. 쓰에무라의 얼굴을 바라보면서 니시자키는 자기가 생각하는 그것이 모두 망상이며, 실제로는 자기가 모르는 세계에서 일어난 사건이고, 평범하기 짝이 없는 자신의 일상과 아무런 관계도 없는 사건처럼 느껴졌다.

14

나카메구로역에서 시부야행 전철을 타고 좌석에 앉는 순간 고구레의 입에서 하품이 흘러나왔다. 평일 같으면 아직 오전 러시아워가 계속될 시간이지만 일요일이라 자리가 반쯤 비었다. 앉아서 졸기에 딱 좋았다. 옆에 나지마가 앉아 있지 않았다면 정말 좋았을지도 모른다. 흐린 가을 햇살이 차창을 통해 들어와 똑바로 앞을 보고 앉은 나지마의 짧은 머리에 금빛 윤곽을 만들었다.

"그쪽은 어떻습니까?"

고구레는 나지마에게 말을 걸었다. 아오타 사건 팀의 수사상황을 물을 생각이었다. 아오타 사건을 담당하고 있는 7계의 높은 양반들이 정보를 잘 공개하지 않아, 요즘은 수사 회의에서도 제대로 된 보고가 없었다. 묻고 나서야 너무 말주변 없고 우악스러운 말투였다는 사실을 깨달았지만 나지마는 바로 대답했다.

"이노우에는 차를 가지고 있어요. 목격자 증언에 나오는 스포츠카 타입인데 빨간색이 아니라 파란색이죠. 아파트 주차장에 세워놓는데, 이웃 주민들 말로는 그 차를 타고 한밤중에 나가는 일이 많았다고 하더군요."

수사본부의 간부들은 아직 스포츠카 타입의 수상한 차량

에 얽매여 있는 모양이다.

"아오타 사건 당일 밤에도 이노우에가 차를 끌고 나갔다는 목격자들의 증언이 있다고 합니다. 이노우에에 대한 이웃들의 평판은 좋지 않아요. 차를 공회전시키는 소리가 시끄럽다거나 한밤중까지 큰 소리로 음악을 듣는다거나 하는 하찮은 것들뿐이지만요. 이야기를 좀 들으러 갔을 뿐인데도 이번 사건 수사라는 걸 눈치챈 사람들이 있어서 이노우에가 범인이라는 소문이 돌고 있는 모양이에요."

7계는 보란 듯이 압박을 가하며 이노우에가 움직이기를 기다리는 모양이었다. 예를 들면 증거 인멸을 위해 차를 팔거나, 쓰레기봉투 안에 물증이 될 만한 무엇인가를 버리거나 하는 움직임을.

주변에 정보가 샌 것은 실수이리라. 심리학은 잘 모르지만, 고구레는 경험상 인간 심리가 권위나 다른 사람의 말과 행동에 상당히 큰 영향을 받는다는 사실을 알고 있다. 용의자 신상에 대한 정보가 한번 흘러나가면 탐문수사는 엉망이 된다. 사람들이 이미 섣부른 판단을 내리고 이야기를 하기 때문이다. 불확실한 소문이 어느 틈엔가 확신으로 바뀌고, 검은 까마귀가 흰 까마귀로 변하고 만다. 사건 당일 밤에 자동차를 끌고 나갔다는 증언이 정보가 샌 뒤에 나온 것이라면 그 증언이 사실이 맞을지도 의문스럽다.

"비디오 분석반에서 현장 근처 편의점 cctv에 비슷한 인물이 찍혔다는 보고를 올렸어요. 그래서 7계 계장님은 이미 이노우에가 확실하다고 보는 것 같아요. 최대한 빨리 잡아들이고 싶은 모양입니다. 이노우에가 사는 곳이 가나가와라서 가나가와 현 경찰본부가 다른 사건을 핑계로 공연히 건드릴까봐 걱정인 것 같습니다."

음, 왠지 마음에 들지 않는다. 가와사키시에 사는 사람이 왜 시체를 군이 도쿄의 메구로구에 버렸을까. 시부야에 있는 헤어살롱에 근무할 때라면 몰라도 지금은 직장이 가나가와 현이다. 아무래도 처음 나왔던 수상한 차량 증언에 지나치게 매달린 느낌이 들었다.

이노우에가 수사 선상에 떠오른 뒤로 공범설, 여성 범행설, 그리고 유류품 가운데 하나인 머리카락이 아직 발견되지 않은 새로운 피해자의 것일지도 모른다는 가설 등은 깨끗이 버려졌다. 7계가 주도하는 수사본부 지도부는 머리카락은 이노우에가 시체를 처리할 때 묻은 것으로, 여성 신발로 보이는 여러 개의 발자국은 시체가 유기되기 전에 생긴 것이라 사건과는 관계없으며, 사이즈 245짜리 발자국만 이노우에의 것이라는 견해를 제시하고 있다. 이노우에의 발 사이즈는 250. 가능성 있는 사이즈라는 것이다.

확실히 아오타 사건은 발자국으로 용의자를 밝혀낼 수는

없다는 결론에 이르러 있었다. 다카하라 사건도 현장 주변에 잡초가 많아서 발자국이 선명하게 찍혀 있지는 않았다. 시체 주변과 도주 경로로 보이는 방향에 몇 개가 남아 있었을 뿐이다. 그리고 245짜리 발자국은 다른 작은 발자국보다 뒤늦게 찍힌 것이라는 사실도 밝혀졌다.

하지만 침입 경로의 발자국은 아직 밝혀지지 않았다. 게다가 시체를 잠깐 옮겨두었을 것으로 추정되는 미용실은, 주인의 허락을 얻어 은밀하게 감식 작업을 했으나 피해자의 혈흔이나 시체를 처리한 흔적도 발견되지 않았다.

모두 '이노우에가 범인이다'라는 전제로 진행한 추측 수사에 지나지 않았다. 심지어 피해자 이마에 적혀 있던 'R'이라는 기호는 이노우에의 이름인 '료이치'의 머리글자가 아니냐고 억지를 부리는 사람까지 있다. 윗사람들이 이노우에의 임의동행에 신중한 자세를 보이게 된 것은 그의 배후에 지난번 사건 때 알게 되었다는 인권 변호사가 있기 때문이라고 한다.

"마음에 안 들어."

고구레는 그렇게 말하며 고개를 저었다. 혼잣말인데 나지마가 들은 모양이었다.

"예, 마음에 안 들어요."

햇빛을 받아 빛나는 머리카락을 찰랑거리며 나지마도 고

개를 저었다.

"저어, 고구레 선배. 보여드리고 싶은 게 있어요. 잠깐 시간을 내주세요. 본부에서는 꺼내기 싫어서 가지고 왔어요."

그렇게 말하며 두 손으로 안고 있는 큼직한 숄더백을 두드렸다.

"뭔데요?"

"여기선 좀……."

나지마는 의미심장한 미소만 지었다.

시부야역에서 이노카시라#の頭선으로 갈아탔다. 목적지는 세타가야구에 있는 다카하라 미유키의 집. 사건이 발생한 날 찾아간 뒤로 이번이 두 번째였다.

신센神泉역을 지나자 땅속을 달리던 전철에 무슨 계시처럼 다시 햇빛이 비치기 시작했다. 고구레는 내내 궁금했던 것을 물었다.

"범인이 정말 차를 이용했을까요? 살인범이 차를 가지고 있다고 단정할 수는 없잖아요?"

관할 구역 안의 시체 유기 현장 두 곳, 린시노모리 공원과 고마바노 공원이라면 경시청 수사관들보다 훨씬 잘 안다. 두 곳 다 주변 도로는 폭이 좁고 일방통행이나 복잡한 골목이 많다. 게다가 주택이 밀집한 곳이라 보는 눈도 많다. 차로 접근하거나 차에서 시체를 꺼내기에는 전혀 적합하지 않는 장소다.

"차가 없다면, 걸어서?"

"아뇨……."

첫 번째 사건 현장과 이번 현장은 직선거리로 5킬로미터나 된다. 가깝다고는 할 수 없다. 가령 범인이 시체의 발을 자른 장소가 그 중간 지점이라고 하더라도 몇 킬로미터는 이동해야 한다. 아무리 체중 40킬로그램쯤 되는 작은 소녀의 사체라고 해도 걸어서 옮기기는 힘들다.

"오토바이? 자전거?"

"어쩌면……."

전철 안을 쭉 둘러보았다. 고구레의 머릿속에는 전철 노선도가 떠올랐다. 메구로구에는 시부야를 기점으로 삼아 방사선 모양으로 세 개의 사철私鐵과 JR 노선이 뻗어 나간다. 전철이라면 시내 어디서든 쉽게 이동할 수 있다. 나지마도 전철 안을 둘러보고 있었다. 고구레는 전철을 이용해 시체를 옮기는 방법을 생각해보았다.

"역시 이노우에를 잡아들이기에는 너무 이른데."

"저도 그렇게 생각해요."

"하지만 별도리가 없군요. 난 관할 경찰서 소속이니 일단 명령에 따를 수밖에."

자조하듯 말해놓고 한심하다는 생각이 들었다. 사실이니

어쩔 수 없다. 수사본부는 경시청 계장과 몇 명의 주임급 베테랑 수사관들이 전체를 움직이고 있다. 메구로경찰서 서장마저도 형식적인 보고만 받을 뿐이다. 생각은 그들이 한다. 말단 수사관인 고구레의 생각 따위에는 누구도 귀 기울이지 않는다. 무슨 의도이고, 수사가 어느 방향으로 진행되고 있는지 제대로 설명해주지도 않는다. 이번 사건의 경우에는 경시청의 두 부서가 서로 경쟁하는 모양새라서 더욱 심했다.

고구레는 한숨을 쉬며 목덜미를 찰싹 때렸다. 가마우지처럼 목에 줄이 감겨 있는 것은 아닌지 확인이라도 하려는 듯.

"저도 같은 생각이에요. 윗분들이 무슨 생각을 하는지 알 수 없을 때가 많아요. 경찰이 되기 전에는 형사라면 셜록 홈스처럼 이런저런 추리를 해서 사건을 해결하는 줄 알았죠."

나지마가 드물게 기운 없는 말투로 이야기했다.

"맞아요, 맞아."

고구레도 동의했다.

"그리고 권총을 탕탕 쏘거나."

"예, 맞아요."

나지마가 고개를 끄덕였다.

"나는 '태양을 향해 짖어라!'(1972년부터 1986년까지 방영된 인기 형사 드라마)를 보고 경찰관이 되겠다고 결심했어요.

달리기도 자신 있었고. 그 드라마에 나오는 형사는 늘 달리잖아요? 그땐 이렇게 전철이나 택시만 탈 줄은 몰랐어요. 기억나요? 청바지 형사. 마쓰다 유사쿠松田優作가 연기했죠."

"아, 저는 재방영할 때 봤어요. 저는 '경찰견 칼'(1970년대 후반 방영된 어린이 대상 형사 드라마)을 보고 경찰이 될 생각을 했어요. 시즌 2를 보고."

"그 드라마는 아마 내가 경찰학교에 다닐 때 했을 겁니다."

"전 그때 중학생이었어요."

그렇다면 고구레와 열 살 정도밖에 차이가 나지 않는다. 전혀 그렇게 보이지 않지만 나지마가 서른 살이 넘었다는 사실을 비로소 알게 되었다.

"하긴, 권총이야 안 쓰는 게 확실히 낫죠. 사격 훈련 때 말고는 총을 쏠 일이 없으면 좋겠어요."

"저는 실제로 쏜 일이 있습니다."

무심코 나지마의 얼굴을 바라보았다. 나지마가 담담하게 말을 이었다.

"재작년이었죠. 연속강간 사건 용의자 집 앞에 잠복을 했는데 범행 수법이 흉악해서 만약을 위해 총을 가지고 갔어요. 제 파트너가 식사하러 간 사이에 용의자가 갑자기 밖으로 나와 뒤를 쫓는데……."

나지마는 그때의 광경이 떠오르는지 아무것도 없는 허공

을 바라보며 말을 이었다.

"골목으로 접어들었을 때였어요. 갑자기 용의자가 돌아서 더니 저를 공격했죠. 목을 조르더군요. 얼른 다리를 겨냥하 고 쐈는데…… 그만 배에 맞아서……."

나지마는 자기가 총에 맞은 것처럼 얼굴을 찌푸렸다.

"다행히 범인 부상이 대수롭진 않았지만요."

"힘들었겠군요, 그 뒤에."

아무리 총을 쏠 수밖에 없는 상황이었다 하더라도 범인 을 향해 발포하고 게다가 부상을 입히면 경위서 정도로는 끝나지 않는다. 감찰관의 조사를 받고 때에 따라서는 징계 까지 받는다. 하지만 나지마는 고개를 저었다.

"아뇨, 전혀 힘들지 않았어요."

왠지 쓸쓸하게 웃으며 대답했다.

"힘들기는커녕 무슨 까닭인지 경시총감상을 주더군요. 전 특별하니까요. 제 편을 든 거죠."

무슨 말인지 알 수 없었다. 나지마의 얼굴을 바라보며 말 을 잇기를 기다렸다.

"아마 죽은 남편 때문일 거예요……. 그 사람도 경찰이었 거든요. 모토후지本富士경찰서에서 만났어요. 남편이 세상 을 뜨기 전에는 우에노경찰서 형사과에서 감식을 맡고 있 었죠. 의사는 과로사라고 하더군요. 그렇지 않아도 승진시험 공부 때문에 평소에도 세 시간밖에 못 잤는데 감식 인력이 부족해서 사흘간 밤샘 작업을 하다가. 죽는 게 당연하죠. 그 사람은 아무 말 없었지만 속으로 초조했을 거예요. 남편은 저보다 두 살 많았는데 처음 만났을 때 저는 순사부장이었고 그 사람은 저보다 계급이 낮은 순사였으니까요……."

전철이 시모기타자와下北沢역에 멈추자 나지마는 말을 멈췄다. 잠시 왼손에 낀 반지를 바라보며 손끝으로 만지작거리더니 다시 입을 열었다.

"제가 경부보가 된 건 특진 덕분이에요. 그 강간범을 체포한 공로도 있었지만, 그런 정도로 특진을 시키다니, 제가 생각하기에도 좀 이상했어요."

특진은 승진시험 없이 계급이 올라가는 특별한 승진이다. 큰 사건에서 공로를 세운 경우에 받는 상이지만 현실에서는 거의 없다. 실제로 대부분 계급별로 정해진 정년까지 근무한 경우에 논공행상으로 1계급 특진, 또는 순직한 경우에 특진한다. 순직했을 때는 2계급 승진을 한다.

"경시청 높은 분들은 제가 경찰을 그만두고 남편의 과로사를 세상에 알려 시끄럽게 만들까봐 두려웠던 모양이에요. 그래서 특진, 그리고 본청 근무. 남편은 순직으로 처리되어 2계급 특진했죠. 죽어서야 겨우 저를 앞질렀는데 이제 다시 같은 계급이 되고 말았습니다. 승진 같은 건 바란 적도 없는데."

나지마의 옆모습은 여느 때와 다름없었지만 가방을 잡은 손이 새하얗게 될 만큼 힘을 주고 있었다. 고구레를 바라보며 애써 웃는 표정을 짓고 말했다.

"죄송합니다. 이런 이야기를⋯⋯. 제가 쓸데없는 소리를 했네요."

둘은 아무 말 없이 멍하니 앉아 차 안을 바라보았다. 맞은편 창문 위에 주변에 있는 놀이공원 광고가 걸려 있었다. 부모로 보이는 남녀와 여자아이와 사내아이 둘이 웃는 얼굴이 크게 나온 광고였다.

"따님은⋯⋯ 나쓰미 학생은 어떻습니까?"

나지마가 물었다. 내가 이야기해주지는 않았어도 아오타 구미가 나쓰미와 친구 사이라는 사실을 당연히 알고 있다.

"많이 좋아졌습니다. 그러고 보니 함께 외식하기로 한 약속을 아직도 지키지 못했네요. 경부보님은 어떠세요?"

"아, 저는 어제 놀이공원까지는 아니지만 가까운 공원에서 함께 축구를 했습니다."

"신노스케 군이라고 했죠?"

"예, 하지만 전 실격이래요. 바나나 슛도 찰 줄 모른다고."

"바나나 슛?"

"예."

고구레도 중학교 다닐 때 축구 연습을 열심히 했던 기억
이 났다. 중학교 축구부 선수라도 바나나 슛은 쉽게 할 수
있는 기술이 아니다.

"어려워요, 그건."

나지마가 한숨을 쉬며 고개를 젓자 머리카락이 살랑살랑
흔들렸다.

"예, 어렵더군요. 바나나 슛."

개찰구를 먼저 빠져나간 나지마가 고구레를 돌아보았다.

"잠깐 차 한잔하고 갈까요?"

손목시계를 들여다보고 고개를 끄덕였다. 약속 시각까지
는 아직 여유가 있다.

역 근처 카페에 들어가, 제일 안쪽 테이블에 앉았다. 주문
을 마치자 나지마가 가방 안을 뒤지기 시작했다. 하지만 얼
굴은 고구레를 향하고 커다란 검은 눈을 빛내며 말했다.

"레인맨에 관해 좀 조사를 해봤습니다."

레인맨. 탐문수사 때마다 늘 나오는 이 묘한 이름이 마음
에 걸려 고구레도 요 몇 주 사이에 알게 된 시부야의 아이
들을 찾아가 물어보았다. 하나같이 다 레인맨을 알고 있었
다. 하지만 소문의 출처는 파악할 수 없었다.

"그걸 어디다 적었더라?"

나지마가 가방에서 꺼낸 것은 어린이용 캐릭터가 그려진

작은 메모장이었다. 고구레가 표지에 있는 호빵맨을 보고 눈을 크게 뜨자 두 손으로 가리듯 가슴께로 가져가더니 "신노스케 거예요. 마침 이게 바로 옆에 있어서"라며 변명했다.

"주위 사람들에게 취재를 해봤어요. 레인맨을 알고 있느냐고. 그 결과……."

나지마가 호빵맨 메모장을 읽기 시작했다.

"먼저 유치원에서 만난 어머니들에게 물어봤어요. 모두 일곱 명. 아는 사람은 아무도 없었죠. 다들 아다치足立구에 사는 분들이었고요. 나이는 20대에서 30대. 그리고 제 친구나 지인들에게 물었어요. 도쿄 근교에 사는 사람으로 20대에서 40대 남녀. 레인맨을 아는 사람은 세 사람뿐이었어요. 그 가운데 두 명은 스기나미杉並구와 시부야구에 살죠. 다들 자기 아이한테 들었답니다. 중학교 3학년인 남자아이와 초등학교 6학년 여학생. 또 한 명은 사이타마埼玉현에 사는 사람인데 독신이지만 시부야에 있는 사립 고등학교 교사예요. 학생한테 들었다더군요."

깜짝 놀랐다. 어느새 이런 걸 조사한 걸까. 하루하루 처리해야 할 일도 많을 텐데. 게다가 바나나 슛을 요구하는 아들까지 있는데. 고구레의 그런 의문이 표정에 드러난 모양이었다. 묻지도 않았는데 나지마가 대답했다.

"크게 힘든 일은 아니었어요. 컴퓨터로 메일을 한꺼번에 보내 답장을 받기도 하고, 요즘은 회의에서 중요한 내용도 없으니까 그 시간에 휴대폰으로 메일을 보내기도 했죠. 처음에는 별 성과가 없어서 그만둘까 했는데 등잔 밑이 어둡다는 말이 맞았어요. 제 동생이 대학생인데 그 애는 레인맨을 모른다더군요. 한턱낼 테니까 학교 친구들에게 물어봐 달라고 부탁했죠. 그랬더니 25명 가운데 10명이 알고 있었어요. 남녀 학생에게 골고루 물었는데 알고 있는 학생은 대부분 여학생이었다고 합니다. 동생이 다니는 학교는 시부야구에 있고요."

나지마는 테이블 위의 아이스티를 한 모금 마신 뒤 말을 이었다.

"그리고 제 사촌 여동생 자매가 고등학생이에요. 언니는 요코하마에 있는 공립 고등학교에 다니는데 여동생에게 들었다며 이야기해주더군요. 제 동생에게 했던 것처럼 학교에서 알아봐달라고 했는데 몇십 명에게 물었지만 아는 학생은 둘뿐이었어요. 동생은 미나토(港)구에 있는 사립 고등학교에 다니는데 전화로 직접 이야기를 했는데 대뜸 이러더군요. '상식이잖아. 다 알지'라고요."

나지마의 이야기를 듣다 보니 레인맨 소문은 연령이나 지역에 따라 상당히 차이가 난다는 것을 알 수 있었다. 그 이야기를 하자 나지마는 이렇게 대답했다.

"맞아요, 그리고 시기에 따라서도."

"시기?"

"예, 여러 사람에게 묻고 돌아다녔더니 여기저기서 정보가 들어왔죠. '누굴 만났더니 알고 있더라'라거나 '그 이야기 오늘 들었어'라고 하는 사람이 꽤 있었어요. 이걸 봐주실래요?"

나지마가 다시 가방을 뒤졌다. 이번에는 바로 꺼냈다. 몇 번 접은 종이. 그것을 펼치니 테이블이 꽉 찼다. 도쿄 23구와 그 주변 지역이 있는 지도를 복사한 종이였다. 빨강과 파랑 두 가지 색으로 표시한 지점들이 마치 별자리처럼 흩어져 있었다.

"파란색이 레인맨 소문을 알고 있다고 말한 사람의 집이고, 빨간색은 다니는 학교나 직장이에요."

지도로 보니 한눈에 알 수 있었다. 표시는 지도 중앙 부분에 집중되어 있으면서 방사선으로 퍼져 나갔다. 특히 파란색보다 빨간색 표시가 그런 경향이 뚜렷했다. 여백에는 지도에 표시할 수 없는 지역 정보도 적혀 있지만 그건 얼마 되지 않았다.

"대단하군요."

고구레가 감탄하자 나지마가 기쁜 표정을 지었다.

"열심히 일하는 척하지만, 사실 제 특기는 농땡이 치는 거예요."

그렇지 않을 것이다. 여전히 20대쯤으로 보이는 나지마의 얼굴을 다시 바라보다가 깨달았다. 눈 아래 처음 만났을 때는 없던 기미가 보였다. 무엇이 나지마를 몰아붙이고 있는 걸까? 범죄자에 대한 증오와 피해자에 대한 동정 때문일까? 자신이 원하지도 않은 승진을 시킨 경찰 조직에 대한 오기일까? 아니면 죽은 남편에게 바치는 꽃일까?

그러고 보니 고구레도 20일 동안 제대로 잠을 자지 못했다. 그저께부터 면도도 하지 못했다. 아침에도 늦잠을 자서 전기면도기를 가지고 스쿠터를 탔다. 결국 오늘도 면도하는 걸 까먹었다. 자신이 물고기를 잡기 위해 길들여진 가마우지에 지나지 않는다는 사실을 자조하며, 마음에 상처를 입은 딸 곁에 있어줄 수 없어 아쉬워하면서도 왜 휴일인 오늘마저 여기서 이러고 있는 걸까? 고구레는 요즘 윗사람들이 까다롭게 따지는 복무규정 위반이 될 만큼 꺼끌꺼끌해진 턱을 어루만졌다.

"동그라미와 세모, 네모는 무슨 의미죠?"

자세히 보니 색깔만 다른 게 아니라 각기 다른 도형으로 표시되어 있었는데, 동그라미는 한복판 부근에 밀집해 있었고, 네모는 방사선 모양으로 퍼져 나간 외곽에 많았다.

"그건 시기를 표시한 겁니다. 소문을 처음 듣게 된 시기."

"아, 그렇군요."

"확실하지 않은 정보도 많았지만 가능한 한 분류해봤어요. 동그라미는 '7월'. 학생들은 '여름방학 전'이라는 비교적 이른 시기에 소문을 들었어요. 삼각형은 '8월', '여름', '여름방학 중'에 들은 거예요. 사각형은 '9월', '최근'이라고 대답한 경우고요. 제일 일찍 들은 사례는 7월 초순입니다. 제 조사에서 그전에 들은 사람은 없었습니다."

소문이 나기 시작한 시기는 7월 초라는 이야기인가? 그러고 보니 나쓰미도 8월에 여행을 가서 처음 들었다고 했다. 분명히 6월에도 같은 반 친구의 할머니 댁에서 자고 왔는데 그때는 몰랐다고 한다.

"이 가위표는요?"

"아, 그건 별인데요."

나지마가 약간 의외라는 듯이 대답했다.

"미안합니다. 이 기호는 어떻게라도 읽을 수 있어서……."

'어떻게라도 읽을 수 있다' 무심코 중얼거린 고구레는 자기가 뭔가를 잊고 있는 듯한 기분이 들었다. 그런데 그게 뭘까?

"별 표시는 기억이 또렷하지 않은 경우예요. 아들도 자주 그렇게 말해요. 엄마는 글씨나 그림이 서툴다고요."

분명히 나지마는 글씨를 잘 쓰는 편은 아니었다. 하지만 앞에 펼쳐놓은 지도는 매우 꼼꼼해서 감탄할 수밖에 없었다. 소문이란 의외로 정직하다. 지역에서 지역으로 일정 시간을 두고 불길이 번지듯 퍼져가는 모양이다. 고구레가 그런 생각을 이야기하자 나지마가 맞장구를 쳤다.

"그렇죠. 생각보다 훨씬 단순해요. 지금은 휴대폰이나 컴퓨터가 있어서 훨씬 더 이리저리 퍼지기 쉽겠지만요."

"그러니까 레인맨 소문의 발신지라는 게……."

고구레는 지도 위의 한 점을 검지로 쿡쿡 찔렀다.

"여긴가요?"

"예."

나지마가 고개를 끄덕였다.

"시부야입니다."

고구레는 잔에 남은 커피를 다 마셨다.

오도독. 나지마가 아이스티 컵에서 빨대로 얼음을 꺼내 입에 넣고 깨물었다.

"그러고 보니 내가 시부야에서 만난 어린 친구들은 거의 다 알고 있더군요. 그런가? 시부야인가?"

"게다가 소문을 퍼뜨리기 시작한 것은 꽤 낮은 연령층으로 보입니다. 소문을 아는 어른은 수가 적고, 알고 있는 사람들도 대개는 자기 자녀나 제자에게 들었다고 했어요. 젊은 세대 중에서도 제 동생보다 더 어린 중고교생 쪽이 알고 있는 경우가 많았습니다. 소문이 퍼지는 형태가 특정 지역에서 아주 넓어지지 않는 것도 어른과 달리 교우 관계와 행동 범위가 학교나 주변의 특정 번화가에 한정되어 있기 때문이 아닐까요? 같은 지역만 놓고 보면 어린 친구들일수록 소문을 일찍 들었습니다. 게다가 내용도 정확하고."

"정확해요?"

"예. 소문의 근원에 더 가깝다는 거죠."

"어떤 내용입니까?"

"뉴욕, 검은색 레인코트."

"아, 그렇군요."

나지마가 무슨 이야기를 하려는 건지 그제야 이해했다.

"레인맨이 어디서 왔는지, 어떻게 생겼는지에 대해 시부야구에 가까우면서 연령이 낮아질수록 그렇게 대답하더군요. 연령대가 높아지고 시부야에서 멀어질수록 정보가 정확하지 않습니다. 레인맨이 런던에서 왔다거나, 홍콩이나 로스앤젤레스, 알류샨 열도라는 대답까지 나왔습니다. 레인맨이 입었다는 옷도 마찬가지예요."

"그러니까 소문의 발신지에서 멀어질수록 덧칠이 되어 모호해지는군요."

"그렇죠. 조사를 시작한 뒤로 저는 점점 이노우에가 범인일 가능성이 희박하다는 생각이 들었어요."

이노우에의 집은 가나가와. 나이 28세. 직장도 지금은 자기 집 근처이며 손님들은 대개 중년층 이상이다. 컴퓨터는 없고 10대 친구들이 많을 타입으로도 보이지는 않는다.

"첫 사건이 일어난 9월 초까지만 해도 소문이 도쿄 바깥까지는 퍼지지 않았어요. 물론 제가 한 조사 범위 안에서만 이야기하면요. 이노우에는 미용사라서 소문을 남들보다 일찍 들을 테니까, 어디까지나 추측에 지나지 않지만, 만약 범인이 소문을 모방했다면."

나지마는 거기서 말을 멈췄다. 무슨 말을 하려는 것인지 알 수 있었다.

범인은 소문의 발원지 근처에 있다.

지난번에 차를 타고 왔을 때는 몰랐는데 역에서 다카하라 미유키의 집까지는 의외로 거리가 있었다. 주택가 쪽으로 빠져나가면 꽤 가깝다는 사실을 깨닫고 그쪽 길을 선택했다.

"무척 한적한 곳이군요."

고구레가 말했다.

"예."

나지마도 고개를 끄덕였다.

한쪽은 주택가였는데 북쪽 방향이라 그런지 장벽처럼 높은 콘크리트 벽이 계속 이어졌다. 다른 쪽은 고구레의 키

높이쯤 되는 나무에 둘러싸인 공원. 휴일인데도 사람들이 보이지 않았다. 먼지를 뒤집어쓴 나뭇잎 사이로 타원형 연못이 보였다. 나지마가 검은 눈동자를 굴리며 주위를 살폈다. 강도범계에 근무했던 습관이 나오는 모양이었다.

"이런 곳은 위험하겠어요. 지금까지 강간 사건은 없었을까? 거리에 뭔가 내거는 건 별로 좋아하지 않는데 여기에는 될 수 있으면 여성 혼자 다니지 말라는 안내판이 필요하겠어요."

공원 옆 골목을 빠져나오자 바로 다카하라 미유키의 집이 보였다. 지난번에 왔을 때는 신문 기자들이 우글거렸는데 지금은 지나다니는 사람도 없어 조용했다.

처음 봤을 때 미유키의 어머니는 분명히 마흔쯤 되어 보였는데, 오늘 화장기 없는 초췌한 얼굴은 고구레보다 훨씬 나이가 들어 보였다.

거실에는 제단이 마련되어 있었다. 손수 딸 사진을 올려놓았을 텐데 어머니는 그쪽을 전혀 바라보지 않았다. 머뭇머뭇 힘없는 말투로 입을 열었다.

"지난번에 오셨던 형사님에게 다 말씀을 드렸는데요……."

실제로 미유키의 어머니가 기억하는 딸의 친구나 행동 범위, 자주 다니던 곳은 이미 샅샅이 조사했다. 미유키 어머니는 자기 딸의 일상에 대해 시부야 거리의 소녀들이 아는 내용의 절반도 몰랐다. 고구레가 애써 조용한 목소리로 물었다.

"한 가지 더 여쭤보고 싶은 것이 있어서요. 따님이 했던 아르바이트에 대해서입니다."

"용돈을 부족하게 주지는 않았습니다만."

어머니의 표정이 어두워졌다. 딸이 아르바이트를 했다는 사실을 부끄럽게 여기는 듯했다.

"따님이 화장품 회사 모니터 일을 했던 것 같은데, 알고 계셨습니까?"

"부끄러운 이야기지만, 밖에서 뭘 하고 다니는지 저한테 잘 이야기해주지 않았어요."

"미유키 학생이 향수를 썼던 것 같은데요."

"예, 아직 고등학생이니 자제하라고 하기는 했습니다만……."

"방에 그 병이 있었죠? 옅은 핑크색인데."

나지마의 질문에도 당혹스러운 표정을 지을 뿐이었다.

"여러 개 있었던 것 같아서."

"보여주실 수 있을까요?"

나지마의 요청에 의아하다는 표정을 지었지만 바로 방을 나갔다. 미유키의 방에 있던 물건들은 대개 정리했다고 한다. 미유키의 어머니는 골판지 상자를 하나 안고 들어왔다.

"어느 거더라?"

상자 안에는 고등학생이 화장한다는 걸 아직 받아들이지 못하는 고구레가 보기엔 지나치게 많은 화장품 용기가 들어 있었다. 하지만 찾는 것은 바로 나왔다.

그걸 손에 들고 나지마와 얼굴을 마주 보았다. 여기 오기 전까지는 확증이 없었기 때문에 후지무라 마리코에게 전화를 걸어 이야기를 듣기는 했지만……

— 뭐? 향수? 맞아, 미유키가 줬어. ……그래, 맞아. 사각형 병이야. 응, 핑크. 어? 어떻게 알지? ……그래, 로즈 계열인가? 뭐? 그런 것도 몰라? 로즈 계열이라는 건 꽃향기야. 백합. 응? 장미라고? 그래? 무슨 꽃이건 상관없잖아……. 뭐? 메이커? 어디더라……. 까먹었어. 들어본 적 없는 이름이었어. 지금은 없어. 버렸지……. 그야 냄새를 맡으면 미유키 생각이 나니까.

고구레는 MURIEL이란 로고가 들어간 향수를 미유키의 어머니에게 보여주었다.

"이건 언제 구했을까요? 아세요?"

"글쎄요."

어머니는 고개를 갸웃거렸다.

"같은 병이 세 개나 있습니다. 돈 주고 산 것은 아닌 듯한

데요."

미유키의 어머니가 생각이 났다는 표정을 지었다.

"그러고 보니 미유키 방에서 화장품이 잔뜩 들어 있는 쇼핑백을 보고 뭐냐고 캐물은 적이 있었어요. 혹시 화장품 가게에서 몰래 가지고 나온 게 아닌가 하는 걱정이 들어서요. 부끄럽지만 전에 한 번 그런 일이 있었죠. 그랬더니 막 화를 내면서 아르바이트 때문에 받은 거라고 하더군요. 지금 생각하니 그때 그 쇼핑백에 이것이 들어 있던 것일지도……."

"그게 언제쯤입니까?"

미유키의 어머니는 잠시 관자놀이에 손을 대고 생각에 잠겼다.

"제가 자기 방에 들어오는 걸 싫어해서 미유키 방에는 거의 들어가지 않았거든요. 들어간 것이…… 아, 에어컨을 슬슬 쓰기 시작할 무렵이라 필터 청소를 해두려고……. 그때가 막 7월로 들어섰을 즈음인 것 같아요."

두 피해자가 같은 향수를 사용한 이유를, 그리고 절대로 만난 적이 없을 두 사람의 접점을 겨우 찾아냈다. 두 사람은 같은 아르바이트를 했다.

15

"이봐, 가토, 니시자키!"

책상에서 내선 전화를 받던 미우라 부장이 수화기를 내려놓자마자 소리를 질렀다. 굳은 표정으로 오라고 손짓을 했다. 니시자키가 책상 앞으로 가자 평소의 우렁찬 목소리를 잔뜩 낮춰 말했다.

"형사가 왔어. 어떻게 된 거지? 왜 왔는지 아나?"

경찰이 왔다는 이야기를 듣고도 니시자키는 별로 놀라지 않았다. 언젠가는 이렇게 될 거라는 생각을 내내 해왔다.

"아마 지난번에 말씀드렸던 뮈리엘의……."

니시자키가 말하는데 미우라가 초조한 듯이 가로막았다.

"모방범이 어쩌고저쩌고 그 이야기?"

가토가 아무 말도 하지 않아 니시자키는 며칠 전 미우라에게 상황을 보고했다. 뮈리엘의 모니터 모임에서 퍼뜨렸던 소문과 최근에 일어난 사건이 비슷한 것 같다고 대충 얼버무리기는 했지만.

"그건 쓰에무라 씨 쪽에서 한 것 아닌가? 우리하고 무슨 상관이지?"

선배 주제에 가토는 못마땅한 듯이 나 몰라라 하고 입을 다물고 있을 뿐이었다. 어쩔 수 없이 니시자키가 대신 대답했다.

"모르겠습니다."

"골치 아프게 됐군. 우리 회사를 찾아왔다는 이야기
는…… 뮈리엘 사에 문의했다는 이야기 아냐? 아이고, 골치
야. 이봐, 가토. 어떻게 된 건지 제대로 확인해봐."

미우라는 거칠어진 자기 목소리가 다른 사람들한테 들리
지 않았나 하는 표정으로 주위를 둘러보았다. 그리고 다시
니시자키와 가토를 바라보았다.

"잘 들어. 이 일이 위에 알려지면 나나 자네들이나 끝이
야. 우리는 그런 일 처음부터 몰랐던 거야. 모르쇠로 밀어붙
여. 절대로 허튼소리 하지 마."

아무래도 자기는 형사들을 만나는 자리에 함께 나가지
않을 작정인 것 같다. 형사들은 1층 응접 부스에서 기다리
고 있다. 미우라 부장은 그렇게 말하더니 특별히 서둘 일도
없는 서류 업무를 시작했다.

사무실을 나와 엘리베이터 앞에 서자 가토가 그제야 입
을 열었다.

"나 경찰하고 이야기하는 건 처음이야. 으아, 텔레비전 드
라마 같네."

장난스러운 말투였지만 속은 편치 않은 모양이다. 긴장한
얼굴에 눈동자가 불안하게 흔들리고 있었다.

형사들은 칸막이로 나뉜 응접 부스 가운데 하나에서 기다리고 있었다.

한 사람은 40대 초반쯤, 어느 모로 보나 형사로밖에 안 보이는 딱딱한 얼굴과 체격을 지닌 남자였다. 어깨가 무척 넓고 네모난 얼굴, 눈매가 날카로웠다. 또 한 명은 젊은 여자. 이 여자도 형사인가? 쇼트커트 머리 밖으로 튀어나온 귀가 좀 크지만 꽤 예쁜 여자였다. 큰 눈동자가 왠지 사키를 닮았다는 생각이 들었다.

니시자키는 요 며칠 사키 생각만 했다. 사흘 전, 밤에 집을 나갔다. 니시자키의 집으로 들어올 때와 마찬가지로 갑자기 사라져버린 것이다. 그래서 다카하라 미유키나 아오타 구미 문제도 지금은 머릿속에서 지워졌고, 형사들이 앞에 있다는 사실도 왠지 현실감이 느껴지지 않았다. 그뿐만이 아니었다.

"이봐, 명함."

가토가 팔꿈치로 쿡쿡 찌른 다음에야 사키를 생각하던 의식이 바로 앞에 앉은 두 형사에게 돌아왔다. 가토와 함께 명함을 내밀었다. 상대방은 경찰 수첩을 내보이더니 명함도 주지 않고 자기소개를 했다.

"대체 무슨 일인가요? 경찰분들을 이런 곳에서 보게 되니 긴장되는군요."

가토가 상냥한 미소를 지어 보였다.

"지금 수사 중인 사건 때문입니다. 여기서 모집한 아르바이트에 관해 몇 가지 묻겠습니다."

고구레라는 이름의 남자 형사도 미소를 지었다. 제 딴에는 상냥하게 웃은 것이겠지만 날카로운 눈초리는 숨길 수 없었다.

"아르바이트 모집이요? 저희가요?"

"모니터라더군요. 뮈리엘 담당자에게 이야기를 들었습니다."

"아아, 예."

가토는 그제야 무슨 이야기인지 알겠다는 표정을 지었다. 가토는 평소에는 단세포 같은데 이런 연기는 의외로 잘한다.

"컴사이트에 의뢰한 업무 말씀이군요. 아아, 그런 것도 했군요, 컴사이트에서."

"컴사이트?"

"저희 협력사입니다. 광고 일이라는 게 광고회사 혼자 해나갈 수 있는 일이 아닙니다. 분업화되어 있는 셈입니다. 컴사이트는 기획과 입안을 맡은 회사죠. 뮈리엘 화장품 캠페인의 세부적인 작업은 모두 그곳에 맡겼습니다.

컴사이트에서 진행하는 캠페인의 세부적인 작업은 오히려 니시자키와 가토가 맡고 있지만, 니시자키는 일단 입을 다문 채로 고개만 끄덕였다. 하지만 이야기를 하고 싶어 입이 근질거리기 시작했다. 이 형사들에게 모든 이야기를 다 털어놓고 싶다.

남자 형사가 컴사이트의 주소와 연락처를 물었다.

"가르쳐드려."

가토가 거만하게 턱짓으로 지시를 했다. 니시자키는 자기 명함을 한 장 더 꺼내 뒷면에 번호를 적었다. 펜을 든 채로 오른손으로 건네는 명함을 남자 형사가 정중하게 받으며 가토에게 다시 질문을 던졌다.

"어떤 아르바이트입니까? 그 모니터라는 게."

"신제품 샘플을 나눠주는 일입니다. 게다가 단 하루였죠. 모니터 모임에 출석만 하면 되는 거라고 들었습니다. 저희도 자세한 내용은 잘 모릅니다. 컴사이트 쪽에 다 맡겼기 때문에. 컴사이트 쪽에 물어보시는 편이……."

가토가 또 컴사이트를 들먹였다. 벌써 다섯 번째인가? 역시 단세포다. 뇌 안에 근육만 들어찬 모양이다. 책임 회피를 하려는 의도가 뻔히 드러났다.

"그 모니터 모임은 언제였습니까?"

여자 형사가 비로소 입을 열었다. 생김새와 어울리지 않게 허스키한 목소리. 가토는 흘끗거리며 여자 형사의 다리부터 얼굴까지 훑어보았다.

"언제였지?"

가토가 니시자키의 얼굴을 바라보았다. 물론 알고 있지만 가토에게 장단을 맞춰야 한다. 수첩에서 확인하는 척했다.

"7월 3일입니다."

"장소는?"

"시부야 대여 홀입니다."

메모를 읽어 건물 이름과 주소를 가르쳐주었다.

"이쪽 회사에서는 아무도 참석하지 않았나요?"

남자 형사가 날카로운 눈길을 던졌다. 정중한 말투지만 마치 짐승이 낮게 으르렁거리는 듯한 목소리라 협박을 받는 기분이었다. 가토가 짙은 색 정장 어깨를 움찔 떨더니 더듬더듬 말했다.

"…… 일단, 저하고, 이 친구가."

미우라 부장도 중간까지는 있었지만 부장의 충실한 개인 가토는 그 이야기를 하지 않을 작정 같았다.

"아르바이트는 몇 명이나 모았습니까?"

"서른 명쯤 될까요?"

"남녀 비율은?"

"모두 여자아이들이었죠. 거의 고등학생이었다고 들었습니다만."

"그 명단을 보여주실 수 있습니까?"

"여기는 없습니다. 그건……."

"그것도 컴사이트?"

남자 형사가 야유하듯 물었다.

"아니, 그 모니터 모임이 무슨 문제라도……? 무슨 사건을 수사하시는 겁니까?"

가토가 시치미를 떼며 물었다. 나중에 미우라에게 바칠 이야깃거리를 손에 넣을 작정일 것이다. 남자 형사는 잠깐 머뭇거리고 나서 무뚝뚝하게 말했다.

"메구로구 여고생 연속살인 사건을 아십니까?"

"예."

"사건 피해자 두 명이 다 이 모니터 모임에 참석했다고 합니다."

가토가 깜짝 놀라는 표정을 지었다.

"아, 놀랍군요……. 그건 몰랐네요……."

거짓말쟁이. 여자 형사가 사진을 꺼내 테이블 위에 올려놓았다. 두 소녀의 사진이었다.

"이 두 사람 얼굴을 기억하십니까?"

가토는 사진을 슬쩍 보더니 고개를 저었다.

"아뇨, 기억나지 않습니다. 여러 명이었고, 그 또래 아이들은 워낙 다 똑같아 보여서요."

남자 형사가 가토를 흘끗 보더니 니시자키 쪽으로 시선

을 돌렸다. 니시자키는 목구멍을 넘어올 것만 같은 말을 겨우 삼키고 가토의 대답에 맞장구를 쳤다.

"…… 저도 기억나지 않습니다."

이제 됐다. 니시자키는 자신에게 말했다. 나는 아무것도 모른다. 아무 관계 없다. 형사들의 얼굴을 보니 모두 다 털어놓고 싶지만 그럴 수 없다는 것은 자신도 잘 안다. 이 회사에 간신히 들어왔다. 지금까지 지극히 평범하고 성실하게 살아왔다. 게다가 기묘한 동거생활도 이제 끝났다. 굳이 형사들에게 털어놓을 필요는 없다.

형사들은 모니터 모임 당일의 모습에 대해 물었다. 모임의 내용, 컴사이트 측 참가자, 모니터 참가자, 또는 관계자와 모니터들 사이에 뭔가 트러블은 없었는지. 질문은 거의 남자 형사가 했는데 틈틈이 여자 형사도 끼어들었다. 두 사람의 수법이었을까? 그렇게 하면서 묻는 대상, 뉘앙스를 묘하게 바꾸며 같은 질문을 여러 차례 던졌다. 대답은 거의 가토가 했는데 불쑥 니시자키에게 대답을 요구하기도 했다. 어딘가에서 이야기의 실마리를 찾으려는 듯이. 얼핏 보기에 남자는 무겁고 느려 보였고 여자는 형사라고는 여겨지지 않을 만큼 미덥지 않아 보이지만 역시 아마추어와는 달랐다. 그들이 무슨 생각을 하고 있는지 표정만 봐서는 읽을 수가 없었다.

30분 이상을 끈질기게 물고 늘어진 뒤에야 겨우 일어설 생각이 들었는지, 두 형사는 잠시 더 물어볼 게 없나 확인하듯 서로 마주 보았다. 그때 니시자키가 무심코 묻고 말았다.

"범인의 목적은 알아내셨습니까?"

고구레라는 형사가 말없이 고개를 저었다.

"흉기 같은 것은?"

니시자키가 묻자 형사들은 의아한 표정을 지었다.

형사들이 눈치채지 못하도록 가토가 니시자키의 발을 슬쩍 밟았다. 쓸데없는 소리 하지 말라는 뜻이다. 미식축구공만큼 큰 발이 니시자키가 아끼는 로퍼를 밟았다. 짓눌린 자존심이 확 타올라 가토를 노려보았다. 네 이야기를 경찰에 해도 되겠어? 사건 공범이라고, 아니 범인일지도 모른다고. 사키 이야기도 ─ 가토가 태연한 얼굴로 니시자키의 어깨를 가볍게 두드렸다.

"죄송합니다. 실제로 경찰을 만나는 기회라는 게 흔치 않으니까요. 이 친구가 아까부터 좀 흥분한 것 같습니다. 이 친구는 오타쿠거든요, 미스터리 오타쿠. 자기가 탐정인 줄 압니다."

그러면서 가토는 힘을 약간 주어 다시 니시자키의 어깨를 두드리며 웃어 보였다. 하지만 눈은 웃지 않았다. 가토는 형사들에게도 친근하게 미소를 지었지만 두 형사는 웃어주지 않았다. 형사들은 또 서로 눈을 마주 보더니 자리에서 일어섰다.

"시간 내주셔서 감사합니다."

남자 형사가 불쑥 찾아와서 미안하다는 말과 함께 살짝 고개를 숙였다. 니시자키는 좀 더 이야기하고 싶었는데 가토가 눈치챘는지 다시 발을 밟았다.

더 자세한 내용을 알고 싶었다. 그 사건에 대해 형사들이 무엇을 알고, 무엇을 모르는지. 범인에게 얼마나 접근했는지. 이 형사들보다 자기가 훨씬 자세히 알고 있지만.

16

거품경제가 한창일 때 세워진 것이 틀림없을 호화로운 빌딩이었다. 고구레는 도쿄에이전시의 니시자키가 써준 메모를 꺼내 다시 확인했다.

'도라노몬 포레스트 빌딩 12층'

날려 쓴 글자였지만 분명 여기다.

사쿠라다 길에 있는 지하철 가미야초神谷町역에서 걸어서 3분쯤 걸리는 땅값 비싼 지역. 모조 대리석을 깐 홀 바닥이 고구레와 쓰스에의 모습을 거울처럼 비췄다.

엘리베이터를 타고 12층까지 올라갔다. 눈높이 부근에 COMSITE라는 멋진 로고가 박혀 있는 문 안쪽은 작은 로비였다. 바닥은 다크 블루, 벽은 흰색에 가까운 그레이. 방에 놓인 모든 것이 이 두 가지 색으로 통일되어 있었다.

수화기를 들자 바로 여자 목소리가 들려왔다. 곧 로비와 색을 맞춘 듯한 세련된 정장을 입은 젊은 여자가 나왔다. 고구레가 경찰 수첩을 제시했다.

두 사람이 안내된 곳은 벽 한쪽에 커다란 수조가 있는 회의실 스타일의 방이었다. 장식이 그리 많지는 않지만 하나하나가 비싸 보였다. 1과에 배치되기 전, 본청 4과에 있던 시절에 가끔 방문한 조직폭력배가 운영하던 회사가 생각나는 방이었다.

화려한 광택을 내뿜는 검은 테이블 위에 쓰스에가 휴대폰을 내려놓았다. 요즘 젊은 형사들은 옷차림이나 행동까지 직장인 스타일이다. 쓰스에도 예외는 아니었다. 전혀 어울리지도 않으면서.

"그 휴대폰 인터넷 연결이 되는 건가?"

쓰스에에게 물었다.

"예, 됩니다."

"그 '사이트'라는 게 대체 뭐야?"

"…… 왜 그러세요, 갑자기?"

"다른 사람들한테 묻기는 그렇잖아."

"사이트라는 건 간단하게 말하자면 방송 프로그램 같은 거예요. 그러니까…… 그걸 뭐라고 설명해야 하지?"

말로 설명하는 것보다 보여주는 편이 빠르겠다고 생각했는지 쓰스에가 휴대폰을 조작하기 시작했다. 고구레 휴대폰보다 훨씬 멋진 디자인에 화면도 컸다. 게다가 컬러 화면이었다. 쓰스에가 손가락을 부지런히 움직이며 계속해서 화면을 띄웠다.

"그러니까 항목별로 여러 가지 정보를 추려낼 수 있어요. 보세요, 이게 오늘의 날씨…… 그리고 이게…… 어제 프로야구 결과예요."

오른손과 마찬가지로 왼손도 같이 움직였다. 명란젓처럼 투박하게 생긴 손가락이 잘도 움직였다.

"그럼 즉석만남 사이트라는 건? 생판 모르는 사람과 대화할 수 있는 거라던데."

"그건 좀 더 복잡한 절차가 필요해요. 뭐 정 궁금하시다면야…… 아니, 그런데 그건 왜요?"

"아니, 거기에 말이야……."

언젠가 소녀들에게 들었던 마취 강도 비슷한 휴대폰 성매매 이야기는 역시 형사과나 생활안전과 형사들은 아무도 몰랐다. 하기야 만약 진짜 피해를 입은 사람이 있다고 해도

자기가 성매매를 했다는 사실이 들통날까 두려워 신고할
사람은 없을 테지만. 고구레는 다른 문제에 신경을 쓰고 있
었다.

"이번 사건의 소문 같은 게 그쪽에 퍼졌는지 조사해볼 수
있을까?"

"저어, 나지마 씨와 조사한 레인코트를 입은 남자 말인
가요?"

"레인맨."

"주임님, 그런 사이트는 수천 개…… 아니 몇만 개쯤 되려
나? 어쨌든 너무 많아요. 게다가 정보가 매일 갱신되죠. 도
저히 체크할 수 없습니다."

생활안전과에 있는 나이토도 같은 말을 했다.

"휴대폰을 이용한 성매매 사기 같은 건 모르겠지만 마약
이 휴대폰이나 인터넷에서 거래되고 있는 건 확실해요. 할
시온 같은 약물 거래는 많을 겁니다. 외국에서 개인적으로
수입해 들여오니까요. 그렇지만 그걸 잡을 수가 없어요. 인
터넷 어디서 거래되고 있는지 알 수가 없으니까요."

쓰스에가 광고 모델 같은 포즈로 휴대폰을 들고 말했다.

"그러니까 이것 하나로 뭐든 알 수 있는 거죠. 세상을 통
째로 들고 다니는 거나 마찬가지예요."

"범인 이름은?"

"예?"

고구레는 휴대전화 화면을 가리켰다.

"범인 이름도 그 사이트 어딘가에 적혀 있지 않아?"

쓰스에가 식초라도 마신 표정을 지었다.

"무엇이든 알 수 있다는 이야기는 아무것도 모른다는 이야기나 마찬가지예요."

묘하게 철학적인 소리를 하더니, 스스로 자기 말이 이해가 되지 않는지 우두둑 소리가 나도록 고개를 갸웃거렸다.

5분이 지났는데 아무도 들어오지 않았다. 수조 안의 비싸보이는 열대어를 신기하다는 듯이 바라보면서 쓰스에가 말했다.

"저어, 주임님. 아직 잘 모르겠습니다만 그 레인맨인가 하는 것과 여기가 무슨 관계가 있는 거죠? 여기서 뭘 물어보시려는 거예요?"

"설명했잖아. 향수에 관해 물어본다고."

"그게 다카하라 사건과 관계가 있나요?"

"실은 나도 아직 잘 모르겠어."

쓰스에가 고개를 꼬며 다시 우두둑 소리를 냈다. 고구레가 물었다.

"그런데, 요즘 나에 대한 평판이 별로야?"

쓰스에는 아무 말도 하지 않았다. 부정하지 않은 셈이다.

매일 밤 열리는 수사 회의에서는 뮈리엘을 언급하지 않았다. 일단은 다카하라 미유키가 아르바이트한 여덟 곳, 그곳에서 맺은 인간관계와 시부야에서 만나 함께 놀던 아이들을 모두 조사한 결과 — 실제로 관계자 명단도 만들었고 탐문수사도 펼쳤다 — 두 피해자가 같은 아르바이트를 했을 가능성이 있다는 사실까지만 보고한 상태였다. 이노우에가 진범이라는 쪽에 무게를 싣고 있는 간부들은 이노우에 관련 신변수사 이외에는 흥미를 보이지 않았다. 공연한 소리를 하면 윗사람들의 수사 방향에 찬물을 끼얹는 셈이 될 것이 뻔하기 때문이다. 본청 7계 녀석들이 아오타 사건에 너무 관여한다고 자기에 대해 뒷말을 하는 것은 안다. 오늘도 나올 때 계장인 다카나시로부터 한마디 들었다.

'고구레, 요새 뭐 하고 다니는 거야? 쓸데없는 일에 자꾸 끼어들면 수사본부에서 뺄 거야.'

"평판이 어떤지는 모르지만, 암튼 주임님 요즘 이상해요."

"어디가?"

"으음, 확실히는 모르겠지만 무척 흥분하신 것 같아서요. 눈빛이 무서워."

"그래?"

저도 모르게 수조에 비친 얼굴을 보았지만 앞머리가 벗어지기 시작한 얼굴 윤곽이 뿌옇게 비치고 있을 뿐이었다.

수조 안에서 헤엄치고 있는 물고기가 작지만 피라냐 종류라는 사실을 깨달았다.

"다른 상해 사건이나 강도 사건 때랑 비교하면 완전히 다른 사람 같아요. 하기야 주임님은 본청 출신이니까. 제복 경찰로 돌아가고 싶다고 하면서도 큰 사건을 맡으니 힘이 솟는 거 아닌가요? 본청과 함께 수사할 사건을 기다리고 있었다는 느낌이 들어요."

"그래……? 사람이 죽는 사건은 딱 질색인데. 자네 말을 들으니 왠지 내가 살인을 기다리고 있었던 것 같군."

"기다리지 않으셨어요?"

쓰스에가 진지한 얼굴로 물어왔다. 자연스럽게 대꾸하고 웃어넘기려 했지만 아무 말도 나오지 않았다. 쓰스에의 말이 맞는지도 모른다. 고구레가 말이 없자 쓰스에는 당황하여 농담으로 얼버무리려 들었다.

"아니면 여자가 생긴 건가요?"

"그럴 리가 없잖아."

대화는 거기서 끝났다. 드디어 문이 열렸기 때문이다. 문으로 들어온 사람은 아직 20대로 보이는 젊은 남자였다. 고구레와 쓰스에가 입은 기성복에 비하면 가격 자릿수부터 다를 듯한 밝은 회색 정장. 약간 긴 머리. 테 없는 안경을 쓴 갸름한 얼굴은 단정해 보였지만 안색이 나쁘고 움푹 팬 뺨 때문에 매섭게 보였다.

"오래 기다리셨습니다. 마침 사장님이 해외 출장 중이십니다. 제가 대신 말씀을 듣겠습니다."

'이사 아소 나오유키麻生直之'

이 직함이 어떤 것인지 모르지만 젊은 나이에 비해 무척 의젓한 태도와 말투로 보아 사장을 대리할 만한 위치인지도 모르겠다는 생각이 들었다.

"어떤 일로 오셨습니까?"

경찰이 왜 여기까지 찾아왔느냐, 남자는 곤혹스러운 듯한 말투로 물었다. 묘하군. 고구레의 머릿속에 아소라는 남자에 대한 주의신호가 켜졌다.

"어제 도쿄에이전시에 들렀더니 여기로 가보라고 하더군요. 우리가 온다는 이야기를 들었을 거라고 생각했습니다."

"아뇨."

어색하리만치 억제된 목소리로 대답했다. 그럴 리가 없다. 안내하러 나왔던 여직원은 경찰 수첩을 보고도 전혀 놀라지 않았다. 예고 없이 갑자기 경찰관이 방문하면 누구나 동요하기 마련이다. 그 여직원의 냉정한 태도를 보아 경찰이 온다는 사실을 미리 알고 있었다고 생각할 수밖에 없다. 이 남자가 우리가 찾아온 까닭을 모를 리는 없다. 고구레는 마음속으로 임전 태세를 갖추었다. 취조실에서 필요한 심리전이다. 불쑥 본론으로 들어갔다.

"뮈리엘 모니터 모임에 대해 묻고 싶습니다. 거기 참석한 여자아이가 지금 수사 중인 사건에 연관되었을 가능성이 있어서요."

아소의 표정 변화를 살폈지만 미간의 주름이 약간 깊어졌을 뿐이다.

"사건?"

"아, 전혀 모릅니까?"

"예."

"이상하군, 도쿄에이전시 쪽에서 연락이 있었을 텐데요."

나는 이미 알고 있다 — 실은 모르지만 — 라는 표정을 지으며 아소의 눈을 들여다보았다. 상대를 흔들어볼 작정이었지만 아소는 바로 반격했다.

"아뇨, 전혀 몰랐습니다. 도쿄에이전시의 누가 전화를 했다는 겁니까?"

고구레는 어쩔 수 없이 고개를 저었다. 벌써 서로 입을 맞춘 건가? 아니면 진짜 모르는 걸까? 감정 변화가 얼굴에 드러나지 않는 남자였다.

"실은 살인사건입니다."

자세한 이야기는 덮어두고 그렇게만 말하자 아소는 놀랐다고 말했다. 하지만 안색은 말투만큼 변하지 않았다. 도무지 마음에 들지 않았다.

"모니터 모임을 주최한 것은 확실하죠?"

"예. 하지만 그 사건과 우리 회사가 무슨 관계가 있다는 거죠? 약속도 없이 오신 걸 보면 그만큼 긴급하기 때문인가요? 비즈니스와 관계된 문제이기 때문에 모든 것을 말씀드릴 수 있을지는 모르겠습니다만 그래도 괜찮다면 답변하겠습니다."

아소가 여전히 냉정한 말투로 역습을 해왔다.

"아뇨, 관계가 있다는 이야기는 아니고……. 어쨌든, 일단 모든 사실을 조사하는 것이 우리 일이라서…… 지장이 없는 이야기만 하면 됩니다."

고구레는 기선을 제압당해 말투가 흐트러진 척했다. 쓰스에가 괜찮겠느냐고 묻는 듯한 눈빛으로 바라보았다. 멍청한 녀석. 연기야. 아소가 여유 있게 다리를 꼬았다.

"무슨 말씀을 드리면 되죠? 시간이 별로 없는데요."

"아, 우선…… 불쑥 찾아와 이런 이야기를 묻는 게 좀 그렇지만…… 회사가 하는 일에 대해 이야기해주시겠습니까? 무슨 일을 하는 회사인가요? 우리는 이런 업계에 계신 분들과는 평소에 만날 일이 없으니까요……. 사실은 모니터 모임이란 것도 솔직히 어떤 것인지 잘 모르겠습니다."

고구레는 우직한 말단 공무원 같은 말투로 말했다. 어떻게 해서든 이 남자가 말을 많이 하게 만들겠다고 생각한 것이다. 말이 많아질수록 새로운 사실을 끌어낼 수 있을 테고, 뭔가 숨기고 있다면 말을 하다가 실수할지도 모른다.

사실 컴사이트에 관해서는 이미 조사를 마쳤다. 종업원 12명. 사장은 쓰에무라 사야, 본명은 쓰에무라 마사코杖村昌子. 자본금 5백만 엔. 사업자등록증에 적힌 업종은 기업 컨설팅, 광고 기획, 조사.

"하하, 워낙 무식해서. 알기 쉽게 설명 부탁드립니다."

고구레는 앞으로 다가앉았다. 쓰스에는 수첩을 펼치고 펜을 들었다. 두 사람이 함께 스크럼을 짜듯 몸을 앞으로 내밀자 아소는 몸을 약간 뒤로 물렸다. 하지만 특별히 기분 나쁜 표정은 보이지 않고 설명을 시작했다. 고구레가 멍청한 질문을 계속해도 짜증 내는 기색을 보이지 않았다. 어제 만난 가토라는 남자보다 몇 살 아래인 모양인데 비교도 되지 않을 만큼 냉정하고 유능해 보여 마음을 놓으면 안 될 인물 같았다.

"그래서, 우리 모니터 모임의 무엇이 문제인가요?"

참을성 있게 설명을 계속하던 아소가 이제 충분히 말했다는 듯 말을 끊으려고 했다. 좋았어, 이제 슬슬 시작해볼까. 아소를 설치해둔 지뢰 쪽으로 몰아 밟게 할 작정이었다. 고구레는 자연스럽게 물었다.

"그 사건 뒤에도 모니터 모임이 열렸습니까?"

"그 사건?"

테 없는 안경 너머, 감정을 드러내지 않는 유리알 같은 눈이 경계하듯 작아졌다.

"도대체 무슨 사건에 대한 수사인지 아직 말씀하지 않으셨습니다."

지뢰 작전 실패. 일부러 사건에 관한 구체적인 내용을 이야기하지 않았다. 집요하게 질문을 반복하며 말을 시킬 만큼 시키면 대부분의 진술자들은 자기가 어디까지 사실을 이야기했는지 혼란스러워한다. 단순하지만 취조실에서는 의외로 효과적인 방법이었는데 이 남자에게는 전혀 통하지 않았다.

"메구로구 여고생 연속살인 사건입니다. 아시죠?"

"예."

왼팔에 찬 손목시계를 들여다보던 아소는 일단 놀란 표정을 지어 보였다. 고구레의 말보다 시간에 더 놀랐는지도 모른다.

"그러니 조금만 더 시간을 내주시죠. 그 모니터 모임에 관해 좀 자세하게 말씀을 듣고 싶군요."

"상관없지만 뮈리엘 사의 캠페인은 벌써 우리 손을 떠난 일입니다. 우리 업무의 기본은 대형 광고회사의 브레인 역할을 하는 것이죠. 전략 기획과 입안까지만 의뢰를 받습니다."

아소의 말은 도쿄에이전시에서 들은 내용과 큰 차이가 없었다. 컴사이트 쪽 참석자는 사장인 쓰에무라와 아소, 고구레를 이 방으로 안내한 비서 유카와, 그리고 다른 사원 두 명이었다. 도쿄에이전시에서는 가토와 니시자키. 부장인 미우라라는 남자도 참석했는데 중간에 나갔다는 점만 차이가 있었다. 혹시 몰라 이노우에라는 남자가 없었느냐고 물었지만 아소는 고개를 저었다.

"모니터 인원은?"

"33명이었습니다."

"그 사람들 명단을 보고 싶습니다만."

"명단……."

잠시 생각하는 표정을 짓더니 아소가 말했다.

"명단 같은 것은 없습니다."

"그렇지만 아르바이트를 모집할 때 이력서 같은 걸 받지 않나요?"

"모집이라기보다 길거리에서 스카우트한 거죠. 우리 직원이 길거리에서 앙케트 조사를 하다가 그때 적당하다 싶은 젊은 여성들만 골라 모니터 모임에 출석해달라고 권유했습니다. 그래서 모임 당일까지도 누가 올지, 몇 사람이 될지 우리도 알 수 없었습니다."

"적당하다니, 무슨 말씀이시죠?"

"같은 또래 여자애들 가운데 오피니언 리더, 패션 리더가 될 만한 여성들에게 권유한 거죠."

"앙케트 조사를 한 장소는?"

"시부야입니다."

또 시부야인가? 고구레의 머릿속에 나지마가 만든 소문 전파 지도가 흐릿하게 떠올랐다. 시부야는 거대한 종양처럼 마커로 새빨갛게 칠해져 있었다.

"그게 언제쯤입니까?"

"6월 중순부터 하순까지 나흘간 했습니다."

"참석을 권유한 여성은 몇 명정도 됩니까?"

"50명쯤 된다고 들었습니다."

"정확하게는?"

"모르겠습니다. 그런 세부적인 내용은 담당자에게 맡기니까요."

"모니터 모임은 어떤 내용이었죠?"

"이야기는 거의 쓰에무라 사장이 했습니다."

"어떤 이야기를?"

"뮈리엘 사 제품에 대한 에피소드죠. 해외 틴에이저들에게 인기가 있어 연애를 위한 소도구가 되었다는 이야기나, 영화에 제품을 사용하는 장면이 나온다는 이야기 같은 거죠. 일본 유명인들도 이미 즐겨 쓴다는 이야기, 대략 그런 내용입니다."

"그 밖에는?"

"특별한 내용은 없습니다."

"영화에 나온다고요? 무슨 영화죠? 유명인은 누굽니까?"

쓰스에가 물었지만 아소는 질문에는 대꾸하지 않고 알아듣기 힘든 말을 했다.

"우리 일은 세일즈가 목적이 아니라 어디까지나 프로모션 활동을 지원하는 것입니다. 유저의 코어에 위치하는 연령층에 상품 정보를 전달해서 마켓을 넓히는 서포트를 하는 겁니다."

세일즈와 프로모션이 어떻게 다른지, 유저의 코어라는 것이 어떤 것인지 잘 이해가 가지 않았지만, 고구레는 다음 이야기를 기다렸다. 하지만 아무리 말을 시켜도 냉정한 아소의 태도는 무너지지 않았다. 자꾸 손목시계를 들여다보면서도 초조한 모습을 보이지는 않았다.

"녹음테이프 같은 것은?"

"녹음은 하지 않았습니다. 이미 말씀드렸듯이 우리는 여러 대형 광고회사와 일을 하고, 많은 클라이언트와 작업을 합니다. 뮈리엘은 원 오브 뎀, 극히 일부분에 지나지 않습니다."

대형 광고회사. 아소의 말 가운데 이 단어가 여러 차례 나왔다는 사실을 깨달았다. 그런가? 어떤 경력을 쌓고 이 회사에 들어왔는지는 몰라도 자기는 대형 광고회사에 근무하지 않는다는 사실이 아소의 콤플렉스일지도 모른다는 생각이 들었다. 그런가? 어쩌면 이 녀석의 냉정한 태도를 무너뜨릴 방법이 있을 것 같다. 고구레는 별로 익숙하지 않은 상냥한 웃음을 지으며 가벼운 말투로 던져보았다.

"길거리 앙케트라…… 아, 의외군요. 이쪽 회사의 분위기로 보아 훨씬 더 최첨단 업무를 하시는 줄 알았습니다. 의외로 단순한…… 이런, 실례. 꼼꼼하게 처리해야 할 작업을 하시는군요. 그럼 티슈를 무료로 나눠주는 일도 합니까? 티슈에 광고를 많이 찍어 넣더군요. 코감기가 걸렸을 때는 정말 도움이 되는데……."

"그런 일은 하지 않습니다. 게다가 리서치는 우리가 하는 일의 극히 일부분입니다."

고구레의 말을 아소가 도중에 끊기는 처음이었다.

"거리 앙케트라는 방법을 사용한 까닭은 마침 이번 케이스가 지역 전략적인 프로젝트였기 때문입니다. 우리 직원이 나간 것도 이례적인 일이죠. 통상적인 앙케트 조사는 전문업자에게 맡깁니다. 중심 업무는 어디까지나 마켓 분석과 전략 수립, 판촉, 광고, 매체 계획 수립 등이니까요."

아소가 묻지도 않은 것까지 이야기하기 시작했다. 냉정한 표정은 여전히 변함이 없지만 목소리는 약간 날카로워졌다. 좋아, 좋았어. 슬슬 본성을 드러내시는군. 아소의 설명을 전혀 이해하지 못했다는 듯이 멍한 표정과 말투로 고구레가 물었다.

"거리 앙케트란 것도 힘든 일이죠? 6월쯤이면 비도 자주 올 테고, 날이 맑으면 덥고."

"글쎄요. 자세한 것은 모르겠습니다."

"어? 아소 씨도 거리에 나가는 것 아닙니까?"

"설마요."

아소의 눈썹이 한쪽만 치켜 올라갔다. 철가면 안에 숨어 드러나지 않을 것 같던 강한 민낯이 드러났다. 조금만 더 부아를 질러볼까?

"50명 가운데 33명이라…… 의외로 확률이 높군요. 그렇게 쉽게 모입니까? 그런 정체가 불분명한 아르바이트에…… 아, 미안합니다. 그냥 이 회사가 별로 유명하지도 않은 것 같은데 꽤 많이 왔다는 생각이 들어서요."

"그야 보수를 제시했으니까요."

그러니 당연히 모인다는 표정으로 아소가 말했다.

"얼마입니까?"

"5만 엔입니다."

쓰스에가 화난 목소리로 끼어들었다.

"단 하루에?"

쓰스에가 화를 내는 것도 무리는 아니다. 녀석의 월급을 일당으로 나눈다면 이 아르바이트 금액의 4분의 1밖에 되지 않는다. 하기야 고구레도 별 차이는 없지만.

"예, 우리 회사로서는 당연한 금액입니다."

가슴을 젖히며 아소가 대답했다. 이제 슬슬 다룰 만해졌다. 자기를 이성적으로 보이게 하는 것이 아소의 특기인 모양이지만 한 꺼풀 벗기면 자의식 과잉인 애송이일 뿐이다.

"리포트 제출도 의뢰했고요."

"리포트?"

아소는 모니터들에게 시장 동향, 상품에 대한 평가를 보고하도록 지시했다고 설명했다. 고구레는 비로소 두 피해자의 사진을 꺼냈다.

"이 두 사람을 본 기억이 납니까?"

아소는 사진을 힐끗 보더니 대답했다.

"기억이 없습니다."

표정만 봐서는 정말인지 거짓말인지 알 수가 없었다.

"리포트 제출이 의무 사항이었군요. 지금 하신 설명에 따르면 리포트를 제출해야 보수가 지급된다는 말씀 같은데……."

"그렇습니다."

"리포트를 입수하는 일이 이 회사 업무 목적 가운데 하나인 셈이군요?"

아소가 고개를 끄덕였다. 표정에 변화가 거의 없던 아소가 약간 떨떠름한 표정을 지었다. 고구레는 아소가 들으라고 일부러 '으음'하고 신음을 하며 천천히 물었다.

"그렇군요……. 그러면 그 리포트에는 이름이 적혀 있겠네요."

아소의 눈이 살짝 흔들렸다. 그가 약간 뜸을 들였다가 대답했다.

"이미 폐기했습니다."

"벌써요? 중요한 문서 아닙니까?"

"아까 말씀드린 대로 뮈리엘 사 일은 우리가 하는 업무의 일부분에 지나지 않습니다. 게다가 이미 끝난 업무라서요."

거짓말이라고 직감했지만, 당장은 강제로 제출하라고 할 권리가 없다. 뭐, 상관없다. 조사하려면 다른 방법도 있으니까. 아소가 거짓말을 했다는 사실을 알게 된 것만 해도 수확이었다.

엘리베이터 문이 닫히자마자 컴사이트 문에 대고 내뱉듯이 쓰스에가 말했다.

"뭐야, 저 자식. 아주 비협조적이네요."

쓰스에는 일당이 5만 엔이라는 사실 때문에 아직도 화가 풀리지 않은 모양이다.

"경찰에 반감이 있어. 뭔가 숨기고 있는 게 분명해."

의문점을 메모하듯 고구레가 중얼거렸다.

"뭔가? 그게 뭔데요?"

"이제부터 그걸 찾아내야지."

"고구레 선배, 괜찮으세요? 이런 일만 하다가는 수사본부
에서 고립됩니다."

"역시 나는 고립된 상태구나?"

"……아뇨, 그게…… 그렇게 되면 곤란할 거라는 거죠."

"걱정하지 마. 혼자가 아니니까."

"나지마 씨 말입니까? 그 사람은 괜찮죠. 본청 경부보 나
리니까. 게다가 여자고요. 여자라 이득을 보는 거죠."

"너도 있잖아."

대기 상태이기는 해도 쓰스에 역시 아직은 수사본부의
일원이다. 쓰스에는 '너'라고 하는 게 누굴 이야기하는지 바
로 알아듣지 못한 듯했다. 3초쯤 지난 뒤에야 불쑥 고개를
돌리더니 어처구니없다는 표정으로 자기 코를 가리키며 말
했다.

"예? 저요?"

"그래."

"안 돼요. 전 바쁘다니까요."

"어차피 승진시험 공부잖아. 도와주면 논문시험 합격 비결을 가르쳐줄게."

"정말요?"

"그래. 내가 그냥 세 번이나 떨어진 줄 알아?"

쓰스에가 살짝 한숨을 내쉬는 소리가 들렸다.

17

10월 첫째 주 수요일. 오후 5시. 해가 있을 때는 곤히 잠들어 있는 듯했던 시부야센터 거리의 네온사인이 어둠이 밀려오자 밝게 빛나기 시작했다.

고구레는 핑크 머리 소녀를 찾고 있었다. 역 앞에서 도큐핸즈까지 이어지는 번화가를 벌써 세 번이나 왕복했다. 늘 이 부근을 하는 일 없이 어슬렁거리더니 만나려고 찾아 나서니 보이지 않았다. 가르쳐준 휴대폰 번호로 걸어보았지만 계속 받지 않았다.

네 번째 왕복. 스티커사진 전문 게임센터 앞을 지나는데 안에서 귀에 익은 탁한 목소리가 들려왔다.

"빨리빨리 다음 사진 찍자, 다음. 상투 가발을 쓰고."

10대 소녀라고는 생각할 수 없을 지경으로 술과 담배에

310

찌든 목소리. 제일 앞쪽 스티커 사진기 안에서 들려왔다. 커튼 안에 있는 세 소녀 가운데 제일 듬직한 허벅지를 지닌 소녀의 등을 쿡쿡 찔렀다.

"누구야?"

커튼 안에서 눈썹을 치켜뜬 얼굴이 튀어나왔다. 핑크색이었던 머리카락이 오렌지색으로 바뀌었다. 고구레의 얼굴을 보고도 상냥하게 웃어주지 않았다.

"뭐야, 무슨 일이야?"

"한참 찾았어."

"난 볼일 없어."

기분이 별로 좋지 않은 모양이었다.

"아 씨, 어떻게 할 거야? 내 얼굴이 이상하게 찍혔잖아."

"괜찮아. 별 차이도 없는데 뭐."

"뭐라고?"

"네가 도와줘야 할 일이 있어."

"오늘 바빠."

"학교엔 갔다 왔니?"

소녀가 팬더 같은 눈을 더 크게 떴다. 눈 주위에 반짝이를 붙였다.

"지금 협박하는 거야?"

"아니, 그냥 불심 검문이야."

오렌지 머리로 바뀐 핑크 머리가 콧구멍을 넓히며 콧방귀를 뀌었다. 파우치에서 담배를 꺼내려다가 고구레가 노려보자 손길을 멈췄다.

"뭐야, 도와달라는 게."

"뮈리엘이라는 화장품 회사 알아? 얼마 전에 향수 신제품을 내놓았는데."

"뮈리엘? …… 아하, 들어본 적 있어. 알아. 냄새 엄청 나는 향수."

"그 화장품 회사가 시부야에서 너희 또래 여자애들을 모아서 모니터 모임을 했던 모양이야. 그 모니터 모임에 참석했던 애들을 찾고 싶어."

"들어본 적 없어, 그런 이야기. 게다가 시부야에 오는 애들이 한둘이 아니니까. 심지어 신칸센 타고 놀러 오는 애들도 있단 말이야."

"내가 듣기로 시부야가 홈그라운드인 여자애들이 모였대. 비밀 아르바이트였던 모양이야. 그래서 네가 아는 애라도 입을 다물고 있을지 몰라. 화장 잘하고 옷 잘 입는 애들만 뽑았다던데. 다른 여자애들 패션에 영향을 끼칠 만한 아이들로."

"흥, 그런데 나는 왜 안 불렀지?"

핑크 머리 소녀가 고개를 갸웃거렸다. 고구레는 대꾸하지 않고 말을 이었다.

"몇 명이건 상관없어. 알게 되면 연락 줘. 많을수록 도움이 될 거야."

"110으로 신고해?"

"아니."

고구레는 자기 휴대폰 번호를 가르쳐주었다.

번호를 휴대폰에 입력하면서 핑크 머리 소녀는 마치 사기꾼처럼 씩 웃었다.

"맨입으로?"

"경찰을 뜯어먹겠다는 거야?"

"아니, 나야 뭐 상관없지만 다른 애들은 나랑 다르단 말이야. 다 경찰을 싫어하는데 생기는 것도 없이 경찰을 도와줄 것 같아? 나처럼 셰이크와 베이컨 버거 정도에 넘어가는 순정파가 아니란 말이야. 개런티에 따라서 모으는 아이들 수가 달라질 거야. 싫으면 관두시든가."

핑크가 능글맞은 소리를 했다. 아이들을 찾아낼 자신이 있다는 말투였다.

"우리 경찰서로 와. 그러면 아르바이트 비용을 줄게. 참고인 수당이란 게 있거든."

"아아, 경비를 슬쩍 빼내서 쓰시겠다? 나도 잘 알아. 아빠가 공무원이라서."

"아니야!"

수요일 오전 6시. 아침 식사용 낫토에 날달걀을 깨서 넣으며 고구레는 나쓰미를 불렀다. 자기 일에 딸을 끌어들이기는 싫었지만 다른 방법이 떠오르지 않았다.

토스트를 한입 가득 베어 물며 나쓰미가 말했다.

"뭔데? 하고 싶은 말이?"

"그 뮈리엘이라는 향수 말이야."

"향수?"

나쓰미는 따뜻한 우유를 한 모금 마시며 토스트를 삼키고 나서 또 같은 말을 되풀이했다.

"향수? 저번부터 이상하게 향수에 신경 쓰시네? 아빠한테 뮈리엘 이야기를 들으니 왠지 기나오싹."

고구레가 뮈리엘의 모니터 모임 이야기를 요점만 간추려 이야기하자 자기 엄마를 닮은 큰 눈을 더 크게 떴다.

"엥? 그럼 그거 공짜였어? 기지배, 뭐야. 난 그것도 모르고 밥을 사줬잖아. 손해 봤네."

나쓰미는 이제 이 세상 사람이 아닌 친구를 웃으며 탓했다. 얼마 전과 비교하면 많이 좋아진 듯했다. 여전히 이틀이 멀다 하고 친구 집으로 자러 가지만 고구레는 이제 잔소리하지 않기로 마음먹었다. 가서 자는 집은 대개 같은 구에 있

는 다바타 에리田端エリ라는 같은 반 친구 집이었다. 그 애 부모에게는 몇 차례나 전화로 미안하다고 사과를 했다. 그 아이가 고구레의 집에 자러 오는 일도 있었기 때문에 다바타 에리의 부모는 피차 마찬가지라며 흔쾌히 허락해주었다.

"비밀 모니터였던 모양이야. 그래서 너한테도 자세하게 이야기할 수 없었겠지. 함께 아르바이트한 아이가 있을지도 몰라. 혹시 짐작이 가는 아이 있니?"

"으음. 거리에서 권유를 받았겠네. 에리는 아마 모를 테고……."

"응, 그렇겠지."

"그렇겠지? 그게 무슨 뜻이야?"

"아, 아무것도 아니야."

다바타 에리는 소프트볼 부의 4번타자라고 한다. 새카맣게 탄 사내아이처럼 다부지게 생긴 소녀다. 아무리 생각해도 모니터 모임에 권유를 받을 타입은 아니었다. 나쁜 짓을 할 아이처럼 보이지도 않아서 혹시 무슨 일이 생기더라도 듬직하겠다 싶어 고구레도 마음이 놓이는 친구였다.

"우리 학교 아이는 없을 거야……. 맞다, 시부야에서 함께 권유를 받았을 가능성이라면 피모피모 정도?"

"삐약삐약?"

"아니, 피모피모. 구미의 친구야. 자기가 만든 옷을 입고 같이 시부야에 간댔어. 고등학교는 다니지 않고 CG학원에 다녀. 컴퓨터로 텍스타일 디자인 같은 걸 하는데. 나도 메일은 가끔 주고받아. 물어볼까?"

"부탁해."

"저어, 이거 레인맨 수사 때문이지?"

"민간인에게는 발설할 수 없습니다."

나쓰미가 오래간만에 소리 내어 웃었다.

"레인맨을 잡기 위해서라면 협력할게. 휴대폰에 번호가 괜히 2백 개나 들어 있는 건 아니니까."

"협조, 감사드립니다."

고구레는 딸에게 경례했다.

토요일 오후 3시. 늘 들려오는 전화벨과 경찰 무선통신 소리. 호통치는 소리와 목소리를 죽이고 나누는 대화로 가득한 메구로경찰서 형사과에 느닷없이 소녀들의 재잘거리는 소리가 울려 퍼졌다.

"헐, 사무실 대박 더러워."

"냄새 진짜 지독해!"

"빨리 해요오."

수사관들이 머리와 옷이 알록달록한 소녀들을 돌아보았다. 마치 소년과가 집단 단속이라도 한 풍경이다. 소녀들을

안내해 형사실 한쪽에 있는 취조실로 들어가려는 고구레를
다카나시 계장이 불러 세웠다.

"고구레, 뭘 하려는 거야?"

다카나시는 돋보기안경 속의 눈을 굴려 고구레와 소녀들
을 번갈아 쳐다보았다.

"참고인 청취입니다. 이제 곧 지금까지 한 수사의 중간보
고를 해야 하니까요. 한꺼번에 해치우려고."

모인 소녀들은 모두 일곱 명. 사흘 만에 이만큼 찾아냈으
니 성과가 좋다. 핑크 머리 소녀처럼 알록달록한 옷차림을
한 소녀가 네 명. 그 소녀들보다 더 눈길을 끄는 아이는 정
수리 부분만 빼고 머리를 박박 밀어버린, 정수리에 남은 머
리카락을 세 갈래로 딴 소녀였다. 코와 눈꺼풀에 한 피어싱
이 반짝거렸다. 그 소녀가 바로 나쓰미가 이야기한 아오타
구미의 친구 피모피모였다. 나머지 두 명은 전혀 다른 타입
이었다. 잡지 화보에 나와도 될 만한 미소녀들이었다. 실제
로 한 명은 모델 아르바이트를 하고 있고, 또 한 명은 틴에
이저 대상 월간지에서 독자 모델로 활동한다고 한다.

고구레는 나지마, 쓰스에와 함께 미리 예약해둔 제2 취조
실로 철제 의자를 옮겼다. 그리 넓지 않은 공간에 일곱 명
이나 되는 여자애들이 들어오니 더 좁았다. 비좁은 데다 엄
청 시끄럽기까지 했다.

"뭐야, 드라마에서 보던 거랑 완전 다르네."

"아, 배고파."

"빨리해요오."

범죄 용의자가 아니라도 경찰서에 오면 대부분 긴장해서 말수가 줄어들기 마련이다. 특히 창문을 쇠창살로 막아놓은 위압적인 취조실에서는 더욱 그렇다. 될 수 있으면 다른 방을 쓰고 싶었는데 이 소녀들에게 그런 배려는 굳이 필요가 없을 것 같았다.

친구들과 함께 온 녀석들은 큰 소리로 마구 떠들어대거나 아니면 휴대폰으로 누군가와 통화를 했다. 감자칩 봉투를 들고 있는 소녀도 있었다. 고구레는 화이트보드 앞에 서서 헛기침을 한 뒤 이야기를 시작했다.

"아, 오늘 시간 내줘서 고마워요. 에에, 여러분에게 여기로 와달라고 한 이유는 이미 알고 있겠죠……? 저어, 휴대폰 통화는 나중에 해줄래요……? 설명할 필요도 없겠지만 여러분에게 무슨 혐의가 있는 것은 아니고 불편하게 만들고 싶은 마음도 없어요. 어? 화장실?…… 이 방에서 나가 오른쪽 끝에 있어……. 에에, 지금 수사 중인 사건에 관련된 문제로 이런저런 이야기를 듣고 싶어요. 여러분의 증언이 범인 체포에 결정적인 단서가 될지도 모릅니다."

추켜세우기도 하고 어르기도 하면서 힘들게 이야기를 이

어갔지만 그럴 필요가 없었다. 아무도 고구레의 말에 귀를 기울이지 않았다.

"모두 정숙!"

언성을 높이자 그제야 다들 고구레를 바라보았다.

"정숙이 뭐야?"

"조용히 엄숙하게 있는 거야."

"엄숙은 뭔데?"

"됐어. 그런 건 상관없으니 좀 조용히 해줘. 오늘 여기 왜 모였는지 이유는 알겠지?"

바로 취조하는 말투가 되고 말았다. 미소녀 모델의 표정이 굳어지더니 자기 가슴을 두 팔로 껴안았다. 이런, 이러면 안 돼. 고구레는 애써 부드러운 말투로 다시 말했다.

"알고 있죠?"

몇 명이 고개를 끄덕였다. 하지만 나머지 몇 명은 고개를 저었다.

"몰라아."

"그럼 다시 설명한다. 잘 들어……. 아니, 잘 들으세요."

아아, 이런. 마치 학교 같다. 고등학교도 아니고 초등학교. 고구레는 진행을 맡은 걸 이미 후회하기 시작했다.

"1대 1이라면 여자들끼리 이야기하는 게 좋을지 몰라도 단체라면, 특히 오늘 모인 타입의 여자애들에겐 고구레 선배처럼 관록이 있는 남자분이 반발도 적을 테고 말도 잘 들을 겁니다."

나지마가 그렇게 말했지만 고구레는 전혀 그렇게 생각하지 않았다. 흘끔 나지마를 보니 두 손으로 잘하고 있다는 포즈를 취하고 소리 없이 입술 모양으로만 '파이팅!' 하며 응원을 보냈다. 왠지 부추김을 당해 나무 위에 오른 느낌이 들었다. 고구레는 꾹 참고 다시 설명을 반복했다.

"기억하지? 7월 3일, 월요일이야. 장소는 시부야구 도겐자카 2초메. 포럼 알파 4층. 너희들 포함해서 서른세 명이 모였지. 아무리 사소한 내용이라도 좋아. 기억나는 대로 이야기해줘."

"알바는 했지만 무엇을 했는지 이야기하면 안 되는데요. 비밀이라서."

소녀들 가운데 한 명이 말했다.

"이미 늦었어. 지금 이야기했잖아."

"아, 안 돼."

"걱정할 것 없어. 주최 측인 컴사이트란 회사에도 이미 물어보러 다녀왔어. 신경 쓰지 말고 이야기해줘. 모니터 모임이 어떻게 이루어졌는지, 누가 있었는지, 끝난 뒤에 각자 어디서 무엇을 했는지, 세세한 부분까지 다 말해줘. 될 수 있으면 자세하게."

소녀들이 갑자기 입을 다물었다. 고구레가 슬쩍 떠보았다.

"모니터 모임이 시작된 건 오후 5시. 끝났을 때는 7시가 조금 지난 시각이라고 들었는데 맞나?"

몇 명이 고개를 끄덕이고 나머지는 고개를 저었다.

"시작한 게 5시 반 아니었어?"

"그건 네가 지각을 했으니까 그렇지."

"끝난 건 7시?"

"6시쯤 아니었나? 밖이 아직 환했어."

"그때는 해가 길었으니까 그렇지. 동지 무렵이잖아."

"멍청이, 여름은 하지야."

도무지 미덥지 않았다. 게다가 소녀들은 고구레의 질문은 안중에도 없이 밤이 가장 짧은 날이 하지냐 동지냐로 옥신 각신 다투기 시작했다.

"좋아, 알았어. 끝난 시각은 우리가 조사하지. 모인 장소 가 어땠는지 이야기해줘."

"되게 깨끗한 곳이었어, 호텔처럼."

"마실 것도 줬어. 마치 니시무라(일본의 커피숍 브랜드)에서 사 온 것 같은 오렌지 주스. 서비스 좋았는데, 그때는."

전에 보았을 때보다 피부가 더 탄 금발 소녀가 지저분한 취조실을 둘러보고 아무것도 없는 철제책상을 내려다보며 말했다. 고구레는 얼른 쓰스에게 귓속말을 하고 돈을 건넸다.

"마실 것 좀 부탁해."

"니시무라는 출장 서비스 같은 건 안 해."

"하거든."

"생과일주스는 니시무라보다 도카엔이 훨씬 낫지."

잠깐 한눈을 판 사이에 소녀들의 화제는 어느새 주스로 옮아갔다. 여태까지 몇만 번은 했던 탐문을 통해 고구레의 인내심은 상당히 단련되어 있는 편인데도 오늘만큼은 얼마나 버틸 수 있을지 자신이 없었다.

"자아, 여길 봐요. 다들 하고 싶은 말이 많은 것 같지만 계속 질문할게요. 우선 모였던 장소를 간단하게 그림으로 그려보고 싶은데……."

소녀들은 다시 입을 다물고 눈짓을 주고받기 시작했다. 본론으로 들어가면 갑자기 조용해졌다. 한 소녀가 입을 비죽 내밀며 말했다.

"벌써 세 달 전 일인데, 뭘 자세하게 말하라는 거야. 갑자기 물어본다고 기억이 날 리 없잖아."

아무래도 그 말이 소녀들의 심정을 대변하는 듯했다. 그 발언에 동의하는 소녀가 여럿 있었다.

"그래, 맞아."

"우린 돌대가리라서 기억 못해."

고구레는 구석 쪽에 서 있는 나지마에게 도와달라는 눈짓을 보냈다. 나지마도 입을 뾰족 내밀고 이마에 손을 대고 있었다. 관자놀이를 손가락으로 톡톡 두드린 나지마가 갑자기 이상한 소리를 하기 시작했다.

"아, 여러분. 혹시 그거 봤어?"

나지마는 요즘 젊은 여성들에게 인기 있는 텔레비전 드라마 이야기를 꺼냈다. 이번 사건이 터지기 전, 아침에 나쓰미와 대화를 나누면서 여러 차례 이야기를 들어 고구레도 제목쯤은 알고 있었다. 소녀들은 불쑥 끼어든 나지마를 싸늘한 시선으로 바라보면서도 대부분 고개를 끄덕였다.

"7월 3일은 그 드라마가 처음 방영된 날이야. 그러니까 두 사람이 만나기까지의 이야기가……."

나지마도 그 드라마를 보는 모양이다. 1회의 줄거리를 이야기하자 몇몇 소녀가 맞장구를 쳤다. 어떤 소녀는 잘못 이야기한 부분을 바로잡았고, 어느새 왁자지껄하게 드라마에 대한 이런저런 이야기에 열을 올리기 시작했다. 여기가 과연 경찰서 취조실이란 말인가?

"그 드라마가 9시에 시작했잖아. 난 녹화해서 나중에 봤는데, 너희들은 본방을 봤니? 그럼 집에 들어간 건 몇 시일까? 모니터 모임이 끝난 건? 그날은 저녁때까지 비가 오다가 그쳐서 밤에는 무척 더웠는데."

나지마의 이야기에 낚인 한 소녀가 이야기하기 시작했다.

"맞아. 나 그 드라마 보려고 그날 딴 데 안 들르고 바로 집에 갔어. 집에 도착한 게 8시 조금 전이었으니까 모니터 모임이 끝난 건 7시가 조금 지나서였겠네."

"맞아. 비가 왔어. 집에 갈 때 샘플이 든 쇼핑백을 들고 있었는데, 우산 쓰고 들고 가려니까 귀찮아서 그냥 버릴까 잠깐 생각했었어."

"내가 모임 장소에 도착했을 때는 비가 그쳤는데."

"그건 네가 지각했으니까 그렇지."

"내가 아마 5시 10분에 도착했을 거야. 그런데 벌써 시작해서 맨 뒤에 앉았지."

조금씩 기억의 실타래가 풀리기 시작했다. 나지마 경부보에게 고맙다는 표시로 슬쩍 경례를 하고 고구레는 다시 소녀들에게 말을 건넸다.

"그렇게 하면 돼. 좀 더 기억을 떠올려보자. 자, 모임 장소에 의자와 책상이 어떻게 놓여 있었는지, 누가 어디쯤 앉아 있었는지, 그걸 가르쳐주면 좋겠어."

화이트보드에 커다란 네모를 그렸다.

"이걸 모임이 열린 장소라고 생각하자."

"더 길쭉한 방이었어."

다시 그렸다.

"책상 하나에 의자가 다섯 개씩. 책상이 두 줄로 놓여 있었는데 전부 합쳐서 여덟 개."

"책상이 여덟 개?"

"아니, 열 개인가?"

다시 그렸다.

소녀들이 저마다 자기가 앉았던 위치를 이야기했다.

"거기야, 아니, 그래 거기. 두 번째 줄 앞에서 세 번째!"

"내가 얘 앞에 있었어."

"아, 그럼 우리는 더 뒤에 앉았나?"

상당히 엉성하기는 했지만 겨우 모니터 모임 장소의 대략적인 모습과 각자가 앉았던 위치가 파악되었다. 이제 슬슬 본론으로 들어가야 할 순서다.

"메구로 연속살인 사건은 알고 있겠지?"

이 말에는 모두 고개를 끄덕였다. 벽에 크게 인화한 사진 두 장을 붙였다. 다카하라 미유키와 아오타 구미였다.

"이 두 사람을 아니?"

구미의 친구인 까까머리 피모피모는 어두운 표정을 지었는데 나머지 여섯 명은 고개를 저었다. 고구레는 피모피모에게 물었다.

"부탁한 것 가져왔니?"

피모피모가 고개를 끄덕이고 페르시아 카펫 같은 무늬의

백에서 종이 한 장을 꺼냈다. B4용지 크기의 큼직한 켄트지였다. 컴퓨터로 그린 그림인데, 아오타 구미가 그날 입었던 옷과 머리 모양이 그려져 있었다. 일본 글자가 적힌 화려한 티셔츠에 직접 만든 롱스커트. 발에는 샌들. 그 종이를 구미의 사진 옆에 붙였다.

"이 아이, 아오타 구미는 이 그림을 그려준 이 친구와 함께 있었지. 옆에 앉았을 거야.

피부가 햇볕에 그은 금발 소녀가 말했다.

"아, 기억나. 그 사진에 있는 아이는 몰라도 저 머리는……."

그렇게 말하며 모히칸 헤어스타일을 한 피모피모를 바라보았다.

"잊으려 해도 잊을 수가 없지."

몇 명인가가 고개를 끄덕였다. 금발 소녀는 피모피모가 말없이 바라보자 고개를 움츠렸다. 고구레는 모니터 모임 장소 그림에 아오타 구미의 위치를 적어 넣었다.

서류 봉투에서 작은 비닐봉지를 꺼냈다. 안에는 스냅사진이 한 장 들어 있었다. 지난번에 맥도널드에서 만난 파란 콘택트렌즈 소녀한테 빌린 사진이었다. 그 아이가 뮈리엘 쇼핑백을 안고 있던 미유키를 만난 날 밤에 찍었다고 한다. 화장도 훨씬 짙었다. 가슴까지만 찍힌 사진이지만 오렌지

색 민소매 옷이 찍혀 있었다.

미유키 어머니에게 7월 3일에 미유키가 어떤 옷차림이었는지 물었지만 전혀 기억하지 못했다. 며칠 전, 파란 콘택트렌즈 소녀를 만났더니 그 사진을 보여주었다. 고구레는 행운으로 여겼지만 파란 콘택트렌즈 소녀에게는 별것 아닌 모양이었다.

"만나기 쉽지 않은 애랑은 꼭 기념사진을 찍어. 인사 대신이지. 아, 그 사진 더럽히면 안 돼. 그 애하곤 이제 함께 사진을 찍을 수가 없으니까. 꼭 돌려줘야 해."

파란 콘택트렌즈 소녀는 늘 작은 카메라를 목에 걸고 있었다. 소녀들에게 사진을 주고 돌려보게 했다. 몇몇 아이들은 고개를 저었지만 네 번째 소녀가 기억해냈다.

"기억나. 얘는 나보다 한 칸 앞에 있었어."

일곱 번째 소녀도 기억하고 있었다.

"으음, 그리고 보니 가장자리에 있던 애네. 치마는 미니였고, 구두는 뮬이었지."

"뮬이 뭐지?"

소녀가 한숨을 내쉬며 대답했다.

"샌들처럼 생긴 구두. 맨발에는 역시 뮬이 편하지."

고구레는 다카하라 미유키의 위치를 적어 넣었다.

"됐어, 이제 제법 파악이 되었군. 역시 젊은 친구들은 달

라. 다들 기억력이 좋구나. 이런 식으로 하면 돼. 좀 더 힘내자, 아자아자!"

분위기를 부드럽게 하려고 애써 가벼운 농담을 던졌다. 하지만 소곤소곤 흉보는 소리만 들었을 뿐이다. '헐, 웬일이야.' '아자아자가 뭐야. 완전 구려.' 나지마가 고개를 숙이고 웃음을 참았다.

쓰스에가 음료수를 안고 들어오자 소녀들이 환호성을 질렀다. 늦는다 싶더니 경찰서 안에 있는 자동판매기가 아니라 굳이 편의점까지 가서 여자애들이 좋아하는 음료수로 사 온 모양이었다.

"나는 모모텐!"

"나도 그거."

"맥주는 없어? 맥주!"

"어머, 마시는 젤리도 있네. 센스 있어."

"이 오빠, 맘에 쏙 드네. 휴대폰 번호 좀 찍어줘."

피부를 검게 태닝한 소녀가 환호성을 지르자 쓰스에는 얼굴이 붉게 물들었다. 돈을 낸 사람은 고구레인데 뭐 이런 경우가. 마지막에 남은 살구맛 젤리 음료로 입을 축이며 고구레는 목소리와 인내심을 짜냈다.

"좋아, 그럼 다음으로 넘어가자. 모니터 모임에서 어떤 이야기가 나왔는지, 어떤 사람들이 있었는지 이야기를 해줘."

소녀들이 기억을 떠올리기 편하도록 모니터 모임 배치도에 맞게 자리도 약간 바꿨다.

"좁기는 하지만 여기가 모니터 모임이 열렸던 곳이라고 생각해."

"느낌이 너무 달라."

"그럼 이렇게 하자. 눈을 감고."

의외로 다들 순순히 눈을 감았다.

"약간 춥기는 하지만 오늘이 7월 3일이야. 오후 5시. 장소는 호텔 파티장처럼 넓은 방. 저녁 시간이지만 창밖은 아직 환하고. 가랑비가 내리고 있고⋯⋯."

지난번에 나지마가 여자고등학교에서 썼던 말투를 흉내 냈다.

"어때? 기억이 좀 나니? 거기, 자면 안 되지."

소녀들이 웃으며 눈을 떴다. 눈을 문지르며 한 소녀가 입을 열었다.

"그러니까⋯⋯ 앞쪽에 책상이 교단처럼 놓여 있었고, 마이크가 있고⋯⋯ 맨 먼저 이야기한 사람은 양복 입은 남자였어."

"어떤 남자였니?"

"비싸 보이는 양복을 입었고, JJ 같은 데 춤추러 오는 회사원 같은 분위기. 꽤 잘생겼어."

모델 소녀가 이야기를 시작하자 몇 명이 반응을 보였다.

"뭐? 그 무테 안경 쓴 남자? 무슨 소리야, 성질 개더럽게 생겼던데."

"눈이 발바닥에 달렸나, 취향이 완전 구리네."

소녀들의 평가가 극단적으로 갈리는 사람은 아마도 컴사이트의 아소인 모양이다. 아소는 모니터 모임의 취지와 사무적인 사항만 설명하고 물러났던 것 같다.

"그리고 그 여자가 나와서……."

"어떤 여자?"

나지마의 질문에 소녀들이 저마다 떠들기 시작했다.

"누군지는 모르지. 아무튼 제일 높은 사람 같았어. 자기가 예쁘다고 생각하는 스타일이야. 화장을 요란하게 했어."

"맞아, 잘난 척을 엄청 했지."

"뮈리엘 향수가 이러니저러니 떠들면서 자기는 다른 향수를 뿌렸더라."

"분명히 성형수술 했을걸? 코는 높은데 콧구멍은 작았어. 그거 알아? 실리콘 넣은 코는 블랙라이트가 비치면 반짝반짝 빛이 나기 때문에 바로 알아차릴 수 있어."

"이상한 소리를 잔뜩 해서 우리 다 쫄았잖아. 그 할망구."

"그래, 자기 혼자 신이 나서 떠들어댔지, 사기꾼."

비난이 쏟아졌다. 아직 만난 적은 없지만 아마 사장인 쓰에무라 이야기인 듯했다. 하지만 나이는 아직 20대일 텐데.

"할망구라니, 몇 살쯤인데?"

"스물여덟이나 아홉?"

나지마가 슬픈 표정을 지었다. 태닝한 소녀가 쯧쯧 혀를 찼다.

"무슨 소리야! 서른 살도 훨씬 넘었을걸? 다 화장으로 숨긴 거야. 손등 핏줄 튀어나온 거 못 봤어?"

나지마가 자기 손등을 내려다보았다.

"그 여자가 무슨 이야기를 했니?"

"뮈리엘에서 만든 로즈가 얼마나 대단한지 떠들었지."

"외국에선 엄청 유명하고, 다들 그걸 쓴다나 뭐라나."

"그거 완전 다 구라야. 우리를 이용해서 그런 이야기를 퍼뜨리려고 그런 거지."

"진짜 웃겼어. 로즈를 쓰면 사랑이 이루어진다고? 누굴 바보로 아나?"

"완전 구려. 20년 전 순정만화 같은 이야기야."

소녀들이 제각각 떠드는 내용은 아소에게 이미 들은 이야기와 크게 다르지 않았다. 다만 아소와 컴사이트가 생각하는 것처럼 그 이야기를 고스란히 받아들인 것은 아닌 모양이었다.

"그런데도 너희들은 가만히 듣고 있었어?"

다들 말없이 고개를 끄덕였다. 믿을 수가 없었다.

"그야 알바비 조건이 굉장히 좋았으니까. 일단 비위를 맞춰줘야지. 알바비 절반은 나중에 주겠다고 했고."

그러고 보니 이렇게 좁은 방에 모여 있는데 소녀들한테서는 향수 냄새가 별로 나지 않았다. 적어도 뮈리엘의 로즈라는 향수 냄새는 아닌 듯했다. 그걸 물어보았다.

"알바할 때는 뿌렸지. 일하는 거니까. 이젠 안 써."

"나도 그때만 썼어."

"올여름에 유행할 거라고 했지만 헛소리였지. 냄새가 좀 이상해."

"역시 향수는 캘빈 클라인이야. 해외여행 가는 친구한테 사다달라고 부탁할 거야."

"이런 데 오면서 누가 향수를 뿌려. 남자친구 만날 때처럼 중요한 날에만 뿌리지."

소녀들이 저마다 이야기했다.

"또 누가 있었지?"

"여자가 몇 명 있었나? 안내하거나 음료수를 나누어주던 사람들. 거리에서 앙케트 조사를 할 때 모니터 모임에 나오라고 권유했던 사람도 있었고."

아소가 이야기하던 컴사이트 직원인 모양이다.

"세 사람 있었어. 나이는…… 다들 스물 몇 살쯤이었고."

제법 기억을 잘 떠올리는 독자 모델 소녀가 나지마를 가리켰다.

"저 언니 나이쯤 되었을까?"

아니, 저 언니는 서른세 살이야. 하지만 그런 소리는 하지 않고 질문을 계속했다.

"남자는?"

"있기는 있었어. 직딩 스타일."

직딩? 고구레가 무슨 뜻인지 묻기 전에 나지마가 먼저 물었다.

"직딩? 직장인 스타일?"

"맞아. 그런 남자가 있었어."

"몇 명쯤?"

"으음, 가장자리에 그냥 서 있기만 해서. 중간에 들락날락하기도 했고. 글쎄, 두 명? 세 명?"

"아, 기름기 질질 흐르는 아저씨가 있었어. 뚱뚱하고 쓸데없이 목소리 크고 튀는 사람이었는데 시작하고 얼마 있다가 사라졌지. 나이가 꽤 많았는데."

중간에 나갔다는 도쿄에이전시의 부장을 말하는 건가?

"나이가 꽤 들었다면 몇 살쯤이지?"

"마흔서너 살쯤?"

고구레도 무심코 자기 손등을 내려다보았다.

"다른 사람은?"

"다른 사람……? 어떤 사람이었지?"

대답을 슬쩍 유도해 보기로 했다.

"한 명은 덩치 큰 사람 아니었니?"

"아, 맞아. 운동선수 같은 사람이 있었어. 피부가 검고, 요즘 같은 세상에 아르마니를 입는 머리 나빠 보이는 아저씨."

가토다.

"또 한 명 있었을 텐데."

"그런가?"

소녀들이 고개를 꼬았다. 한 명이 말했다.

"아아, 맞아. 있었어. 구석에 한 명. 키가 작고 히나인형(일본의 전통 인형)처럼 생긴!"

"생각났다. 아저씨치고는 비교적 잘생겼었지. 얼굴은 약간 탤런트 같았어."

"뭐? 너는 취향이 왜 그 모양이야? 그 아저씨 패션 감각이 완전 엉망이었거든. 얼굴도 창백하고, 속도 안 좋아 보이고. 그런 얼굴은 오래 살지 못할 상이야."

또다시 평가가 엇갈렸다. 니시자키 이야기를 하는 모양이었다.

"이 남자는 없었나?"

혹시나 해서 이노우에의 사진을 보여주었는데 소녀들은

한목소리로 대답했다.

"없었어."

"직장인 스타일인 사람들은 아무 이야기도 안 했어?"

거의 모두가 고개를 끄덕였다.

"끝난 뒤에 말을 걸지도 않았고?"

다들 고개만 저었다.

"그럼, 그 할망구, 아니, 쓰에무라 씨 말이야. 아마 모니터 모임을 주최한 회사 사장인 것 같은데 그 사람이 했던 이야기를 좀 더 해줄래?"

"아, 다른 회사 향수에는 돼지 피가 들어 있다고 했던가? 암튼 기분 나쁜 이야기를 했어."

처음 듣는 이야기였다.

"맞다. 그 이야기도 했잖아."

태닝 소녀의 친구인지, 머리와 피부가 같은 색깔의 소녀가 허공을 바라보며 말했다.

"레인맨 말이야."

고구레가 고개를 들었다. 수첩을 들여다보던 나지마도 고개를 들었다. 두 사람이 동시에 소리를 질렀다.

"레인맨?"

두 사람의 표정이 어지간히 절박했는지 소녀가 겁을 먹고 몸을 뒤로 물렀다.

"왜, 왜 그래? 우린 그냥 이야기만 들었을 뿐이야. 쓰에무라? 그 사람이 말했어. 레인맨 소문을 아느냐고. 다들 모른다고 하니까 이야기를 했어."

"자세하게 이야기해줄래? 뭐라고 했지?"

"사람들이 이야기하는 것과 똑같아. 뉴욕에서 온 살인마가 검은 레인코트를 입고 여자애 발목만 잘라 간다고……."

그 소녀의 말은 바로 나지마가 지금까지 조사했던 소문의 원형이었다. 소녀들이 수군거리기 시작했다.

"그것도 다 구라인 줄 알았는데 그건 거짓말이 아니었네."

"맞네, 정말 사건이 일어났으니까."

나지마가 끼어들었다.

"쓰에무라 씨는 어디서 들은 이야기라고 했니?"

"외국 친구한테 들었다고 했어. 아마 일본에선 우리가 그 이야기를 처음 들은 거 아닐까?"

"자, 자, 잠깐만. 그때까지는 아무도 레인맨을 몰랐어?"

"그렇지. 시부야 여자애들이 그렇게 모였는데 다 몰랐으니까. 거기서 듣고 내가 다른 아이들에게 이야기했는데 다들 모르고 있었어."

고구레는 나지마가 만든 소문 분포도를 떠올리고 있었다. 발신지는 시부야. 발생 시기는 7월 초순. 정답이었다. 하지만 설마 이런 형태로 증명될 줄은 몰랐다.

그때 이제껏 거의 말없이 앉아 있던 까까머리 소녀 피모피모가 화가 난 목소리로 말했다.

"그것 때문에 우릴 부른 거 아니야?"

고구레가 눈이 휘둥그레진 얼굴로 고개를 젓자 소녀는 답답하다는 듯이 코에 한 피어싱을 반짝거리며 몸을 흔들었다.

"그건 소문이 아니야. 그 사람들이 지어낸 이야기지."

"그게 무슨 말이니?"

나지마가 물었다.

"나는 모임 시간보다 일찍 도착해서 문밖에서 기다리고 있었어. 그때 그 여자가 어떤 사람하고 이야기하는 소리를 들었어. 분명 이렇게 말했어. '이 아이디어 재미있을 것 같아. 해봅시다. 네거티브 정보로 소문을 흘리자'라고."

쓰에무라 사장의 말투를 흉내 내는 건지 가성으로 녹음기처럼 충실하게 재현해 보였다.

"똑같아, 똑같아. 정말 똑같네."

소녀들이 환호성을 지르며 웃었지만 피모피모는 웃지도 않고 굳은 표정으로 말을 이었다.

"그다음에는 이렇게 말했지. '그렇지만 출현 장소는 파리보다 뉴욕이 더 현실감이 있지 않겠어? 이름도 바꾸는 게 좋겠어. 열두 번째 사도使徒 같은 건 애들이 이해하기 힘들

거야. 그냥 레인맨으로 합시다. 영화 제목도 있었잖아? 분명히 그런 제목 들어본 적이 있어'라고."

나지마의 얼굴을 바라보았다. 뭔가 대답을 찾으려는 듯이. 하지만 나지마도 답을 구하는 표정으로 고구레의 얼굴을 바라보고 있을 뿐이었다. 영문을 모르는 쓰스에가 두 사람의 얼굴을 번갈아 쳐다보았다.

이게 어떻게 된 걸까? 소문의 근원은 뮈리엘 모니터 모임. 그리고 그 소문은 꾸며낸 이야기. 그뿐만이 아니다. 희생자 두 명 모두 그 자리에 있었던 소녀다. 나지마도 분명히 같은 생각을 하고 있으리라. 유령이라도 본 듯한 표정으로 나지마는 취조실 허공을 노려보고 있었다.

"오빠, 휴대폰 번호 가르쳐줘. 그거 메일 보내는 기능 있지? 내 번호도 가르쳐줄게."

메구로경찰서 현관문 앞에 선 채로 태닝 소녀가 쓰스에의 주머니에 쪽지를 쑤셔 넣고 있었다. 농담이 아니라 정말로 쓰스에가 마음에 들었던 모양이다. 쓰스에는 쪽지를 주머니에서 슬쩍 꺼내 지갑에 넣었다. 기숙사에서 지내는 미혼 남자 경찰관은 보통 남자들에 비하면 여성을 만날 기회가 없어서 대개 노총각이다. 경찰관이 야릇한 술집에라도 갔다가 단속에 걸려 끌려오면 큰일이니, 유흥가에도 쉽게 가지 못한다.

소녀들을 배웅하고 경찰서 안으로 돌아오자 누가 뒤에서 불렀다.

"고구레 씨."

돌아보니 윤기 없는 부스스한 머리의 중년 남자가 서 있었다. 본청에 있을 때 알던 사람이었다. 경시청 출입 신문 기자 가운데 한 명이었다. 이름이 틀림없이 요시오카吉岡일 것이다.

"이건 무슨 소동입니까? 여자애들을 잔뜩 모아놓고. 고구레 씨는 소년계가 아니잖아요. 그 연속살인 때문에 부른 건가요?"

"탐문수사 다니기 귀찮아서 한꺼번에 해치웠을 뿐이야. 참고인으로 불렀지. 난 이제 관할 경찰서 사람이라 핵심적인 수사에는 손을 대지 않아."

"흠, 하지만 재미있는 아이들이군요. 다들 좀 노는 아이들 같던데."

고구레에게 말을 하면서도 요시오카의 시선은 소녀들의 뒷모습을 바라보고 있었다.

"아, 저는 신문사를 그만두고 지금은 프리랜서로 일하고 있습니다. 다음에 술이나 한잔하시죠. 기삿거리 달라고 조르지는 않을 테니 걱정 마세요. 고구레 씨 입이 무거운 건 잘 아니까요."

요시오카는 서둘러 그렇게 말하더니 고구레에게 명함을 건네고 종종걸음으로 소녀들 뒤를 따라갔다.

그만둔 게 아니라 그만둘 수밖에 없었던 거 아닌가? 작업실 주소와 연락처가 적혀 있는 명함을 들여다보았다. 요시오카는 고구레가 경시청을 떠나기 전에 그보다 먼저 기자실에서 모습을 감추었다. 경마에 미쳐 중요한 기사를 쓰지 못했다는 소문이었다.

큰길 앞에서 요시오카가 소녀들을 불러 세우는 모습이 보였다. 귀찮은 녀석이 냄새를 맡은 건지도 모르겠다.

18

"들었어? 레인맨에 대한 새로운 소문. 뮈리엘 뿌리면 레인맨이 안 건드린다는 거는 다 꾸며낸 얘기래."

"어, 나도 들었어. 미리 짜고 퍼뜨린 소문이라며? 그런 전문 회사가 있어서 여러 회사들한테 돈을 받고 상품이 잘 팔리게 소문을 만든대. 다른 회사에 대한 나쁜 소문을 퍼뜨리기도 하고."

"맞아, 시부야에 있대."

"난 롯폰기六本木 부근에 있다고 들었는데. 사장이 여자래."

"맞아. 그리고 레인맨의 정체가 그 여자라는 소문이 있어."

"에엥? 그건 처음 듣는데."

"자기들이 퍼뜨린 소문을 진짜인 것처럼 만들려고 두 명을 죽였다는 거야."

"설마, 그렇게까지?"

"하지. 무슨 짓이든 할 거야. 정보 조작을 위해서."

"정보 조작?"

"그래, 정보 조작을 위해서라면 살인이건 유괴건 무슨 짓이든 할걸."

19

"어떻게 된 거야!"

사장실에 들어온 아소의 얼굴을 보더니 쓰에무라 사야는 평소답지 않게 그만 큰 소리를 내고 말았다.

"응? 이게 어떻게 된 일인지 설명해보라고!"

같은 말을 반복하며 책상 위에 놓인 팩스 용지를 손등으로 때려 부술 듯이 두드렸다. 탁, 탁, 탁, 탁.

내일 발매될 주간지의 교정쇄였다. 방금 입수한 것이다.

누드 화보와 선정적인 사건 기사, 정치계와 재계 가십이 뒤섞인 주간지로, 직장인들이 심심풀이로 보고 버리는 잡지 가운데 하나였다. 페이지 상단에 이런 제목이 찍혀 있었다.

'정보 조작의 공포 — 연속살인 사건 뒤에는 저주받은 신제품 발매 캠페인'

"저도 어떻게 된 건지……."

아소는 여느 때보다 더 창백한 얼굴로 간신히 대답하며 쓰에무라의 눈치를 살폈다.

양쪽으로 펼친 두 페이지, 아직 비어 있는 왼쪽 3분의 1은 정력제 광고 같은 걸로 메워질 것 같은 선정적인 기사였다. 고유명사는 모두 알파벳으로 되어 있지만 로고 부분만 모자이크 처리를 한 뮈리엘 향수병 사진도 실려 있었다. 업계 관계자가 보면 C사가 컴사이트라는 사실을 쉽게 알 수 있다. 쓰에무라에게는 수많은 클라이언트 가운데 하나에 지나지 않는 뮈리엘 사의 항의보다 그게 훨씬 더 충격이었다.

"우연히 우리가 꾸며낸 이야기와 비슷한 범죄가 일어났을 뿐이잖아. 어째서 이따위 기사를 쓰는 거지? 이런 되지도 않는 소리까지 늘어놓다니."

기사가 모두 정확한 것은 아니었다. 하지만 군데군데 핵심을 찌르는 내용이 있었다. 그게 쓰에무라를 안절부절못하게 했다.

'사장은 29세 여성. 우정성 고위 관리와 애인 관계라는 소문이 있는 인물. 그래서 매스컴, 특히 우정성이 인허가권을 쥐고 있는 텔레비전 방송국과 관계가 깊다고 한다.'

애인이라니. 난 그 변태 매조키스트 녀석이 모시는 여왕님이야. 게다가 내 노예는 그 녀석만이 아니지.

"지난번에 온 형사에게 뭐라고 했어?"

"아무 말도 하지 않았습니다. 우리는 어디까지나 제3자라는 사실을 설명했을 뿐입니다."

기사에서는 뮈리엘 사의 모니터 모임 현장까지, 마치 그 자리에 있었던 듯이 상세하게 묘사하며 컴사이트를 '입소문 전략'이라고 부르는 유언비어 비슷한 정보를 퍼뜨려 여론 조작을 한다'라고 규탄하고 있었다. 표현을 모호하게 흐리기는 했지만, 연속살인과 관련이 있다는 냄새를 슬쩍 풍기며 '당국도 관심을 기울이고 있다'라는 문장으로 마무리했다. 아소가 잘난 척하며 쓸데없는 소리를 지껄인 것이 틀림없다. 내가 시키는 일이나 하는 주제에 보이지 않는 곳에서는 잘난 척을 하니까.

"저어, 사장님……."

문 옆에 있는 책상에서 키보드를 두드리고 있던 비서 유카와가 머뭇머뭇 말을 걸었다.

"…… 또 이런 것이."

컴퓨터 화면 안에 커다란 해골이 그려진 게시판이 떠 있었다. 해골 아래는 공포영화 제목 스타일로 디자인된 피가 뚝뚝 떨어질 것만 같은 시뻘건 글자.

'살인회사 컴사이트'

그 아래에는 이런 글이 써 있었다.

'살인, 유언비어 날조, 여자아이 발목 주문은 컴사이트로 오세요.'

적혀 있는 주소와 전화번호는 실제로 컴사이트 것이었다. 게시판에는 컴사이트를 저주하는 표현들이 넘쳐났다. 게시물 날짜는 모두 최근이었다. 그런 게시물이 시간마다 몇 건씩 늘어났다.

"게시판 관리자가 누구지? 엄중하게 항의해."

"했지만 전혀 응답이 없습니다. 글을 게시하는 사람의 이메일 주소도 알아낼 수가 없고요……. 무엇보다 게시물이 너무 많습니다."

"서버 관리하는 회사에 연락했어? 당장 게시판 닫으라고 해."

"그게 안 된답니다. 그랬다가는 사용자가 개인정보 비밀 유지와 표현의 자유 위반으로 문제 삼을까봐 두려워하고 있어요. 우리 쪽에서 명예훼손으로 재판을 걸어 승소하기 전에는 조치할 수 없다는 답장이 왔습니다."

"뭐야? 아니, 이름도 모르는 상대를 어떻게 고소하라는 거야!"

인터넷상에서 벌어지는 갈등이나 범죄에 대한 법률 정비는 이제 막 논의되기 시작했을 뿐이고, 실질적으로는 아직도 무법천지다. IT가 뭔지도 모르는 경찰이 움직일 리가 없다는 사실은 쓰에무라도 잘 알고 있다. 그래서 컴사이트의 전략 가운데 하나로 활용해온 것이다.

인터넷에 컴사이트를 비방하는 게시글이 퍼지기 시작한 때는 1주일 전. 처음에는 귓속말 수준이었던 것이 순식간에 무서울 정도로 증가해 아우성으로 변했다. 컴사이트를 공격하기 위해 만들어진 것으로 보이는 홈페이지나 게시판이 여기저기 나타나기 시작한 것이다.

변호사를 내세워 서버 제공자에게 삭제해달라고 강력하게 요청하면 바로 새 게시판이 생겨난다. 유카와에게 계속 관찰하라고 지시했지만 모든 게시판을 다 파악할 수는 없었다. 인터넷에 존재하는 수많은 채팅룸 여기저기서도 컴사이트를 비판하고, 체인메일까지 돌고 있는 모양이었다.

게시판에 올라온 글은 당연히 손으로 쓴 글씨가 아님에도, 나이 어린 여자들의 글이라는 것을 바로 알 수 있었다.

'뮈리엘이 파는 로즈는 저주받은 향수(-o-)'

'레인맨의 정체는 컴사이트 사장 쓰에무라. 추정 연령 36

세의 성형미인(^_^)'

'두 여고생을 죽인 것은 컴사이트'

쓰에무라는 컴퓨터 모니터를 부숴버리고 싶은 충동을 겨우 참았다.

누가 이런 짓을 하는 건지 대략 짐작이 간다. 그날 모였던 지저분하고 시끄러운 어린애들 짓이 분명하다. 무슨 생각으로 이러는지는 모르겠지만 전문가를 얕보면 뜨거운 맛을 보게 된다는 걸 가르쳐줘야만 한다. 쓰에무라가 아소에게 말했다.

"누가 이런 짓을 하고 있는지 조사해. 주소를 파악할 필요도 없어. 그때 모니터 모임에 참석했던 애들 가운데 있을 테니까."

"뮈리엘 관련 자료는 모두 폐기하라고 했는데요……."

"안 돼. 잘 보관해. 그리고 이 잡지사에도 항의해. 이 기사를 누가 썼는지 알아봐."

기사를 막으려면 이미 늦었을까? 누구에게 부탁해야 가능할지 생각해보았지만, 화가 치미는 상태에서도 그게 불가능하다는 사실은 잘 알고 있었다.

"우리도 인터넷으로 반격해. 이번 소동은 우리와 뮈리엘에 위협을 느낀 라이벌 회사의 음모라는 정보를 퍼뜨려."

나는 전문가다. 네거티브한 소문의 표적이 된 사람이 취해야 할 방법도 잘 알고 있다. 부정하거나 무시한다고 해서 해결되는 문제가 아니다. 최고의 수비는 공격이다. 철저하게 대항할 수 있는 정보를 퍼뜨려야 한다. 상대를 능가할 만큼 내용과 분량으로.

"지저분한 싸움이 되지 않을까요?"

"지저분하게 나가야지. 그런 싸움이라면 아마추어들에겐 지지 않아. 네가 뭐라고 이야기를 했고, 그게 어떻게 새어 나갔는지는 모르지만 어쨌든 방어가 허술했던 게 원인이야. 그리고 모니터 인선 실수이기도 하고. 방법을 가리지 마. 네 책임이야."

무슨 말인가 하고 싶은 표정이었지만 아소는 입을 열지 않았다. 이 남자는 내 명령을 거스르지 못한다. 그런 짓을 저질러 덴쓰電通(일본 최대의 광고기획사)에서 잘린 녀석을 채용해준 게 바로 나니까.

"알겠습니다."

그렇게만 말하고 아소는 방을 나갔다. 컴퓨터 모니터를 들여다보고 있는 유카와에게 지시를 내렸다.

"유카와 씨, 오늘은 그만 퇴근해도 좋아요. 잠시 혼자 있고 싶네요."

유카와는 마치 기다렸다는 듯이 방을 나갔다.

문이 닫히는 것을 보고 나서 쓰에무라는 입술을 찡그리

며 혀를 찼다. 쯧쯧쯧. 남들 앞에서는 절대 보여주지 않는 표정이었다.

쯧쯧쯧쯧. 이 나라는 이래서 싫어. 형편없는 나라야. 자기보다 뛰어난 사람이 있으면 우르르 몰려들어 발목을 잡는다. 뭇매를 때리고, 자기들이 사는 낮은 차원으로 끌어내리려고 한다. 음흉한 질투와 사람은 평등하다는 어처구니없는 생각. 어리석은 인간들의 나라다. 한심한 것들이다.

이 나라에서는 WOM이 감각적으로 좋은 비즈니스 전략이 될 것 같지도 않다. 뒤에서 소곤소곤 나누는, 거미줄처럼 끈적끈적한 소문이 될 뿐.

쓰에무라의 머릿속에 고향에서 보았던 누에 치는 오두막이 떠올랐다. 뽕잎을 깐 시렁 위에 수많은 누에가 꿈틀거리는 모습이다. 어두컴컴한 가운데 누에들이 탐욕스럽게 뽕잎을 먹는 소리는 서로 존재도 제대로 알지 못하면서 속삭이는 목소리처럼 들렸다.

소곤소곤소곤소곤. 바삭바삭바삭바삭.

누에들은 탐욕스럽게 먹이를 먹어치우며 경쟁하듯 시렁 위를 기어 다녔다. 그리고 성냥갑만 한 작은 선반 하나하나에 고치를 틀었다. 평생 날아오를 일도 없는 성충을 만들기 위한 고치를.

쓰에무라는 기억을 떠올렸다. 어머니나 고향이 자신에게

무슨 짓을 했는가를. 알코올 중독자였던 아버지에게 맞기 싫다는 생각 말고는 머릿속에 아무것도 없었던 어머니. 남의 생활에 함부로 끼어들며 서로 눈을 번득이는 개미지옥 같은 작은 분지 마을. 처자식이 있는 사람과 사귀어 임신했다는 이유만으로 사람 취급을 하지 않았다. 내게 욕설을 퍼붓고 내 아기를 죽였다.

정말 형편없는 나라다. 미국에서 돌아와 바로 정계나 재계의 큰손들이 모이는 SM클럽에서 일하기 시작했을 때 이미 알아봤다. 내 발을 핥으며 오줌을 마시는 그런 변태 새끼들이 거룩한 표정을 짓는 나라.

쓰에무라는 컴퓨터 모니터 앞에 앉아, 기획서에 엉뚱한 글자를 입력했다.

'죽어.'

계속해서 입력했다.

'죽어죽어죽어.'

쓰에무라는 키보드를 계속 두드렸다.

'죽어죽어죽어죽어죽어죽어죽어죽어죽어죽어죽어죽어모두죽어.'

20

내 애인은 담배를 좋아해서 늘 뻐끔뻐끔

몸에 좋지 않으니 끊으라고 해도 언제나 뻐끔뻐끔

1970년대의 전설적인 밴드 더 딜런 Ⅱ의 '뻐끔뻐끔'을 들으며 매연으로 뿌연 아침의 야마테 길을 달렸다. 뺨을 스치는 차가운 바람이 10월도 이제 절반이나 지났다는 사실을 알려주는 듯했다. 사건이 발생한 날로부터 벌써 한 달이 지났다.

빨간 신호를 보고 멈춰 선 순간, 고구레는 크게 기침을 했다. 수사 2기가 시작된 뒤로는 대개 자정이 지난 뒤에야 집에 들어갈 수 있었다. 게다가 요즘은 거의 매일 잠을 제대로 자지 못했다. 머릿속에 뮈리엘 모니터 모임과 레인맨에 대한 생각이 벽에 생긴 얼룩처럼 딱 눌어붙어 떠나지 않기 때문이다. 어제도 잠을 이루지 못하고 추하이(증류주와 탄산수를 섞어 만든 알코올 음료) 캔을 들고 식탁에 모니터 회의의 인물 배치도를 펼쳐놓고 이런저런 증언을 메모한 수첩을 뒤적였다. 나지마가 준 소문 전파 지도 복사본도 함께 들여다보았다. 그러다 보니 어느새 새벽 4시가 되어버렸다.

일곱 명의 소녀를 불러 이야기를 들은 지 1주일이 지났지만 고구레는 모니터로 참여했던 소녀들을 계속 찾고 있었다. 일곱 소녀 가운데 한 명이 모니터 모임에서 친해졌다는 소녀의 전화번호를 알려줘서 연락을 해보기도 했다. 모델 일을 하는 소녀가 어렴풋이 얼굴을 기억했던 다른 모델 클럽에 소속된 소녀도 만났다. 핑크 머리 소녀로부터 새로운 정보도 들어왔다.

요 일주일 사이에 새로 찾아낸 소녀만 여섯 명. 이제 33명의 참석자 가운데 13명을 찾아낸 셈이다. 두 명의 피해자까지 포함하면 15명. 충분히 찾아낸 것인지 아닌지 감이 잡히지 않았다.

새로 만난 소녀들 가운데 세 명이 아오타 구미를, 아니 머리를 민 피모피모 옆에 앉아 있던 소녀를 기억했다.

"아, 그 튀는 머리를 한 아이와 함께 왔던 여자애 말이죠?"

하지만 다카하라 미유키를 기억하는 아이는 없었다.

모니터 말고 그곳에 있었던 사람은 컴사이트의 쓰에무라, 아소, 유카와. 그리고 두 명의 여사원. 또 중간에 그곳을 떠난 미우라. 그 사람 말고는 아무도 드나든 흔적이 없었다. 모니터 모임의 내용은 다른 소녀들이 이야기하던 내용과 별 다를 바가 없었다. 회원 주소와 이름을 적는 앙케트 용지를 작성했다고 한다. 나중에 만난 소녀들도 입을 모아 이렇게 말했다.

"레인맨 소문은 그때 처음 들었어."

"그 소문을 처음으로 퍼뜨린 게 아마 우리일 거야."

뮈리엘 모니터 모임에서 대체 무슨 일이 있었던 것인가. 그걸 파악하면 이번 사건의 핵심에 이르게 되리라. 고구레는 그렇게 믿었다. 하지만 확증은 아무것도 없었다.

컴사이트에는 그 뒤로도 여러 차례 연락했다. 사전에 약속도 잡지 않고 방문한 적은 한두 번이 아니다. 하지만 쓰에무라나 아소나 늘 자리에 없었다. 안내 로비에서 한참 동안 기다리기도 했지만 결국은 만나지 못했다. 사장 비서인 유카와나 다른 여직원들에게 물어봐도 자세한 내용은 모른다, 함부로 이야기할 수 없다는 대답만 돌아왔다.

저기 먼 하늘에서 내려온다는 행복이란 녀석을 만날 때까지 난 담배를 끊지 않을 테야. 뻐끔뻐끔뻐끔.

늘 같은 시간에 지나다니는 길을 항상 같은 속도인 시속 30킬로미터로 달리다가 정수리를 살짝 얻어맞은 듯이 졸음이 와서 고구레는 워크맨의 볼륨을 높였다. 자기 전에 마신 술이 아직 덜 깼다. 이래서야 경찰관의 운전 자세라고는 할 수가 없다. 교통과에서 알면 큰일 날 일이다.

잠을 못 잔 이유가 하나 더 있었다. 나쓰미 때문이다. 어제도 친구네 집에 자러 갔다. 함께 있을 때는 대화를 나누기는 하지만 마음은 딴 곳에 가 있는 느낌이 들었다. 어젯밤에도 식탁 위에 친구 집 전화번호를 적어둔 메모는 있었지만 집으로 전화하겠다는 약속은 지키지 않았다. 단둘이라고는 해도 가족이고 부모와 자식 사이다. 이런 상태는 바람직하지 않다. 진지하게 대화를 나눠야 할 문제다.

이럴 때 아내가 곁에 있다면. 아무 소용도 없지만, 고구레는 자꾸 그런 생각이 들었다. 마사에라면 뭐라고 했을까? 어떻게 했을까? 마사에는 고구레와 나쓰미의 곁을 떠나면서 두 사람의 인생에 버릴 수도 열 수도 없는 발신만 되는 우편함을 남겨두고 떠난 셈이었다.

오전 8시 30분. 수사본부의 업무는 늘 아침 회의로 시작된다. 나지마를 찾아봤지만 보이지 않았다.

나지마는 7계가 주도하는 이노우에 감시 업무를 돕는 일이 많았다. 어제도 고구레와 따로 움직였다. 밤에 열리는 수사 회의에서 만났을 때는 이노우에가 근무하는 미용실에 손님으로 가장하고 들어가 동정을 살피고 왔다는 이야기를 했다.

"아무것도 알아낸 것이 없어요. 딱 한 가지 알아낸 건 그 사람 커트 솜씨가 별로라는 사실입니다."

짧은 머리가 더 짧아진 나지마는 이마 위로 가지런히 정돈된 앞머리를 잡아당기며 살짝 눈썹을 찡그렸다.

"이런저런 말을 붙여봤는데 대답을 제대로 하지 않더군요. 7계가 보란 듯이 지키고 있으니 정신적으로 지친 모양이에요. 미용실에서 나온 뒤에 단골손님에게 물어보았는데, 그 사람이 경찰에 의심을 사고 있다거나 전과가 많고, 지난번 직장에서도 경찰이 출동하는 바람에 그만두었다더라, 있는 이야기 없는 이야기 마구 퍼져 있더군요. 아무래도 그 미용실에서도 잘릴 것 같아요. 윗분들은 조여 들어가면 분명히 꼬리가 잡힐 거라고 믿는 것 같지만, 만약 범인이 아니라면 어쩌려는 걸까요?"

아직 이노우에를 임의동행하지는 않았다. 결정적인 증거가 없어 연행할 빌미를 잡지 못하는 7계의 초조감은 한없이 커져만 갔다. 범행이 늘 주말에 일어났다는 사실과 미용사들은 화요일이 휴일이라는 점은 모순이 아닐까? 여성의 것으로 보이는 여러 개의 발자국 문제는 아직 미해결인 상태인데, 그래도 괜찮은 걸까? 애초부터 이노우에 진범설을 의심하던 9계는 다시 문제를 삼고 나섰다.

회의는 오카야스 형사과장이 형식적인 격려의 말을 했을 뿐, 겨우 5분 만에 끝났다. 다카하라 수사팀의 신변수사를 담당한 조별 미팅도 없었다.

그럼 오늘은 어떻게 할까? 허탕을 각오하고 쓰스에를 데리고 컴사이트에 가볼까? 멍하니 그런 생각을 하며 2층 형사과로 갔다. 책상 위에 메모가 놓여 있었다.

'니시자키 씨 전화. 8:35'

매일 밤 사건 관련자의 이름을 계속 외우면서도 전화를 건 사람이 도쿄에이전시의 영업사원이라는 사실을 떠올리기까지 시간이 좀 걸렸다. 연락할 거라고는 생각도 하지 못했던 이름이었기 때문이다. 메모에는 '다시 걸겠다고 함'이라고 적혀 있었지만 니시자키의 명함을 꺼냈다. 그리고 평소 전화기 옆에 붙여두었던 사건 관련자 연락처에서 니시자키의 휴대폰 번호를 확인하고 걸어보았다.

신호음이 다섯 번쯤 간 뒤에 귀에 익은 목소리가 들려왔다. 니시자키였다. 목소리가 이상하게 작았다. 고구레가 용건을 묻자 속삭이는 듯한 목소리를 더욱 낮춰 말했다.

— 죄송합니다. 제가 다시 전화를 드릴 생각이었는데……. 아, 아뇨. 괜찮습니다. 그런데 저어, 밖에서 만나 뵐 수 있을지 알고 싶어서요. 도움이 될지 모르겠는데, 남아 있는 자료를 발견해서.

다른 사람이 통화 내용을 듣는 게 두려운 모양이었다. 자진해서 전화를 걸어놓고도 고구레에게 연락한 것을 후회하는 듯한 말투였다. 지금 찾아뵙겠습니다, 고구레가 그렇게 말하자 니시자키가 당황했다.

― 회사에서는 좀⋯⋯. 미안합니다. 될 수 있으면 다른 곳에서 만나고 싶습니다만⋯⋯.

니시자키는 교바시에 있는 도쿄에이전시에서는 조금 떨어진 긴자의 커피숍 이름을 대고, 가능하면 혼자 나와달라는 말을 하고 바로 전화를 끊었다.

입구에 커피 원두 통을 장식한 외장이나 내부 장식이나 커피색으로 통일된 가게였다. 약속한 오전 11시 반보다 5분쯤 일찍 도착했지만, 니시자키는 벌써 가게 제일 구석 쪽의 키 큰 관엽식물로 가려진 자리에서 기다리고 있었다.

우등생 소년이 그대로 자란 듯한 가느다란 선의 얼굴 생김새는 노련한 사람들이나 할 것 같은 광고업계 영업사원이라는 직업과 어울리지 않게 느껴졌다. 회색 소프트 정장에 노란색 컬러셔츠, 연지색 넥타이 차림 역시 고구레라면 감히 시도조차 할 수 없을 정도로 튀어 보였고, 그 직장에 어울려 보이지 않았다.

니시자키는 고구레를 보더니 어색한 웃음을 지었다. 그리고 바로 긴장한 눈빛으로 고구레의 뒤를 바라보았다. 누가 미행하는 것은 아닐까 두려워하는 눈치였다.

"죄송합니다. 이렇게 나오시라고 해서."

전화로 몇 번이나 되풀이했던 말을 다시 하며 계속 고개를 숙였다.

"이겁니다."

고구레가 차를 주문하는 것조차 기다리기 힘들다는 듯이 가방 안에서 머뭇머뭇 서류봉투를 꺼내 테이블 위에 놓았다. 그리고 다시 주위를 둘러보았다.

봉투 안에는 두툼한 종이 묶음이 있었다.

"도움이 될지 모르겠습니다."

종이 묶음을 뒤적이던 고구레는 모호한 표정으로 니시자키를 바라보았다. A4 사이즈 종이에 가로쓰기로 이런 글들이 적혀 있었다. '당신은 향수를 사용합니까?', '어떤 경우에 향수를 뿌립니까?', '지금 사용하는 향수 브랜드는?' 글자 옆에는 손으로 쓴 답이 적혀 있었다. 앙케트 용지를 복사한 것이었다.

아쉽게도 별 도움은 되지 않을 것 같았다. 분량이 상당한 것으로 보아 이것은 모니터 모임이 아니라 길거리 조사 때 받은 것이다. 쓸데없는 내용만 적혀 있지 이름도 주소도 없었다. 나이, 직업, 또는 학년을 적는 공간 이외에는 아무것도 없었다. 복사본이라서 지문을 채취할 수도 없다. 그런데 니시자키는 이걸 중요한 서류라고 여기는 걸까? 우습다는 생각이 들 정도로 니시자키는 주위를 경계하며 마치 커피숍 안에서 무엇인가를 찾는 사람 같았다. 그가 목소리를 낮추고 고구레에게 말했다.

"그 서류는 대외비 자료입니다. 그러니 그걸 제가 드렸다는 건 비밀로 해주시겠습니까?"

"일단은 받아두겠습니다."

필요 없다고 해서 돌려줄 수는 없다. 아무리 작은 단서라도 없는 것보다는 낫다.

니시자키는 약속한 시각보다 훨씬 전부터 기다리고 있었던 모양이다. 이미 식어버린 커피를 초조한 듯이 입으로 가져갔다. 시선을 제대로 맞추지도 못하면서 곁눈질로 고구레의 안색을 살피는 눈치였다. 지난번에 만났을 때도 마찬가지였다. 취조실에서 익히 보아왔던, 뭔가 비밀을 지닌 사람의 태도였다. 컵을 든 니시자키의 손이 파르르 떨리고 있었다.

"몇 가지 묻고 싶은 것이 있습니다. 지난번에는 그럴 상황이 아니었죠."

고구레가 말하자 니시자키는 옷차림과 마찬가지로, 수수한 외모에 어울리지 않는 화려한 손목시계를 들여다보았다.

"제가 시간이 별로 없어서요. 사실은 병원에 다녀오겠다고 하고 나온 겁니다."

"어디 편찮으신가요?"

"아뇨, 그냥 핑계로……."

"긴 이야기는 아닙니다. 제가 커피를 다 마실 때까지만 계실 수 있겠습니까?"

말처럼 난처하지는 않은 표정으로 니시자키는 자세를 고쳐 앉았다.

"어떤 내용입니까? 제가 답변할 수 있다면……."

"레인맨에 관한 이야기입니다."

니시자키의 눈이 빛났다. 마치 선생님이 이름을 부르자 정신을 퍼뜩 차리고 칠판을 바라보는 학생 같은 표정이었다.

"알고 계셨습니까?"

"뭡니까, 그건?"

"뮈리엘 모니터 모임에서 퍼뜨린 이야기입니다. 뉴욕에서 온, 발목을 자르고 이마에 각인을 남긴다는 살인마……."

"그 이야기는 들었습니다. 그런데 도대체 왜죠?"

니시자키가 하는 말을 듣고 놀랄 수밖에 없었다. 컴사이트가 무엇을 하려고 했었는지를 비로소 알게 된 것이다. 입소문. 소문을 퍼뜨려 상품을 판다. 그런 일을 해주고 돈을 받는다는 사실도 놀라웠다.

"그러니까…… 그 WOM이란 건…… 모두 꾸며낸 이야기입니까?"

"아뇨, 그렇지는 않습니다."

"모니터들에게 한 이야기들은 누가 생각해낸 겁니까?"

"기본적으로는 쓰에무라 사장이……."

"전부 혼자서요?"

"아뇨, 우선 컴사이트에서 기획 회의를 한다고 합니다. 우리도 그걸 돕기는 했는데 쓰에무라 사장은 뭐랄까…… 워낙 뛰어난 분이라…… 다른 사람의 의견은 거의 채택되지 않았습니다."

"레인맨의 경우에도?"

"잘은 모르겠습니다. 하지만 저도 내내 신경이 쓰였습니다. 이번 사건과 워낙 비슷했기 때문에……."

흠, 역시. 컴사이트를 계속 파볼 필요가 있을 것 같다.

"한 가지 더 묻죠. 이번 피해자 두 명 모두 그 모니터 모임에 참석했습니다. 그건 알고 계십니까?"

그러자 이번에는 니시자키가 질문했다.

"경찰이 그걸 문제 삼고 있나요?"

"아뇨."

솔직하게 대답했다. 아픈 질문이었다. 두 피해자가 같은 아르바이트를 했다는 사실, 범행 수법이 10대 소녀들 사이에 퍼진 '레인맨'과 흡사하다는 점까지는 수사 회의 때 보고했다. 하지만 레인맨 소문이 컴사이트 모니터 모임에서 시작된 것 같다는 이야기까지는 하지 않았다. 여태 조사해 얻은 성과를 윗사람들이 마구 휘젓는 것이 내키지 않았고, 그보다 윗사람들은 무엇을 어떻게 설명하건 귀 기울여 들지도 않을 것이다. 현재의 수사 방향과 맞지 않기 때문이다.

간부들도 처음에는 '레인맨'에 관심을 보였다. 하지만 그 것이 특정 영화나 애니메이션, 게임을 모방한 것이 아니라 범인의 연령이나 성별을 추측하거나, 용의자를 검거한 다음에 압수물증 분석에도 도움이 되지 않을 거라는 사실을 안 순간 완전히 관심을 잃었다.

두 소녀가 같은 아르바이트를 했다는 점에도 별로 주목하지 않았다. 다른 수사팀의 조사 결과 피해자 두 명이 같은 가게에서 쇼핑하거나 음식을 먹거나 놀았다는 보고가 있었는데, 그런 정보들과 마찬가지로만 취급된 것이다. 두 사람 다 시부야를 사생활의 홈그라운드로 삼고 있었다. 그러니 같은 아르바이트를 한 것은 당연한 일 아니냐, 이런 식이었다.

고구레의 대답을 듣더니 니시자키는 입을 다물고 옅은 커피색 벽지 쪽으로 시선을 돌렸다.

"하지만 두 사람이 모니터 모임에 참석한 것은 우연이라고만 볼 수는 없습니다."

고구레는 니시자키의 얼굴을 똑바로 바라보며 허공을 헤매는 그의 시선을 잡으려고 했다.

"모니터 회의와 관련해서 뭔가 아는 게 있습니까? 회원들 끼리 무슨 트러블이 있었다거나."

"저어, 저는."

드디어 니시자키가 입을 열었다. 하지만 엉뚱한 소리였다.

"전 지금 사귀는 여자가 있습니다."

"……예?"

"저는 이번 달에 서른 살이 됩니다."

이 사람이 대체 무슨 말을 하려는 걸까? 고구레는 참을성 있게 귀를 기울였다. 니시자키는 다시 고개를 돌리더니 관엽식물에 말을 거는 사람처럼 중얼거렸다.

"그래서 슬슬 정착해야겠다는 생각에……."

"예?"

"가토 씨는 컴사이트를 무슨 하청업체처럼 표현했습니다만, 거기는 그런 회사가 아닙니다. 우리 회사 윗분들과 워낙 가깝기 때문에 우리가 그 뜻을 마음대로 거스를 수가 없죠. 일을 서툴게 해서 비위를 상하게 했다가는 우리 목이 날아갑니다."

그제야 겨우 알아차렸다. 앙케트 용지를 전달하는 것은 구실이었다. 이 남자는 하고 싶은 말이 있지만 아직 말을 꺼낼 결심이 서지 않아 망설이는 것이다.

"무슨 말씀이신지?"

"직장을 잃고 싶지 않습니다. 그러니까…… 제가 이런 이야기를 했다는 사실은 비밀로 해주십시오."

고구레는 고개를 끄덕이고 몸을 앞으로 내밀었다. 니시자키는 고개를 숙이고 자기 손바닥을 뚫어지게 들여다보며 좀처럼 말을 잇지 못했다. 고구레는 재촉하지 않고 가만히 기다렸다. 니시자키는 손바닥에 자기가 할 말이 적혀 있기라도 한 듯이 고개를 숙인 채로 입을 열었다.

"보고 말았습니다. 모니터 모임이 끝난 뒤에 시부야 거리에서 컴사이트 직원이 어떤 여자아이에게 말을 거는 모습을…… 뉴스를 보고 혹시나 하는 생각이 들었는데, 틀림없습니다. 그 여자애는…… 피해자…… 다카하라 학생이었죠."

"말을 건 사람이 누굽니까?"

또 침묵. 자기 손가락 열 개를 천천히 세고 나서야 겨우 마음을 굳힌 듯이 니시자키는 주먹을 꼭 쥐고 고개를 들었다. 잠시 앞에 있는 벽을 바라본 뒤에 입을 열었다.

"아소 씨입니다."

고구레는 컴사이트에서 만난, 위태로운 자존심을 감춘 그 남자의 무표정한 얼굴을 떠올렸다.

"좀 더 자세하게 말씀해주시겠어요?"

"모니터 모임이 끝난 것은 7시가 조금 지나서였습니다. 우리 스태프들도 조금 있다가 밖으로 나왔고요. 가토 씨는 바로 귀가하고, 저도 회사로 돌아가야 했기 때문에 어디서 식사라도 해야겠다는 생각에 시부야 마크시티 옆을 걷고 있었었죠. 그때 얼핏 본 겁니다. 그 여자애가 아소 씨와 걷고 있는 모습을."

"이 이야기를 다른 사람에게 했습니까?"

"아뇨, 처음입니다."

시간과 장소를 다시 묻고, 니시자키에게 질문을 던지려고 했다. 이 남자는 뭔가 더 알고 있다는, 그런 느낌이 들었기 때문이다. 하지만 니시자키는 말없이 고개를 저었다. 대신 불쑥 이런 이야기를 꺼냈다.

"저는 나름대로 이번 사건을 조사해볼 작정입니다. 뭔가 알게 되면 다시 말씀을 드릴 수 있을 겁니다……."

니시자키가 고구레를 바라보았다. 전에 니시자키의 동료가 이야기했듯이 자기가 탐정인 줄 아는 걸까. 모처럼 생긴 정보원이라 굳이 말리고 싶지는 않았지만 실제로 그렇게 했다가 수사에 지장이 생길 수 있다. 전문가가 하는 일에 아마추어가 끼어들면 끔찍한 화상을 입을 수 있다.

"다시 만날 수 있으면 좋겠군요."

뺨이 불그레하도록 묘하게 흥분한 니시자키의 표정을 보며 고구레는 위험하다는 느낌을 받았다.

21

조개구름이 흐르는 파란 가을 하늘에 새빨간 콜라 깡통
이 솟아올랐다. 소년은 친구와 함께 강가 잔디밭 위를 달렸
다. 두 팔을 휘저으며 전력 질주했다. 술래가 깡통을 줍기
전에 숨어야 한다.

9월까지만 해도 푸르게 무성했던 풀들이 10월로 들어선
지금은 색깔도 흐려지고 많이 말라버려서 몸을 숨길 곳이
줄어들었다.

"신지, 거기 있네!"

갓짱의 목소리가 들렸다. 벌써 한 명이 술래에게 잡혔다.
소년은 얼른 무성한 억새 수풀 속으로 뛰어들었다. 몸을 웅
크리고 억새 사이로 주위를 살폈다. 이쪽으로 숨은 사람은
자기 혼자인 듯했다. 다른 때 같으면 이 부근에 숨어 있다
가 깡통을 찰 기회를 노리겠지만 무리해서는 안 된다. 한
명이 이미 잡혔기 때문에 술래는 더 자유롭게 움직일 수 있
다. 잡히면 술래 편이 되는 것이 소년들의 깡통차기 규칙이
다. 게다가 이번 판에 잡히면 아주 끔찍한 벌칙을 받아야
한다. 이런, 갓짱이 이쪽으로 온다.

소년은 뒤를 돌아보았다. 지금 숨은 억새 수풀은 뒤로 두
세 걸음이면 끝이 난다. 그 뒤는 강. 강과 수풀 사이에는 쓰

레기장이 있다. 소년은 쭈그리고 앉은 채로 억새가 흔들리지 않게 살금살금 뒤로 물러났다.

쓰레기장은 강 쪽으로 푹 꺼진 폭 5미터쯤 되는 비탈이었다. 이 쓰레기장에 버려진 물건들은 일반 쓰레기가 아니었다. 낡은 담요, 고장 난 텔레비전, 녹슨 자전거나 커다란 탁자. 제대로 버리려면 비용을 내야 하는 커다란 쓰레기들을 사람들이 마구 버리는 바람에, 마치 고물상 야적장처럼 되고 말았다. 자동차를 끌고 와서 버리는 사람까지 있다.

쓰레기장으로 들어선 소년은 몸을 숨길 장소를 찾아봤다. 어지간한 장소는 안 된다. 늘 놀던 곳이기 때문에 다들 잘 안다. 차 안은 바로 들킬 거다. 술래가 제일 먼저 들여다보겠지.

강가에 널린 커다란 쓰레기들이 보였다. 저기다. 냉장고. 꽤 오래전부터 있었지만 아무도 저 안에 숨으려고 하지 않았다.

"냉장고 안에 들어가서 문을 닫으면 안에서는 절대로 열 수가 없어. 그러니까 들어가면 위험해."

다들 그렇게 말했다.

하지만 소년은 들어가고 싶은 충동을 억누를 수가 없었다. 그만큼 이번 벌칙은 끔찍하다. 같은 반 여자애들 앞에서 바지와 팬티를 내리고 엉덩이를 보여줘야 한다. 끔찍한 벌칙이다. 갓짱은 자기가 술래일 때만 억지를 부린다. 엉덩이를 보여주는 벌칙만은 정말 싫다.

바스락바스락. 억새 이삭이 흔들렸다. 이런, 갓짱이 온다. 그래, 그냥 저기 숨자. 소년은 마음을 굳혔다. 문이 절대 닫히지 않도록 살짝 열어두면 괜찮을 거야.

냉장고 문을 당겨봤지만 손잡이에 쇠사슬이 감겨 있어서 열리지 않았다. 다시 힘껏 당기자 사슬이 느슨해졌다.

바스락바스락. 잎이 흔들리는 소리가 점점 커졌다. 어서 빨리. 다시 사슬을 잡고 두 발로 냉장고 문을 힘껏 밀었다.

주르륵. 사슬이 풀렸다.

됐어!

얼른 문을 열었다. 이상한 냄새가 났다. 강가에서 가끔 보는 죽어서 납작해진 개구리를 코앞에 댔을 때 나는 냄새였다.

잠깐 고민하다가 소년은 문틈으로 머리를 들이밀었다. 하지만 안으로 들어갈 수가 없었다. 안에는 이미 사람이 있었다.

새카만 비닐봉지의 찢어진 틈새로 여자 얼굴이 튀어나와 있었다. 흰자위만 보이는 눈이 소년을 노려보았다.

22

롯폰기역을 지나자 지하철 히비야日比谷선의 속도가 빨라졌다. 서 있던 승객들의 몸이 일제히 기울어졌다.

"그건 그렇고."

손잡이를 두 손으로 잡고 매달린 나지마가 중얼거렸다.

"세상엔 별의별 회사가 다 있네요."

그렇지 않아도 짧던 머리가 더 짧아진 나지마는 뒷모습만 보면 철봉 놀이를 하는 사내아이 같았다.

안내방송이 다음 역은 가미야초神谷町라고 알려주었다. 컴사이트를 처음 방문하는 나지마는 설레는 모양이지만 과연 아소나 쓰에무라를 만날 수 있을지 어떨지는 알 수가 없다. 진짜로 자리를 비웠는지 어떤지는 몰라도 분명히 부재중이라고 할 것이다. 하지만 오늘은 두 사람이 모습을 드러낼 때까지 끈덕지게 기다릴 작정이었다. 이것이 컴사이트를 방문하는 마지막 기회가 될지도 모르기 때문이다.

오늘 아침이었다. 조례가 끝나 자리로 돌아가려는데 누군가 고구레의 이름을 불렀다. 수사본부 옆에 있는 소회의실 문 앞에서 오카야스 과장이 손짓했다. 속이 시커먼 너구리 같은 그 얼굴이 여느 때보다 더 검어 보였다. 좋은 이야기는 아닐 거라는 감이 왔다.

소회의실은 수사본부 자료실로 사용하고 있다. 수사 자료나 사건 기록을 꽂아놓은 파일 캐비닛 사이에 철제책상이 몇 개 놓여 있는데, 그 가운데 하나에 관리관인 가타기리가 앉아서 기다리고 있었다.

"아, 그리 앉지."

고구레는 가볍게 고개를 숙이고 앉으라는 권유를 사양한 채로 그냥 서 있기로 했다. 가타기리가 진심으로 의자에 앉으라고 권하지는 않았을 것이기 때문이다.

관리관은 본청 수사1과의 우두머리인 1과장이나 넘버2인 이사관과 현장에서 지휘하는 계장급 중간에 해당하는 지위다. 가타기리도 그렇지만 대부분 커리어가 아니다. 대개 혼자서 몇 건의 중점 사안을 담당하는데 요즘은 메구로 경찰서에 집중하고 있었다. 가타기리는 중간관리자로서의 피로와 초조함을 조금도 감추려는 기색 없이 고구레를 바라보았다.

"이거 읽어봤나?"

책상 위에 잡지 한 권이 펼쳐진 상태로 놓여 있었다. 가타기리는 고구레보다 두 계급 위였다. 경시청에 있을 때, 회식 자리에서 술에 잔뜩 취한 가타기리를 부축해준 일도 있다. 하지만 그의 말투는 처음 보는 사람을 대하듯 냉담했다.

"아직 못 봤으면 지금 보지."

가타기리가 잡지를 밀었다. 오늘 발매된 대중 주간지. 대충 훑어보니 요시오카가 쓴 기사였다. 그날 소녀들을 붙잡고 캐물어 알아냈을 이야기에 블랙 저널리즘에서 입수한 정보를 섞어서 진실과 거짓이 뒤섞인 기사로 꾸며냈다. 역시 그때 뒤따라가서 소녀들을 만나지 못하게 해야 했던 걸까. 오카야스가 고구레 뒤에서 손을 뻗어 잡지를 낚아채더니 기사 한 부분을 탁탁 두드렸다.

"당국도 관심을 보이고 있다, 이게 뭐지? 이 회사, 고구레 씨가 조사하고 있는 곳이잖아? 언제부터 우리가 큰 관심을 보이고 있었다는 거지? 이 회사 고문변호사란 녀석이 좀 전에 항의 전화를 했어."

"지난번에 말씀드린 그대로입니다. 피해자 두 명이 모두 이 회사에서 아르바이트했습니다."

"그쪽에서는 손을 떼라고 하지 않았나?"

오카야스는 고구레가 들은 기억도 없는 소리를 하더니 가타기리의 눈치를 슬금슬금 살폈다. 과장이라고는 해도 지역 경찰서라 경부, 관리관은 경시. 관리관이 한 계급 위다. 게다가 메구로경찰서의 늙은 너구리는 정년이 6년 남아 커리어가 아닌 경찰관에게는 영광스러운 목표라고 할 수 있는 경시 진급을 노리고 있다는 소문이다.

"분명 뭔가 있습니다. 좀 더 수사하게 해주십시오. 조금만

더 파면 여러 가지를 알 수 있을 겁니다. 이노우에 이름도
나올지 모르고요."

앞부분은 진심, 뒷부분은 거짓말이었다. 하지만 어느 쪽
도 효과가 없었던 모양이다. 가타기리가 고구레의 변명을
중간에 잘랐다.

"이번 주까지만 하고 수사본부에서 빠져. 기존 업무로 돌
아가도 돼."

이번 주 금요일이면 사건 발생 40일째. 수사 2기가 끝나
고 수사본부는 재편성될 예정이다. 이제 수사본부에 관할
경찰서 소속 수사관이 얼마 남지 않았지만 자기는 계속 남
을 수 있을 거라고 쉽게 생각하고 있었다. 하지만 턱없는
착각이었던 모양이다. 오늘은 화요일. 결국은 수사본부에
있을 수 있는 기간은 앞으로 나흘뿐이다.

"그렇다면 지금까지의 경위를 보고서로 작성하겠습니다.
그리고 다른 수사관에게 인계를……."

"그럴 필요 없네."

가타기리가 다시 말을 끊었다. 오카야스 과장이 원망스러
웠다. 그리고 가타기리 관리관은 가게 앞에 토해놓은 것까
지 다 처리해주고 집에 데려다주었던 은혜를 잊었나?

고구레는 소회의실 문을 닫고 나왔다. 이미 분노나 초조
함은 느껴지지 않았다. 계속 걸어온 길이 막다른 곳에 이른

듯한 피로와 체념만이 남았다.

역시 제복 경관으로 돌아가자. 멍한 얼굴로 흰색 장식이 붙은 소매의 제복을 입은 자기 모습을 떠올렸다. 15년 만이다. 옛날 사이즈는 이제 입을 수 없을 테지만 고구레는 자신이 제법 제복에 어울리는 편이라고 생각했다. 자전거를 타고 담당 구역을 한가롭게 순찰하고, 길 잃은 어린이를 돌봐주고, 술 취한 사람에게 설교도 하고, 파출소로 배달시킨 라면을 먹으며 길을 묻는 사람들에게는 친절하게 알려준다. 그렇게 하루하루를 보내며 정년까지 지내자. 가끔 야근은 있겠지만 휴가는 제대로 쉴 수 있을 테고, 비번인 날에는 나쓰미와 외출도 하자……. 나쁘지 않다. 전혀 나쁘지 않다. 하지만 제복을 입은 자신이 어떤 표정을 짓고 있을지는 상상이 가지 않았다.

눈앞의 캄캄한 차창에는 허름한 사복을 걸친 하찮은 형사인 자신과 머리 하나는 차이가 나는 자그마한 나지마의 실루엣이 비치고 있었다.

아직 반나절도 지나지 않았는데 문제의 컴사이트를 찾아가는 자신이 바보 같다는 생각밖에 들지 않았다. 컴사이트에 가보고 싶다고 말을 꺼낸 사람은 나지마였지만 어차피 자기도 갈 작정이었다. 어제 니시자키에게 들은 '아소가 다카하라 미유키를 만났다'라는 말을 확인해야만 한다. 어차피 형사 노릇은 그만둘 작정이다. 여차하면 경찰을 때려치우고, 전에 선배가 이야기했던 경비회사로 옮기자. 경비원 제복도 나쁠 것 없다. 경찰관 복장보다 훨씬 화려하다.

가미야초역 바로 앞에서 지하철이 다시 갑자기 멈췄다. 비틀거리는 나지마를 붙잡아주려고 손을 뻗다가 잠깐 머뭇거리는 사이에 나지마의 어깨가 고구레의 옆구리를 쿡 치고 말았다. 나지마는 얼른 자세를 바로잡았다.

나지마에게는 자기가 수사본부에서 빠지게 될 거라는 이야기를 아직 하지 않았다. 이야기할 필요가 없을지도 모른다. 형사는 늘 2인 1조로 활동하는 것이 기본이라 이제는 얼굴이나 이름도 제대로 기억하지 못할 만큼 수많은 사람과 콤비를 이루었다가 헤어졌다. 특별한 일이 아니다. 다음 주부터 고구레는 종전 업무로 돌아가고 나지마는 당분간 수사본부에 남겠지만 사건이 해결되거나 수사가 장기화하여 본부가 축소되면 본청으로 돌아갈 것이다. 그뿐이다.

나지마는 어떻게 여길지 몰라도 마음이 맞는 파트너였다. 아무리 마음이 맞는 상대라고 해도 매일 같이 돌아다니다 보면 답답한 느낌이 드는데 나지마와 움직이는 동안은 그런 느낌이 든 적이 한 번도 없었다. 아침에 수사본부에 도착하면 제일 먼저 나지마부터 찾았다. 이런 적도 처음이었다. 하지만 어차피 업무를 위해 만난 파트너일 뿐이다. 계속 형사로 일한다고 해도 몇 년 지나면 아마 얼굴은 물론 이름도 잊을 것이다.

"고구레 선배, 다 왔습니다."

어느새 지하철이 멈추고 문이 열렸다.

"아, 예."

여행에서 돌아오는 길인지 가는 중인지 커다란 여행용 가방을 끌고 지하철에 올라타려는 외국인들과 부딪힐 뻔했다. 얼른 그 옆을 지나 빠져나왔다. 그 순간 내내 고민하던 의문의 답을 발견한 느낌이 들었다. 고구레는 천천히 닫히기 시작하는 문을 돌아보았다.

"저 방법이 있군요."

"예."

나지마도 같은 것을 보았다. 커다란 여행용 가방이다.

저 크기라면 제법 큰 짐도 넣을 수 있다. 무거운 짐이라도 바퀴가 있어 힘들지 않게 옮길 수도 있다. 예를 들어 가방 안에 시체를 넣었다 하더라도.

다카하라 미유키는 키 155센티미터, 오오타 구미는 157센티미터에 두 소녀 모두 마른 체형이었다. 피해자는 모두 자그마한 체격이었다.

고구레는 계속 머리를 굴렸다. 범인은 전철을 타고 이동했다. 시체가 유기된 장소를 생각하면 전철 이용 가능성을 무시할 수 없다. 아니, 오히려 이쪽이 더 타당하다는 생각이 들었다. 그렇다면 시체를 운반할 때 아마 저런 큰 가방을 사용했으리라.

"그러고 보니 초기 탐문수사 때 밀차가 지나가는 소리를 들었다는 증언이 있었어요."

나지마가 불쑥 말했다. 그랬다. 분명히 그런 보고가 있었다. 수많은 불명확한 보고와 함께 묻혀버린 정보 가운데 하나였다.

고구레는 범인이 시체를 넣은 여행용 가방을 끌고 전철에 올라타는 모습을 머릿속에 그려보았다. 다른 승객들은 그 안에 끔찍하게 살해당한 시체가 있으리라고는 생각하지 못했으리라. 범인의 얼굴은 이노우에로 그려지지 않았다. 얼굴 생김새를 떠올릴 수가 없었다. 성별도 모른다. 한 명인지 여러 명인지도 알 수 없다. 분명 막차 가까운 시각이었을 것이다. 놈은, 혹은 놈들은 해외여행에서 돌아오는 모습으로 위장하고 느긋하게 여행용 가방을 끌고 전철에 올라타 시체 유기 장소에서 가까운 역에서 내렸으리라. 여기까지 상상하고 고구레는 몸을 푸르르 떨었다.

가미야초역 계단을 올라 사쿠라다 거리로 나왔다. 고구레와 나지마는 한동안 말없이 걸었다. 고구레는 여전히 안개가 낀 것처럼 얼굴이 보이지 않는 범인의 모습을 상상하고 있었다. 지금까지 수사하며 만난 사람인지도 모른다…….

아침부터 내리던 비는 가랑비로 바뀌었다. 지저분했던 거리가 세수한 것처럼 빛이 나고 있었다. 사거리에서 녹색 신호로 바뀌기를 기다리고 있는데 바로 옆에 선 나지마의 물빛 우산이 흔들리기 시작했다. 나지마는 신호등 기둥에 발길질하며 연신 고개를 갸웃거렸다.

"뭐 하는 겁니까?"

"아, 바나나 슛 연습이요."

고구레가 보고 있는 줄 몰랐던 모양이다. 나지마는 쑥스러운 표정을 지었다.

"어제도 공원에서 아들과 축구를……. 또 너무 못한다는 소리를 들었습니다. 건방진 애예요. 자기도 제대로 못 차는 주제에."

나지마가 다시 발길질을 했다. 아마 신호등 기둥을 공으로 여기고 발길질을 하는 모양이었다.

"이렇게 해보세요."

고구레는 바로 앞에 있는 신호등 기둥을 향해 발을 치켜들었다.

"인사이드보다 아웃프런트를 쓰는 게 더 낫죠."

"아웃프런트?"

발을 든 상태로 자기 한쪽 발을 가리키며 설명했다. 발

측면의 엄지발가락 쪽이 인사이드, 새끼발가락 쪽이 아웃사이드. 발등 엄지 쪽이 인프런트, 새끼발가락 쪽이 아웃프런트.

"새끼발가락이 시작되는 부분을 쓰는 거죠. 그 부분으로 스치듯 차올린다는 느낌으로 하면 됩니다."

다시 한 번 보여주었다.

"아, 그렇군요."

나지마가 손을 들어 손뼉을 쳤다.

"축구, 하셨어요?"

"아주 오래전에요. 수비 담당이라 포워드들이 골 넣는 모습을 멀리서 바라보기만 했죠. 아직 J리그가 생기기 전이라 누구도 디펜더라는 멋진 이름으로 불러주지 않았습니다. 그냥 수비수였죠. 골을 넣으면 박수를 받는 선수는 팀의 에이스, 점수를 잃으면 우리 수비수 책임이었습니다."

어쩐지 지금 자신의 처지와 똑같다는 생각이 들었다. 고구레는 쓸쓸하게 웃었다.

"하기야 팀이라는 게 그런 것이긴 하지만요. 능력이 다른 사람들이 모였기 때문에 싸울 수 있는 거죠."

신호등이 이미 녹색으로 바뀌어 벌써 깜빡거리고 있었다. 두 사람은 서둘러 걷기 시작했다.

길을 다 건너니 먼저 도착한 나지마의 물빛 우산이 빙글

돌았다. 나지마가 장난꾸러기 꼬마처럼 눈동자를 움직였다.

"우리 팀도 이제 슬슬 결과를 내야겠죠."

"예?"

나지마가 고구레의 가슴을 가리킨 뒤 다시 자기 코를 가리켰다. 고구레는 그제야 무슨 뜻인지 알아차렸다.

"그런가? 하긴 우리도 팀이죠. 단 두 명뿐이지만."

고구레는 우산을 치켜들고 아침부터 찜찜했던 기분을 떨쳐내듯 소리를 질렀다.

"얍, 파이팅!"

"얍."

나지마도 우산을 높이 치켜들고 힘찬 목소리로 기합을 넣었다.

"네버 네버, 네버 기브 업."

고구레가 다시 소리치자 나지마는 동그란 눈을 깜빡거렸다. 고구레는 헛기침했다.

두 사람은 다시 걷기 시작했다. 고구레는 불쑥 생각해본 적도 없는 소리를 했다.

"다음에 제가 신노스케에게 바나나 숲을 가르쳐줄까요? 이번 사건이 정리되고 난 다음에나 가능할 테지만요."

고구레를 쳐다보는 나지마의 눈이 휘둥그레졌지만 바로 웃는 표정을 지었다. 눈꼬리에 주름이 생겼다.

"꼭 부탁드릴게요."

하지만 다시 앞을 바라본 두 사람은 더는 대화를 잇지 못했다. '다음'이 언제인지는 서로 이야기하지 않았다. 그다음 이야기를 하기에는 분명 두 사람 다 나이가 너무 들었기 때문이었으리라.

비서 유카와는 보나 마나 또 자리에 없다고 둘러댈 것이다. 그렇게 생각하며 내선 전화를 걸었는데 뜻밖에 선선히 허가가 떨어졌다.

— 조금만 기다려주실 수 있나요? 사장님이 뵙고 싶다고 하셨습니다.

지난번에 들어갔던 수조가 있는 방으로 안내되었다. 창을 마주 보는 상석으로 안내되어 앉았는데, 쏟아져 들어오는 햇살 때문에 너무 눈이 부셨다. 신경이 거슬려 창을 등진 자리로 옮겨 앉았다. 유카와는 잠깐 난처한 표정을 지었지만 별말 없이 사무적으로 살짝 고개를 숙인 뒤 방을 나갔다.

수조를 신기하다는 듯 바라보던 나지마가 중얼거렸다.

"피라냐 나테리"

"예?"

"이 물고기들 이름이에요. 전에 열대어를 키운 적이 있어서요."

"아, 역시 피라냐였군요."

마치 영화에 나오는 소품 같았다. 집기나 벽의 색이나 수조의 물고기나 모두 다, 이 방에 있는 모든 것은 취향에 따라 꾸민 것이 아니라 뭔가를 연출하기 위한 무대장치처럼 느껴졌다.

"피라냐 가운데는 가장 예쁘죠. 하지만 제일 사납기도 하고요."

나지마의 말이 끝나기도 전에 문이 열렸다.

"오래 기다리시게 해서 죄송합니다."

회색 정장 차림의 여자가 화사한 목소리로 말하며 안으로 들어왔다.

"여러 번 오셨다고 들었어요. 정말 죄송합니다. 이렇게 만나 뵙게 되어 기쁘군요."

프로페셔널. 쓰에무라의 첫인상이었다. 입고 있는 정장은 비싸 보였지만 그렇다고 특별하게 화려하지도 않았다. 소녀들 이야기와는 달리 화장도 짙지 않았다. 하지만 폭력 사건 담당을 하던 시절에 자주 접했던, 업무가 아니면 들어가 볼 일도 없는 종류의 고급 술집에서 봤던 여자나 롯폰기 주변 고급 접대부 같은 냄새가 났다. 하지만 어떤 접대부도 이 사람 만큼 말이 많지는 않다.

"요즘 너무 바빠서요. 일 때문에 뉴욕에 다녀오느라. 몇 번이나 연락을 드리려고 했는데 연결이 되지 않았습니다."

쓰에무라는 이런저런 소리를 늘어놓으며 사과를 하면서 고구레와 나지마에게는 입을 열 틈도 주지 않았다.

가냘프고, 상상했던 것보다 훨씬 젊어 보이는 미인이었다. 하지만 그 표정과 태도는 이 방과 마찬가지로 어딘지 모르게 연출된 느낌이 들었다. 호화로운 조화造花 다발을 보는 기분이 드는 여자였다.

"아소 이사에게 이야기는 대략 들었습니다. 전에 우리가 앙케트를 부탁한 분들이 살인사건에 휘말렸다고요? 왠지 무섭군요."

쓰에무라가 두 팔을 움츠리는 시늉을 하며 고구레를 빤히 바라보았다. 고구레가 시선을 피할 때까지 눈을 피하지 않았다. 그리고 고구레를 볼 때와는 또렷하게 다른 느낌이 드는 미소를 지으며 나지마에게 내려다보는 듯한 시선을 던졌다.

"이쪽의 예쁜 분도 형사?"

나지마는 아무 대꾸도 하지 않고 고개를 꾸벅 숙였다. 사실은 나지마 쪽이 나이가 더 많을 테지만 쓰에무라는 나지마가 고구레의 조수라고 판단한 모양이었다. 입술만 움직여 미소를 짓더니 나지마는 더 보려고 하지도 않았다. 쓰에무라는 명함을 꺼내 애교 넘치는 목소리로 말했다.

"경찰에 계신 분들도 명함이 있나요?"

쓰에무라는 고구레와 나지마가 건넨 명함을 받아들고 마치 카드 게임을 할 때처럼 두 장을 번갈아 보았다. 나지마의 이름 위에는 '경시청 경부보', 고구레는 '순사부장'으로 적혀 있었지만 별로 신경 쓰는 눈치는 아니었다. 하기야 일반인들은 대부분 그렇다. 경부보와 순사부장의 차이를 모르기도 할 테고, 사실 아무래도 상관없을 것이다. 그런데도 명함 위에 찍히는 직위를 위해 다들 잠자는 시간을 줄이고, 남의 승진을 방해하기도 한다.

아소가 뒤늦게 들어왔다. 여전히 완벽하게 다리미질한 셔츠 같은 표정이었다. 쓰에무라가 아소에게 무슨 눈짓을 하는 듯한 시선을 잠깐 던지더니 다시 고개를 비스듬히 기울이고 고구레의 얼굴을 바라보았다.

"저희가 도와드릴 수 있는 일이면 뭐든 협력하라고 아소 이사에겐 일러두었는데. 죄송하게 되었습니다. 좀 착오가 있었네요. 그렇지 않아도 모니터 회원들 자료를 찾아보았더니 다행스럽게도 남아 있더군요."

아소가 고구레와는 시선도 맞추지 않고 손에 들고 있던 서류 묶음을 책상에 내려놓았다. A4 크기로 한 명당 몇 장씩 묶여 있었다. 리포트인 모양인데 지난번에 니시자키가 건네준 앙케트 용지보다 훨씬 더 상세한 개인정보가 기록

되어 있었다. 이름, 주소, 전화번호는 물론이고 패션이나 음악, 기호식품, 가지고 있는 옷이나 속옷이 얼마나 되는지, 키, 몸무게, 구두 크기까지 적혀 있었다. 다카하라 미유키와 아오타 구미, 그리고 고구레가 이미 이야기를 나눈 적이 있는 소녀들의 이름도 보였다.

이제 와서 왜 이런 걸 내놓는 걸까? 자기들이 경찰에 협조적이라는 사실을 강조하고 싶은 걸까? 무엇 때문에?

"몇 가지 여쭤보고 싶군요."

"예, 뭐든."

쓰에무라는 몸을 구부리며 긴 머리카락을 쓸어 올리고 귀를 기울이는 시늉을 했다. 그리고 마치 젖가슴 사이를 보여주려는 듯이 고구레의 얼굴을 가까이서 들여다보았다. 변호사를 통해 항의한 사실은 내색도 하지 않는 붙임성 있는 표정이었다.

"우리가 대답할 수 있는 내용은 아소 이사가 다 말씀드린 것으로 압니다만."

"쓰에무라 씨의 입을 통해 한 번 더 듣고 싶습니다."

"좋아요."

쓰에무라는 고구레의 질문이 시작된 뒤에도 쾌활하게 설명을 했다. 내용 자체는 지금까지 들은 이야기와 별 차이가 없었다. 다카하라 미유키와 아오타 구미는 모니터 모임에서 특별하게 눈에 띄는 소녀가 아니었고, 두 사람이 질문하거나 발언한 기억도 없다. 사건이 일어난 뒤에도 경찰이 조사하러 오기 전에는 자기들이 고용한 모니터 회원이라는 사실도 전혀 모르고 있었다……

모니터 모임에서 한 이야기에 관해서도 마찬가지였다. 오히려 아소나 도쿄에이전시에서 들은 내용보다 더 솔직한 대답이었다. 다른 회사를 헐뜯은 것이나 레인맨 이야기를 했다는 사실도 숨김없이 이야기했다.

"모니터 모임에서 이야기한 내용은 전부 당신이 생각해 낸 겁니까?"

"그 '생각했다'라는 말은 정확하지 않은 표현이군요. 오해는 하지 마세요. 우리가 개최한 모니터 모임은 어디까지나 뮈리엘이라는 회사의 향수를 올바르게 이해할 수 있게 돕고, 이렇게 좋은 향수가 있다는 정보를 전달하기 위한 자리였습니다. '생각했다'기보다는 뮈리엘이 제공한 상품 정보, 그리고 저와 직원들이 모은 관련 정보를 모니터들에게 전달하고 싶었을 뿐입니다. 상대방이 워낙 젊은 세대였기 때문에 약간 각색을 하기는 했지만 전달한 내용은 기본적으로 모두 사실, 혹은 소문을 바탕으로 한 것입니다. 불확실한 정보일 경우에는 제가 누군가에게 들은 이야기라는 말을 덧붙였고요."

"레인맨 소문도요?"

쓰에무라가 깔깔거리며 거침없이 웃었다.

"솔직하게 말씀드리죠. 그건 픽션입니다. 그런 식의 이야기를 적당히 섞는 경우가 있기도 합니다. 스태프와 의논하다 아이디어가 나오기도 하고……. 하지만 내용은 모두 큰 문제가 없는 것들뿐이에요. 그런 이야기는 그냥 그 자리의 분위기를 띄우는 용도일 뿐이죠. 출석한 사람들이 지루해하지 않도록, 서비스 같은 것입니다."

"그 아이디어는 어느 분이?"

쓰에무라가 고개를 갸웃거렸다.

"흐음, 누구냐고 물으셔도……. 아이디어는 여러 통로로 많은 사람으로부터 얻죠. 그걸 가지고 이야기를 하다 보면 살이 붙기도 하고 바뀌기도 합니다. 그것을 바탕으로 제가 즉석에서 애드리브를 하기도 하지요. 그러니 누구의 아이디어라고 간단하게 말할 수가 없죠. 굳이 표현하자면 다 함께 만들었다고밖에는 대답할 수가 없네요."

쓰에무라가 특별히 거짓말을 하는 것 같지는 않았다. 뭔가 감추는 느낌도 들지 않았다. 쓰에무라와 이 회사, WOM이라는 수법이 무엇인지 감이 왔다. 모호하기는 하지만 자기들에게는 확실하게 도움이 될 정보를, 잘 퍼뜨릴 수 있는 사람들을 이용해 의도적으로 퍼뜨린다. 쓰에무라가 이야기했을 때는 불확실한 소문이나 단순히 재미로 한 이야기도 이 사람 저 사람 입을 거치는 사이에 점점 사실처럼 바뀌는 것이다. 그러므로 무슨 일이 일어나건 자기들은 책임이 없다고 주장할 수 있다.

"입소문 전략이라는 게 특별히 대중조작을 한다거나 누구를 마인드 컨트롤하는 그런 대단한 것이 아니에요. CF가 텔레비전이나 라디오 전파를 이용하듯 우리는 사람과 사람의 직접적인 커뮤니케이션을 활용할 뿐입니다. 그렇게 생각하시면 이해하기 쉬울지도 모르겠군요. 하찮은 이야기가 한 범죄자의 귀에 들어갔고, 그걸 모방한 거죠. 우연히 그렇게 된 것 아닐까요?"

"서른세 명뿐인 모니터 회원 가운데 희생자가 두 명이나 나왔는데 우연이라는 건가요?"

나지마가 도전적인 시선으로 쓰에무라를 노려보았다. 하지만 쓰에무라는 미소 띤 표정으로 대꾸했다.

"우리는 그리 확률이 낮은 우연이라고 생각하지 않습니다. 특정 지역과 세대를 대상으로 정보를 내보냈고, 모니터로 고른 사람도 시부야를 중심으로 생활하는 비슷한 연령대의 여자아이들입니다. 그 아이들의 행동 범위는 뻔하죠."

안타깝게도 쓰에무라의 말은 틀림없는 사실이다. 피해자끼리 서로 알지는 못한다 해도 가는 가게나 노는 장소는 거의 비슷했다. 컴사이트 쪽에 대한 수사가 본부 안에서 큰 주목을 받지 못한 까닭도 그 때문이었다.

"만약에 이번 사건이 정말로 제가 한 이야기를 모방한 것이라면 마지막 페이지에 있는 목록이 도움이 될지도 모르겠습니다. 모니터들이 제출한 리포트 제일 뒷장을 봐주시겠습니까?"

마지막 페이지는 전체가 목록이었는데 많은 사람의 이름이 적혀 있었다.

"모니터들에게 정보를 전달하고 싶은 상대를 써넣으라고 했습니다."

리스트에 적혀 있는 사람의 서명이나 날인은 없었지만 칸 옆에는 '이 리스트를 바탕으로 다음에 전화를 이용한 2차 앙케트를 실시할 예정이니 전화번호도 꼭 적어주십시오'라고 적혀 있다. 모니터들이 아무 이름이나 적는 일을 방지하기 위한 것이리라. 아르바이트 보수의 반은 나중에 지급되기 때문에 다들 열심히 쓰에무라의 스피커 노릇을 한 모양이다. 어느 리포트에도 빈칸은 거의 찾아볼 수 없었다.

아오타 구미의 리포트를 찾아 읽어보니 나쓰미의 이름과 고구레의 집 주소가 또박또박 적혀 있었다.

"아, 아소 씨. 그거 있나? 효과 측정 데이터."

아소가 내민 서류 뒷면에 쓰에무라가 숫자를 적기 시작

했다.

"뮈리엘의 캠페인은 일단 서른세 명의 모니터 회원이 첫 일주일 동안 1,100명, 3주 동안에 1,800명에게 정보를 전달했습니다. 의심스럽다면 이 사람들이 첫 번째 후보가 되려나요? 80퍼센트 이상이 어린 여자애들인데."

오른손에 든 펜을 만지작거리며 쓰에무라가 말했다. 1,800명. 며칠 지나면 수사에서 빠져야 하는 고구레에게는 절망적인 숫자다.

"마치 다단계판매 같군요."

비꼬는 투로 대꾸했는데 쓰에무라는 화내기는커녕 살짝 손뼉 치는 시늉을 했다.

"재미있는 표현이네요, 형사님. 다단계판매는 아니어도 분명히 매우 빠른 속도로 늘어가죠. 그래서 소문이 퍼지기 시작한 지 3주 이후가 되면 범인이 이 소문을 통해 정보를 얻었는지 어떤지는 판단하기 힘듭니다. 그다음부터는 자연발생적으로 소문이 퍼져 나가기 때문에 우리도 정확한 파악은 불가능합니다. 하지만 지금까지 수집된 데이터로 보면 한 명이 WOM으로 정보를 전파하는 평균치는 일주일에 대략 2.5명이죠. 정보의 가치에 따라 물론 달라집니다. 실제로는 더 복잡한 편차까지 계산해야 합니다만, 대략 계산하면 한 달 만에 약 10만 명 가까운 사람들에게 퍼진다는 이야기가 됩니다. 대상이 되는 사람들의 연령대를 한정할 때는 통상적으로 어느 정도까지 범위가 확대되면 작업을 마무리하지만 그걸 고려하더라도 9월 초 시점에서……."

쓰에무라가 숫자와 계산식을 적은 메모지를 들이밀 듯이 보여주었다.

"3백만 명. 범인은 이 안에 있다는 이야기가 됩니다."

그러더니 쓰에무라가 위로하듯 덧붙였다.

"다만 범인은 아주 먼 곳에 사는 사람은 아닐 겁니다. 아마도 도쿄나 근교 사람이겠죠."

그건 이미 알고 있다. 사람과 사람이 서로 나누는 이야기를, 사람들 사이의 교류를 원자운동이나 바이러스 감염처럼 이야기하는 쓰에무라의 말에 고구레는 점점 짜증이 났다.

"WOM의 전파 루트와 속도에는 일정한 패턴이 있어요. 과거의 사례를 들어볼까요? 몇 해 전에 외국인에 의한 집단 성폭행이 횡행한다는 소문이 돌았던 것은 아시나요? 사건 현장이라 알려진 장소는 어떻게 된 까닭인지 늘 그 지역의 강가였습니다."

나지마가 고개를 끄덕였다. 고구레도 기억한다. 신문에도 기사가 나서 사회문제가 되고, 경찰도 조사에 나섰다. 소문이라기보다는 악질적인 허위 정보였다.

"그것은 사이타마埼玉현 소카草加시에서 소문이 시작되었

다고 하더군요. 주변 지역으로 소문이 퍼지는 데는 시간이 얼마 걸리지 않았지만 도치키栃木현까지 퍼진 것은 이듬해. 도쿄의 고분지国分寺나 다치카와立川까지 퍼진 것은 또 한 해 뒤였어요. 이 경우는 소문이 지나치게 늦게 퍼진 경우겠지만 입소문으로 정보가 퍼지는 속도란 의외로 느립니다. 그리고 속도는 거리에 비례하죠. 즉 동네에서 동네로, 매우 지리적으로 퍼지죠. 요즘에는 휴대폰이나 인터넷도 있지만 사람들이 서로 얼굴을 마주 보는 상태가 아니면 전달되지 않는 정보의 경우 이 패턴은 별로 변하지 않는 것 같더군요. 재미있게도 전철 노선이나 신칸센 노선을 따라 전파되는 거예요. 모든 것을 다 계산하는 건 불가능하지만 어느 정도 정확한 예측은 할 수 있습니다. WOM의 규칙성만 잘 안다면……."

쓰에무라는 자신감 넘치게 이야기를 계속했다. 과연 그렇게 단순한 것일까? 정보는 사람의 마음과 똑같은 걸까? 뭔가에 홀린 듯이 이야기하는 쓰에무라에게 혐오감과 위험, 그리고 연민 같은 감정이 들었다. 인간을 너무 논리적으로만 이해하려는 것은 아닐까 하는 느낌이 들었다.

"말씀 잘 들었습니다. 여러모로 참고가 되었습니다. 역시 범인은 유포된 소문을 들은 사람, 그것도 가능성이 큰 쪽은 초기 단계에 들었을 사람이라는 말씀이군요."

"소문이 아니라 W·O·M."

입술 모양을 보여주며 쓰에무라가 고구레의 표현을 정정했다.

"맞아요. 가능성이 큰 사람은 1,800명. 그리고 용의자는 3백만 명."

"하지만 가장 가능성이 큰 사람은……."

고구레는 쓰에무라와 아소를 번갈아 바라보았다.

"마흔한 명이죠."

"마흔한 명?"

미소를 머금은 쓰에무라의 반달 모양 눈이 고구레의 얼굴을 탐색하듯 움직였다. 아소는 바로 앞에 있는 벽을 바라보기만 할 뿐이었다.

"예. 7월 3일, 모니터 모임 참가자들이죠. 정확하게 이야기하자면 살아 있는 서른아홉 명."

쓰에무라는 미소를 잃지 않고 테이블 위에 놓인 고구레와 나지마의 명함을 이제야 보았다는 듯이 집어 들었다.

"어머, 이쪽 여자분은 사쿠라다몬桜田門(경시청 본부가 예전에 사쿠라다몬이라 불리는 지역에 있었기 때문에 경시청을 가리키는 은어로 사용된다) 쪽에 근무하시네."

쓰에무라의 관심을 끈 것은 나지마의 직함이 아니라 명함에 적힌 본청 주소, 지요다구 가스미가세키 2초메인 모양이었다.

"거기 아는 분이 있어요……."

쓰에무라의 입에서 본청 1과장보다 훨씬 위에 있는 사람
의 이름이 나왔다.

"안부 전해주세요."

나지마가 대화를 나눌 만한 상대가 아니라는 걸 빤히 알
면서도 천진난만한 척하며 의미심장한 웃음을 지어 보였
다. 고구레의 머릿속에 잡지 기사와 가타기리의 느닷없는
질책이 다시 머릿속에 떠올랐다. 설마 하는 생각은 들지만,
쓰에무라가 너무도 친근하게 입에 올린 그 이름은 그럴 마
음만 먹으면 얼마든지 수사 방침에 참견할 수 있는 영향력
이 있다.

쓰에무라가 손목을 틀어 시계를 보았다.

"아, 아소 이사. 내가 이 스케줄 다음에 닛폰테레비 이마
사토今里 씨를 만나기로 되어 있거든. 아주 급한 것 같아. 만
약 연락이 오면 바로 나가봐야 하니 뒷일을 부탁해."

쓰에무라가 말을 마치자마자 노크 소리가 나더니 비서
유카와가 들어와 쓰에무라에게 귀엣말을 했다.

"사장님, 닛폰테레비 이마사토 씨 전화입니다."

뻔한 연극을 보는 기분이었다. 쓰에무라는 두 팔을 펼치
고 어깨를 으쓱하더니 마치 주문을 외우듯 나지막하게 중

얼거렸다.

"스피크 오브 더 데빌."

"그럼 부탁해, 아소. 미안합니다, 중간에 일어서서."

쓰에무라는 마지막까지 혼자 떠들고 방을 나갔다.

"지금 사장님이 뭐라고 하신 겁니까?"

아소는 대답하지 않았다. 못 들은 척하는 모양이었다. 유카와가 어색한 분위기를 무마하듯 설명했다.

"사장님은 미국에 오래 사셨기 때문에…… 그쪽에서 많이 쓰는 관용구입니다. 스피크 오브 더 데빌, 제대로 이야기하면 그다음에 '앤드 히 윌 어피어'라는 말이 이어지죠. 악마 이야기를 하면 악마가 나타난다. 우리 말로 바꾸면…… 그러니까."

아소가 짜증이 난다는 듯이 끼어들었다.

"호랑이도 제 말 하면 온다."

여전히 무표정했지만 말에 가시가 돋쳤다. 유카와가 나가기를 기다렸다가 아소에게 물었다.

"이 명단은 제가 가져가도 괜찮겠습니까?"

"예, 이제 필요 없으니까요."

"어떻게 아직 리스트가?"

"운이 좋았을 뿐이죠. 우리 스태프가 파기하라는 지시를 깜빡 잊었던 모양입니다."

"그렇게 된 거로군요."

그렇게 된 거로군. 역시 감추고 있었던 건가?

"사장님 이야기를 듣고 다 이해하셨겠죠? 제가 보충할 이 야기는 아무것도 없는데요."

얼른 이야기를 끝내고 싶은 모양이었다. 오늘 아소는 처 음부터 당장이라도 터져 넘칠 것 같은 자존심을 감추려 들 지 않았다.

지난번에 자기가 한 말을 쓰에무라가 뒤집으며 아랫것 취급을 해서 화가 난 모양이다.

"아뇨, 오늘은 당신과 이야기를 하고 싶어서 왔습니다."

"저한테요? 무슨 이야기요?"

지금까지와는 약간 다른 말투였지만 그것도 잠깐이었다.

"7월 3일, 모니터 모임이 끝난 뒤에 당신이 피해자 가운 데 한 소녀와 이야기하는 걸 보았다는 정보가 있습니다."

"누구죠, 그런 소릴 한 게?"

니시자키의 간절한 부탁을 떠올릴 필요도 없이 그 질문 에는 대답하지 않고 약간 언성을 높였다.

"그게 사실입니까?"

아소가 눈을 가늘게 떴다. 약간 망설이는 듯이 보이기도 했지만 바로 입술 한쪽을 올리며 웃었다.

"예, 분명히 말을 걸었죠. 어느 아이였는지 기억은 희미하지만요."

"무슨 이야기를 했습니까?"

"새로운 클라이언트의 캠페인 걸을 해보지 않겠느냐……
그런 내용이었다고 기억합니다. 그때 워낙 여러 아이에게
말을 걸었으니까요."

다카하라 미유키의 얼굴을 떠올렸다. 복장은 몰라도 생김
새는 평범한 소녀였다. 캠페인 걸과는 별로 어울리지 않았
다. 아오타 구미라면 또 모르겠지만.

"그 애가 그런 일에 어울렸습니까?"

"클라이언트 쪽에서 그런 평범한 아이를 원해서요. 주문
에 맞는 타입이었습니다."

기억이 흐릿하다고 해놓고 제법 또렷하게 기억하고 있다.

"무슨 캠페인이었나요?"

나지마가 물었다.

"요즘 체인점을 확장하고 있는 패스트푸드 매장입니다."

그제야 눈치를 챘다. 그러고 보니 두 소녀는 별로 닮지 않
았다. 비교적 자그마한 체형이라는 점은 같아도 얼굴 생김
새는 전혀 다른 타입이었다. 가령 수사본부의 시나리오대
로 범인이 이노우에 같은 단순한 성범죄자라면 대개 비슷
하게 생긴 여성을 노릴 텐데.

"이쯤 하면 됐죠?"

일어서려는 아소에게 다시 말했다.

"한 가지 더. 지난달 8일부터 10일 사이에 아소 씨는 무엇을 했습니까?"

철가면 같던 아소의 얼굴도 약간 붉어졌다.

"무슨 뜻입니까? 설마, 나를 의심하는 건가요?"

"만약을 위해 확인하는 것뿐입니다."

"대답하고 싶지 않군요."

"대답할 수 없는 이유라도?"

"그것도 노코멘트. 이건 임의 사정 청취죠? 나는 답변을 거부할 권리가 있을 텐데요."

"차를 가지고 있습니까?"

나지마가 물었다.

"없으면 안 됩니까?"

없는 모양이다.

"흠…… 차가 없나요? 요즘 젊은이치고는 뜻밖에 검소하군요."

슬쩍 멸시하는 투로 말하자 아니나 다를까 아소가 고구레의 얼굴을 노려보았다. 솔직해서 좋다. 의외로 다루기 쉬운 남자다. 아소를 다루는 방법은 이미 지난번에 이야기를 나눌 때 충분히 파악했다.

"BMW를 탔었는데 지난달에 팔았습니다. 새 차는 아직

뽑지 못했죠. 마음에 드는 게 별로 없어서."

지극히 평범한 20대 젊은이의 싸구려 자존심을 고스란히 드러내며 말했다. 쓰에무라의 정체를 알 수 없는 미소에 비하면 이 남자의 무표정은 훨씬 파악하기 쉬웠다.

"차를 판 건 언제쯤?"

아소가 무릎에 얹은 손가락을 모스 신호처럼 두드리기 시작했다.

"나를 의심하는 거면 번지수를 잘못 짚은 겁니다. 우리도 피해자라고요. 솔직하게 이야기하죠. 우리 회사를 헐뜯는 헛소문이 인터넷에 넘쳐나고 있어요. 어떻게 알아냈는지 내 휴대폰에도 이상한 메일이 잔뜩 들어옵니다. 휴대폰 메일도 요즘에는 중요한 업무 도구 가운데 하나입니다. 번호를 막 바꿀 수는 없어요. 정말 골치 아픕니다. 잡지에도 헐뜯는 기사가 실렸고요. 당신이 정보를 흘렸다고 생각할 수밖에 없어요. 당신들 책임이란 말입니다. 어떻게 책임질 작정입니까?"

고구레가 아무 대꾸도 하지 않자 무테 안경 속 눈을 빛내며 계속 떠들어댔다. 외모와는 달리 쉽게 열을 받는 성격 같다.

"요즘 나나 사장님 뒤를 미행하거나 야간에 감시하는 것도 당신들이죠? 당장 그만둬요, 그런 짓은."

이상한 소리였다. 아소와 쓰에무라를 미행하거나 잠복한 일은 없다. 컴사이트를 조사하고 있는 사람은 나지마와 고구레, 두 명뿐이다. 미행하고 잠복할 여유가 없다.

"우리는 그런 일을 하지 않습니다."

고구레가 진지한 표정으로 고개를 저었다.

"그럼 대체 누구죠?"

말을 얼버무리려고 꾸며낸 이야기가 아닐까 의심했지만 아무래도 아소는 진짜 화가 난 듯했다.

"스토킹을 당하고 있다고요? 쓰에무라 씨도 말입니까?"

나지마가 물었다.

"예, 말은 하지 않지만 사장님도 상당히 신경이 곤두서 있을 겁니다."

"만약 원하신다면 담당 경찰서에 연락을 해두죠. 사장님 댁은 어딘가요?"

나지마의 말투는 진심으로 걱정하는 듯이 들렸다. 여성 수사관이 성범죄나 스토커 범죄를 증오하는 심정은 남자들에 비할 바가 아니었다. 올봄까지 그런 종류의 범죄 수사를 했던 나지마에겐 그냥 넘어갈 수 없는 일일 것이다.

"모토아자부元麻布. 2초메였던가?"

"아소 씨는요?"

"아오바다이青葉台입니다. 다이칸야마 근처."

여성 수사관인 나지마의 질문에는 비교적 순순히 대답했다. 오이디푸스 콤플렉스인지도 모르겠다.

"마침 잘됐군. 우리 관할이네요. 조만간 우리 사람을 파견하겠습니다. 자세한 주소를 가르쳐주시겠어요?"

고구레가 끼어들자 다시 내키지 않는 목소리로 말했다.

"아뇨, 됐습니다. 어차피 경찰은 민사 사건에는 개입하지 않잖아요."

"아닙니다. 최근 스토커 범죄 담당자가 정식으로 생겼어요. 그럼 주소는 유카와 씨에게 확인하겠습니다."

묻고 자시고 할 것도 없이 이미 파악한 상태다.

"글쎄요. 경찰은 인터넷이나 이메일을 매개로 한 범죄에도 제대로 대응하지 못하잖아요? 그걸 좀 어떻게 했으면 좋겠는데. 그건 언어를 흉기로 삼은 흉악범죄입니다. 아까 사장님은 인터넷이나 이메일로는 소문이 퍼지지 않는다고 했지만 내 의견은 좀 달라요. 사장님은 미국에서 이론을 배웠기 때문에 현재 일본의 상황에는 상당히 어둡습니다."

수조의 무거운 빛이 아소의 안경에 반사되었다. 아소가 말을 이었다.

"인터넷이나 휴대폰이 WOM의 2차적 매개체라는 것은 어디까지나 기성세대의 생각일 뿐이죠. 휴대폰이나 컴퓨터를 장난감처럼 사용하는 요즘 젊은 애들에겐 통하지 않는 얘기예요. 인터넷이나 메일을 이용해서 누군가가 의도적으로 소문을 퍼뜨린다면 그 힘은 입소문에 비할 바가 아니죠. 엄청난 영향력을 지니게 되는 겁니다."

아소가 도전적인 표정으로 노려보았다. 고구레가 말했다.

"악마 소문을 내면 악마가 나타나는 것 아니겠습니까?"

아소가 입을 벌리고 멍한 표정을 지었다.

컴사이트를 나온 것은 저녁때가 다 되어서였다. 여전히 비가 내리고 있었지만 곧 그칠 것 같았다. 멀리 서쪽 하늘은 붉게 물들어 있었다.

대단한 이야기를 들을 수 있었던 것은 아니다. 아소는 바쁘다면서 몇 차례나 중간에 자리를 비우다가, 결국 급한 일이 생겼다며 나가버렸다. 쓰에무라도 나간 뒤로는 돌아오지 않았다.

"어때요? 저 회사?"

나지마에게 물었다. 나지마의 눈에 비친 그들의 인상이 어땠는지 듣고 싶었다.

"음, 묘한 회사, 묘한 사람들……."

나지마는 바나나 슛 연습을 하는 듯한 걸음으로 보도를 내려다본 채로 중얼거렸다.

"모던하고 세련됐지만 벽지를 한 장 벗기면 뭐가 튀어나올지 알 수 없는······."

"벽지가 있었습니까? 나는 몰랐네요."

"아뇨, 비유한 겁니다."

"아아, 그렇군요."

"좀 더 파보고 싶네요."

동감이다. 하지만 이제 고구레에게는 불가능한 일이다.

"안타깝지만 무리일지도 모르겠어요. 오늘 아침에 가타기리 씨에게 한 소리 들었습니다. 저쪽 건드리지 말라고."

반만 고백했다. 할까 말까 망설이다 수사본부에서 빠지게 된 이야기는 하지 않았다. '언젠가 위에서 간섭이 들어올 것이다.' 둘이 이미 그런 이야기를 한 적이 있어서 나지마는 크게 놀란 표정은 짓지 않았다. 물끄러미 고구레를 바라보고 나서 바로 생긋 웃었다.

"괜찮아요. 저는 아직 아무 소리도 듣지 못했어요. 제가 가면 문제가 없겠죠."

"그러지 않는 게 나을 겁니다. 커리어에 흠집 나요. 나야 흠집이 날까봐 걱정할 미래도 없으니 상관없지만."

"그때는 그때죠. 함께 페널티를 받아요. 우린 한 팀이잖아요."

나지마는 그렇게 말하고 골문으로 공을 차 넣듯이 허공을 향해 발을 힘껏 차올렸다. 멋진 바나나 슛이 될 것 같은 훌륭한 킥이었다.

고층건물이 늘어선 거리를 뒤덮은 하늘은 어둡고 낮게 가라앉아 있었다. 그런데 서쪽 하늘은 유난히 붉었다. 핏빛을 떠올리게 하는 저녁놀을 바라보고 있었기 때문일까? 주머니에 있던 휴대폰이 울린 순간 불길한 예감이 들었다.

— 또 시체가 나왔습니다.

야스다였다. 흥분한 목소리였다.

— 장소는 가와사키川崎, 나카하라中原구 다마가와 강변입니다. 또 그거예요. 그 녀석입니다. 세 명째예요.

예감이 들어맞았다. 순간 또 나쓰미의 얼굴이 떠올랐다. 이 시간이라면 아직 학교에 있을 것이다. 학교에 갔다면.

고구레를 바라보는 나지마의 눈이 점점 커졌다. 한 달 이상 매일 얼굴을 맞대고 지낸다는 것은 그냥 시간만 보내는 일은 아니다. 고구레의 표정만 보고도 상황 파악이 된 모양이었다. 바로 앞에 있는 지하철 출입구를 등지고 택시를 잡기 위해 차도 쪽으로 손을 내밀었다.

"피해자는?"

— 젊은 여성. 아직 신원불명. 하지만 이번에는 지금까지와 다릅니다.

"뭐가?"

— 발이요, 발, 발, 발목.

"차분하게 이야기해."

— 발목이 있어요, 한쪽 발만. 잘린 발을 시체와 함께 버렸습니다.

"고구레 선배!"

멈춰 선 택시 앞에서 나지마가 소리쳤다. 달려가는 고구레의 머릿속에서 조각난 사고의 단편들이 이리저리 날뛰었다. 세 명째다. 아직 아무것도 밝혀낸 것이 없는데. 앞으로 나흘 뒤면 수사본부에서 떠나야 하는 내가 무얼 할 수 있을까. 레인맨, 넌 누구냐. 어디 있는 거냐. 나쓰미, 나쓰미. 제발, 학교에 있어야 해. 설마 아니겠지, 나쓰미?

23

휴대폰을 테이블 위에 놓고, 한동안 열어보지 않았던 착신 메일을 확인했다. 읽지 않은 메일이 5건.

느닷없이 이런 글자가 튀어나왔다.

'①로프를 준비하세요. ②커다란 고리를 만드세요. ③고리는 머리보다 높은 곳에 단단히 묶고. ④의자 위로 올라가세요. 준비되었습니까? ⑤그럼 당신 목을 고리에 넣으세요. ⑥의자를 걷어차면 됩니다. 예, 끝이에요.'

많이 줄었지만 아직도 이런 메일이 온다. 모두 익명. 대체 누가 보내는 걸까? 누구 짓인지 모르지만 이미 익숙해졌다. 남의 이야기에 귀 기울이듯이 액정화면에 뜬 글자를 들여다보고 있자 머릿속에 그 목소리가 들려오는 듯했다.

'너 정말 짜증 나. 옷 입는 것도 최악이야! 머리 모양도 구려. 그런 머리는 당장 잘라버려. 자르는 김에 손목도 잘라버려!'

전에는 더 심했다. 내용은 물론이고 양도. 하루 30건이 넘는 날도 드물지 않았다. 처음에는 읽기만 해도 구역질이 날 것 같았지만 익숙해지자 메일 읽는 것이 재미있기까지 했다. 매일 아침 배달되는 신문과 마찬가지다. 읽지 않으면 왠지 불안했다.

몇 명이 메일을 보내는지 모르겠지만 다들 자신과 마찬가지라는 사실을 깨달았다. 다들 병들었다. 삐뚤어졌다. 안달하며 서로 증오하고 있다. 나 혼자만 비정상이 아니라는 사실을 확인하는 기분이 든다.

'이건 살인 지령 메일입니다. 첫 번째 대상: 매일 아침 8시쯤 요요기 공원에서 달마티안을 산책시키는 무지 짜증 나는 할망구. 두 번째 대상: 시부야 남쪽 출입구에 있는 약국에서 아르바이트하는 스무 살 정도의……'

그렇다. 사실은 다들 살인자를 좋아한다. 마음속으로는

누군가를 죽이고 싶어 한다. 무거워진 눈꺼풀을 힘들게 뜨고 모니터를 계속 들여다보았다. 그 약이 와 있었다. 앞으로 10분만 지나면 오늘 밤도 모두 다 잊고 잠을 잘 수 있으리라.

'돼지. 쓰레기. 병균. 전염병을 옮기는 악마. 시부야에서 돌아다니지 마. 시골로 꺼져.'

눈에 익은 문장이 많았다. 아마 요즘 유행하는 체인메일이 여러 차례 돌기 때문이리라.

'샷짱은 말이야. 사치코라고 해. 정말이야~.

3번까지 유명한 이 노래에 4번이 있다는 사실을 아세요? 이렇습니다.

샷짱은 말이야. 건널목 사고로 발을 잃었어. 그래서 네 발을 가져가야 해. 오늘 밤이야, 분명히.

PS…… 샷짱은 너다.'

이런 메일이 벌써 세 번째. 흥, 샷짱은 너다? 어떻게 알지?

다음 메일도 많이 본 내용이었다.

'신+12사도=13. 결국 12번째 사도는 악마. 사흘 안에 일곱 명에게 이 메일을 보내세요. 이건 진담입니다. 보내지 않은 사람은 넷째 날 밤 12시에 창문 밖을 보세요. 거기 악마가 나타날 겁니다.'

처음 온 메일에는 7일째라고 했다. 그때는 정말 7일째 되는 날 12시에 창밖을 보았다.

분명히 창밖에는 히죽히죽 웃는 기분 나쁜 얼굴이 있었다. 그것은 창문에 비친 자신의 모습이었다.

다음은 처음 보는 내용이었다. 저도 모르게 몸을 휴대폰 쪽으로 들이밀었다.

'이건 저주의 메일. 이걸 읽은 당신은 이미 저주를 받았다. 저주를 풀려면 누군가를 죽여라.'

후후후. 괜찮아. 이미 죽였으니까. 그것도 세 명이나. 그리고 누군가의 얼굴을 들여다보기라도 하듯이, 수조처럼 흐릿하게 빛나는 휴대폰 액정화면을 향해 레인맨은 슬쩍 웃었다.

24

다마가와 강 중류에서 발견된 시체 역시 칼 같은 것으로 발목이 잘려 있었다. 죽은 지 오래되었는데도 냉장고 안에 있었기 때문인지 부패했지만, 시랍화(시체가 공기와의 접촉이 차단되어 밀랍처럼 변하는 현상)가 진행되어 놀랄 만큼 원래 모습을 간직하고 있었다. 이마에도 역시 'R'자 모양의 표시.

수법으로 보아 동일범 소행이 분명했지만 광역 수사로 지정되어 가나가와현 경찰과 정식으로 합동 수사 태세가 갖춰진 것은 하룻밤 지나서였다. 사법해부 결과 발목을 절단한 흉기가 종전 사건과 거의 같다고 판단했기 때문이다.

피해자 신원은 불명. 추정 연령 10대 후반에서 20대인 여성이며 치아 형태를 바탕으로 신원 확인을 서두르고 있었다. 정식 감정은 아직 이루어지지 않았지만 이번에는 피해자의 것 이외에는 다른 사람의 머리카락이 없고 유기된 지 오래되어 주변에서 발자국을 채취할 수도 없었다.

어젯밤에는 오랜만에 고구레도 경찰서에 머물며 밤새 치과의사에게 치아 모양 대조를 요청하는 팩스 발송 작업을 도왔다. 나쓰미가 아니라는 걸 확인하고 잠깐 안도했던 자신을 용서할 수 없었기 때문이다.

아침 8시부터 시작된 수사 회의에는 가나가와현 경찰본부의 수사팀까지 들어와서 간토 관구 경찰국 인원까지 보였다. 가나가와 현경과 경시청은 아무래도 삐걱거릴 때가 많다. 그렇지 않아도 경시청 7계와 9계가 주도권을 다투던 중이었는데 상황이 더 복잡해졌다.

아오타 사건 담당인 7계가 다시 술렁거렸다. 이번 시체 유기 현장이 이노우에의 집에서 5킬로미터밖에 떨어지지 않은 지점이었기 때문이다.

가나가와의 영향력이나 관구 경찰국 사람이 나와 있기 때문인지 오카야스는 잔뜩 긴장해서 여느 때는 잘 쓰지도 않는 프로젝터를 꺼내 슬라이드 필름으로 찍은 현장 사진을 스크린에 비췄다.

먼저 피해자의 전신사진. 오랜 기간 냉장고에 갇혀 있었기 때문인지 태아처럼 웅크린 자세였다. 시랍화되었다지만 당연히 밀랍인형처럼 아름다울 리는 없었다. 굳이 표현하자면 열을 쐬어 끈적끈적 녹아내리는 밀랍인형 같은 상태였다.

얼굴 사진이 스크린에 나타났다. 똑바로 보기 힘든 영상이었다. 뿌옇게 변한 안구가 수사관들을 원망하듯 노려보고 있었다. 스크린에 새 사진이 나타날 때마다 살인사건에 익숙하지 않은 메구로경찰서 형사들이나 경시청의 젊은 수사관들은 얼굴을 찡그리며 신음을 했다.

나지마는 어떤 표정으로 보고 있을까. 회의 때는 늘 누가 먼저랄 것도 없이 서로를 찾아 나란히 앉았는데, 오늘은 나지마를 찾지 않고 수사본부 뒤편에 있는 소속 경찰서 형사들이 모여 있는 쪽에 앉았다. 자꾸 고구레와 함께 있다가는 나지마까지 윗사람들에게 밉보일지도 모른다. 본인은 원치 않은 승진일지 몰라도 나지마는 아직 서른세 살이고 본청 경부보다. 형사로서 앞길이 창창하다.

사법해부에 입회했던 가나가와 현경의 수사관 목소리만

울려 퍼지고 있었다.

"이어서 사후 경과 시간입니다. 시랍화가 피하지방에 이르고 있는 것으로 보아 2개월에서 4개월가량 지난 것으로 추정됩니다."

2개월? 4개월? 폭이 너무 넓다. 이번 희생자가 살해된 시기가 지난번 두 피해자보다 빠르다는 사실은 의심의 여지가 없지만 이런 상태로는 모니터 모임이 개최된 7월 3일과 관계가 있는지 어떤지 파악할 수가 없다. 2개월 전이라면 8월 중순이지만 4개월 전이라면 6월이라는 이야기가 된다.

고구레가 소리쳤다.

"그 기간을 좀 더 확실하게 파악할 수는 없습니까?"

관할 경찰서 소속인 고구레가 불쑥 질문하자 본청 수사관들이 의아한 표정으로 돌아보았다. 가타기리 관리관이 날카롭게 쏘아보았다. 가나가와 현경 수사관이 말했다.

"더는 무리입니다. 너무 오래되었고 냉장고 안에 있었다는 특수한 상황이니까요. 도쿄 쪽에서 검증 실험이라도 해보시면 어떻겠습니까?"

당연한 답변이었다. 시체가 유기된 기간이 길수록 정확한 사망일시를 추정하기 힘들다. 게다가 검사 결과는 지레짐작을 방지하기 위해 폭을 넓게 잡아 보고하는 것이 보통이다. 그러니까 현재 알 수 있는 것은 이번에 발견된 시체

가 가장 먼저 죽은 피해자라는 사실뿐인가? 거기까지 생각
한 고구레는 등골이 오싹해졌다. 과연 이번에 발견된 시체
가 첫 번째 희생자라고 단언할 수 있는 걸까?

누가 등을 쿡 찔렀다.

"찾았다."

뒤를 돌아보니 나지마가 커다란 눈을 굴리며 웃고 있었다.

"어쩜 그럴 수가 있어요? 한참 찾았잖아요."

"아, 미안해요."

나지마가 고구레 옆에 앉았다. 주변 사람들이 호기심 어
린 눈길로 바라보는데도 나지마는 전혀 개의치 않았다.

프로젝터가 시체와 함께 발견된 발 사진을 크게 띄웠다.
발견된 것은 왼쪽 발뿐. 오른쪽은 없었다. 위에서, 옆에서,
뒤에서. 절단면 클로즈업. 색은 회백색. 의외로 원형을 유지
하고 있었다. 이렇다 할 손상이 없는 부위는 엄지발가락 옆
면 정도였다. 가나가와 현경 수사관은 범인이 발목을 절단
한 시점은 장시간 시체를 방치한 뒤인 것으로 추정되는데,
부패가 진행된 피부를 절단할 때 발을 세게 움켜쥐었기 때
문에 표피가 벗겨진 것 같다고 설명했다.

"손상 범위는 8.4센티미터. 엄지발가락 이외에 모든 발가
락의 표피가 벗겨졌습니다."

화면을 바라보던 나지마가 불쑥 중얼거렸다.

"이상하네, 저거."

"예? 뭐가요?"

"발톱 말이에요."

보존 상태가 양호하다고는 해도 피부는 많이 변색, 변질된 상태였다. 그에 비해 발톱은 사후에도 큰 변화가 없었다. 군데군데 표피 박리 현상이 보이지만 발톱이 붉은색으로 칠해진 것, 작은 무늬가 그려져 있는 것도 판별할 수 있었다.

"페디큐어예요. 이상하네. 다들 눈치채지 못한 걸까요? 경찰에는 여자가 너무 적어요."

남자들뿐인 지저분한 방을 빙 둘러보면서 다시 말했다.

"분명히 이상해요."

"어디가, 이상하다는 거죠?"

고구레는 지저분한 남자의 대표로서 머뭇머뭇 물었다. 나지마가 당신도 마찬가지냐는 듯한 눈빛으로 바라보았다.

"피해자의 손 보셨죠?"

분명히 조금 전 방어흔 같은 것이 남아 있는 오른쪽 팔목 사진을 보긴 했다. 하지만 고구레는 멍하니 바라보았을 뿐 이상한 점을 발견하지 못했다. 보고하는 수사관도 범인과 다툴 때 생긴 것으로 보이는 찰과상에 관해서만 언급했을 뿐이다.

"피해자는 손톱에 매니큐어를 칠하지도 않았고 기르지도

않았어요. 관리를 받았던 것 같지도 않아요. 그런데 왜 페디큐어만은 저렇게 집요하리만치 한 걸까요?"

"하지만 요즘은 스타킹을 안 신는 애들도 많고, 뮬이라든가 하는 샌들도 유행하는 모양이던데. 발톱만 칠하는 아이들도 많지 않나요?"

얼마 전까지만 해도 페디큐어라는 말조차 몰랐는데, 요 한 달 사이에 소녀들을 만나며 얻은 어설픈 지식을 총동원해 아는 척하며 말해보았다. 하지만 나지마는 프로젝터에 비친 발을 눈을 가늘게 뜨고 바라보며 고개를 저었다.

"게다가 색도 이상해."

"색?"

"예. 엄지발가락과 둘째 발가락이 로즈핑크, 나머지 세 발톱은 오렌지색이에요. 다른 사람에게 보여주기 위한 거라면 저렇게 애매하게 다른 색으로 칠하지는 않죠. 색깔이 전부 다 다르다면 모르겠지만……."

화면을 다른 각도에서 바라보려는 듯이 나지마가 고개를 갸웃거리다가 멈추더니 말했다.

"그리고 저 실Seal 말이에요."

"실?"

고구레가 물었다.

"예, 인프런트에 있는."

배운 지 얼마 안 되는 축구 용어를 사용하며 나지마가 설명했다. 엄지발가락에서부터 가운뎃발가락까지 세 발톱에 그려진 꽃무늬를 말하는 것이었다. 저걸 실이라고 부르는 건가?

"네일 실. 발톱에 붙이는 장식이에요. 요즘 꽤 유행이죠. 그런데 저것도 뭔가 이상해요."

정말이지 일반인의 솜씨로는 저토록 정교하게 그릴 수 없을 것이다. 하지만 그게 뭐가 이상하다는 걸까. 고구레가 물었지만 나지마는 이렇게 말했을 뿐이다.

"신원을 빨리 밝혀낼 수 없나? 피해자의 방을 볼 수 있다면 훨씬 더 많은 것을 알아낼 수 있을 텐데……."

단상 옆에서는 가나가와 현경의 설명이 이어지고 있었다. 실황 분석 보고서 복사본이 배포되고 스크린에 주변 약도가 비쳤다.

가와사키시 나카하라中구 다마가와 강변. 대형 쓰레기와 폐기물이 불법적으로 버려진 곳. 피해자 사체가 들어 있던 냉장고가 5월 초의 연휴 기간 즈음에 이미 그곳에 버려져 있었던 것을 목격한 사람들이 많다. 범인이 냉장고를 버린 것은 아니라고 보인다. 가나가와 현경 수사관이 탐문수사를 통해 파악한 정보를 보고했다.

냉장고 손잡이에 감겨 있던 체인은 새것이었다. 이것은 범인이 준비한 것 같았다. 그리 튼튼하지 않은, 액세서리 공예품에 사용하는 종류인데 시계 반대 방향으로 감겨 있었다.

나지마가 볼펜으로 고구레의 어깨를 콕콕 찔렀다.

"왜 가나가와죠? 게다가 냉장고 안이라니. 이번 케이스는 시체를 숨기려고 한 것 같네요."

시체가 발견된 곳이 가와사키라는 이야기를 들었을 때 고구레도 의외라는 생각이 들었다. 지금까지 자기가 해온 생각이 틀렸고 이노우에가 진범이라는 주장이 맞는 것인가 하는 생각마저 들었다. 하지만 현장의 정확한 위치를 알게 된 순간 의외고 무엇이고도 아니라는 사실을 깨달았다.

"하지만 지금까지와 똑같아요."

회의용 자료와는 다른 지도를 슬쩍 나지마 쪽으로 밀었다. 몇 번이나 펼쳐보아 이미 너덜너덜해진 나지마의 '소문 전파 지도'였다. 지금까지 일어난 두 차례의 시체 유기 현장을 손가락으로 가리키며 지도 위의 노선을 손가락으로 그려주었다.

아오타 구미의 시체가 유기된 현장인 고마바노 공원은 시부야에서 이노카시라선으로 두 정거장, 고마바토다이마에駒場東大前역 바로 앞이다. 시체가 유기된 장소는 역 근처의 공원 출입구 부근이었다.

다카하라 미유키의 시체가 유기되었던 린시노모리 공원

414

은 시부야에서 JR선과 도큐선東急線을 갈아타고 네 번째 역인 무사시코야마武蔵小山역이 가깝다. 유기 현장은 역시 역 출입구 부근이다.

그다음에 이번 현장을 가리켰다. 가장 가까운 역은 신마루코新丸子. 가나가와현이라지만 시부야역, 또는 메구로역에서 갈아타지 않고 바로 갈 수 있다. 도쿄 경계를 넘자마자 바로 나오는 역이다.

어디나 시부야 주변을 기점으로 삼아, 걷는 시간까지 합쳐도 10분에서 30분이면 갈 수 있는 위치였다. 아무리 커다란 짐을 끌고 걷는다고 하더라도.

"범인은 똑같이 행동한 겁니다. 약간 멀리까지 갔을 뿐이죠. 시체를 숨긴 곳을 보면 이때는 아직 겁이 나서 강을 건너 가나가와현까지 갔다는 생각이 드는군요. 아마도 이번 시체 유기 현장이 범인의 집이나 홈그라운드에서 제일 멀지 않을까요?"

"거기, 조용히 해."

대각선 앞쪽에 앉은 9계 주임이 못마땅한 표정으로 돌아보았다. 고구레와 나지마는 장난하다 들킨 말썽꾸러기처럼 동시에 고개를 움츠렸다.

회의가 끝난 뒤 나지마는 다시 7계로 불려가고, 고구레는 탐문수사를 지시받았다. 담당 구역은 다마가와 강변, 마루

415

코바시丸子橋 다리 부근의 도쿄 지역. 탐문 포인트는 '파란색 마쓰다 RX-7을 보았는가'였다.

파란색 RX-7은 이노우에의 자동차다. 방향 설정이 잘못된 수사의 희생자로 보이는 이노우에가 측은했다. 그리고 그런 수사에 휘둘릴 수밖에 없는 조직의 말단인 자신도.

계속 허탕만 치며 하루가 지났다. 고구레에게 남은 시간은 앞으로 이틀뿐.

그날 밤 수사 회의에 몇 가지 새로운 보고가 있었다.

"나카하라구 가미마루코上丸子에서 한밤중에 돌아다니는 스포츠 타입의 자동차가 자주 목격되었습니다. 파란색 계통입니다."

"현장 부근 노상에 사진과 비슷한 자동차가 서 있는 모습이 여러 차례 목격되었습니다. 어두워서 확실하지는 않지만 화려한 색상이었다고 합니다. 덴엔초후혼마치田園調布本町 주민의 증언입니다."

기타 등등. 당연하다. 한밤중에 특별한 목적 없이 돌아다니는 자가용은 대개 스포츠 타입이고 색이 화려하다. 하지만 단상에 앉은 간부들은 사뭇 만족스러운 표정으로 보고를 듣고 있었다. 좋지 않은 조짐이다. 수사는 정체 상태에 빠졌고, 매스컴이 비난하기 시작했다. 이제 슬슬 희생양이 필요해질 때였다.

이튿날인 목요일, 아침 회의에서 이노우에를 연행했다는 보고가 있었다. 임의동행도 아닌 체포. 용의자는 상해와 기물파손으로 체포됐다. 일주일쯤 전에 단골 술집에서 이번 사건 문제로 조롱하는 취객과 싸움을 한 것이었다. 피해자는 코피를 흘린 정도이고 파손된 것은 그릇들뿐이었지만 굳이 피해신고를 하게 만들었던 모양이다. 전혀 다른 사건으로 연행한 것이다.

고구레는 어제와 마찬가지로 다마가와 강변 탐문수사로 내몰렸다. 수사 책임자는 7계의 마쓰자키였다.

"고구레 선배, 오늘은 이 녀석을 데리고 움직여주시겠어요? 아직 아무것도 모르는 녀석이니 잘 지도해주세요."

마쓰자키는 아직 20대로 보이는 본청 젊은 수사관을 고구레에게 소개하며 담당할 지역 지도를 건네주었다.

"이 지역을……. 별것 나오지 않을 곳인데 선배에게…… 죄송하네요."

마쓰자키가 어려워하니 오히려 고구레가 더 신경이 쓰였다.

"알겠습니다."

하급자답게 공손히 대답하고 담당 지역으로 나가려는데 마쓰자키가 다시 말을 걸었다.

"고구레 선배, 정말인가요? 그만두신다는 이야기?"

"수사본부 말인가? 내가 그만두는 게 아니라 위에서 빠지라는군."

"아뇨, 형사 생활을……. 그런 소문을 들었어요. 안타까운 일이네요, 정말. 안타까워요."

아직 마음을 정하지도 않았는데 소문이 쫙 퍼진 모양이다.

"늘 그러시네요, 선배는. 본청에서도 스스로 그만두고 힘들게 올라온 계단을 스스로 내려가셨잖아요."

마쓰자키가 너무 진지한 표정으로 말하기에 고구레도 진지한 얼굴로 대답했다.

"그 계단을 오르면 어디에 도착하나? 알게 되면 가르쳐줘."

마쓰자키는 어깨를 움츠리더니 네모난 얼굴을 흔들 뿐이었다.

다마가와강의 둑을 따라 들어선 주택과 동네 공장들을 찾아다니며 어제와 마찬가지로 파란색 RX-7을 보지 못했는지 묻고 다녔다. 어제와 다른 점은 용의자인 이노우에의 사진을 내보이며 '이 남자를 보지 못했습니까?'라는 질문을 덧붙인다는 것이었다.

서른 몇 번째로 들른 잡화점 주인이 말했다.

"아, 이 녀석 알아."

"어디서 보셨습니까?"

"텔레비전에서 봤지. 모자이크를 했어도 딱 알겠더구만.

이 녀석이지, 범인은?"

성긴 바구니로 물을 뜨는 듯한 초조감만 쌓였다. 이번 가와사키 사건의 피해자가 첫 희생자인지 아닌지, 그리고 이것이 마지막 사건인지 어떤지도 모른다. 이러고 돌아다니는 사이에 범인은 새로운 희생자를 노리고 있는 것이 아닐까? 그런 생각이 들자 피가 끓었다. 이제 남은 시간은 오늘과 내일뿐. 생각해, 생각해.

탐문수사는 대충 하면서 고구레는 계속 생각에 잠겼다. 절단된 발목. 남겨진 머리카락과 발자국. 이마에 남긴 'R'이란 글자. 컴사이트의 창작이라는 레인맨 소문. 사소한 힌트라도 상관없으니 나지마에게 남겨주고 싶었다.

지금까지 만난 사람들의 얼굴을 떠올렸다. 아소, 쓰에무라, 컴사이트 직원들. 가토, 니시자키, 모니터 모임에 참석했던 소녀들. 시부야의 젊은이들. 다카하라 미유키. 아오타구미. 또 한 명의 이름 없는 피해자. 뭔가 놓친 게 아닐까? 이미 레인맨을 만난 것이 아닐까? 함께 움직이는 젊은 형사가 이따금 묘한 표정을 지으며 고구레의 얼굴을 들여다보았다.

죄수에게 구덩이를 파게 한 다음 다시 그걸 메우게 한다. 언젠가 들었던 러시아의 고문 같은 작업이 끝나 경찰서로 돌아오니 밤 9시 반이었다.

2층 형사과에 들렀다. 여느 때라면 다들 퇴근해 조용할 텐데 여러 명이 남아 있었다. 게다가 시끌시끌했다.

"무슨 일이야?"

쓰스에게 물었다.

"수사1과장이 온대요."

환영 준비인가? 어차피 오카야스가 공연히 신경을 쓰는 것이 틀림없다. 하지만 요즘 보이지 않던 수사1과의 우두머리가 왜 오는 걸까?

"왜 온대?"

"피해자 신원이 밝혀졌어요."

"그런 건 빨리빨리 이야기해야지."

치아 형태로 조회해서 밝혀냈다는데 경과가 이례적으로 빨랐다. 피해자가 죽기 직전에 롯폰기에 있는 치과에서 심미 치료를 받았기 때문이었다.

피해자는 미사키 야스요三崎康代, 19세. 주소는 메구로구 가키노키자카柿の木坂. 히몬야경찰서 관할 구역이지만 행정 구역으로는 역시 메구로구다. 순간적으로 모니터 회원 리스트를 떠올렸다. 그 명단에는 이름이 없었을 것이다.

"나지마 씨는?"

"지금 피해자 집에 간 모양입니다."

쓰스에가 이리저리 들은 정보에 따르면 피해자인 미사키

야스요는 가키노키자카에 있는 연립주택에 혼자 살았다고 한다. 올봄에 고등학교를 졸업하고 도쿄로 나와 5월경까지 전문학교에 다녔는데, 행방불명될 즈음에는 외출하는 모습을 거의 보지 못했다고 같은 연립주택 주민이 증언했다. 연립주택 관리인은 피해자가 집을 오래 비워서, 여름방학이라 고향에 갔다고 생각한 모양이다. 피해자 집 앞에 우편물이 잔뜩 쌓여 있는 것이 조금 신경 쓰이기는 했지만, 은행 통장으로 들어오는 집세가 밀리지 않아 특별히 이상하다는 생각은 하지 못했다고 한다.

고향은 기후岐阜현. 피해자의 부모는 가출하다시피 도쿄로 간 뒤 제대로 연락이 없었기 때문에 딸이 행방불명됐다는 사실을 전혀 알지 못했다.

"제1과장이 납시고 가택 수색팀이 돌아오기를 기다렸다가 10시부터 회의를 한답니다. 관계자는 반드시 참석하라는 지시가 있었어요."

그때 휴대폰이 울렸다. 나지마였다.

— 고구레 선배, 역시 이상해요.

나지마의 목소리가 떨리는 건 휴대폰 통신 상태가 좋지 않기 때문만은 아닌 듯했다. 나지마의 목소리는 여태 들어본 적이 없을 만큼 동요한 상태였다.

— 지금 피해자 가택 수색을 막 끝냈습니다. 수사본부 회

의에서 보고하기 전에 고구레 선배에게 이야기해드리고 싶어서요.

어디서 거는 걸까? 나지마는 다른 수사관이 들을까봐 신경이 쓰이는지 작은 목소리로 속삭였다.

"이상하다니, 뭐가요?"

— 피해자가 실종된 건 6월입니다.

"확실한가요?"

그렇다면 순서가 뒤집힌다. 레인맨은 쓰에무라가 세상에 소문을 퍼뜨리기 전부터 이미 존재했다는 이야기가 된다.

— 틀림없어요. 우선 우편함. 제일 오래된 소인이 6월 17일이에요. 그전에 온 편지는 방 안에 있는 편지함에 정리되어 있었죠. 그리고 부재중 전화 메시지. 6월 18일 것부터 확인하지 않았어요.

고구레는 마음을 가라앉히려고 애썼다. 상대가 흥분했다면 이쪽이 냉정해져야 했다.

"여행을 떠났던 건 아닐까요?"

— 그렇지만 콘택트렌즈 케이스가 그대로 남아 있었어요. 부엌 냄비에는 만들어둔 음식까지 있었으니까요. 그러니 피해자는 갑자기 없어진 것이라고밖에 생각할 수 없어요.

"흠."

피해자의 두 눈에는 콘택트렌즈가 끼워져 있었다. 검시

보고서에 따르면 그랬다.

— 또 한 가지 마음에 걸리는 게 있어요. 페디큐어.

"페디큐어? 어제 그 이야기 말인가요?"

— 예, 피해자 집에는 페디큐어용 에나멜이 전혀 없었습니다. 네일 실은 물론이고 아세톤도.

"가지고 다닐 가능성은?"

— 발톱을 그 만큼 꾸미려면 네일 아트 도구가 많이 필요해요. 잠깐 외출하면서 전부 다 들고 다닐 수 없죠. 친구가 해주었을지도 모른다는 생각도 해보았는데 역시 이상해요. 무엇보다…….

나지마가 머뭇거렸다.

"무엇보다, 뭐죠?"

— 방을 살펴보았을 때의 인상인데요, 피해자, 미사키 씨에게는 친한 친구가 없었던 게 아닐까 싶어요. 휴대폰이 남아 있지 않지만, 일기나 앨범을 보면 왠지 그런 기분이…….
몇 달이나 지났는데 전화기에 남겨진 메시지는 겨우 네 건뿐이에요……. 그것도 모두 장난 전화 같은 내용이고…….

무거운 한숨을 내쉬더니 나지마가 말을 이었다.

— 그 네일 실이 묘한 것도 그러고 보면…….

"네일 실이 뭐가 이상하다는 거죠?"

— 거꾸로 붙였어요. 꽃다발의 꽃이 발톱 뿌리 쪽을 향하

고 있어요. 아무리 남의 눈을 의식한다고 해도 자기가 보았을 때 거꾸로 되어 있다니, 이상해요. 그건 마치 자기가 직접 한 것이 아니라 다른 사람이 그 사람 보는 방향으로…….

"그럼 그건……?"

고구레는 숨을 들이쉬고 나서 다음 말을 토했다.

"범인이 그랬다는?"

— 아마도.

"그럼 그 발목에 남았던 상처는 그때 생긴 걸 수도 있겠군요."

절단된 발 부분에 보이는 손상이 가나가와 현경의 주장대로 절단할 때 난 것이라면 당연히 다리나 몸의 다른 부분에도 있어야 할 텐데 손상이 너무 적었다.

— 예, 아마 그럴 거예요. 발톱을 칠할 때 손상된 것으로 보입니다.

누군가 나지마를 부르는 목소리가 전화로 들려왔다.

— 이건 어디까지나 추측인데요.

그렇게 전제를 하고 나서 나지마는 더 낮은 목소리로 말했다.

— 범인은 색을 식별할 수 없거나 서툰 사람이 아닐까요? 그래서 페디큐어 색이 두 가지였던 것 아닐까 하는 생각이 들어요. 피해자는 색을 보는 데는 문제가 없었을 겁니

다. 다니던 전문학교도 그래픽 디자인 관련 분야니까요. 범인이 발톱을 칠하다가 중간에 멈춘 뒤에 다시 칠할 때 먼저 바르던 색을 제대로 찾지 못하고 명도가 비슷한 색을 칠했다……. 그렇다면 발톱의 그 기묘한 색 배합도 설명이 되죠.

또 나지마를 부르는 소리가 들렸다.

— 자세한 이야기는 나중에.

그리고 전화를 끊었다.

전화가 끊어진 뒤에도 고구레는 휴대폰을 든 채로 엉클어진 머릿속을 열심히 정리해보았다.

7월 3일 컴사이트 모니터 모임에서 만들어진 줄 알았던 살인마 레인맨은 소문이 퍼지기 이전에 이미 존재했다.

가능성 가운데 하나는 단순한 우연. 즉 컴사이트 모니터 모임과 아무런 관계도 없는 경우다. 그리고 또 하나의 가능성은 이것이다. 범인이 모니터 모임을 개최한 사람일 경우. 소문을 퍼뜨린 사람들 가운데 범인이 있다.

그렇다. 7월 3일 이전에 레인맨은 이미 존재했다. 범인의 머릿속에는.

고구레는 시계를 보았다. 오후 7시 45분. 컴사이트에 전화를 걸었다. 신호음만 계속 울릴 뿐이었다.

쓰에무라가 사는 모토아자부로 걸었다. 부재중이라는 메시지가 나오자마자 전화를 끊었다.

아소의 번호를 누르다 말고 얼른 생각을 바꾸었다. 휴대폰을 내려놓고 내선 전화를 들었다.

— 무슨 일이죠?

느릿한 목소리가 들려왔다. 생활안전과의 나이토였다.

"부탁이 있어."

— 고구레 씨 부탁이라니, 예감이 좋지 않군요.

"탐문수사 중에 스토킹 피해를 호소하는 사람이 있었어. 잠깐 시간을 내서 그 사람 이야기를 들어주지 않겠나? 사정이 있어서 지금이 아니면 곤란해."

— 좀 봐주세요. 고구레 씨에게는 중요할지 몰라도 저는 이미 업무 정리가 끝났어요. 오늘은 딸아이 목욕을 시켜주기로 약속했다구요. 게다가 정식 신고가 들어온 것도 아니잖아요? 우리 쪽에 피해신고가 들어오지 않았는걸요.

"스토커 피해는 신속하게 대응해야 해. 저번에 서장님이 조례에서 말씀하셨잖아. 시민의 안전과 딸의 목욕 가운데 어느 쪽이 더 중요하지?"

— 딸 목욕.

"내 느낌으로는 오늘 밤이 위험해. 내가 함께 가줄게."

— 겁주지 마세요.

"다음에 한턱낼게."

뇌물로 나갔다. 나이토가 힘없이 한숨을 내쉬는 소리가

들렸다.

— 알았어요, 알았다고요. 그럼 '후나추鮒忠' 장어구이로 부탁해요. 비싼 걸로.

그게 얼마더라? 값은 까먹었지만 물론 오케이했다.

"3분 뒤에 현관에서 봐."

고구레가 상의를 걸치고 나가려는데 쓰스에가 서둘러 불렀다.

"고구레 선배, 회의는요? 1과장이 온다니까요."

"어차피 훈시나 할 텐데. 내가 잘 부탁드린다고 했다고 전해줘."

이제 하루밖에 안 남았다. 마음대로 움직여도 괜찮을 것이다. 고구레는 피해자 신원이 밝혀졌기 때문이라기보다, 1과장을 마중하기 위해 눈을 부라리며 지시를 내리느라 정신없는 오카야스 눈을 피해 형사실을 슬쩍 빠져나왔다.

25

다이칸야마역 부근, 이국적인 스타일의 멋진 가게들이 늘어선 거리는 이미 불이 꺼지고 지나다니는 사람도 드물었다. 셔터를 내린 카페 레스토랑 앞에서 택시를 세웠다. 아소가 사는 맨션은 여기서 곁길로 조금 들어가면 나오는 주택가에 있었다.

"남자라고요?"

나이토가 밤하늘을 바라보며 한숨을 내쉬었다.

"그래."

"그럼 미리 이야기를 해주시지."

"남자면 곤란한가?"

"아뇨, 남자가 피해자인 경우가 드물지는 않아요. 근데 뭐랄까 번거로워요. 가해자가 남자인 경우는 자기도 켕기는 게 있어서 경찰 수첩을 제시하면 대부분 금방 고분고분해지죠. 남자 현행범은 호통을 치고 끌고 가면 그만이에요. 하지만 가해자가 여자일 경우에는 울고불고 오히려 화를 내죠. 난리가 나요. 완전히 착각이거나 망상의 세계에서 빠져나오지 못하고 허우적거리거나."

나이토는 생활안전과 스토킹 범죄 담당이었다. 메구로경찰서에 스토커 전담 부서가 설치된 지는 얼마 되지 않았는데 요즘에는 피해신고나 문의가 많아 갓 태어난 아기 얼굴도 볼 시간이 없을 만큼 바쁘다고 했다.

"요즘은 컴퓨터를 이용한 인터넷 스토커도 많은데, 그런 일까지 제게 맡긴다니까요. 그건 따로 인터넷 범죄 담당자를 두지 않으면 제대로 대처하기가 힘들죠."

나이토는 택시 안에서 내내 투덜거렸다. 그리고 아소가 사는 아파트로 걸어가면서도 계속 투덜거렸다. 나이토는 약간 통통하고 상냥해 보이는 외모에 붙임성이 좋아서 구민 접촉이 잦은 생활안전과 업무에 적임이었고 일도 잘했다. 다만 말이 너무 많다는 점이 옥의 티였다.

"남자 피해자는 대개 신고를 하지 않아요. 이야기를 들어보면 남자 쪽에 문제가 있으니까요. 그냥 장난삼아 한번 놀았는데 여자는 진심이었다거나, 아내와 헤어졌다고 거짓말을 했는데 여자가 그 말을 믿고 매달린 경우도 있고. 그렇게 되면 골치 아프죠."

"아니야, 이번 경우는 다를 거야……."

그렇게 자존심 강한 아소가 우는소리를 할 정도다. 스토커에게 당하고 있다는 말은 아마 사실이리라. 대충 짐작은 갔다. 요시오카다. 그 녀석이 새로운 트집거리를 잡아 어딘가에 팔 기사를 쓰기 위해 두 사람 주위를 맴돌고 있는 것이 틀림없다. 나이토에게는 미안한 노릇이지만 그를 데리고 온 것은 그저 구실에 지나지 않았다. 아소의 집에 갑자기 들이닥칠 작정이었다.

밤 10시가 막 지났다. 사생활에 대해 전혀 냄새를 풍기지 않은 남자라 이 시간에 집에 있을지 어떨지 알 수가 없었다. 헛걸음이 될 공산은 있지만 불시에 쳐들어가지 않으면 의미가 없다.

"얼마 전에는 남자가 경찰을 불렀는데, 여자가 자기 자존심에 상처를 입혔다며 가방에서 석유병을 꺼내 머리에 붓고 주위에 마구 뿌려 애를 먹은 적도 있죠. 아, 무서워요, 그러면. 담배에 불이라도 붙였다간 바로 골로 가는 거죠. 여자란 정말 이해하기 힘들어요. 제 집사람도 그렇고요. 애가 태어난 뒤로는 더 심해졌어요……. 아, 그런데 요즘 수사본부 쪽 힘들잖아요? 이렇게 나와 있어도 괜찮아요?"

"응, 괜찮아. 난 이제 곧 잘릴 테니까."

나이토가 순간 입을 다물었다. 하지만 그것도 아주 잠깐이었다.

"그 본청 여자분…… 이름이 뭐더라. 다지나 씨?"

"나지마."

나이토는 과거 스토킹 가해자 조사를 위해 수사 초기 단계에 수사본부 일을 했기 때문에 사정을 잘 알고 있었다.

"그래, 맞다. 나지마 씨. 그 나지마 씨를 독차지해서 그런 것 아닐까요? 질투하는 거 아니에요? 경찰관이기는 해도 미인이니까."

"그 사람 애도 있어."

나이토가 또 잠깐 말을 잇지 못했다.

"아니, 정말로요? 충격이네. 하기야 내가 충격을 받아봐야 소용없지. 역시 여자는 정말 모르겠어요. 제 아내 말이에요, 지난번에 제가 쓰레기 내놓는 걸 깜빡 까먹었을 때……. 으악, 동점 홈런이야. 이런, 이거 또 연장전이잖아."

나이토는 하던 말도 중간에 끊고 생중계 중인 야구 시합을 휴대용 라디오로 듣고 있었다. 산만하기 그지없는 녀석이다.

아소가 사는 맨션아파트는 바깥에 외장 벽돌을 붙인 제법 화려한 6층 건물이었다. 현관에 걸린 안내 표시로 위치를 확인하고 다시 밖으로 나와 4층을 올려다보았다.

있다. 아소가 사는 402호에 불이 들어와 있었다.

402호 문 앞에 서서 초인종을 눌렀는데 대답이 없었다. 혹시나 해서 전기 계량기를 살펴보았다. 돌아가고 있다. 무슨 까닭인지 몰라도 아소는 집에 있으면서도 대꾸하지 않는 모양이었다.

다시 벨을 눌렀다. 연달아 두 번을 누르자 그제야 안에서 문 쪽으로 나오는 발소리가 들렸다. 고구레는 얼른 도어 스코프로는 보이지 않는 위치로 몸을 숨겼다.

문이 10센티미터쯤 열렸다. 바로 앞에 버티고 선 나이토를 향해 아소가 가시 돋친 목소리로 말했다.

"신문 안 봐."

고구레는 애서 인상 좋은 멍청이 형사 표정을 지으며 나이토의 어깨너머로 고개를 내밀었다.

"아, 메구로경찰서 고구레입니다. 지난번에 말씀하신 스토커 피해 건으로 우리 담당자를 데리고 왔죠."

나이토가 고개를 꾸벅 숙였다. 아마 늘 보여주는 고양이처럼 웃는 표정을 지었으리라. 문뜩으로 얼핏 보인 아소의 무표정 속에 희미하게 겁먹은 기색이 스친 듯했다.

"부른 기억이 없는데요."

"조금 전에 이 부근에 수상한 사람이 서성거린다는 신고가 들어와서요. 그래서 불쑥 아소 씨가 했던 이야기가 기억이 났습니다. 아무래도 걱정이 되어서요. 잠깐 들어가도 괜찮을까요?"

나이토가 어처구니없다는 표정으로 고구레의 옆얼굴을 바라보았다. 눈짓으로 사과와 애원을 했다. 미안해, 나 좀 도와줘.

"순사부장님, 무선 연락이 들어왔습니다."

나이토가 휴대용 라디오의 이어폰을 귀에 꽂으며 절박한 목소리로 말했다. 뭐지? 또 동점 홈런인가?

"수상한 사람이 아직도 이 주위에 숨어 있는 모양입니다."

고구레도 일부러 긴장한 목소리로 말했다.

"안에서 몇 마디 여쭤보기만 하면 됩니다. 오늘 밤 당신을 스토킹하는 사람을 체포할 수 있을지 모릅니다."

"지금 말입니까?"

아소가 집 안을 돌아보았다.

"손님이라도?"

"아, 예, 뭐……."

그렇게 어물거리더니 입을 다물었다. 고구레가 현관 앞의 바닥을 보고 있다는 사실을 눈치챈 모양이었다. 거기 있는 신발은 시중에서는 구하기 힘들어 보이는 화려한 로퍼 한 켤레뿐이었다.

"지금은 바쁩니다. 돌아가세요."

아소가 문을 닫았다. 고구레는 문에 대고 소리를 질렀다. 이웃에도 다 들리도록.

"아소 씨, 문 좀 여세요. 경찰입니다. 메구로경찰서 형사과에서 나왔어요. 아소 씨!"

다시 문이 열렸다. 이미 냉정한 표정은 사라졌다. 붉어진 뺨에 화난 표정이 그대로 드러났다.

"지금 뭐 하시는 겁니까?"

"미안합니다. 상황이 긴박해서요."

"당신 대체 무슨 속셈으로 이러는 거요?"

아소가 의심스럽다는 듯이 눈을 가늘게 떴다.

"왜 그리 싫어하죠? 우리가 오면 불편한 점이라도?"

필요 이상으로 큰 목소리로 말하자 아소가 복도 좌우를

살피더니 그제야 도어체인을 풀었다. 남자치고 도어체인을 거는 녀석은 보기 드물다. 바로 문을 활짝 열었다. 수상한 사람의 집을 방문하여 질문할 때와 같은 순서였다. 질문자가 앞에 서고 뒤에서 다른 한 명이 실내를 관찰한다. 질문자 역할을 맡은 나이토가 싹싹한 목소리로 물었다.

"안으로 들어갈 수 없겠습니까? 방의 위치나 창문 배치에 따라 대처 방법이 달라질 수가 있어서요."

"아뇨, 여기서 부탁드립니다. 안이 지저분해서요."

다시 막이 드리우듯 아소의 얼굴에서 표정이 사라졌다. 청바지에 스웨트셔츠 차림인데도 딱딱한 인상은 정장을 입었을 때와 전혀 다를 바가 없었다.

나이토가 수첩을 꺼내며 시작한 질문에 아소는 성의 없이 대답하며 발끝으로 현관 매트를 캐스터네츠처럼 두드리고 있었다. 이야기를 빨리 마치고 싶어 참을 수가 없는 기색이었다.

왜 이렇게 초조해하지? 뭘 두려워하는 걸까? 방 안에 뭔가 있는 걸까?

고구레는 함께 이야기를 듣는 척하면서 집 안쪽을 들여다보았다. 현관 너머에는 긴 복도. 그 안으로 보이는 문이 반쯤 열려 있고 마루가 보였다. 고구레는 상의 주머니에 손을 집어넣고 지갑의 동전 주머니를 찾았다. 손가락 끝에 콩

알만 한 크기의 딱딱한 감촉이 느껴졌다. 나쓰미가 여행 선물로 준 금개구리였다.

"열쇠는 어떻게 하십니까? 아, 참. 무단침입 방지용 경보 장치는 아시나요? 경찰이 민간기업과 공동으로 개발한 성능 좋은 제품입니다. 요즘 시장 가격이 8천 엔인데……."

나이토가 솜씨 있는 외판원처럼 아소가 말을 할 틈을 주지 않고 전단을 들이밀었다. 지금이다. 하지만 될까? 거리가 꽤 되는데.

금개구리를 손가락 끝으로 튕겼다.

탁.

작은 돌이 바닥을 때리는 날카로운 소리가 조용한 실내에 울려 퍼졌다. 아소가 굳은 표정으로 뒤를 돌아보았다.

"창문 쪽이야!"

고구레가 소리쳤다.

안으로 들어오지 말라는 듯이 고구레와 나이토를 손으로 제지하더니 아소는 방으로 달려 들어갔다. 허둥지둥 방으로 들어가는 아소의 뒤를 따랐다. 문을 지나니 아소가 바닥에 흩어져 있는 것을 재빨리 손안에 넣는 중이었다. 방 입구에 선 고구레와 나이토에게 아소가 호통을 쳤다.

"멋대로 들어오지 마!"

"미안합니다. 긴급 상황인 줄 알고. 좀 전에 난 그 소리는 대체……?"

아소가 커튼을 열더니 창문을 살피기 시작했다. 고구레는 바닥을 살폈다. 소중한 물건이다. 방구석 쪽에 떨어져 있던 금개구리를 슬쩍 주워 주머니에 넣었다.

나이토가 창밖을 내다보려고 했는데 아소가 바로 "아무것도 아닙니다"라며 커튼을 닫았다.

고구레와 나이토가 방에 들어오자 포기를 한 것인지, 아니면 애써 여유를 부리는 건지 아소는 바로 침착하게 행동했다.

"암튼 빨리 끝냅시다."

그러더니 아소는 주방 쪽으로 갔다. 마루를 깐 심플한 원룸이었다. 전혀 어질러진 상태가 아니었다. 상당히 잘 정돈되어 있었다.

'방이라는 건 재미있어요. 만나본 적 없는 사람이라도 그 사람에 관해 손에 잡힐 듯이 알게 되죠.'

나지마의 말을 떠올리며 이곳저곳을 둘러보았다. 혼자 살기에는 사치스럽다는 생각이 드는 넓이였지만 가구 종류는 별로 없었다. 컴퓨터가 놓인 사무기기 스타일의 책상과 의자가 있을 뿐, 거의 사용하지 않는 듯한 작은 소파 하나. 텔레비전은 벽걸이형. 어딘가에 넣어두었을지 몰라도 책이나 잡지는 눈에 띄지 않고, 오디오 세트는 있었지만 음악은 틀지 않은 상태였다. 도무지 생활감이 없는 방이었다. 이 남자는 대체 무슨 재미로 사는 걸까.

아소가 페리에를 들고 나왔다. 고구레와 나이토 몫은 없는 모양이었다.

고구레가 서성거리며 붙박이 옷장을 열려고 하는 것을 보더니 아소가 화난 목소리로 말했다.

"자, 앉으시죠."

앉으려고 해도 작은 소파뿐이다. 통통한 나이토와 함께 앉으면 마치 연인석 같을 것이다. 아소는 바닥에 책상다리하고 앉았다. 나이토가 다시 질문을 시작했다.

"그럼 다시 확인하겠습니다. 당신을 미행하고 감시하는 것 같은 사람이 있다고요? 성별은?"

"모르겠습니다. 확실하게 본 것이 아니라."

"한 명인지 여러 명인지도 모르시고…… 창문으로 내려다보면 얼핏 사람이 보이는 경우가 있다……. 혹시나 해서 묻겠습니다만, 공연히 신경이 예민해서 그런 것 아닌가요?"

"아닙니다. 문을 열려고 한 흔적도 있었어요."

"요샌 그런 일이 많습니다. 자물쇠를 따고 들어가는 도둑실 기술이 아미추어들에게도 다 알려져서요. 믿을 수 없는 이야기지만 사용하는 도구까지 시중에서 판매하고 있다니까요. 방법만 알면 애들도 쓸 수 있어서 스토킹에도 사용되는 거죠. 자물쇠를 바꾸는 것이 낫겠네요. 일반적인 실린더 타입 자물쇠로는 안 됩니다. 지금 경찰이 민간기업과."

"그 이야긴 조금 전에 들었습니다."

"아, 실례. 그리고, 장난 전화는 매일 온다고요?"

"전화가 아니라 메일입니다. 그리고 매일이 아니에요. 요즘은 매시간이죠."

"좀 보여줄 수 없겠습니까?"

"……아뇨, 지금은, 지…… 지금은 없습니다. 그런 메일이 오면 바로 지우니까요."

"흠, 그리고 아무 말도 하지 않는 전화도 온다고요? 아, 힘들겠네요. 골치 아프겠습니다."

"골치 아프겠다니, 그래서 당신들이 온 거 아닌가요?"

"지금은 전화가 안 오네요."

"한밤중에 많죠……. 아, 이제 됐죠? 아무 일도 아닌 것 같고. 난 바쁩니다."

"뭐가 그렇게 바쁜 거죠?"

고구레가 끼어들었다.

"뭐라니요……? 일 때문이죠."

컴퓨터 전원은 꺼져 있고, 하나뿐인 책상에도 서류 같은 것은 놓여 있지 않았다. 고구레의 시선을 눈치챈 아소가 다시 허둥대기 시작했다. 덥지도 않은데 이마에 살짝 땀이 났다. 아소가 페리에를 연신 들이켰다.

"그러니까, 메일 발신자는 모두 알 수 없다는 말씀이죠? 아무 말도 하지 않는 전화는요? 혹시 짚이는 사람이 없습니까? 저쪽에서 무슨 소리를 냈다거나 뒤에서 무슨 소리가 났다거나. 짐작 가는 사람은 없습니까?"

"없었습니다. 기척도 들리지 않았습니다."

"다음에 전화가 오면 잘 들어주세요. 저번에 그 소리로 범인을 알아낸 적이 있어요. 뒤에서 땡땡땡 하는 소리가 났거든요. 피해자가 그 소리를 녹음한 겁니다. 건널목 경보음이라는 게 전철마다 약간씩 소리가 다릅니다. 게이힌京浜 급행 전철은 탕탕거리는 소리잖아요? 그래서."

아소가 고구레와 나이토를 얼른 내보내고 싶어 아무리 짧게 대꾸해도 나이토는 그 열 배나 길게 주절거리며 질문을 했다. 아소가 다 마신 페리에 병을 보란 듯이 손으로 만지작거리는데도 그런 건 무시했다. 나이토를 데리고 온 것은 정답이었다.

"미안하지만 화장실 좀 써도 될까요?"

고구레가 일어서자 아소가 쳐다보았다.

"어지간히 하고 그만 가세요."

고구레는 불쌍한 표정을 지으며 아소를 돌아보았다.

"…… 나올 것 같습니다."

나이토가 바로 거들었다.

"저분이 좀 그럴 만한 연세가 되긴 했죠. 방광염이고요. 아, 괴로울 겁니다. 저도 경험이 있어서 알지만."

"당신도 적당히 좀 해요."

아소의 눈썹이 치켜 올라갔다. 오오, 냉정한 아소가 점점 화를 냈다.

욕실 겸 화장실도 깔끔하게 정리되어 있었다. 수납장에는 모서리 각을 살려 접은 수건이 쌓여 있었다. 타일에서 머리카락을 집어 수첩 사이에 끼웠다. 샤워 커튼 안쪽에 있는 욕조의 물을 튼 다음 살며시 진열장을 열고 안을 살폈다.

현재 의심스러운 점은 없다. 아소의 지나치리만치 불안해 보이는 태도와 뭔가를 숨기고 있는 듯한 청바지 주머니 말고는. 원룸이라 다른 방이라고는 이제 주방뿐이다.

손수건을 꺼내 손을 닦으며 돌아오니 나이토는 아직도 방광염 이야기를 하고, 아소는 지겹다는 표정으로 두 병째 페리에를 마시고 있었다.

"이제 됐죠? 그만 가세요."

"알았습니다, 그럼."

고구레는 천천히 소파 쪽으로 걸어갔다. 상의를 집어 드는 순간 바닥에 놓여 있던 페리에 병을 툭 건드렸다.

"아이고, 이거 정말 미안합니다."

고구레는 주방으로 달려갔다. 아소도 일어섰다. 독신자치 고는 큰 냉장고였다. 문을 열고 얼른 안을 살폈다. 페리에와 달걀밖에 보이지 않았다. 냉동실 문으로 손을 뻗었다.

"당신, 뭐 하는 거야?"

아소가 고구레의 손목을 낚아챘다.

"아, 아뇨. 행주를……. 냉장고 안에는 없네요."

"웃기지 마. 여기 왜 온 거야?"

아소의 목소리가 떨렸다. 그 눈이 흘끔 싱크대를 보는 순 간을 놓치지 않았다.

삼각 코너 안에 둥글게 만 티슈가 눈에 들어왔다. 만약 아 무것도 나오지 않는다면 불법 수사다. 그냥 넘어갈 수 없을 것이다. 어쩌면 외딴섬 주재소로 쫓겨날지도 모른다. 고구 레가 바라는 이상적인 제복 경찰관 생활이 기다리는 것이 다. 하지만 몸이 그런 생각보다 먼저 움직였다.

티슈에 손을 뻗었다. 아소가 이상한 소리를 질렀다.

손에 딱딱한 감촉이 왔다. 열어보았다. 생각도 하지 못했 던 것이 나왔다. 눈이 휘둥그레져서 우뚝 멈춰 서 있는 아 소에게 말했다.

"아무래도 내가 딤당지를 잘못 데려온 것 같군."

녀석이 무슨 재미로 사는지 알게 되었다. 녀석은 한창 즐 기던 중이었다. 고구레는 티슈에 싸여 있던 주사기를 천천히 꺼냈다.

"각성제 담당은 다른 형사라서. 서까지 함께 가실까요?"

26

갓 지은 밥을 도시락에 담고 가쓰오부시를 뿌린 다음 김을 얹었다. 그 위에 간장을 살짝 뿌리고 다시 밥을 퍼 담으며 같은 과정을 반복했다. 반찬은 다른 밀폐 용기에 담았다. 요즘 나쓰미에게만 맡겨두었더니 냉장고 어디에 무엇이 있는지 알 수가 없었다. 눈에 띄는 재료만으로 문어 모양 소시지와 달걀 프라이를 했다. 오랜만에 나쓰미 도시락을 만들고 있었다. 나쓰미가 가장 좋아하는 김 도시락이었다.

어젯밤에는 결국 아소를 생활안전과에 넘기고 바로 퇴근했다. 묻고 싶은 이야기는 산더미처럼 많았지만 우선권이 있는 생활안전과의 조사가 길어질 것이다. 주간지에 기사가 나온 것만으로도 클레임을 걸어온 인간들이다. 그 뒤를 이어 아침까지 신문을 계속하면 재판 때 인권을 침해한 부당 조사라며 변호사가 항의할지도 모른다.

수사본부로 돌아왔을 때는 이미 파장이라 나지마는 보이지 않았다. 나지마가 이용하는 여경용 취침실에도 들러보았지만, 당직 여경들에게 눈총만 받았을 뿐이었다. 아마도 집에 들어간 모양이었다.

고양이가 함석지붕을 걷듯 조심스럽게 나쓰미가 계단을 내려왔다.

"아, 잘 잤니?"

"아아함."

나쓰미가 하품하며 대답을 했다.

"어, 김 도시락이네."

나쓰미는 요 이틀 꼬박 집에 들어왔다. 잠옷 차림으로 오븐에 자기가 먹을 식빵을 집어넣는 나쓰미에게 물었다.

"아, 어쩌면 내일부터 한가해질지도 몰라."

"레인맨이 잡혔어?"

"아니, 그냥 업무 배치 변경이 있어서."

"정말?"

나쓰미는 계속 하품을 하며 반만 뜬 눈을 비비면서 고구레와 나란히 부엌에 섰다. 능숙한 손놀림으로 프라이팬에 달걀을 깨 넣으며 나쓰미가 말했다.

"이번에 세 번째 피해자가 발견되었잖아? 더 바빠질 줄 알았는데."

"아냐, 난 이제 관계없어."

베이컨, 달걀과 토스트, 콘 수프. 낫토와 무를 넣은 된장국. 늘 식탁에 오르는 두 종류의 메뉴가 놓였다. 나쓰미가 텔레비전 프로그램만 보고 집어 던진 신문을 펼쳤다. 아오타 구미가 살해되었을 때도 나쓰미는 고집스럽게 신문을 읽지 않으려고 했다. 친구의 죽음을 사실로 받아들이고 싶지 않았으리라. 사건이 일어난 지 아직 사흘밖에 지나지 않았는데 이미 세 번째 사건에 관한 기사는 찾아볼 수 없었다. 대신에 10대 소년이 어머니를 때려 죽인 사건이 지면을 장식하고 있었다.

"발이 발견되었지? 이번 피해자는?"

"그래, 한 쪽뿐이지만……."

아침 식탁에서 딸과 나누기 어울리는 이야기라고는 여겨지지 않았다. 화제를 바꾸려고 했는데 나쓰미가 이야기를 계속했다.

"구미 발도 찾으면 좋겠는데."

"그렇지."

아소의 방에서는 아직 사건과 관련된 흔적은 아무것도 발견되지 않았다.

"발이 없으면 아무 데도 갈 수 없으니 불쌍하잖아. 구미는 발이 정말 예뻤어. 가늘고 길었지. 나하고 같았던 것은 신발 사이즈뿐이야."

"넌 몇이지?"

"230밀리미터. 발만 작아. 에리는 나보다 키가 작은데 훨씬 큰 신발을 신거든."

그러고 보니 세 번째 사건의 피해자도 230밀리미터였다. 요즘 아이들치고는 작은 편이다. 다카하라 미유키는 어땠는지 기억을 떠올리려고 하는데 나쓰미가 또 말을 걸어왔다.

"아빠, 발견된 발은 어땠어? 뭐로 자른 거야?"

"톱."

"어디를? 구미는 어디를 잘렸어?"

"이제 그만하자. 그런 건 모르는 게 나아."

나쓰미가 뿌루퉁한 표정을 지었다. 고구레는 이번이 마지막이라는 표정을 지으며 한쪽 발을 들어올려 손으로 복사뼈 약간 위를 자르는 시늉을 했다. 슬리퍼가 벗겨져 바닥에 떨어졌다.

다시 신으려다가 동작을 멈췄다. 고구레는 마치 발목이 잘린 듯이 떨어져 있는 슬리퍼 한 짝을 한동안 바라보다가, 자기 이마를 찰싹 때렸다.

슬리퍼를 집어 들어 어제 나지마가 그랬듯이 발바닥을 감싸듯 쥐어봤다. 페디큐어를 바르는 동작이었다. 피해자의 왼쪽 발에는 엄지발가락 쪽, 그러니까 인사이드에 억세게 쥔 흔적이 남아 있었다. 분명히 지금 고구레가 하고 있듯이 왼발용 슬리퍼를 왼손으로 잡으면 흔적은 딱 일치한다. 하지만 그건 어디까지나 자기 발일 경우다.

"왜 그래?"

나쓰미가 어처구니없다는 듯이 물었다.

"아, 아니야, 그냥."

절단된 발목에 페디큐어를 칠하고 네일 실을 붙인다, 그것이 범인이 한 짓이라면 어떻게 될까?

슬리퍼 발끝을 자기 쪽으로 돌렸다. 맞다, 이거다. 그만큼 집요한 작업을 하기 위해서는 이렇게 해야 할 것이다. 하지만 그러면 손상된 자국이 반대로 나야 한다. 고구레가 왼손으로 쥐고 있기 때문이다. 범인은 오른손으로 발을 잡고 왼손으로 작업했다는 이야기다. 고구레는 슬리퍼를 손에 쥔 채로 주먹을 불끈 쥐었다.

범인은 ― 레인맨은 ― 왼손잡이다.

그렇다면 냉장고 손잡이에 감겨 있던 쇠사슬이 시계 반대 방향, 즉 왼쪽으로 감겨 있었던 것도 설명이 된다.

용의자가 왼손잡이인가 오른손잡이인가는 예견의 범주이기 때문에 일반적으로 수사에 참고만 하는 정도다. 그래서 용의자인 이노우에가 오른손잡이인 이번 경우 회의에서도 전혀 언급되지 않았다. 하지만 냉장고 손잡이의 쇠사슬은 왼손잡이가 감은 것일 확률이 높다.

고구레는 기억을 더듬어보았다. 지금까지 만났던 사람들

가운데 누가 왼손잡이였는지 떠올려보았다.

"아니, 언제까지 슬리퍼 냄새를 맡고 있으려고 그래?"

나쓰미가 싸늘한 시선을 던졌다.

"너무 과로해서 머리가 이상해졌나?"

"아, 미안."

고구레는 헛기침으로 쑥스러움을 얼버무리고 슬리퍼를 다시 신었다. 일단 중단이다. 잠깐뿐인 부녀간의 대화가 아닌가. 이야기해야 한다. 오늘은 나쓰미에게 꼭 해야 할 이야기가 있다.

"어떠니, 요샌?"

최대한 웃는 표정을 지으며 물었다.

"어제도 물어봤어."

"그랬나?"

다시 헛기침했다.

"아빠야말로 요새 어때? 요통은?"

"아니 뭐, 그냥 그래…… 저어, 나도 이제 시간이 날 테니까 이번 연휴에 어디 여행이라도 갈까?"

경찰관은 여행 가기도 만만치가 않다. 일일이 '담당 지역 외 여행 신고'를 제출해야만 한다. 만약 허가가 떨어지지 않으면 몰래 해야 한다.

"됐어, 무리하지 마. 그리고 나 연휴에도 못 쉬어."

"그럼 학교 땡땡이쳐. 나도 일 땡땡이칠 테니까."

"응? 그래도 괜찮아?"

"그럼, 공부보다 중요한 건 얼마든지 있어. 온천 같은 데는 어떨까? 아타미熱海 같은 곳?"

"아빠, 오늘 이상해."

"기분 오져?"

"뭐야, 그게? 아빠 요즘 애들 말을 많이 쓰네."

"이번에 여러 가지 배웠지. 엄청 많이 알아. 히사로(피부에 자외선을 쐬어 인공적으로 햇볕에 태운 것처럼 만들어주는 가게), 시부센(시부야 센터 거리), 이케멘(멋진 남자), 원키리(전화를 걸 때 신호가 한 번 울리면 끊어 상대가 걸도록 해 요금을 아끼는 짓) 등등."

"그만해. 기나오싹."

"그 말은 모르겠다."

"그야 당연하지. 내가 만든 말이니까. 지난번에도 이야기 했잖아. 다른 애들도 쓰게 만들려고 계속 미는데 전혀 안 도와줘. 아무도 써주지 않네."

언제 이야기를 꺼낼까? 날달걀을 넣은 낫토를 휘저으며 고구레는 계속 생각을 했다. 작은 그릇 안에 거품이 생겼을 때 고구레는 드디어 입을 열었다.

"나쓰미, 이제 슬슬 다른 집에서 자는 건 그만두지 않을래? 그 집에서도 불편할 테고."

젓가락을 멈추고 낫토에 생긴 실 같은 것을 들여다보며 말을 이었다.

"…… 우리는 단 두 식구지만 그대로 가족이니까. 계속 이렇게 지내는 건 곤란하다고 생각해……. 나도 반성하고 있어. 나도 앞으로는 집에 있도록 할 테니까."

나쓰미가 고구레를 바라보았다. 낫토의 실 틈새로 딸의 눈을 들여다보려 하자 나쓰미는 도망치듯 수프 컵으로 시선을 돌렸다.

"그래. 컴퓨터 사지 않을래? 둘이 함께 배우는 건 어떨까? 네가 잘 알 테니 가르쳐줘. 경찰도 요즘은 컴퓨터를 다루지 못하면 아무래도 불편하니까."

매달리듯 컵을 두 손으로 꼭 쥐고 있던 나쓰미는 고구레의 얼굴 약간 위를 뚫어지게 바라보며 잠시 생각에 잠겼다. 그리고 툭 내뱉었다.

"알았어. 오늘까지만, 오늘 밤에는 이미 에리와 함께 자기로 약속했거든. 다음 주부터는 꼬박꼬박 집에 들어올게."

"그럼 손가락 걸고 도장 찍고 복사해서 코팅까지 하자. 거짓말하면 너 바늘 친 개 먹는다."

"제대로 알고 쓰세요. 바늘 천 개 먹인다고 해야지."

"그래? 또 하나 배웠다."

"소용없어, 그런 것 외워봤자. 어른들이 뜻을 알게 되면 그 말은 그걸로 끝이야. 우리끼리만 쓰는 말이니까."

나쓰미가 왠지 핑크 머리 소녀처럼 건방진 표정으로 말했다.

"아, 그래. 좋아, 그럼 휴가 내서 여행 가자."

"하와이가 좋겠네."

"아타미로 가자니까!"

8시가 지나서 4층 수사본부로 올라갔다. 오늘이 마지막. 40일에 걸친 고구레의 수사본부 근무도 오늘까지다.

아직 수사관들이 많이 보이지는 않았지만 나지마는 이미 나와 있었다. 고구레에게 뭔가 이야기를 하려는 표정이었다. 상대방이 입을 열기 전에 고구레가 먼저 귓속말을 했다.

"아소를 체포했습니다."

나지마의 큰 귀가 쫑긋 움직인 듯했다. 어젯밤에 있었던 일을 간추려 이야기했다. 아소가 각성제를 사용했으며 팔기도 했고, 다카하라 미유키에게 말을 건 이유는 각성제를 팔기 위해서였던 것 같다는 설명도 했다. 어젯밤 늦게 후지와라 마리코에게 휴대전화를 했더니 순순히 인정했다.

— 으악, 어떻게 알아냈어? 하지만 미유키는 사기는 했어도 하지는 않았대. 마약에 호기심이 있었을 뿐이야. 무서워

서 모두 버렸다고 했어. 아, 난 안 해. 정말이야. 피부에 좋지 않아서.

나지마가 큰 눈을 더 크게 뜨고 물었다.

"아소가 레인맨일 가능성은?"

고구레는 대답 대신 질문을 던졌다.

"그 녀석이 왼손잡이인지 오른손잡이인지 기억하세요? 아마 범인은 왼손잡이일 겁니다."

대답이 거기 적혀 있기라도 하다는 듯이 나지마는 천장을 한동안 쳐다보고 나서 고개를 저었다. 고구레도 전혀 기억이 나지 않았다. 녀석이 어느 손을 주로 쓰는지 알 수 있을 만한 몸짓을 보인 적이 있는지 없는지도 기억이 나지 않았다. 오늘 아소의 집에 대한 본격적인 가택 수색이 이루어질 것이다. 그리고 컴사이트사에 대해서도. 그러면 확실한 내용을 알 수 있으리라.

"저는 오늘부터 수사본부에서 빠지게 되었습니다……. 죄송하지만 뒷일을 잘 부탁드립니다."

"…… 왜요?"

무슨 소리인지 이해가 안 된다는 표정으로 나지마가 몇 차례 눈을 깜빡거렸다. 그러더니 눈이 휘둥그레지더니 같은 말을 반복했다.

"왜요?"

"글쎄요, 윗분들 뜻이라서."

나지마는 눈썹을 찡그리며 천천히 고개를 저었다.

"둘이 함께 조사하고 싶은 것이 있었는데."

"죄송합니다. 더 일찍 말해야겠다고 생각은 했지만."

도울 일이 있다면 이야기해라, 그렇게 말하려다 그냥 삼켰다. 자신이 계속 미련을 부리면 나지마의 처지까지 위태로워질 것이다. 그 대신 이렇게 말했다.

"범인을 꼭 나지마 경부보님 손으로 잡아주세요."

나지마가 또 고개를 저었다. 이번에는 훨씬 빠르고 힘차게. 미간에 생겼던 주름이 사라지고 대신 눈초리에 살짝 주름이 생겼다. 고구레의 코앞까지 손가락을 들이대더니 말했다.

"제가 아니라 우리가 잡아야죠. 고구레 선배, 우린 팀이잖아요."

8시 반부터 시작된 수사 회의에서 고구레는 더는 자신이 있을 자리가 없다는 사실을 깨달았다. 어젯밤 피해자 자택 수사 보고를 받고 이미 새로운 수사 태세에 들어갔다. 다마가와 지역에 대한 탐문수사에서도 제외되었다. 마쓰자키와 눈이 마주치자 그는 미안한 표정을 지으며 고개를 숙여 인사했다. 미안하게 생각할 것 없다. 무슨 이유를 붙여서건 컴사이트 수사에 따라갈 생각이니까 오히려 잘됐다.

이노우에가 자백하지 않는 이상 증거 확보는 중요하다. 수사도 종반으로 접어들어 이제 정신을 바짝 차려야 할 때다. 어쩌고저쩌고. 서장의 조례 훈시가 끝나고 다들 해산 지시를 기다리고 있을 때였다. 불쑥 나지마가 자리에서 일어섰다.

"부탁이 있습니다. 피해자를 다시 검시해주십시오."

회의실에 있던 모든 수사관이 나지마를 돌아보았다. 단상의 간부들도 고개를 들고 거북이처럼 목을 뽑았다. 일일 활동 보고도 고구레에게 거의 다 맡겼던 나지마가 회의에서 자진해서 발언하기는 처음이었다.

"무엇 때문에? 우리 의견에 무슨 불만이라도 있습니까?"

가나가와 현경에서 파견 나온 수사관 한 명이 화를 냈다.

"하기야 우리는 도쿄 쪽과는 달리 검시 장비 수준이 떨어질지도 모릅니다. 하지만 담당자의 실력은 확실합니다."

"지문은 떴습니까?"

여느 때처럼 느릿한 말투가 아니었다. 자그마한 체구에 어울리지 않는 허스키한 목소리가 수사본부 안에 울려 퍼졌다.

"지문 문제에 관해서도 모두 보고서에 썼는데요. 이번 경우에는 시체에 이미 체표 지문이 남아 있는 상태가 아니었어요. 아시지 않습니까? 도쿄 쪽에서 일어난 두 건에서도 시체에서 지문을 뜨지 못하지 않았습니까?"

나지마가 가나가와 현경 수사관을 도전적인 시선으로 바라보았다.

"발톱은 어떻습니까? 발톱이라면 가능하지 않은가요?"

"발톱에도 지문은 남아 있지 않았어요. 보고서를 제대로 읽어요."

"페디큐어를 벗겨봤습니까? 벗겨낸 뒤에 지문을 떠보았습니까?"

가나가와 현경 수사관들이 일제히 보고서를 뒤적이기 시작했다. 그 당황한 모습이 대답이었다. 나지마는 아주 차분한 목소리로 만성 수면 부족으로 보이는 수사관들이 가득한 수사 회의에 언어의 폭탄을 떨어뜨렸다.

"절단된 발의 페디큐어는 범인이 칠했을 가능성이 있습니다."

회의실이 술렁거렸다. 서장은 어린 학생처럼 가슴 앞에 두 손을 모았고, 오카야스는 헛간에 숨은 너구리처럼 몸을 잔뜩 웅크렸으며, 모리나가의 손에서는 담뱃재가 떨어졌다.

나지마는 어젯밤 고구레에게 설명한 내용을 다시 이야기했다. 피해자의 방에는 매니큐어용 도구가 없었다. 실종은 갑작스럽게 일어난 일이라 가지고 나갔을 거라고는 생각할 수 없다. 아는 사람들에게 칠해달라고 한 것으로 보이지도 않는다.

"피해자의 옷, 구두까지 실종 당시에 입고 있던 것 이외에는 모두 조사했습니다. 최근에 찍은 사진도 자세히 확인했고요. 피해자는 맨발로 다니는 여성이 아니었습니다. 게다가 손톱에는 매니큐어도 칠하지 않았습니다. 그런 여성이 발톱에만 정교한 페디큐어를 하고 네일아트용 실까지 붙이다니, 자연스럽지 않죠."

매니큐어와 페디큐어가 어떻게 다른 것인지도 모르는 남자들은 나지마의 설명에 그저 귀를 기울이고 있을 수밖에 없었다.

"네일 실이 반대 방향인 것도 의심스럽습니다. 마치 피해자가 아닌 다른 사람이 붙여준 것 같습니다. 그리고 피해자의 새끼발가락 발톱 아랫부분까지 꼼꼼하게 에나멜이 발라져 있습니다. 대개는 손톱에도 그렇게까지는 하지 않죠. 하물며 발톱 아랫부분까지 꼼꼼하게 칠하기는 쉽지 않죠. 몸에서 잘라냈다면 몰라도."

나지마가 갑자기 구두를 벗었다.

"범인은 시체를 유기하기 전에 치밀하게 지문을 지운 것 같지만, 그 전에 맨손으로 만졌다면 어떻게 되겠습니까?"

철퍽.

회의실에 메마른 소리가 울려 퍼졌다. 나지마가 한쪽 발을 철제책상 위에 얹는 소리였다. 남자들뿐인 수사본부 안에서 놀라는 소리와 환호성이 함께 터져 나왔다. 오늘 나지마는 보기 드물게 스커트 차림이었다. 나지마는 책상에 얹은 발을 왼손으로 들어 올리더니 오른손을 움직여 보였다.

"페디큐어를 할 때는 이렇게 합니다. 범인이 칠한 것이 절단하기 전이건 절단한 다음이건 발톱에 손가락이 닿았을 가능성이 충분히 있습니다."

테이블 위에 얹은 발의 한쪽 무릎을 두 팔로 안고 위압적으로 남자들을 둘러보았다.

"발톱에 칠한 에나멜을 제거하면 범인의 지문이 나올지도 모릅니다. 어쩌면 네일 실 뒷면에서라도."

나지마가 형사과 감식 담당자 같은 말투로 퍼부었다. 왠지 여느 때의 나지마와는 다른 모습이었다. 마치 뭔가에 씐 사람 같았다.

"왜 어제 보고하지 않았지요?"

오카야스가 몹시 불쾌하다는 목소리로 물었다. 경시청 1과장이 있는 자리에서 보고하지 않았다는 점을 문제 삼는 듯했다. 그리고 그 문제는 오카야스 자신에게도 불똥이 튈까 봐 걱정하는 눈치였다.

구두를 신으며 대답하는 나지마는 어느새 평소와 같은

느릿한 말투를 되찾았다.

"회의가 끝난 뒤에 피해자 방의 유류품 목록을 만들 때 눈치챈 사실이기 때문입니다……."

고구레는 나지마의 얼굴을 바라보았다. 고구레만이 알고 있는 거짓말이었다. 얼굴을 살짝 빨갛게 물들이며 나지마 도 고구레를 바라보았다. 둘이서 함께 조사해보고 싶다는 것이 이 이야기였나?

"시체는 지금 어디에?"

가타기리가 가나가와 현경 수사관에게 물었다. 사법해부 는 벌써 끝났고 신원이 밝혀질 때까지 보존되어 있었다.

"조금 전 유족에게 인도했습니다. 이미 고향 집으로 가는 중일 겁니다."

미사키 야스요의 집은 기후현. 아침 일찍 출발했다면 지 금쯤 도메이고속도로를 달리고 있으리라. 가타기리가 불만 스러운 표정을 짓고 있는 가나가와현 경찰본부 사람들을 노려보며 말했다.

"나지마, 갔다 와."

나지마는 자리에서 일어나 출구로 향했다. 고구레 앞에 이르자 슬쩍 눈짓을 보내며 살짝 손을 내밀었다. 고구레와 나지마는 철제책상 아래서 살짝 손바닥을 마주쳤다.

오늘이면 끝이다. 어떻게 해서든 오늘은 결판을 낼 테다.

생활안전과 부서원들과 함께 컴사이트에 도착한 시각은 오전 10시. 주임인 히라오푸尾가 사무적이지만 강압적인 말투로 방문을 알리자 비서인 유카와가 허둥지둥 뛰어나왔다.

유카와가 안내하려고 한 응접실이 아니라 아이보리 색과 짙푸른 색으로 인테리어를 한 사무실로 밀고 들어갔다. 열 명쯤 되는 사원이 일하는 장소로는 사치스러울 만큼 넓은 공간에, L자 모양 책상이 줄지어 있고, 책상마다 컴퓨터가 한 대씩 놓여 있었다. 그 가운데 서서 사원들에게 지시를 내리고 있는 쓰에무라의 뒷모습이 보였다. 유카와의 발소리를 듣더니 날카로운 목소리로 말했다.

"유카와 씨, 아소는? 아직 연락이 없나?"

뒤를 돌아본 쓰에무라는 불쑥 나타난 고구레를 보고 얼굴이 잠깐 굳어졌지만 놀라울 만큼 신속하게 얼굴에 웃음을 지었다.

"어머, 형사님. 안녕하세요……?"

하지만 애써 웃음 지은 얼굴은 고구레 뒤에 서 있는 세 명의 사복형사를 보고는 다시 굳어졌다.

"무슨 일이죠? 대체 이게……."

쓰에무라는 표정을 조절할 힘을 잃은 듯했다. 입술은 웃는 모양인데 눈과 눈썹은 치켜 올라갔고, 뺨은 굳어지고 말았다. 히라오가 쓰에무라의 얼굴 앞에 수색영장을 들이밀었다.

"어젯밤 10시 40분, 여기 근무하는 아소 나오유키를 체포했습니다."

"뭐라고요?"

"각성제 소지 현행범입니다. 아소의 책상이 어디죠?"

고구레가 끼어들었다.

"그리고 만약을 위해 뮈리엘 자료도 모두 넘겨주십시오."

쓰에무라의 예쁜 얼굴이 완전히 일그러졌다.

"왜죠? 이유도 없이 그런 자료를 내줄 수는 없어요."

"아소가 모니터 여성들에게 접근해 각성제를 몰래 판매한 혐의가 있습니다."

고구레는 사원 가운데 나이가 있어 보이는 영어교사처럼 생긴 여성에게 결정사항을 전하는 투로 말했다.

"뮈리엘 사 관련 자료를 제출해주십시오. 어떤 서류건 모두 다."

"잠깐만요, 변호사를 부르겠습니다. 멋대로 손대지 마세요."

쓰에무라의 날카로운 목소리를 무시하고 종이 상자에 서류를 담고 있는데 휴대폰이 울렸다. 나이토였다.

— 아, 고구레 선배? 아소의 머리카락이 첫 사건 현장에 떨어져 있던 것 중 하나와 일치했습니다.

각성제 상습 사용자 검사는 소변과 머리카락을 받아 조사한다. 수사본부에 있던 나이토가 아소 체포에 대한 보답으로 조사를 해준 것이다.

"그래?"

고구레는 이제 놀랍지도 않았다.

쓰에무라는 히스테릭한 말투로 여기저기 계속 전화를 걸더니 포기했는지, 아니면 화를 참을 수 없었는지 그새 어디론가 모습을 감췄다.

오후 3시가 되어 경찰서로 돌아온 고구레는 일단 같은 형사과의 감식계에 들러 담당자 한 명에게 말을 걸었다.

"이거 좀 부탁하고 싶은데, 급한데 괜찮을까?"

"아, 괜찮아요. 이쯤이야 식은 죽 먹기죠."

수사본부에 얼굴을 내밀었지만 나지마의 보고는 아직 들어오지 않았다. 신칸센을 타고 갔을 테니 이미 도착했을 시간인데. 쓰스에를 찾았지만 보이지 않았다. 그 녀석이 오늘 비번이었나? 옆에 있던 한 수사관에게 상황을 물었다.

"아, 시체를 운구하는 차가 아직 도착하지 않았답니다. 도메이고속도로가 막히는 모양인지."

생활안전과로 발길을 옮겼다. 어젯밤에 유치장에서 잔 아소에 대한 신문이 계속되고 있을 것이다. 종이 봉투를 들고 취조실 문을 노크했다. 안에는 마약 수사 베테랑인 이와세

岩瀬와 젊은 형사, 그리고 초췌한 얼굴의 아소가 있었다. 아소는 고구레를 보더니 벽에 기어가는 바퀴벌레라도 본 듯이 얼굴을 찌푸렸다.

"아, 고구레. 고마워. 연말도 아닌데 이런 멋진 선물을 받다니. 이 친구 의외로 고분고분하군. 다 털어놓았어. 롯폰기나 시부야에서 젊은 애들을 상대로 쩨쩨하게 장사한 모양이야."

이와세는 오래전부터 아는 사이였다. 경시청에 근무하기 전에 다른 지역 경찰서에서 함께 근무한 적도 있다. 오동통한 체격에 희끗희끗 흰머리가 섞인 깍두기 머리라 조폭 관계자처럼 보이는 얼굴이지만 인간성 좋은 아저씨였다.

"잠깐 내가 뭘 좀 물어봐도 될까?"

아소가 단순한 상습범이 아니라 판매자이며 그를 통해 밀매 루트를 파악할 가능성이 보였기 때문인지 이와세는 기분 좋게 자리에서 일어났다.

"괜찮아. 고구레, 하지만 두들겨 패지는 마."

이와세가 씩 웃으며 귓속말을 했다.

"안 그래."

이제 다시는 취조하다 주먹을 휘두르지 않겠다는 생각을 했다.

조사도 탐문수사와 마찬가지로 수사관 두 명이 한 조가

되어 진행하는 것이 원칙이다. 이와세가 방구석 쪽 책상에 남고, 젊은 형사가 방을 나갔다. 맞은편 의자에 앉자 아소는 고구레를 외면했다.

"잠은 좀 잤나?"

"그게 당신이 할 소리야? 스토커 수사라고? 비겁한 수법을 쓰다니."

당장에라도 고구레의 얼굴에 침이라도 뱉을 듯한 말투였다.

"불평은 나중에 듣기로 하지. 우선 내 질문에 대답부터 해. 모니터 모임이 끝난 뒤에 다카하라 미유키에게 말을 건 까닭은 각성제 때문이지? 약을 팔려고 말을 걸었나?"

아소가 두 손을 펼치고 어깨를 으쓱했다. 대답은 하지 않았다.

"왜 다카하라 미유키였지? 어째서 그 애를 찍은 거야?"

언성이 약간 높아졌다. 이와세가 손톱의 때를 파면서 말했다.

"이봐, 똑바로 부는 게 좋을 거야. 지금은 몰라도 예전에는 고구레 형사가 취조실에 들어오면 이따금 신비로운 현상이 일어나곤 했지. 취조를 받던 녀석이 입을 다물고 있으면 갑자기 머리통이 책상과 부딪히거나 의자가 날아가곤 했어. 심령현상이라고나 해야 할까?"

고구레가 손가락 관절을 꺾는 모습을 겁먹은 표정으로 바라보면서 아소가 이윽고 입을 열었다.

"왠지 약을 할 것 같은 아이로 보였으니까요. 게다가 그 애는 러시안 블루의 팬이고 멤버와도 사이가 좋다고 앙케트에 적었기 때문에."

"러시안 블루?"

"밴드예요. 아저씨들은 알 리가 없을 테지만."

"미안하지만 잘 알지. 리드기타를 치는 레노와는 이야기도 나누었어."

아소의 눈이 휘둥그레졌다.

"그 밴드는 마약을 하는 패거리들이니까. 그놈들 주변 녀석들은 분명히 마리화나나 할시온 정도는 하겠지. 각성제를 파는 것도 아마추어보다는 그놈들이 더 쉬울 거고 고등학생은 좋은 고객이잖아. 스피드(필로폰의 일본식 속칭)를 처음 경험하기 쉬운 나이지. 처음에 한 명에게 싸게 줘서 낚은 다음 그 주변 아이들도 쉽게 낚을 수 있으니까."

러시안 블루라는 이름에 이와세가 바로 반응을 보이며 수첩에 뭔가를 적었다.

"왜 판매까지 한 거지?"

"판매를 해야 더 질 좋은 약을 얻을 수 있으니까요. 게다가 값도 더 싸고. 요즘 또 값이 올라서 힘들었어요. 컴사이트는 보기보다 돈을 잘 벌지 못하는 회사라 급여도 많지 않아요. 공연히 허세 떠는 데 돈을 너무 많이 쓰죠. 타던 차를 판 것도 약값 때문이었어요."

"그렇겠군. 뭐 좋아. 각성제 문제는 저기 있는 무서운 얼굴 아저씨한테 전부 이야기해. 내 전문 분야가 아니니까. 다른 질문 좀 더 해도 돼?"

"싫다고 해도 할 거면서."

"잘 아는군."

아소가 눈썹을 찡그리며 코웃음을 쳤다. 고구레는 그의 옆얼굴을 보며 질문을 퍼부었다.

"지난달 일이야. 9월 8일부터 10일, 그러니까 금요일부터 일요일 사이에 어디서 무엇을 했지?"

"기억나지 않아요. 아마 일을 했겠죠. 8월부터 9월 초까지는 주말에 전혀 쉬지 못했으니까요."

"일이라니, 어떤 일? 마약 밀매 일인가?"

아소가 미간뿐만 아니라 콧등까지 주름이 잡힐 만큼 얼굴을 찡그렸는데 어제부터 이어진 취조에 지쳐 더는 화를 낼 기력은 없는 모양이었다. 천천히 고개를 돌려 고구레를 바라보았다.

"회사 일입니다. 토요일, 일요일에는 늘 서류 작업을 했죠. 온종일 자리에 있었어요. 다른 직원도 몇 명 나왔었으니까 알리바이도 있고요."

"밤에는?"

"잠이나 자는 거죠. 늘 그랬으니까요."

"9월 네 번째 주말은? 23일, 24일인데."

"잠깐만요. 그 사건이랑 저는 관계없다고 했잖아요."

"관계가 있는지 없는지는 네가 어떻게 진술하느냐에 따라 달라져."

아소는 입술 한쪽을 올리며 웃었다.

"그럼 말씀드릴까요? 9월 23일과 24일이라면 기억이 납니다. 일본에 없었으니까요. 목요일부터 푸껫에 갔었죠. 여름에 휴가를 쓰지 못해서요."

"돈 없다면서?"

"여자한테는 돈이 있으니까. 해외여행이라고 해봤자 3박 4일이었어요. 잠깐 다녀온 겁니다."

"푸껫에 다녀왔다면서 얼굴은 전혀 타지 않았네."

"여자하고 겨우 3박 4일입니다. 관광 말고도 할 일이 있 잖아요."

아소가 야비한 웃음을 지어 보였다.

"여자라면, 쓰에무라 씨?"

"이거 왜 이러세요? 그럴 리가 없잖아요. 그런……"

아소는 중간에 말을 끊었다. 계속 물어보고 싶었지만 아쉽게도 생활안전과의 시간을 빌려 쓰는 처지라 그럴 수는 없었다. 다음 질문을 했다.

"당신 여권, 우리한테 있어. 어설픈 거짓말은 하지 않는 게 좋을 거야."

"정말이라니까요."

이와세에게 눈짓으로 확인을 부탁했다. 이와세가 내선 전화를 들었다.

"오늘 컴사이트에 다녀왔어."

"사장이 화가 많이 났죠?"

"그야, 뭐. 거품을 물고 쓰러지는 것이 아닌가 걱정이 들 지경이었지."

아소가 슬쩍 웃었다.

"재미있는 걸 발견했어. 이건데."

고구레는 봉투에서 종이 묶음을 꺼냈다. 엽서 크기의 두툼한 종이로 만든 카드. 꽤 여러 장이었다. 백 장은 넘을 것이다. 아소가 슬쩍 혀를 찼다.

"이런 것까지 남아 있었나?"

"관련 서류는 모두 처분했다고 하지 않았나?"

"처분할 생각이었죠. 우리가 쓸데없는 의심을 받을까봐. 그런데 사장이 남겨놓으라고 했어요. 우리를 중상모략하는 게 누군지 알아내려고. 설마 이런 메모까지 남겨뒀을 줄이야. 우리 직원들은 사장을 어지간히 무서워하는 모양이야."

종이에는 여러 사람의 글씨로 여러 문장이 적혀 있었다.

'뮈리엘 향수병은 백 개 중 하나꼴로 장미 꽃잎 모양이 다른 것이 있는데, 그걸 가진 사람에게는 행운이 찾아온다.'

'여주인공 이름이 뮈리엘인 로맨스 영화가 있는데…… 못생겼던 소녀가 신데렐라처럼 변신하는 스토리다.'

'슈퍼모델들의 분장실에는 뮈리엘 향기가 가득하다!'

"이건 어디에 쓰는 거지?"

"그 사람, 쓰에무라가 즐기는 발상법 가운데 하나입니다. 카드 브레인스토밍이라는 거죠. 스태프들에게 생각이 떠오를 때마다 아이디어를 메모하게 하고, 사장은 그걸 책상 위에 쭉 늘어놓죠. 그리고 순서를 바꾸거나 이것저것 조합해서 모니터 모임 때 퍼뜨릴 이야기를 만드는 겁니다. 사장은 자기가 이야기한 내용이 거의 사실이라고 했지만 실제로는 대부분 이걸로 창작한 이야기죠."

"스태프라니?"

"누구건 상관없죠. 어차피 그 사람 혼자 떠들 이야깃거리 만들기에 지나지 않으니까요. 사원은 모두 참여해야 합니다. 도쿄에이전시 사람들도 참여했을 겁니다."

"이건 누가 쓴 건지 알겠나?"

한 장을 뽑았다. 다른 카드는 갈겨쓴 짧은 문장이 많았지만 이 카드만은 달랐다. 편집증이라고 할 수 있을 만큼 꼼꼼하게 쓴 작은 글씨가 지면을 가득 메우고 있었다. 카드에는 이렇게 적혀 있었다.

'프랑스 파리에는 밤이면 살인마가 배회한다. 이름은 열두 번째 사도. 검은 레인코트가 트레이드마크. 젊은 여성을 납치해 살해한 뒤 발목을 절단한다. 강간 따위는 하지 않는다. 왜냐하면, 열두 번째 사도가 바라는 것은 아름다운 발뿐이기 때문이다. 쓸데없는 시체는 버리고 이마에 12라는 숫자를 남기고 사라진다. 열두 번째 사도가 지금 숨어 있는 곳은 도쿄. 하지만 뮈리엘 향수를 뿌리는 아가씨들은 노리지 않는다.'

정성 들여 쓰기는 했는데 자세히 보면 못 쓴 글씨다. 컴사이트에서 이 카드를 발견했을 때 여기 적혀 있는 내용을 보고 그제야 깨달았다.

희생자들 이마에 쓰여 있던 글자는 'R'이 아니라 '12'였다.

그 글자를 쓴 녀석은 자기 아이디어에, 아니, 이미 실행에 옮겼는지도 모를 살인에 도취하여 흥분한 상태다. 향수 운운하는 소리는 다 군소리에 지나지 않는다.

아소는 메모를 집어 들고 천천히 고개를 저었다. 고구레는 다시 질문을 반복했다.

"누가 쓴 거지?"

아소가 다시 고개를 저었다.

"모르겠네요. 우리 회사는 문서를 작성할 때 컴퓨터를 쓰니까요."

"네 글씨 아닌가?"

아소가 눈을 치켜뜨고 노려보았다.

"말도 안 되는 소릴."

"시체 유기 현장에 떨어져 있던 머리카락과 네 머리카락이 일치했어."

아소의 눈이 휘둥그레졌다.

"거짓말이죠? 그럴 리가 없어. 난 아니에요. 알았다, 당신 지금 날 낚으려는 거죠? 날 위협해서 이런저런 이야기를 끌어내려는 거잖아. 하지만 내가 아는 이야기는 다 했단 말입니다."

"그러면 여기서 증명해봐. 글씨를 써서 보여줘."

아소는 다시 고구레를 외면했다. 못마땅한 표정을 지으며 한 손을 내밀었다. 쓸 것을 달라는 이야기다. 고구레는 볼펜을 건네주었다. 숨을 죽이고 아소의 글씨 쓰는 손을 노려보았다.

"이렇게 쓰면 되나요?"

아소는 펜을 내려놓고 여전히 시선은 외면한 채로 진술

서를 고구레 쪽으로 밀었다. 고구레는 고개를 끄덕였다.

"응. 아주 좋았어."

이렇게 적혀 있었다.

'엿 같은 형사 고구레, 죽어버려라.'

잘 썼다.

취조실을 나오려고 하는데 이와세가 귓속말을 했다.

"저 친구 여권을 조사했어. 9월 21일부터 24일까지 일본에 없었던 게 확실해."

"고마워."

역시, 역시 아소는 아니다. 그 녀석은 마약중독자일 뿐이다. 필적도 전혀 다르다. 고의로 다르게 쓰려고 한 것 같지도 않았다. 게다가 녀석은 오른손잡이다.

시체 유기 현장에 보란 듯이 남아 있었던 유류품 가운데 아소의 머리카락이 발견된 것도 오히려 자연스럽지 않다. 아마 그 머리카락은 범인이 수사에 혼선을 주려고 고의로 남겨두었을 것이다. 그리고 발자국도. 뒤집어 이야기하면 범인은 아소의 머리카락을 손에 넣을 수 있는 인물이다.

고구레는 수사본부의 통일된 견해보다 자신과 나지마의 판단을 믿고 있었다. 과수원 하늘 위에서 벌레 먹은 사과를 찾고 있는 그들보다 땅바닥을 기어 돌아다니며 사과를 하나하나 골라낸 자신과 나지마가 40일간 쏟은 노력을 더 믿었다.

형사과로 돌아와 컴사이트에서 가져온 모니터 명단을 다시 훑어보았다. 오늘 아침에 나쓰미가 한 말이 마음에 걸렸다.

사이즈 230밀리미터. 모니터들 명단에는 발 사이즈까지 적혀 있었다. 범인이 무엇을 원하는지 쉽게 알 수 있었다.

희생자의 발목을 절단한 까닭은 뭔가를 숨기기 위해서도, 무엇인가를 알리기 위해서도 아니다. 발 자체가 목적인 것이다. 녀석은, 그러니까 레인맨은 발이 탐이 나는 것이다. 그것도 사이즈 230인 발. 다카하라 미유키의 발이나 다른 두 명의 희생자도 230밀리미터였다.

"고구레 씨, 아까 부탁한 것 여기."

감식 담당자가 불렀다.

"아, 미안."

건네받은 자료를 책상 위에 늘어놓았다. 열 장쯤 되는 젤라틴을 바른 종이. 관계자 조사를 명목으로 뜬 컴사이트 사원들의 지문이었다.

서랍에서 이미 채취해두었던 젤라틴 바른 종이 네 장을 꺼내 함께 늘어놓았다. 쓰에무라와 아소, 그리고 도쿄에이전시의 두 영업사원이 가토와 니시자키의 명함에서 채취한 지문이었다. 이 가운데 맞는 게 있을 것이다.

오후 5시 10분. 휴대폰이 울렸다. 수신 버튼을 누르자 나지마의 목소리가 들려왔다.

— 있어요. 역시 지문이 남아 있었어요.

27

냉장고에서 탄산음료 캔을 꺼내고 제일 아래 냉동고를 열어 냉동식품 팩을 헤치고 안쪽에 넣어둔 신문지로 싼 꾸러미를 꺼냈다.

침실로 가서 창문 블라인드를 내렸다. 밖은 아직 완전히 어두워지지 않았다. 탄산음료를 천천히 마시며 시계를 보았다. 사실은 좀 더 녹기를 기다려야 하지만 기다리지 못하고 신문지를 풀었다. 비닐로 꽁꽁 싼 내용물을 꺼내 라이팅 데스크에 얹은 다음 눈을 가늘게 뜨고 바라보았다. 약을 하고 싶었지만 참기로 했다. 얼마 남지 않기도 했고, 약을 하면 금방 잠이 들어버리니까.

책상 위의 물건을 정교한 유리 공예품을 다루듯 손으로 들어 냄새를 맡아보았다. 음, 아직은 괜찮군. 이리저리 각도를 바꿔가며 들여다보았다. 윤기가 약간 없어진 것 같다. 여기저기 바나나 반점처럼 어두운색 무늬가 생겼다.

깡충깡충 뛰듯이 선반 쪽으로 가서 콧노래를 부르며 커

다란 여행용 가방을 꺼냈다. 자물쇠를 여는 것도 초조했다. 뚜껑을 연 뒤 화장도구를 넣어두는 빈 신발 상자 안에서 파운데이션과 가느다란 붓을 꺼냈다.

왼손에 든 붓에 파운데이션을 잔뜩 찍어 테이블 위에 놓인 것에 꼼꼼하게 칠했다. 가슴이 답답하고 호흡을 하기 힘들었다. 숨쉬기도 힘들 만큼 흥분했기 때문이다.

먼저 앞면. 그리고 옆. 다음에는 뒤. 발가락 사이도 칠하고 싶지만 억지로 잡아당겨 벌리지는 않았다. 떨어질 염려가 있기 때문이었다.

멋지게 생겼다. 전체적으로 부드러운 곡선. 발가락 끝의 묘한 생김새. 세상에 이토록 아름다운 것이 있을까?

시간을 들여 천천히 양쪽을 다 바르자 얼룩덜룩했던 반점도 크게 거슬리지 않았다. 멋지게 되었다. 발톱 색깔도 새로 칠하자. 여행용 가방에서 새 도구를 꺼냈다. 안에는 페디큐어용 칼라 에나멜이 빼곡하게 들어 있었다. 오늘은 약간 어른스럽게 짙은 색으로 해볼까? 펄 로즈? 와인레드? 눈앞에 있는 작품을 어서 완성하고 싶은 생각에 라벨에 적힌 글씨를 읽기도 번거로웠다. 제대로 읽지 않으면 다른 색을 쓸지도 모르는데.

휴대폰 메일이 왔다고 멜로디가 울렸다. 어차피 늘 오는 장난 메일일 것이다. 지금은 그런 것에 신경 쓸 때가 아니었다. 휴대폰을 매너 모드로 바꾸고 침대에 내던졌다.

한쪽 발만 먼저 칠하고 약간 떨어져서 눈을 가늘게 뜨고 완성도를 확인했다. 음, 멋지다. 실제로 소리를 내어 말을 했다.

"멋져, 미유키."

구미도 나름대로 즐거웠지만 안타깝게도 오른쪽 엄지발가락이 떨어져 나갔다. 제대로 냉동하기도 전에 화장을 해버렸기 때문이다. 버리기는 아까워 아직도 냉동실 안에 넣어 두었지만.

이번에는 왼발. 끈기가 필요한 작업이지만 빨리 완성하고 싶은 생각 때문에 손이 떨렸다. 역시 발이 양쪽 다 있는 편이 훨씬 즐겁다. 맨 처음에는 실패했다. 왜 그때는 한 쪽만 남겼을까?

엄지발가락을 다 칠하고 눈 주위를 문지르며 한숨 돌리기로 했다. 뻣뻣해진 왼손을 흔들며 몇 차례 반복해서 쥐었다 폈다. 사고를 당한 지 시간이 꽤 지났는데 아직도 오른손을 제대로 쓸 수가 없었다. 원래 왼손잡이라 일상생활에는 아무런 지장도 없다. 다른 사람의 목을 조를 수도 있다. 그 사고로 색을 볼 수 없게 된 것에 비하면 사소한 불편이었다.

아, 그렇지. 음악을 틀자. CD플레이어에 러시안 블루의 싱글을 얹었다. 미유키가 좋아하는 곡이었다.

Love is illusion

Love is illusion

회색 거리에서

그대는 Window Window I DO!

아, 참. 미유키에게 줄 선물을 사 왔지. 얼른 거실로 가서 작은 종이봉투를 들고 돌아왔다. 발찌였다. 바다를 좋아하는 미유키를 위해 진짜 조개로 만든 것으로 사 왔다. 절단면에 닿지 않도록 조심하면서 발찌를 살짝 걸었다. 음, 아주 잘 어울리는군.

미유키에 관해서라면 무엇이든 다 알고 있다. 신문이나 잡지에 실린 기사도 모두 스크랩했고, 텔레비전 뉴스 프로그램도 테이프에 녹화했다. 그 앙케트 용지만으로 미유키에 대한 모든 것을 알 수는 없었기 때문이다. 필요 없는 몸을 일부러 사람들이 쉽게 발견할 수 있는 곳에 버린 까닭은 그 때문이었다. 미유키나 구미에 관해 더 자세하게 알고 싶었다. 첫 아이에 대해서는 너무 아는 게 없어서 뜻대로 되지 않았다. 그 애와는 제대로 대화를 할 수도 없었다.

미유키에게 부드럽게 말을 걸었다.

"어때, 기타는 많이 늘었니? 고양이를 좋아한다면서? 키워주고 싶지만, 고양이가 널 갉아 먹을지도 몰라서."

이 농담은 자기가 생각하기에도 멋지다. 저도 모르게 킥킥 웃음이 나왔다.

'킥킥'

미유키도 함께 웃어주는 듯했다.

'내가 좋아하는 건 고양이가 아니야. 개야.'

미유키의 목소리가 대답한다. 실제로는 자기 자신의 목소리지만 귀를 기울이고 있으면 분명히 미유키가 이야기해주는 듯한 생각이 드는 것이다.

'기타를 사. 레노처럼 기타 넥에 담배를 끼워보고 싶어.'

"그것도 괜찮지만, 그럼 기타를 어떻게 치지?"

또 킥킥 웃었다. 웃음소리에 BGM이 겹쳤다.

Love is illusion

Love is illusion

회색 거리에서

그대는 Window Window I DO!

좋아하는 곡은 아니었다. 목청을 크게 울리면서도 나직한 목소리 부분의 가사만 비교적 마음에 들었다.

그대는 Shadow Shadow

그렇다. 그림자다. 일루전이다. 스스로를 그렇게 생각한다. 누구에게도 보이지 않는다. 내 진짜 모습은 누구도 모른다. 아무도 모른다.

아소가 체포되었다는 이야기는 오늘 들었다. 경찰은 그 남자를 범인이라고 생각하는 걸까? 그 남자의 머리카락을 떨어뜨려 놓은 걸 이제 눈치챘을까? 머리카락으로 성별이나 나이를 파악할 수 있고, DNA 감정을 하면 누구 것인지도 알아낼 수가 있다는 이야기를 들은 적이 있다. 근처 미용실 쓰레기봉투나 주변 사람들 머리카락을 모아 현장에 슬쩍 남겨두었다. 구미를 버린 현장에는 미우라 부장의 머리카락도 남아 있었을 것이다.

두 번째인 미유키 때는 쓸모없는 부분을 시내에 버리기로 마음먹었다. 처음엔 역시 긴장했다. 아무리 주도면밀하게 증거를 숨기려 해도 반드시 무엇인가가 남기 마련이다. 그래서 거꾸로 증거를 더 많이 흘렀다. 나무를 숨기려면 숲속이 가장 낫다. 이런 점이 아소 같은 멍청한 범죄자와 다른 점이다.

경찰은 발자국으로 범인을 찾는다고 한다. 그래서 일부러 여러 개의 발자국을 남겼다. 그런 문제에 대해서는 잘 안다. 무엇이든 잘 알고 있는 스스로가 자랑스러워 또 킥킥 웃었다.

다시 작업을 시작했다. 지난번처럼 네일 실을 붙일까? 타투 같은 걸 사다놓았다. 디자인에 대해서는 프로페셔널이기 때문에 직접 칠해도 괜찮지만 너무 흥분해 늘 어중간한 상태에서 끝나버렸다.

이런.

파운데이션을 칠하는 붓질에 피부가 벗겨졌다. 녹기 시작하자 냄새도 났다. 썩지 않도록 그렇게 신경을 썼는데.

절단 부위에는 보존처리를 한 원래 피부로 덮고 꿰맸다. 이런 일에는 전문가다. 일주일에 한 번은 방부제를 주입하고 꺼낼 때도 실내 온도에 많은 신경을 썼는데. 10월 중순을 넘어선 지금 냉방을 하고 발가벗고 작업하고 있어서 아까부터 추워서 견디기 힘들었다. 역시 미유키와는 이제 끝이다.

그렇지. 구미도 꺼내자. 엄지발가락이 떨어져 나간 뒤로는 거의 꺼내지 않았구나.

포장을 푸니 구미도 상당히 손상되어 있었다. 복사뼈 주위의 피부가 망가져 추해 보였다.

"이제 이별이네."

구미의 목소리를 흉내 내어 말했다.

"응, 작별이야."

자신의 원래 목소리로 대답했다. 그러자 진짜 슬퍼져 눈

시울이 뜨거워졌다. 눈물이 주룩 흘렀다. 잠시 혼자 울었다.

오늘 둘 다 버릴 작정이었다. 그리고 다시는 같은 짓을 반복하지 않을 것이다. 그렇게 결심한 상태였다.

주르륵. 눈물이 멈추지 않아 미유키의 발가락에 떨어졌다. 아무래도 요즘은 감정 컨트롤이 제대로 안 된다. 그날부터다. 첫 번째 아이를 만났을 때부터다. 그 아이가 지니고 있던 약 때문인지도 모른다. 그러고 보니 본명이 야스오라고 했던가? 열아홉 살이었다는 사실도 오늘 아침 신문을 보고서야 알게 되었다. 두 살이나 속이다니, 얼토당토않은 거짓말쟁이다.

한바탕 눈물을 흘리고 나자 마음이 약간 풀어졌다. 괜찮아. 절대로 들킬 리가 없어. 이걸 마지막으로 삼으면 돼. 죄는 아소가 뒤집어쓸 것이다. 어차피 별 볼 일 없는 녀석이다. 대신 죄를 뒤집어쓰더라도 동정 따위는 하지 않겠다.

마지막이니 제대로 갖춰주자. 아무것도 걸치지 않아도 괜찮지만 제대로 갖추면 둘 다 멋있어진다.

구미를 해동하는 동안 구석 쪽에 있는 붙박이 옷장을 열고 제일 아래 가지런히 놓여 있는 신발 박스에서 몇 가지를 꺼냈다. 하이힐, 펌프스, 스니커, 전부 직접 만든 것들이다.

구두 디자이너로 일하던 시절에는 참 좋았다. 물론 그때도 마음에 들지 않는 사람은 많았지만 지금보다는 훨씬 나왔다. 무엇보다 그 무렵에는 여성용 구두를 만지는 것만으로도 만족할 수 있었다. 거기 계속 있었다면, 어쩌면.

아직 페디큐어를 다 칠하지 못했고, 새로 산 타투 무늬의 네일 실도 붙이지 않았다. 이제 흥분을 억누를 수가 없다. 슬슬 신겨주자. 내가 만든 작품으로. 오리지널 구두로.

오늘은 어른스럽게 꾸미기로 했으니 하이힐이 좋겠구나. 미유키를 위해서는 굽 높이 7센티미터짜리 하이힐을 골랐다. 자신 있는 작품이었다. 이제는 흐린 회색으로밖에 보이지 않지만, 이 하이힐의 색깔은 신데렐라의 유리 구두처럼 투명하게 느껴지는 은색이다. 사이즈는 당연히 230밀리미터.

구미에게는 깊은 호수를 떠올리게 만드는 색이었던 에메랄드그린 색의 펌프스. 이것을 신기면 떨어져 나간 엄지발가락도 보이지 않는다.

경찰은 멍청해서 현장에 남아 있던 발자국이 거기 버려져 있던 아이들의 것이라는 사실은 눈치채지 못할 것이다. 오리지널 디자인 구두로 걷게 했던 그 이틀 밤의 흥분은 잊을 수가 없었다.

미유키 때는 두 사람, 구미 때는 세 사람. 마치 댄스파티 같았다. 기억을 떠올리기만 해도 온몸의 세포가 들떴다. 그리고 조금 전까지 굳게 다짐했던 결심이 흔들렸다.

역시 멈출 수 없을지도 모르겠다. 눈앞에 있는 네 개의 발을 바라보며 이것이 없는 생활을 생각해보고는 고개를 설레설레 저었다.

싫다. 싫다. 싫어. 첫 번째 아이가 남긴 한쪽 발도 냉장고 안에서 냄새가 심하게 나는 바람에 버렸는데 그 뒤에 후회하며 밤새 울었다. 왜 버렸을까. 지금 생각하면 그 애가 가장 멋졌는데.

그래, 한 명만 더.

그렇게 하자. 한 명만 더 하고 진짜 끝내자. 마지막 기념으로 더할 나위 없이 즐겁게 지내고, 그것으로 정말 끝내자. 그리고 평범한 삶으로 돌아가자.

음, 좋은 생각이다. 딱 한 명만 더. 누가 좋을까.

모니터 모임에 왔던 소녀들을 떠올려보았다. 얼굴이 아니라 발을. 얼굴은 다음 문제다. 나처럼 예술적인 사람은 천박한 성범죄자와는 다르다. 나는 상상만으로도 한없이 행복한 시간을 얻을 수 있다. 앙케트 용지를 한 손에 들고 쭉 훑어보았지만 요즘 여자애들은 다들 발이 커서 230밀리미터짜리 사랑스러운 발을 지닌 소녀는 별로 없었다. 게다가 아주 싫어하는 루즈삭스를 신었거나 그날은 비까지 와서 여름인데도 부츠를 신은 아이까지 있었기 때문에 발 모양을 제대로 알 수가 없었다. 사이즈 230에 발 모양이 마음에 든 소녀는 미유키와 구미, 그리고 또 한 명.

그 중머리를 한 소녀다. 하지만 아무리 얼굴은 둘째 문제라고 해도 그 아이는…….

신중하게 골라야만 한다. 어쨌든 이번은 마지막이니까. 주변에서 본 발들을 떠올려보았다. 회사 여자들, 전부 아니다. 컴사이트의 유카와? 아쉽지만 사이즈가 약간 크다. 지난번에 만난 여형사? 그쪽도 나쁘지는 않다. 하지만…….

역시 쓰에무라다. 쓰에무라 사야. 오만한 여자지만 발은 아름답다. 키에 비해 발이 작았다. 거의 230밀리미터쯤 될 것이다.

그 발이라면 아직 사키 말고는 신겨준 적이 없는 굽 높이 9센티미터짜리 새빨간 하이힐도 틀림없이 어울리리라. 아아, 쓰에무라의 발에 신기면 어떤 모습일까.

하이힐을 신긴 미유키의 발을 사타구니에 갖다 댔다. 꾹꾹. 이미 이렇게 흉한 모습이 되어버린 미유키의 발은 이제 어떻게 되든 상관없었다. 뾰족구두 끄트머리에 밟히면서 쓰에무라를 상상했다. 그 아름다운 발에 밟히는 상상을 했다.

다음 순간, 니시자키는 사정하고 말았다.

28

제길. 쓰에무라 사야는 알코올 냄새가 나는 입김과 함께 밤의 어둠에 저주를 퍼부었다. 아스팔트 길이 흔들렸다. 아니 흔들리는 것은 자신이었다.

제길, 제기랄. 뭐야. 그 멍청한 아소를 어떻게든 빼내려고 아까 경시청에 전화를 걸었다. 내 오줌을 너무나도 좋아하는 대머리에게. 그런데 그 녀석이 이렇게 말했다.

— 그런 건 이제 안 돼. 요즘 분위기가 심상치 않거든. 곤란해. 이런 전화는 하지 말아줘.

하지 말라니. 무슨 소리야. '용서해 주세요, 여왕님'이라고 해야지. 로프에 묶였을 때는 고분고분한데 넥타이를 맸을 때는 제법 잘난 체한다. 쯧쯧쯧. 쓰에무라는 혀를 찼다. 이제 그놈에게는 오줌을 주지 않을 테다. 협박이라도 하고 싶었지만 그래도 그 녀석은 우정성에 있는 뚱보와는 달리 플레이하는 중에 사진을 찍으려고 하지는 않았다.

물론 아소를 위해서 전화를 건 것은 아니었다. 회사에 흠집이 가지 않게 하기 위해서였다. 그런 마약중독자 녀석을 쓰는 게 아니었는데. 해외 출장을 갔다가 마리화나를 가지고 들어오는 바람에 직장에서 잘린 녀석을 받아주었더니 이번엔 각성제라니! 그런 멍청이는 죽을 때까지 똑같은 짓을 반복할 것이다. 죽어, 죽어, 죽어버려.

약국 앞에 놓인 개구리(의약품, 헬스용품을 생산하는 회사 KOWA가 만든 캐릭터 인형)를 걷어찼지만, 하이힐 굽만 부러지고 말았다.

흥. 잘됐군. 요즘 양쪽 발 발톱이 다 구부러져 힘들었다. 아까부터 신발 끝에 발톱이 닿아 아팠다. 그냥 맨발로 걷자. 하이힐을 손에 들고 걷기 시작했을 때였다.

킥킥킥.

누가 웃는 소리가 들린 듯했다. 뒤를 돌아보았다. 오른쪽에 멋진 대사관 건물이 보이는 주택가 뒷골목이었다. 길에는 인기척이 없고, 가로등이 비치는 곳 이외에는 어둠만 드리워 있을 뿐이었다.

타고 온 택시는 아리스가와有栖川 공원 앞에서 내렸다. 토할 것 같았기 때문이다. 홧김에 술을 너무 많이 마셨다. 왼쪽 손목에 찬 불가리 시계를 들여다보았다. 아직 11시였다. 와인 한 병 반에 이렇게 취하다니. 예전에는 바에서 칵테일 메뉴를 전부 마신 적도 있는데.

입덧이라도 하듯이 계속 올라오던 구역질이 밤바람을 쐬자 꽤 가라앉았다. 하지만 이번에는 보정 속옷 때문에 배가 아팠다. 아아, 빨리 벗어버리고 싶다. 이제 한 사이즈 더 큰 것을 사야 할 모양이다. 벌써 그런 나이가 되었나? 내년이면 서른이니.

회사를 그냥 때려치울까. 사장 노릇도 이제 질렸다. 재미도 하나 없고, SM클럽에서 일할 때가 벌이도 나았다. 이 나라도 이제 지긋지긋하다. 하지만 뉴욕으로 돌아가기도 싫다. 이러니저러니 해도 피부색이 문제다. 백인이 아니면 위로 올라갈 수가 없다.

야마가타山形로 돌아갈까? 하지만 잠깐이나마 그런 생각을 한 자신에게 화가 났다.

그럴 수야 없지. 제왕절개까지 했는데도 사산이 된 것은 진통이 시작되었을 때 어머니가 아기를 나오지 못하게 하려고 마을 조산원 사람을 불러 이상한 짓을 했기 때문이다. 집에서 뛰쳐나와 혼자 병원으로 달려갔을 때는 이미 늦은 상태였다.

샤넬을 입은 배 위를 매만졌다. 그 아기는 딸이었다. 제대로 낳았다면 열두 살. 쓰에무라는 열두 살 여자아이의 옷을 사고, 밥상을 차리고, 시내를 함께 걷는 자기 모습을 상상했다. 그런 모습은 쉽게 그릴 수 있었다. 머릿속에서 몇백 번이나 상상했던 광경이었기 때문이다.

오토록에 키를 밀어 넣다가 출입구 문이 활짝 열려 있다는 사실을 깨달았다. 또 망가졌나? 이번 주에만도 벌써 두 번째 아니야? 관리인은 누가 장난삼아 고장을 내는 모양이라고

하는데 집세는 비싸게 받으면서 방범은 너무 엉망이다.

킥킥킥.

엘리베이터 문이 닫힌 순간 또 어디선가 웃음소리가 들린 듯했다. 너무 많이 마셨어. 남들 앞에서는 절대로 술 취한 모습을 보이지 않는 만큼 나중에 혼자 있을 때는 술기운이 더 오른다. 아아, 배가 아프다. 거들을 벗어버리고 싶다. 발톱도 아프다. 무좀이 있는 부분이 가렵다.

문을 열고 내팽개치듯 신발을 벗고 욕실로 뛰어 들어갔다. 변기에 머리를 처박고 배 속에 있는 것을 모두 토해냈다. 눈물과 함께 일회용 콘택트렌즈도 빠져버렸다.

입을 닦고 거울에 비친 자기 얼굴을 보았다. 아, 싫다. 눈아래 아이섀도를 칠한 것처럼 다크서클이 보인다. 관자놀이가 욱신욱신 쑤시고 머릿속이 잔뜩 부어오른 듯한 기분이 들었다. 와인을 많이 마시면 늘 이 모양이다.

끼이이익. 희미하게 소리가 난 듯했다.

몸매 보정용 속옷을 벗고 샤워를 했다. 뜨거운 물을 뒤집어쓰자 멍했던 머리가 좀 가라앉았다. 하지만 희미한 소리가 아직도 들리는 듯했다. 끼이이익. 금속을 문지르는 듯한 소리였다. 끼이이이익.

샤워기 물을 끈 순간 현관에서 소리가 났다. 문 열리는 소리인가? 등골이 오싹했다. 자물쇠를 잠그는 걸 까먹은 모양이다. 누가 들어왔다. 수건을 몸에 두른 뒤, 안경을 집어 들고 얼른 욕실에서 나왔다.

잘못 들은 걸까? 자물쇠는 걸려 있었다. 그래, 맞아. 그러고 보니 제대로 잠근 기억이 난다. 집에 들어올 때의 기억이 되살아났다. 냉장고에서 에비앙을 꺼내 마셨더니 기분이 좀 나아졌다.

일단 다음 주부터 회사를 재정비하자. 아소는 물론 해고해야 한다. 직원은 여자만. 그게 대외적으로도 나을 것 같다.

아소 문제는 주간지나 돼먹지 못한 홈페이지들이 또 들먹일 테지만 그야말로 일시적이리라. 어느 정도 확대되면 소문은 바로 거품이 꺼지고 풍선이 쭈그러들 듯이 잦아든다는 사실을 쓰에무라는 잘 알고 있었다. 흥분이 가라앉을 때까지 잠깐만 참으면 된다.

포지티브하게 생각해야 해. WOM이 얼마나 힘이 있는지 이번 일로 다시 깨닫게 되지 않았는가. 미안하기는 하지만 자신이 퍼뜨린 메시지 하나가 신문과 텔레비전을 떠들썩하게 만드는 사건을 불러왔다는 사실에 쓰에무라는 일종의 성취감을 느꼈다. 피해자는 세 명. 텔레비전에서는 더 늘어날지도 모른다고 이야기하고 있다. 대단하잖아? 소문은 사람도 죽인다. 쓰에무라는 혼자 사는 집이라 아무도 볼 사람이 없는 웃음을 지었다.

거실 커튼을 열자 눈 아래 드넓은 야경이 펼쳐졌다. 도쿄 타워가 거대한 캔들 라이트처럼 솟아 있고, 고속도로를 오가는 자동차 행렬의 불빛이 물결을 이루고 있었다.

집을 꼭대기 층으로 정한 까닭은 이 야경이 마음에 들었기 때문이다. 지저분한 거리도, 작은 누에 선반에 고치를 만드는 듯한 사람들의 삶도 야경이 덮어준다.

목욕 수건을 풀고 유리창에 비친 자기 모습을 바라보았다. 자신의 알몸은 마음에 들어도 거울에 비춰 보고 싶지는 않았다. 제왕 절개한 자국이 보이기 때문이다. 그것만 빼면 완벽했다. 뉴욕에서 돌아와 첫 직장으로 SM클럽을 선택한 까닭도 시골의 돌팔이 의사 때문에 배에 생긴 지울 수 없는 수술 자국 때문이었다. 사야 여왕님은 절대로 코르셋을 벗지 않는다.

통유리를 끼운 창 앞에서 두 팔을 활짝 벌리고 심호흡을 하자 멍했던 머릿속이 좀 맑아졌다. 그때 문득 깨달았다. 쓰에무라는 등골이 오싹했다.

체인?

도어체인까지 채운 기억은 없는데.

킥킥킥. 또 웃음소리가 났다. 이번에는 어디서 나는지 알 수 있었다.

방 안이다.

거울에 비친 자기 그림자 뒤로 누가 보인다는 사실을 깨달았다.

어둠처럼 새카만 그림자. 레인코트를 입고 후드를 깊숙하게 눌러썼다. 쓰에무라는 온몸을 떨었다. 잘못 본 것이기를 기도하면서 고개를 꼬아 뒤를 바라보았다.

착각이 아니었다. 소리를 지르려고 했는데 목구멍에서는 바람 새는 듯한 소리만 나올 뿐이었다. 후드를 눌러쓴 얼굴을 보고 깜짝 놀랐다.

당신, 도대체.

목에 끈이 걸렸다. 필사적으로 저항했지만 소용없었다. 큰 체격은 아닌데 상대가 훨씬 더 힘이 셌다. 울대뼈가 줄에 조이자 술에 취했을 때와는 비교도 안 될 만큼 강렬한 구역질이 올라왔다.

폐가 공기를 달라고 몸부림을 쳤다. 머릿속에 안개가 끼고 눈앞에서 불꽃놀이를 하듯 번쩍거리더니 이윽고 시야가 어두워졌다.

킥킥킥킥.

웃음소리가 커졌다. 아무것도 보이지 않는 눈에 어찌 된 일인지 태아의 모습이 떠올랐다. 여자아기인가? 그리고 진짜 어둠이 찾아왔다.

29

니시자키 유즈루. 30세. 그가 사는 아파트는 시나가와구 가미오사키上大崎. 구는 다르지만 JR 메구로역에서 기껏해야 몇 분 거리이며 메구로경찰서 코앞이었다. 당연히 린시노모리 공원이나 고마바노 공원, 그 지역 사람이 아니라면 모를 한적한 공원을 잘 알고 있으리라.

린시노모리 공원까지는 두 정거장, 고마바노 공원까지는 시부야를 거치면 네 정거장. 전철로 이동했다면 양쪽 시체 유기 현장까지 걷는 시간을 포함하더라도 20분쯤이면 갈 수 있다.

밤 11시가 되기 직전에 메구로경찰서를 출발한 일반 승용차로 보이는 순찰차는 야마테 길을 타고 가다가 왼쪽으로 꺾어져 가미오사키로 향했다. 함께 탄 사람은 7계 주임인 마쓰자키와 언젠가 함께 탐문수사를 나갔던 젊은 수사관이었다.

나지마가 이메일로 보내준 지문이 니시자키의 것과 일치한다는 사실이 밝혀지자마자 도쿄에이전시로 전화를 걸었다. 니시자키가 직접 받으면 지난번에 했던 이야기를 좀 더 하고 싶다고 이야기할 생각이었는데 전화를 받은 여직원이 감기 때문에 조퇴를 했다고 말해줬다.

집 주소를 알아낸 뒤, 바로 야스다와 취조실에서 쉬고 있던 쓰스에를 니시자키의 집 앞에서 잠복시키고 수사본부로 가는 계단을 달려 올라갔다. 윗사람들에게 뭐라고 설명해야 할까? 안 그래도 혼란스러운 머릿속이 더 복잡해졌다.

레인맨은 니시자키. 그 사실은 이제 확신이 서지만 고구레의 머릿속에서는 가느다란 선의 그 얼굴이 범인과 잘 연결되지 않았다. 돌이켜 생각하면 여러 가지 사실들이 니시자키를 가리키고 있기는 하지만.

쓰에무라가 아이디어 수집을 위해 쓰게 했다는 카드의 필적은 언젠가 니시자키가 써준 컴사이트 주소의 글씨와 무척 비슷했다.

그러고 보니 니시자키는 오른손으로 건네주었다. 펜을 쥐고 있었던 상태라면 왼손으로 글씨를 쓴 셈이다. 그때 메모는 버렸지만 지금 생각해 보면 '12'라는 숫자가 'R'로 보이는 것도 똑같았다. 그리고 긴자에 있는 커피숍에서 만났을 때 니시자키는 레인맨에 관해 이렇게 이야기했다.

'이마에 각인을 남긴다는 살인마'

그 말은 모니터 모임에 참석했던 소녀들은 듣지 못한 이야기였고, 나지마가 조사한 소문 가운데도 그런 내용은 나오지 않았다. 더 일찍 눈치를 챘어야 했다. 역시 나는 제복 경찰 쪽이 더 어울린다.

고구레가 이해할 수 없는 문제는 니시자키가 왜 먼저 경찰과 접촉을 시도했는가 하는 점이었다. 아소를 범인으로 만들기 위해서였을까? 하지만 이유가 그뿐만은 아닐 듯했다. 처음 만났을 때도 그랬다.

녀석은 뭔가 이야기를 하고 싶어 했다. 경찰 앞에 자기를 드러내려고 했다. 이번 수법만 해도 수사본부가 좀 더 냉정했다면 니시자키는 잡혔을 가능성이 컸다. 왜지? 감쪽같이 경찰의 의표를 찌르며 쾌감을 느끼고 있는 걸까? 아니면 더 절실한 이유가 있었던 걸까.

순찰차가 메구로역 앞을 지났다. 역 이름은 메구로지만 이 역 주변은 시나가와 구에 속한다. 메구로 길을 달리다 우회전해 니시자키가 사는 아파트에서 조금 떨어진 곳에 차를 세웠다. 지문을 공식적으로 채취한 것이 아니라서 체포영장은 받지 못했는데 가타기리는 몇 번이나 설명을 반복해서 듣고 난 뒤에 니시자키의 지문을 재검토하고 나서야 중요 참고인으로 신병을 확보할 수 있도록 허락했다.

고구레 일행이 탄 순찰차 뒤에 다른 차 한 대가 멈췄다. 앞 좌석에서 9계 수사관이 두 명, 그리고 뒷좌석에서 나지마가 내렸다. 나지마는 고구레 일행이 출발하기 직전에 기후에서 돌아왔다. 긴장했기 때문인지 표정이 약간 굳어 보였다.

나지마에게 무슨 말부터 꺼내지? 차 안에서 고구레는 계속 그 생각을 하고 있었는데 막상 얼굴을 보니 말이 필요 없었다.

시선이 마주쳤다. 나지마가 고개를 끄덕였다. 고구레도 말없이 고개를 끄덕였다.

아파트가 있는 길 맞은편에서 밤바람에 몸을 웅크리고 있는, 내다 버린 장롱 같은 커다란 그림자에 말을 걸었다.

"수고했어. 교대야."

"아무래도 방에 없는 것 같아요."

쓰스에가 말했다. 이 녀석은 아까 취조실에서도 휴대폰을 주무르고 있었다. 아마도 소녀들을 불렀을 때 알게 된 여고생과 진짜 이메일을 주고받는 모양이었다.

"이 녀석이 맞습니다, 주임. 녀석은 차가 스포츠 타입이에요. 색은 빨강이 아니라 녹색."

쓰스에가 흥분한 목소리로 말했다.

"그런데 이상해요. 관리인 말로는 요 몇 달 동안 타고 나가는 걸 보지 못했다네요. 오늘도 주차장에 있습니다."

"역시."

고구레는 고개를 끄덕이다가 어이없다는 표정으로 눈을 깜빡거렸다. 쓰스에는 아직 잘 모르는 모양이다. 경부보 승진시험은 제대로 치를 수 있을까?

될 수 있으면 집 안에 있을 때 신병을 확보하고 싶었다. 희생자의 발톱에 페디큐어를 바르는 이상한 짓과 그 편집광 같은 메모 내용으로 미루어 녀석은 분명히 피해자의 발을 가지고 있을 것이다. 언젠가 쓰스에가 태평하게 내뱉은 한마디. '범인은 그냥 발을 좋아하는 거 아닐까요?' 그게 정답이었다.

"네 말이 맞았어."

"예? 무슨 말씀이세요?"

쓰스에가 또 놀란 표정을 지었다.

마쓰자키가 아파트 가까운 길, 입구 부근, 현관 홀에 인원을 배치했다. 니시자키가 사는 6층으로 올라갈 수사관은 세 명. 고구레와 나지마, 마쓰자키다. 원래는 수사1과 형사들이 할, 수사관으로서는 영광스러운 목표인 범인 신병 확보 기회를 양보할 생각인 모양이다.

엘리베이터 문이 열리자 마쓰자키가 익살맞은 몸짓으로 먼저 타라고 권했다.

"고구레 선배와 나지마 씨에게 한 방 먹었습니다. 어떻게 이 녀석을 찍은 겁니까?"

고구레와 나지마는 동시에 고개를 갸웃거렸다. 얼굴을 마주 보고 말없이 웃는 모습을 보더니 마쓰자키가 졌다는 듯이 말했다.

"아니 뭡니까, 두 분?"

"팀이지."

"그래요, 팀이죠."

마쓰자키가 천장을 바라보며 중얼거렸다.

"나 원 참."

603호실 앞에 서서 초인종을 눌렀다. 응답이 없었다. 역시 부재중인 모양이다.

"일단 놈이 집에 들어올 때까지는 손을 대지 말라고 지시했어요."

마쓰자키가 휴대용 무전기를 귀에 대면서 말했다.

복도가 L자 모양으로 난 큰 아파트였다. 모퉁이 부분에 있는 엘리베이터 앞에는 나지마, 복도 양쪽 끝에 있는 계단 입구에 고구레와 마쓰자키가 각각 자리를 잡은 뒤 니시자키를 기다리기로 했다.

"조심해요."

나지마에게 처음으로 말을 건넸다.

"예, 조심하세요."

나지마가 대답했다. 그렇게 대답하는 나지마의 정장 안주머니가 불룩했다.

"총을 막 쏘면 또 특진하잖아요."

고구레의 말에 나지마가 킥 웃으며 안주머니에 손을 넣

었다. 다시 빼낸 손을 고구레에게 들이대며 '탕'하는 총소리를 입 모양으로 냈다. 나지마의 손에 들려 있는 것은 비닐로 포장한 장난감 권총이었다.

"신노스케에게 줄 선물이에요. 역에서 샀죠. 요즘은 축구보다 형사 놀이에 더 빠져 있어서요."

마쓰자키에게 살짝 손을 흔들었다.

"그럼 나중에."

"아, 참. 고구레 선배……."

자기 위치로 가려는 고구레를 마쓰자키가 불러 세웠다.

"지난번에 선배가 한 말, 그 답을 알아냈습니다."

"내가 뭐라고 했지?"

"계단 위에 뭐가 있느냐고 하셨잖아요."

"아, 창피하게 내가 까먹었군. 나도 때론 주제넘게 그럴듯한 소리를 하고 싶을 때가 있지."

"아뇨, 선배 얼굴이 무척 진지한 표정이었어요……. 그래서 한번 생각해봤죠."

"그래, 답은?"

"계단 위에는 또 계단이 있죠. 그리고 그걸 올라가면 또 계단이."

"역시. 멋진 답이로군."

고구레는 농담처럼 말했는데 마쓰자키는 사뭇 진지한 표

정으로 말했다.

"하지만 어차피 형사 생활을 할 거라면 윗선의 지시를 받는 것보다 부하를 부리고 싶지 않나요? 고구레 선배, 형사 생활 계속하시죠. 다음에 또 함께 일을 합시다."

"이제 됐어. 난 이번 사건을 마지막으로 하고 싶어."

고구레의 그 말에 마쓰자키가 왠지 자신감 가득한 표정을 지으며 고개를 저었다.

"마지막이 되지 않을 겁니다, 분명히."

바깥 계단 층계참에 섰다. 여기서는 아파트로 드나드는 사람을 볼 수 있고, 들어오는 길도 훤히 보인다.

나쓰미가 싫어하기 때문에 요즘은 거의 피우지 않던 담배를 연속해서 피웠다. 세 개비째 피울 때 자정이 지났다. 사건 발생 41일째. 원래는 이미 수사본부에서 빠졌어야 하는데 이렇게 용의자 집 앞에 잠복하고 있다는 사실이 스스로 이상하다는 생각이 들었다. 네 개비째 담배를 뽑았다가, 마음을 고쳐먹고 도로 집어넣었다.

"살인사건은 이게 마지막이야."

계단 난간에 기대어 밤하늘을 향해 그렇게 중얼거렸다. 제복을 입은 자기 모습과 일주일에 사흘은 나쓰미와 저녁을 함께 먹는 광경을 상상해보았지만 그 광경이 여전히 제대로 그려지지 않았다.

큰길 가로등 불빛 아래 사람 그림자가 나타났다.

30

역에서 내려 가방을 끌고 걸으면서 여행용 가방의 바퀴가 아스팔트를 깎아내는 듯한 소리를 내자 늘 그렇듯이 니시자키의 심장 고동은 아플 만큼 빨라졌다.

전철 안에서는 의외로 태연하다. 여행용 가방을 들고 '입수할 때'는 단정하게 양복을 입고 넥타이를 맨다. '처분할 때'도 마찬가지다. 한 손에는 늘 손잡이가 있는 파리의 백화점 봉투를 들고 있었기 때문에 승객들은 니시자키를 해외 출장에서 돌아오는 직장인으로 여길 것이다. 그래서 '작업 중'에는 위에 걸칠 것이 필요했다. 두 번째부터는 쓰에무라의 아이디어대로 레인코트를 입어보았다.

일은 늘 잘 풀렸다. 전철이 흔들리면 천으로 만든 여행용 가방 안에서 시체의 머리도 움직였지만 아무도 눈치채지 못했다. 차 안이 혼잡할 때면 약간 불편한 표정을 짓는 정도였다.

익숙해지자 만에 하나 들통날지도 모른다는 두려움보다 헝겊 한 장 안에 숨긴 자신의 수확물을 아무도 눈치채지 못한다는 사실에 대한 쾌감이 더 커졌다. 아무것도 모르는 승객들 앞에서 가방을 열어 안을 보여주고 싶다는 충동이 일 지경이었다. 처분할 때 차를 이용하지 않는 까닭은 사고 이후 신호등 색깔을 제대로 구분할 수 없었기 때문이지만 이 쾌감을 잊을 수가 없었기 때문인지도 모른다.

역 앞에 있는 파출소를 멀리 우회하여 로터리를 빠져나가 보도를 걸었다. 오히려 긴장이 높아지는 것은 이렇게 길을 걸을 때였다. 바퀴가 구르는 소리는 조용한 밤거리에 무서우리만치 크게 울려 퍼졌다. 당장이라도 불이 켜진 집의 창문이 열리고 사람들이 일제히 '범인은 너다'라고 손가락으로 가리킬 것 같은 망상에 휩싸여 니시자키는 몸을 떨었다.

사정을 마치면 발과 놀았을 때의 흥분은 꿈이 깨듯 사라져버리고, 그토록 사랑스러웠던 발들이 무섭고 끔찍하게 보였다. 그래서 집에 있는 발을 모두 버리려고 여행용 가방에 넣어 밖으로 나왔는데.

역시 잘못했다. 메구로역에서 전철을 타고 이번에는 후타코타마가와二子玉川역이나 한 정거장 더 가서 가나가와현의 후타코신치二子新地역에서 내려 버릴 생각이었는데.

도저히 불가능했다. 그 행복하기 짝이 없던 시간을 다시 맛볼 수 없다. 그런 생각을 하니 온몸이 떨릴 만큼 마음이 허전해 중간에 그냥 내려버렸다. 반대편 홈의 시내로 가는 전철에 올라타, 그리고…….

역시 언젠가 텔레비전에서 학자가 말했듯이 누가 말려주지 않으면 이걸 끝으로 삼을 수는 없는 걸까?

디지털 시계에 0이 세 개 표시되었다. 아파트에서 나온 지 벌써 6시간이 지났다. 어쩌다 이렇게 되어버린 걸까. 니시자키는 생각했다. 자신의 욕망은 오랜 기간 마음의 뚜껑을 덮어 숨겨왔다. 꿈속에서만 만족했다. 죄를 저질렀다면 중학교에 다닐 때 동급생인 여학생의 실내화를 신발장에서 훔친 정도였다. 그런데 어쩌다가.

나 때문이 아니다. 그 차 때문이다. 시트로엥 DS. 그런 골동품 같은 차는 사지 않는 게 나았다. 멋지게 생겼지만 다루기 너무 까다로웠다. 지금까지 내 순정을 배신한 몇몇 여자들과 마찬가지였다.

함께 드라이브하기로 한 회사 여직원이 거절 전화를 걸어온 다음날이었다. 조수석을 비운 채로 계획했던 곳으로 차를 몰고 갔다. 운전은 잘 못해도 단풍이 예쁘다는 생각에 고른, 꼬불꼬불한 스카이라인이었다. 코너를 돌다가 기어를 제대로 바꾸지 못해 가드레일을 들이받고 말았다.

들것에 실려 가는 동안에도 의식은 있었는데 오른손은 전혀 움직일 수가 없었다. 그리고 단풍이 들었을 나뭇잎들이 회색으로만 보인다는 사실을 깨달았다.

의사는 낫는다, 낫지 않는다, 제대로 이야기를 해주지 않았다. 지금도 한 달에 한 번, 새 직장에는 비밀로 하고 병원에 다니고 있지만 '언제 낫는가'라는 니시자키의 물음에 늘 '모르겠다'라는 대답뿐이었다. 의사를 바꾸는 편이 나을지도 모르겠다.

디자인 부서에는 색을 구별할 줄 모른다는 사실을 숨기고 복귀했다. 디자인 업무에는 컴퓨터를 사용했기 때문에 오른손에 깁스를 한 상태에서도 키보드 조작쯤은 할 수 있었고, 색 지정도 기호를 입력하면 되기 때문에 입을 다물고 있으면 모를 거라고 생각했다.

그 수석 디자이너만 없었다면. 컴퓨터로 디자인하는 것을 바보 같은 짓으로 여기는 케케묵은 타입의 남자였다. 그 녀석이 하는 일을 돕는데, 그가 이렇게 말했다.

"내 디자인 색 지정에는 제대로 컬러 샘플을 사용해."

컬러 견본을 받고 아무것도 하지 못한 채로 밤늦은 시간까지 자리에 계속 앉아 있었다.

회사에서 해고당한 것은 그다음 달이었다. 구두 디자인 일은 니시자키에게 천직이었다. 그뿐만 아니라 돌이켜 생각하면 자기 마음의 뚜껑을 보다 확실하게 덮어둘 수 있게 해주었다.

아무리 생각해도 자기 잘못이 아니다. 그렇다. 그다음은 그 녀석 때문이다.

그 거짓말쟁이 여자. 사키. 아니, 이름까지 거짓이었다. 본명은 미사키 야스요.

"장사하는 게 아니니까 돈은 필요 없어. 응, 발은 딱 230밀리미터야. 발을 핥고 싶다고? 좋아. 다 괜찮아."

그렇게 말해놓고는 약을 탄 술을 마시게 한 뒤에 지갑을 훔쳐 도망치려고 했다.

저 앞에 아파트 불빛이 보였다. 니시자키는 그제야 긴장을 풀고 손바닥에 난 땀을 닦으며 한숨을 크게 내쉬었다. 심장 고동도 많이 가라앉았다.

하룻밤만 더. 아니, 이번 주말까지만. 그걸 진짜 마지막으로 삼자. 괜찮아. 현재 내 행동은 완벽하다. 아무도 이상하게 여기지 않는다. 나는 그림자다. 일루전이다.

그대는 새도, 새도…… 저도 모르게 노래를 흥얼거렸다. 그때 길모퉁이에 서서 휴대용 라디오의 이어폰을 귀에 꽂고 있는 남자가 수상하다는 듯한 표정으로 돌아보았다. 니시자키는 노래를 그쳤다.

두려워할 것은 없다. 어렵게 생각할 일도 없다. 쓰에무라 사야도 말했다. 인간은 늘 무엇엔가 살해당하기 마련이라고. 왜 사람은 사람을 죽여서는 안 되는가? 확실한 답을 해줄 수 있는 사람은 없다고 했다. 뇌내 쾌락 물질의 문제다.

나의 뇌내 물질 분비는 사키의 목을 조였던 그때부터 약간 변해버린 것이다. 아주 일시적으로.

그날, 술은 거의 마시지 않았기 때문에 사키가 도망치기 전에 눈을 떴다. 화를 내며 다그치자 사키는 이렇게 말했다. "그래, 뻥이었어."

사키는 주눅 들지 않고 오히려 도발하듯 니시자키를 비웃었다.

"바보 같긴, 아저씨 주제에. 어린 여자애가 너 같은 걸 상대나 해줄 것 같아? 변태 새끼!"

아마 죽고 싶었던 모양이다. 잘못은 상대방에게 있다. 겁을 줄 생각으로 목에 넥타이를 걸었을 때 별 저항이 없었기 때문에 저도 모르게 조이고 말았다. 숨을 쉬지 못하게 되었을 때 웃는 것처럼 보이기까지 했다. 죽고 싶은 여자는 분명 그런 표정을 지으리라.

사키가 남기고 간 휴대폰을 보고 알 수 있었다. 모두 사키를 부정했다. 아마 사키도 자신을 이 세상에서 등록 말소하고 싶었을 것이다.

겨우 아파트 앞에 이르렀다. 예전에 유행했던 궁전을 본 딴 스타일의 건물이다. 1층은 주차장. 오른쪽 안에는 니시자키의 시트로엥 DS가 잠을 자고 있다. 다시는 핸들을 잡고 싶지 않다. 팔고 싶지만 살 사람을 아직 구하지 못해 계속 가지고 있다.

이 아파트 주민들은 고령자와 가족 중심 세대가 대부분이라 이 시간이면 거의 잠들어 있다. 여행용 가방을 옮기기에는 아주 좋은 환경이었다. 현관 앞에서 올려다보니 오늘밤도 역시 대부분의 창문들은 불이 꺼진 상태였다. 건물 자체가 잠이 든 듯이 고요했다.

하지만 현관으로 들어가려다가 이상한 느낌이 들었다. 엘리베이터 홀에 남자가 서 있었다. 낯선 남자다. 여행용 가방 안에 무엇이 있는지는 어차피 눈치챌 수 없을 테지만 좁은 공간에서는 약간 냄새가 날지도 모른다. 엘리베이터를 함께 타고 싶지 않았다.

잠시 밖에 서서 엘리베이터 홀을 살폈는데 엘리베이터가 내려오지 않는지 남자는 움직일 기미를 보이지 않았다. 길 건너편 공중전화 부스에서 통화하고 있는 직장인 같은 사람이 힐끔 이쪽을 보았다. 지워지던 불안감이 불쑥 되살아났다. 자연스럽게 행동해야만 한다. 혹시 모른다. 자연스럽게 현관 안으로 들어가 홀을 지나 뒤편 출입구로 갔다. 만약을 위해 바깥 계단을 이용하기로 했다. 낯선 남자는 니시자키가 들어온 것을 눈치채지 못한 듯했다.

커다란 여행용 가방을 안고 계단을 올라가기는 그리 쉽지 않았다. 오른손을 자유롭게 쓸 수 없어 더욱 불편했다. 3층까지 올라가 한숨 돌리며 등산을 할 때 정상을 확인하듯이 계단 위를 올려다보았다. 6층 복도에 사람 그림자가 보였다. 순간 심장이 뛰었지만 바로 여자 그림자라는 사실을 깨닫고 한숨을 푹 내쉬었다. 아마 604호에 사는 발목이 굵은 여자일 것이다.

간신히 5층까지 올라갔을 때였다. 한 층 위 층계참의 어렴풋한 기척에 니시자키는 몸이 굳었다.

누가 있다.

멈춰 서서 계단 발판 사이로 바라보았다. 누군가가 6층 층계참에 서 있었다. 숨을 죽이고 살펴보았는데 그림자는 움직이는 기척이 없다. 어떻게 할까? 이대로 모르는 척하고 지나칠까? 어차피 이웃 주민들과는 친하게 지내지 않는다. 대충 인사나 하고 지나가기로 하자. 바로 그때 귓가에 위험하다는 속삭임이 들린 듯했다.

누가 저기 서 있다. 무엇 때문이지?

좋지 않은 예감이 들었다. 일단 돌아서자. 계단에서 돌아보았을 때, 계단 난간 밖으로 몸을 내민 상반신이 보였다. 넓은 어깨와 각진 턱이 눈에 익었다.

그 형사다. 고구레라는 성을 쓰는······.

등골이 오싹했다. 왜 여기 있는 거지? 아소를 체포하지 않았나? 왜 내 아파트에? 그런가? 관계자에게 의견을 듣기 위한 걸까? 내가 회사에 나가지 않았기 때문에 찾아온 모양이다. 아소가 체포된 일에 마음이 들떠 회사를 쉰 것이 잘못이었다. 이런 순간에 마주치다니. 어쩌지? 시치미 떼고 이야기를 해야 할까? 이 여행용 가방에 신경 쓰지 않을까? 직소 퍼즐을 뒤엎은 듯이 머릿속이 복잡했다.

고구레가 이쪽을 보았다. 니시자키를 발견하자 그는 불쑥 눈을 가늘게 떴다. 그 눈을 본 순간, 니시자키는 모든 것을 깨달았다.

몸을 돌려 계단을 단숨에 뛰어 내려갔다. 반쯤 내려왔을 때 위에서 발소리가 들렸다. 잠깐 망설이다가 여행용 가방을 바리케이드 대신 층계참에 내던졌다. 이제 끝이다. 들통났다. 이제 가방 같은 것은 문제가 아니었다.

정신없이 계단을 뛰어 내려가며 머릿속으로 같은 대사만 반복했다.

왜지? 왜 나지? 아소를 체포했는데.

왜, 왜, 왜, 왜, 왜, 왜, 왜, 왜, 왜, 왜, 왜, 왜.

위에서 가방이 굴러떨어지는 소리와 함께 고구레의 신음이 들렸다. '됐다'라는 생각이 든 것은 잠깐뿐이었다. 아래에서 계단을 뛰어 올라오는 소리가 들렸다. 계단을 포기하고 4층 복도로 뛰어 들어갔다. 반대편 계단을 이용할 작정이었다.

시트로엥을 타고 도망치자. 자동차 키는 늘 가지고 다녔다. 배터리를 점검하려고 이따금 시동을 걸었다. 제대로 움직일 것이다.

긴 복도를 달려 반쯤 왔을 때였다. 정면에 있는 엘리베이터가 멈췄다.

문이 열렸다. 여자가 타고 있었다. 전에 본 적이 있는 여형사였다. 큰 눈을 더 크게 뜨고 있었다.

뒤에서 발소리가 들려왔다. 어쩌지? 저 자그마한 여형사라면 돌파할 수 있을까? 인질로 삼아 엘리베이터로 아래까지 내려갈까? 엘리베이터로 뛰어 들어가려고 했을 때였다. 여자 형사가 안주머니에서 뭔가를 꺼냈다. 니시자키는 우뚝 멈춰 서고 말았다.

권총이다.

여자 형사가 작은 권총을 겨누었다. 어쩌지?

복도 저편에서 고구레가 다가오는 모습이 보였다. 어쩌지?

'괜찮아.'

불쑥 어디선가 목소리가 들렸다. 사키의 목소리였다.

'내일은 쓰레기 치우는 날이잖아.'

그렇다. 나는 운이 좋다. 마침 이 지점은 쓰레기를 모아두는 곳 바로 위다. 지금 시간이면 쓰레기봉투가 2층 언저리까지 산더미처럼 쌓여 있을 것이다. 사키의 말이 맞다. 좋

507

아, 뛰어내리자.

'뛰어, 유즈루.'

간다. 난간을 뛰어넘어 하늘을 보는 자세로 두 팔을 활짝 벌리고 허공으로 뛰어올랐다. 눈앞에 드넓은 밤하늘이 펼쳐졌다. 실제로는 1초도 걸리지 않았을 테지만 아래 이르기까지는 긴 시간이 걸린 듯했다.

오래 걸리는 게 당연하다. 4층 높이에서 다이빙하는 것이니.

심한 충격이 왔다.

니시자키는 콘크리트 바닥에 머리를 짓찧었다.

통증을 두려워할 필요는 없었다. 뒤통수 뼈가 깨지는 소리가 들리는 순간 바로 온몸의 감각이 없어졌다. 시트로엥 DS의 키를 찾으려고 했는데 오른손은커녕 왼손도 손가락 하나 까딱할 수가 없었다. 눈을 감았는데도 시야는 온통 한 가지 색으로 물들었다.

빨강이다.

아아, 색깔이다. 다시 색을 볼 수 있다. 이제 구두 디자이너로 복귀할 수 있다. 다행이야. 정말 잘되었어. 이제 다시 시작하는 거야.

하지만 선명한 붉은색은 곧 검어지더니 이내 새카매졌다. 왜지? 왜, 왜, 왜? 이제 겨우 색을 볼 수 있게 되었는데. 아아, 그런가?

내일이 쓰레기 가져가는 날? 역시 사키는 거짓말쟁이다.

'크크큭, 멍청이.'

감각을 잃은 귀에 사키의 웃음소리가 들린 듯했다.

'뻥이었지.'

31

오후 2시가 지났는데도 휴일이라 그런지 패밀리레스토랑은 붐볐다. 고구레가 주문한 중화 런치 세트는 이미 식어가고 있는데 훨씬 먼저 주문한 매운 치킨 카레와 어린이용 런치가 아직 나오지 않았다.

"먼저 드세요."

나지마가 권했다. 헐렁한 플리스 상의와 통이 좁은 청바지를 입은 나지마는 근무 중에 입는 정장 차림일 때보다 나이에 어울려 보였다. 귀에는 작은 피어싱이 반짝거리고 있었다.

"아닙니다."

고구레는 손을 저었다. 마음이 편치 않았다. 앞에 앉은 사내아이가 나지마와 많이 닮은 커다란 검은 눈으로 중화 런치에 따라 나온 과일 펀치를 뚫어지게 바라보고 있었다. 나지마가 여느 때보다 제 나이에 어울리게 — 그래도 도저히 30대로는 보이지 않지만 — 여겨지는 까닭은 옆에 아들이 앉아 있기 때문인지도 몰랐다.

아다치足立구 다케노쓰카竹ノ塚에 있는 작은 패밀리레스토랑. 나지마가 전화한 것은 그저께였다.

"위로 모임 해요, 우리끼리만."

바로 오케이를 하고 전화를 끊을 때가 되어서야 전에 한 약속이 기억났다. 신노스케에게 바나나 슛을 가르쳐주기로 했었다. 그래서 조금 전까지 근처 공원에서 공을 찼다.

신노스케는 아직 다섯 살이라 바나나 슛을 가르치기 전에 공을 제대로 차는 방법부터 가르쳐야만 했다. 하지만 신노스케는 기운이 넘쳤다. 10분도 지나지 않아 고구레는 숨이 찼다. 골대 대신 세워둔 운동기구 앞에 서서 골키퍼 역할을 맡은 나지마가 슛을 막아낼 때마다 신노스케는 새빨개진 얼굴로 잔뜩 부은 표정을 지었다. 나지마가 검지를 흔들며 말했다.

"바나나 슛은 아직 멀었다."

말수가 없는 아이였는데 나름대로 신이 나서 떠든 모양이었다. 고구레와도 필요한 최소한의 대화는 나누었다. 패스, 패스. 이쪽, 이쪽. 슛 때려. 그만 가자. 이 정도 대화였지만. 그렇지만 이 패밀리레스토랑에 들어오자 한마디도 하지 않았다. 아무리 말을 걸어도 경계하는 눈빛만 보낼 뿐이었다.

"커서 축구선수가 되고 싶니?"

신노스케는 고개를 갸웃거렸다.

"과일 펀치 좋아하니?"

조금 생각하더니 고개를 갸웃거렸다.

"먹어도 돼."

손을 뻗으려고 했는데 나지마가 눈치를 준 모양이었다. 바로 고개를 저었다.

하기야 느닷없이 낯선 아저씨가 나타나서 함께 축구를 하고 식당에 데리고 온 것이다. 허물없이 대해 달라는 것이 무리일지도 모른다.

드디어 두 사람이 주문한 음식이 나왔다. 고구레는 물이 든 컵을 들었다.

"수고하셨습니다."

"수고하셨어요."

물로 건배를 하고 서로 그간의 노력을 칭찬했다. 첫 번째 축배였다. 안타깝게도 두 사람은 수사본부에서 별로 칭찬을 듣지 못했다.

니시자키는 바로 병원으로 옮겨졌지만 의식을 되찾지 못

하고 몇 시간 뒤에 죽었다. 고구레는 용의자를 정확하게 점찍은 공로보다 증거 확보와 체포영장 청구를 기다리지 않고 니시자키를 죽음으로 몰아넣은 일로 비난을 받았다. 이야기하면 제대로 듣지도 않은 주제에 필요한 정보를 보고하지 않았다고 핀잔을 받기도 했다. 용의자가 사망한 상태에서도 수사는 계속되고 있어 두 사람 모두 아직은 참여하고 있지만 머지않아 손을 떼게 될 것이다.

니시자키의 집에서는 발목을 절단할 때 사용한 것으로 보이는 톱과 레이저용 커터, 그리고 피해자의 구두와 소지품이 발견되었다. 여러 가지 압수 물품 가운데 특히 수사관의 눈길을 끈 것은 광고회사에 입사하기 전에 구두 디자이너였던 니시자키가 만든 많은 구두였다. 그 가운데 몇 개는 시체 유기 현장에 남아 있던 발자국과 일치한다는 사실도 밝혀졌다.

계단에 버렸던 대형 여행 가방 안에는 다카하라 미유키와 아오타 구미, 두 피해자의 부패한 발이 들어 있었다. 그리고 큼직한 사진 앨범이 세 권.

앨범에는 구역질 나는 사진들이 꽂혀 있었다.

폴라로이드 카메라로 찍은, 어마어마한 양의 사진이 있었다. 모두가 두 피해자의 발을 찍은 것이었다.

알록달록한 페디큐어를 칠했는데 배색은 엉망이었다. 나

지마가 예상했던 대로 니시자키는 후천적 색맹이란 이유로 전 직장에서 해고되었다.

스니커, 하이힐, 로퍼, 양말을 신은 사진, 발찌나 조화로 장식한 모습. 발가벗은 니시자키가 함께 찍혀 있는 사진도 있었다.

나지마는 매워 보이는 카레를 태연히 떠먹고 있었다. 패밀리레스토랑의 매운 카레쯤은 문제가 아닌 듯했다. 문득 스푼을 멈추더니 고구레를 바라보았다.

"고구레 씨, 그건 이미……?"

전출 희망서 제출 문제를 묻는 모양이었다. 언제부터일까. 나지마와는 별다른 설명이 없이도 무슨 이야기를 하는지 알 수 있었다.

"아, 아직 생각 중입니다."

"왜요? 따님 때문에요?"

"그런 문제도 있지만 이제 살인사건에는 질려버렸어요. 사건이 터지기를 기다리고 있는 듯한 제 모습도 싫고요."

"저도 지긋지긋해요. 그런 사건들은. 그런 일 때문에 얼마나 많은 여성이……."

표지에 'My Colorful Memory'라고 손으로 쓴 제목이 붙은 니시자키의 사진 앨범을 펼친 순간 나지마는 버럭 소리를 지르며 중요한 증거물을 내던졌다. 나지마가 화를 내는 모습을 본 것은 그때가 처음이었다. 그 분노가 아직 사그라지지 않은 모양이었다.

"페티시즘은 남성 특유의 범죄죠. 여자 입장에서는 이해할 수가 없어요."

고구레는 남자 대표가 된 기분이 들어 고개를 움츠렸다. 신노스케가 나지마를 닮은 큰 귀를 쫑긋거리는 모습을 보더니 나지마는 목소리를 죽였다.

"왜 그런 이유로 사람을 죽이는 거죠?"

경찰관이 아닌 어머니의 얼굴로 물어왔다.

"글쎄요, 경찰 생활을 20년이나 했는데도 아직도 잘 모르겠습니다."

니시자키의 방에서는 앨범만이 아니라 여성의 발에 대한 페티시즘 경향이 드러나는 비디오테이프나 사진집이 다수 발견되었지만, 이번 사건 이전에는 살인은 물론이고 강간이나 강제추행 등의 범죄 경력이 전혀 없었다. 그런 남자가 왜 갑자기 쾌락을 위한 살인을 저지르기 시작했을까? 이미 당사자가 죽어버려 수수께끼로 남을 수밖에 없다.

압수물 가운데는 어디서 구했는지 환각작용이 있는 수면제 할시온이 여러 알 발견되었다. 하지만 장기적으로 상습 복용한 것 같지는 않았다. 세 명의 피해자 가운데 무슨 이유에서인지 미사키 야스요의 휴대폰만 남아 있었는데, 그것도 이유를 알 수가 없었다. 니시자키에 대해 알 수 있는 것은 그가 사건을 일으키기 전에는 지극히 평범한 남자였다는 사실뿐이었다.

매스컴은 니시자키의 성장 과정이나 사생활을 모조리 파헤쳤고, 여러 사람의 이런저런 말을 통해 그 남자가 지닌 '마음속의 어둠'을 밝히려 하고 있다. 하지만 정말로 알 수 있는 것일까? 자신의 마음도 모르면서.

"하지만 이젠 듣기도 싫어요. 마음속 어둠이니 뭐니 하는 소리는."

어둠 속을 아무리 들여다봐야 아무것도 보이지 않는다. 한 줄기 빛도 들어오지 않는다.

"신노스케가 다니는 놀이방에서도 아이들끼리 놀다가 '죽어'라거나 '죽이겠다'는 말이 튀어나오면 선생님들이 꾸짖는대요. 그래도 '왜 죽이면 안 돼?'냐고 진지한 표정으로 묻는 애도 있다더군요. 그럴 때는 뭐라고 대답해야 하는 걸까요? 그러면 안 되는 일은 '그럼 못써'라고 하기야 간단하지만……."

"아드님에게는 뭐라고 가르치시나요?"

그렇게 묻자 나지마는 환한 얼굴로 웃었다.

"신노스케는 살인사건을 아주 싫어하죠. 그런 짓은 절대로 하면 안 된다고 해요."

"듬직하군요. 역시 형사 아들입니다."

"아뇨, 이유는 엄마가 바빠져서 함께 놀아주지 않기 때문이래요."

고구레는 저도 모르게 웃고 말았다. 나쓰미라면 뭐라고 대답했을까.

"아마 자신이 같은 상황에서 살해당하게 되어야만 비로소 깨닫게 되는 것이 아닐까요?"

여기의 문제니까요. 고구레는 자기 가슴을 툭툭 쳤다.

"머리가 아니라 마음의 문제. 말로는 설명하기 힘들지만 대개 마음의 벽이 있을 겁니다. 모럴인지 감정인지, 아니면 동물적인 본능인지는 모르겠지만 사람에 따라 높이나 두께가 다를 테지만, 넘어서서는 안 될 벽이 있죠."

고구레는 생각하면서 천천히 말했다. 나지마는 커다란 눈으로 고구레를 똑바로 바라보았다. 그 틈에 과일 펀치를 슬쩍 신노스케 쪽으로 밀었다.

"하지만 그 벽을 훌쩍 뛰어넘는 그런 부류의 인간이 있기도 하고, 그런 상황이 있을 수도 있겠죠."

"그런 부류의 인간이라니, 어떤 사람이죠? 어떤 상황이라는 거죠?"

"글쎄요. 그걸 알게 되면 우리 같은 경찰이 필요 없어지겠죠."

그런 날이 올까? 아마 영원히 오지 않으리라. 나지마도 같은 생각인 모양이었다.

"일단 누군가가 해야만 하겠죠. 저는 이렇게 된 이상 강력계의 살인사건 수사를 열심히 해볼 거예요. 그러니 고구레 씨도……."

"그렇죠. 누군가가 해야만 할 일입니다. 하수구를 청소하는 일 같은 것이겠죠."

"좀 더 하세요, 하수구 청소."

나지마가 컵을 내밀었다. 고구레도 잔을 들어 살짝 맞댔다.

"생각해보겠습니다."

생각하지 않아도 답은 이미 나와 있는 듯했다.

죽은 니시자키에 대한 앞으로의 수사에 있어서 중심이 되는 것은 아마 컴사이트의 사장 쓰에무라 사야, 그러니까 사야 마사코 살해에 관한 수사일 것이다. 쓰에무라의 시체가 집 근처 공원에서 발견된 것은 니시자키가 죽은 이튿날 아침. 살해당한 시각은 니시자키가 사망하기 몇 시간 전이었다.

지금까지와 마찬가지로 사인은 교살. 두 발이 잘려 나갔고, 이전 피해자들과 마찬가지로 시체 주위에는 여러 개의 발자국과 머리카락이 남아 있었다. 발자국은 245밀리미터짜리가 하나, 그리고 230밀리미터짜리가 두 종류.

수사본부는 니시자키가 저지른 마지막 범행으로 거의 단정하고 있다. 다만 쓰에무라의 절단된 두 발과 절단에 사용된 흉기는 아직 발견되지 않았다. 그리고 절단에 사용한 흉기는 지금까지와는 다른 도구였다.

"어머, 벌써 시간이 이렇게."

신노스케가 빈 과일 펀치 접시를 핥고 있는 모습을 보더니 나지마가 소리쳤다. 신노스케는 나지마를 닮은 큰 눈으로 공범자인 고구레를 쳐다보았다. 고구레가 슬쩍 윙크하자 신노스케는 다시 고개를 돌리고 말았다.

"신노스케, 왜 그래? 내가 뭐 화나게 한 거라도 있어?"

나지마가 웃는지 난처해하는지 구별되지 않는 묘한 표정으로 대답했다.

"자기 아버지 이외의 남자가 저하고 이야기를 하면 늘 이렇습니다."

고구레는 다른 데를 보고 있는 신노스케의 귀에 속삭였다.

"걱정하지 마, 엄마를 빼앗거나 하지는 않을 테니까."

아마도.

나지마가 입술을 살짝 내밀고 웃으며 고구레와 아들을 번갈아 바라보았다.

"하지만 고구레 씨를 좋아하는 것 같아요. 아까부터 얼굴이 발그레해서 힐끔힐끔 얼굴을 보더군요. 신노스케. 제대로 이야기해봐."

"아닙니다, 억지로 그러실 필요는."

"으으응……."

신노스케가 처음으로 입을 열었다.

"그래? 그럼 다음에 또 같이 축구 할까?"

신노스케는 잠시 고개를 갸웃거리더니 끄덕였다.

"으으응."

나지마가 말했다.

"혹시 괜찮다면 다음에는 나쓰미 양도 함께……."

"으음, 그 녀석은 이제 저하고 함께 외출하기를 싫어할 나이라……."

"하지만 이번에 함께 여행을 가기로 했잖아요."

"온천에 1박 2일로 다녀오기로 했는데……. 한번 이야기나 해보겠습니다."

"예."

나쓰미의 얼굴을 떠올렸다. 아버지의 여자 친구라니, 나지마를 소개하면 눈을 치켜뜨고 화를 낼 것이다.

나쓰미가 제 엄마 사진 앞에서 고구레를 비꼬듯 두 손을 모으는 모습이 눈에 선했다.

32

"들었어? 레인맨 잡혔대."

"응, 들었어. 하지만 체포되기 전에 죽었잖아."

"여자애들 발을 모았다면서? 사람을 뭘로 생각하는 거야? 정말 열받아."

"레인맨이 아니라 12사도? 그런 이름이었대."

"그 여자가 레인맨인 줄 알았는데."

"한심해. 그런 소문으로 우리를 어떻게 해보려고 했다니. 말이 돼? 나이도 먹을 만큼 먹었으면서. 바보 같아."

"어른이니까 바보지."

"그 재수 없는 남자도 잡혔다던데? 우리가 마크했던."

"우리가 휴대폰으로 메일 보낸 놈 말이지?"

"그래, 그래. 재미있었어, 메일 보내는 거."

"응, 재미있었어."

"오랜만이잖아. 구린 옷 입은 촌뜨기 주제에 시부야에서 잘난 척하며 나대던 머리 긴 여자 이후로는 처음이지."

"근데 그 남자는 이 사건과 관련이 없대. 잡힌 이유는 마약 때문이었다던데……."

"그럼……."

"아니었나?"

"우리가 잘못한 건지도 몰라."

"큰일이네."

"큰일이지."

"하지만 레인맨도 그 모니터 아르바이트랑 관계된 일을 하지 않았어?"

"신문이나 텔레비전에서 얼굴 봤어?"

"아니. 보고 싶지도 않아. 걔 말고는 죽은 애들 얼굴도 몰라."

"나도. 아무튼 같은 일을 했다는 건……."

"역시 그 여자 앞잡이였던 거야."

"그래, 맞아. 우리가 잘못한 거 아니야. 원수는 제대로 갚은 거야."

"똑같이 만들어줬으니까 됐어. 같은 것으로 똑같이 잘라내고……."

"목 졸랐을 때, 그 여자 씩 웃지 않았어? '아아, 역시' 하는 표정이었잖아. 그렇게 될 걸 미리 알고 있었던 것처럼. 그러니까 잘못된 건 아니야. 원수를 성공적으로 갚은 거야."

"맞아, 성공이야."

"근데 너무 무서웠어. 발목을 자를 때도 눈을 뜨고 있어서 꼭 살아 있는 것 같았어."

"그 얼굴, 지금도 꿈에 나와."

"나도 절대 못 잊을 거야. 구역질이 나."

"발은 어쩌지? 아직 집에 있는데."

"어떻게든 치워야지. 아, 맞다. 나 그 애랑 같이 헤븐스 카페에서 아르바이트하잖아. 거기에 즉석 미트파이라는 메뉴가 있는데, 사실은 그게 매장에서 직접 만드는 게 아니라 공장에서 만들어 오거든. 걔는 머리를 박박 깎아서 매장 일은 못 하고 공장에서 일하거든. 부탁해볼게. 공장에는 고기를 써는 커다란 기계가 있다던데. 아침에 일찍 가서 거기에 슬쩍 넣으면……."

"우웩, 정말 그럴 거야?"

"그럼."

"기나오싹."

* 소설보다 먼저 읽어도 괜찮습니다.

기록을 살피니 2009년 5월 4일에 이 작품의 첫 번역 후기를 썼습니다. 출간 이후 십여 년이 흐르며 절판된 상태였는데 다시 새로운 모습으로 독자를 만날 기회를 얻어 기쁩니다.

이 소설은 연속 살인사건의 범인을 추적하는 형사의 시선을 중심으로 진행됩니다. 자연히 일본 경찰조직이나 문화, 수사 기법이 그대로 드러납니다. 경찰을 깊게 다룬 소설은 아니지만 일본 경찰 제도와 수사 절차, 특성을 접할 수 있습니다. 후기를 빌미로 작품 이해를 돕는 뜻에서 일본 경찰조직을 간략하게 소개하겠습니다.

일본 경찰의 조직도를 그린다면 맨 위에 내각 총리대신

이 있고, 바로 아래 국가공안위원회가 있습니다. 국가공안위원회는 국무대신급인 위원장과 다섯 명의 위원으로 구성되며 이 위원회 아래 경찰청을 두어 경찰조직 전체를 지휘합니다. 2021년 4월 1일 현재 전국 47개 도도부현에 경찰본부를 두고 있으며 모두 1,149개의 경찰서가 있습니다.

경찰청 아래는 관구 경찰국이 있습니다. 지난번 후기를 쓸 때는 일본 전국에 7개였던 관구 경찰국이 지금은 6개로 줄었습니다. 2019년에 두 개의 관구가 하나로 통합되었기 때문입니다. 관구 경찰국은 관구 경찰국장이 지휘합니다. 관구 경찰국 아래는 각 현의 경찰본부가 있습니다. 하지만 일본의 수도인 도쿄도는 따로 경시청을 두고, 홋카이도는 넓은 지역 특성 때문에 홋카이도 공안위원회가 삿포로 지역만 직접 담당하고 다른 지역은 4개의 '방면 본부方面本部'를 두어 관리합니다.

이런 경찰본부와 그 산하 조직은 조직도에서 모두 각 도도부현의 공안위원회(도도부는 5인, 각 현은 3인의 위원으로 구성) 아래 놓여 있습니다. 따라서 조직도로만 보면 일본 경찰은 무척 지방 자치적으로 보입니다. 하지만 실제로는 전체 조직을 국가공안위원회와 경찰청에서 지휘, 관리하는 중앙 관료 주도형 조직입니다. 각 관구 경찰국은 물론 각 현의 경찰본부 간부급 인사에는 경찰청이 강한 영향력을 발휘합니다.

이런 조직 특성 때문에 수사 현장을 다루는 소설이나 드라마에서 흔히 보이는 중앙 경찰과 지방 경찰의 갈등, 도쿄 지역이라면 이 소설에서 '본청'이라 불리는 경시청과 각 지역 관할 경찰들 사이에 미묘한 틈새가 드러납니다.

경찰청 장관(경찰관이지만 유일하게 경찰 계급에 속하지 않습니다) 아래 속한 경찰을 계급 순서대로 나열하면, 경시총감−경시감−경시장−경시정−경시−경부−경부보−순사부장−순사입니다. 순사부장과 순사 사이에 '순사장'이 있는데 계급장도 따로 있지만 정식 계급은 아닙니다.

이 소설에 나오는 계급을 설명하면, '순사부장'은 순사로 2년에서 6년 근무해야만 승진시험을 치를 자격이 주어집니다. 논커리어와 커리어 사이에 있는 '준커리어'(국가공무원 일반직 시험 합격자)는 순사부장부터 경찰 생활을 시작합니다. 경찰 초급 간부라고 할 수 있는 순사부장 승진 2차 시험은 경찰 전체 계급의 승진시험 가운데 가장 어렵다고 합니다. 순사부장은 호칭이 좀 복잡한데 2인칭일 때는 '부장, 주임, 반장' 등 여러 가지로 불립니다. 가끔 현장에서 '부장형사'로 불리기도 합니다.

이 순사부장으로 일정 기간 근무한 자에게 경부보 승진 시험 응시 자격이 주어지는데, 대졸자는 2년 근무, 단기대학 졸업자는 3년 이상, 고졸자는 4년 이상 근무해야 합니다. 논커리어는 이 경부보 승진이 일종의 벽으로 여겨지는 모양입니다. 커리어(국가공무원 종합직 시험 합격자)는 첫 계급을 이 경부보부터 시작합니다. 경부보로 4년 이상 근무해야 경부 승진시험 자격이 생깁니다. 경부보까지는 학력, 채용 구분에 따라 승진시험 자격 취득을 위한 실무 경력 기간이 다르지만, 경부 승진시험은 그런 차별이 없습니다. 하지만 커리어일 경우에는 승진시험 없이 경부로 승진합니다.

경시는 논커리어의 벽처럼 여겨지는데, 커리어는 근무 7년이면 일제히 경시로 승진하며, 준커리어 출신은 15, 16년을 근무해야 해서 빨라도 45세쯤 되어야 한다고 합니다. 경시는 중소규모의 경찰서 서장, 현 경찰본부의 과장급으로 보시면 됩니다. 또한 흔히 '밉상'으로 등장하는 경찰본부의 관리관, 조사관이 바로 이 경시 계급입니다.

『소문』이 처음 우리말로 소개되었을 때 여러 독자로부터 많은 이메일을 받았던 기억이 납니다. 사건의 진상을 묻는 이메일이 대부분이었습니다. '나는 결말을 이렇게 생각하는데 맞느냐'는 질문이었습니다. 이번에 새로운 모습을 갖출 수 있도록 출판사에서 원서 최신판을 제공해주었는데 그 띠지에는 이렇게 적혀 있습니다. '헉 소리가 나는 충격적인

마지막 한 줄.'

　예전 띠지도 비슷한 문구와 함께 이 소설을 '사이코 서스
펜스'라는 세부 장르로 구분했습니다. 서스펜스는 대개 이
야기 끄트머리에 이르러 사건의 진상이 드러납니다. 그 마
지막 한 줄에 이르기까지 작가는 꼼꼼한 독자라면 차츰 사
건의 진상을 머릿속에 그릴 수 있도록 여러 실마리를 곳곳
에 뿌려둡니다. 십여 년 전에 함께 작업했던 편집자와 교정
작업을 거치며 '이 부분도 단서네요'라며 넉넉하게 깔린 복
선을 발견하고 마음이 놓였던 기억이 납니다.

　요즘 독자분들은 이 『소문』을 어떻게 읽으실지 궁금합니
다. 하여 오래간만에 옮긴이 이메일(anuken@gmail.com)
을 남깁니다. 궁금한 점이 있으면 이메일로 연락 바랍니다.

2021년 9월
어제 코로나19 백신 2차 접종을 마친
옮긴이

소문

초판 1쇄 인쇄 2021년 9월 16일
초판 16쇄 발행 2022년 6월 2일

지은이 오기와라 히로시
옮긴이 권일영

편집인 이기웅
책임편집 이기웅
편집 주소림, 안희주, 양수인, 김혜영, 한의진
디자인 공중정원
책임마케팅 정재훈, 김서연, 김예진, 김지원, 박시온, 류지현
마케팅 유인철
경영지원 김희애, 최선화
제작 제이오

펴낸이 유귀선
펴낸곳 ㈜바이포엠
출판등록 제2020-000145호(2020년 6월 10일)
주소 서울시 강남구 테헤란로 332, 에이치제이타워 20층
이메일 odr@studioodr.com

ⓒ 오기와라 히로시

ISBN 979-11-91043-41-9 (03830)

모모는 ㈜바이포엠의 출판브랜드입니다.